波田野節子 著

韓国近代文学研究

―李光洙・洪命憙・金東仁―

白帝社

序文

本書であつかう作家たちを簡単に紹介する。

李光洙《イグァンス》（一八九二～一九五〇？）は、韓国文学史で最初の近代長編とされる小説『無情』を書いた作家である。『無情』を発表したとき、彼は東京に留学中だった。二年後の一九一九年、自ら起草した二・八独立宣言の英訳をもって上海に亡命した彼は、臨時政府の樹立に参加し『独立新聞』を出すなど、独立運動家として活躍したが、やがて海外での運動に限界を感じて本国にもどる。輝かしい時代は終わり、人生の後半部が始まったのである。総督府の承認をとりつけて修養同友会を立ち上げ、家庭と職場と創作、そして結核との闘病という生活のなかで、彼は民族の実力養成事業をつづけるが、やがて政治状況の変化によって生き方を捻じ曲げられていく。李光洙の対日協力は有名だが、そこにいたるプロセスを納得のいくよう実証的に検証した研究は見あたらないように思う。本書はそれへのアプローチである。

名門両班の嫡男として生まれた洪命憙《ホンミョンヒ》（一八八八～一九六八）は、日韓併合の前に東京で李光洙と出会った。二人は崔南善《チェナムソン》が出していた『少年』誌に作品を発表し、崔とともに「韓末の三天才」と並び称されるが、やがて別々の道をあゆむことになる。洪命憙は、併合で殉死した父親の「死んでも対日協力するな」という遺訓を守りとおす。投獄と病気による中断をくり返しながら十年以上にわたって『林巨正』を連載した彼は、解放後に北朝鮮の副首相となった。政治家洪命憙と作家洪命憙を、『林巨正』という作品を通して一致させたいと考えたが、本書の研究はその入り口にとどまってしまった。

韓国の近代短編小説の確立者とされる金東仁《キムドンイン》（一九〇〇～一九五一）は、平壌の傲岸な土豪の息子として生まれた。十三歳で東京に留学した彼が文学に出会って創作をはじめたとき、ネックになったのは言葉だった。平壌の大きな屋敷の中で育った彼は市井の人々の言葉にも、標準語とされるソウルの言葉にも疎かったからだ。平壌にもどったあと、彼は狂ったような放蕩のあいまに平壌訛りも取り入れて珠玉のような作品を生みだしていく。天才肌だった李光洙と違って、金東仁は創作技巧に対してきわめて意識的な作家だった。本書では彼の創作論に焦点をあてた。

このほかに本書には、彼らの次の世代である兪鎮午《ユジノ》（一九〇六年～一九八七）の短編にかんする論文も収めた。京城帝国大学の一期生であり、日本留学せずに高等教育を受けられるようになった最初の世代である兪鎮午を李光洙・洪命憙・金東仁のあとに置いてみると、彼らの文学人生が韓国の近代文学の時期全体をカバーすることになる。こう書けば、「韓国近代文学研究」という少々大げさな本書のタイトルの言いわけになるだろうか。朝鮮戦争のさなかに北に連行されて行方不明になった李光洙と病死した金東仁、解放後は文学と袂を分かった洪命憙と兪鎮午、四人とも現代文学の時期には作品を残していない。作家たちのこのような運命を考えるとき、「韓国近代文学」のたどった道がいかに険しく過酷なものであったか、あらためて痛感されるのである。

本書は二〇一一年に韓国のソミョン出版から刊行した『日本留学生作家研究』（崔珠澣訳）の日本語版である。韓国語版があまりに厚かったので二冊に分け、本書には作家たちの人生の後半にかかわる論文を収めて、そこに李光洙関連論文三本と兪鎮午関連論文一本を加えた。留学時代に関するものは、本書と同時に白帝社から刊行する『韓国近代作家たちの日本留学』に収めてあるので、関心のある方には、そちらもお読みいただければ幸甚である。

最後に、前回の拙著『李光洙・『無情』の研究―韓国啓蒙文学の光と影』（二〇〇八）に引きつづき、今回も辛抱づよく筆者に付き合ってくださった白帝社の伊佐順子さんに、心よりの感謝を申し上げる。

二〇一三年二月　波田野節子

目次

Ⅰ　李光洙

Ⅱ　洪命憙

第二章　実践的翻訳論　―文学テキストをどう訳すか―……278

［初出一覧］

Ⅰ　李光洙

第一章　李光洙の日本語創作と日本文壇　―留学中断後の日本滞在を中心に―

『国際地域研究論集』第二号　新潟県立大学　二〇一一年

第二章　李光洙と山崎俊夫、そして菊池寛―「三京印象記」に書かれなかったこと

第七回植民地主義と東アジア文学国際学会「大東亜文学者会議を問い直す」

発表要旨　二〇一一年九月二日　於　忠南大学

第三章　大東亜文学者大会での李光洙発言に見る《連続性》

『SAI・사이』第十一号　国際韓国文学／文化学会（IKONOS）二〇一一（韓国語）

第四章　李光洙とギュスターヴ・ル・ボン

『朝鮮学報』第二二三輯　二〇一二年

Ⅱ　洪命憙

第一章　『林巨正』の〈不連続性〉と〈未完性〉

『朝鮮学報』第一九五輯　二〇〇五年

第二章　執筆第二期に見られる〝ゆれ〟について

『朝鮮学報』第一九九・二〇〇輯合併号　二〇〇六年

第三章　洪命憙の両班論と『林巨正』

『韓国近代文学과 日本』소명출판　二〇〇三年

Ⅲ　金東仁

第一章　『狂画師』再読―あらたな解釈の可能性およびイメージの源泉について

『朝鮮学報』第一七三輯　一九九九年

第二章　金東仁の創作論について

第五〇回朝鮮学会大会　発表要旨　一九九九年十月三日　於　天理大学

Ⅳ　その他

第一章　文学テキストで学ぶ歴史と文化―兪鎭午「滄浪亭の記」を読む

野間秀樹監修『韓国語教育論講座』第四巻　くろしお出版　二〇〇八年

第二章　実践的翻訳論―文学テキストをどう訳すのか

同上

I

李光洙

第一章　李光洙の日本語創作と日本文壇　―留学中断後の日本滞在を中心に―

一　はじめに

本章では、李光洙《イグァンス》の日本語創作に関するさまざまな疑問を解明する準備として、留学後に彼が日本とどのような関わりを持ったかを整理する。李光洙の四回の日本旅行と一回の長期滞在について、訪問の目的と形態、日本語創作との関わり、日本文壇との接触を考察し、その過程で、李光洙の日本語創作への契機となったと思われる同友会事件にも触れる。

李光洙が一九二五年の『朝鮮文壇』に発表した中学時代の日記には、彼が中学五年生のときに読んだ本のタイトル、洪命憙《ホンミョンヒ》や崔南善《チェナムソン》との交友、そして「獄中豪傑」「情育論」や日本語小説「愛か」を書いて投稿したことなどが記されており、最初期の創作の過程を知るための貴重な資料となっている。(1)その日記の一九一〇年一月十二日(火曜日)に、こんな一節がある。「夜、洪君を訪ねた。電車のなかで僕は、文学者になろうか、なったとしたらどうなるのだろう、朝鮮にはまだ文芸というものがないから、旗を掲げて日本文壇に打って出るか――こんなことを考えた」(2)。中学生の李光洙が書いたものなのか、それとも一九二五年に加筆されたものなのかはわからない。実際の日記がもとになっているとはいえ、(3)『朝鮮文壇』に発表するとき李光洙は十五年前に書いた文章にかなりの添削を施したと思われるからだ。(4)だが、どちらにしろ一九二五年に李光洙が「日本文壇に打って出る」という文句を原稿用紙に書きつけたことは間違いない。それから十五年後、この言葉は現実のものとなった。一九四〇年の朝鮮芸術賞受賞をきっかけに李光洙は四冊の単行本を日本で翻訳刊行して「日本文壇に打って出」たのである。

原稿用紙に向かったとき、作家の脳裏には読者がいる。一九一〇年、中学卒業の直前に日本語で短編「愛か」を書いたとき、李光洙が読者として想定したのは山崎俊夫らクラスメートたちだった。(5) 一九三一年の「余の作家的態度」で、李光洙は、原稿用紙に向かったときに意識するのは自分の文章を必要とする朝鮮人であり、朝鮮人以外に読まれることは望んでいないと書いたが、一九三六年には日本人読者を対象とした日本語小説「万爺の死」を発表している。(6) 同友会事件（一九三七年）のあと、彼は病床で「無明」と「사랑（愛）」を朝鮮語で書き、これらが日本語に翻訳されるころに自分でも日本語創作を始めた。李光洙にとって日本語による創作はどういう行為であったのか。彼の小説は日本文壇ではどう評価されたのか。また彼が日本の雑誌と朝鮮の雑誌に書く場合の想定読者は誰で、内容はどう書き分けられていたのか等々、李光洙の日本語創作に関する疑問は多い。こうした疑問を解明するための基礎的な準備作業として、留学後の李光洙が「内地」日本と直接どのように関わったかを整理する必要がある。李光洙の日本語創作に関しては金允植や李京塤の労作をはじめとして多くの研究があるが、(7) 作品分析が主で、李光洙の具体的な行動に関する研究はあまりない。(8) また全集年譜でも李光洙の日本訪問についての記述は不正確である。(9)

一九一九年の上海亡命で日本留学を中断した李光洙は、その後いくどか日本の地を踏んだ。一九二四年と一九三二年の旅行。一九三五年から翌年にかけての二回の長期滞在。一九四二年の大東亜文学者大会出席。そして翌年、在日留学生に陸軍特別志願兵を勧誘するため訪日したのが最後の日本滞在となった。本章では、現在確認されているこの五回（長期滞在は二回をまとめて論ずる）の滞在について、それぞれの目的と形態、日本語創作との関わり、そして日本文壇との接触のあり方を見ていくことにする。この過程で、李光洙の日本語創作に関わりがあると思われる同友会事件にも触れる。

二　一九二四年の日本旅行

(1)　留学の中断

早稲田大学在学時に李光洙は『毎日申報』に大量の論説を発表して脚光を浴び、『無情』（一九一七）と『開拓者』（一九一八）によって作家としての名声を得た。この時期の彼は、小説と論説の執筆のほかに、大学の授業、学友会の活動、『学之光』編集などに忙殺されて、日本文壇に目を配る時間的な余裕はなかったと思われる。『毎日申報』に連載した「東京雑信」には新文明を理解する助けとなる「一般人士の必読すべき書籍数種」が挙げられているが、教科書的な本のリストにすぎず、文学書や作家の名前は入っていない。一九一九年、二・八独立宣言書を起草した李光洙は、宣言書の英訳をもって上海に亡命する。

のちに李光洙が第一回受賞者となる朝鮮芸術賞の創設資金を提供する菊池寛は、このころ「忠直卿行状記」（一九一八）や「恩讐の彼方に」（一九一九）を発表して、作家としての地位を確立しつつあった。菊池は一九二〇年に連載した新聞小説『真珠夫人』の大ヒットをきっかけに通俗小説家の道を歩むことになるが[10]、そのころ上海で『独立新聞』の編集局長をしていた李光洙は日本の新聞に目を通していたから、この小説も読んでいたはずである。一九一九年に山本実彦が創刊した『改造』は、すぐに急成長をはじめた。李光洙は上海から帰国した一九二一年に論説「民族改造論」を執筆し、そのなかで「現在は改造の時代だ！（傍点筆者）」と書いたが、このとき彼の脳裏には、雑誌『改造』の躍進ぶりに対する驚異もあったのではないかと思われる。

（2）　旅行の時期と目的

帰国後、『東亜日報』に客員として入社した李光洙は、一九二四年十月から『朝鮮文壇』を主宰した。冒頭にあげた「日記」はその第六号（一九二五年三月発行）に掲載されたものだが、同じ号には、李光洙が亡命のあと初めて日本を訪れて作ったいくつかの詩が「默想録―日本갓던길에（日本への旅で）」と題して載っている。この日本訪問はいつだったのだろう。その前月号の編集後記には、病気のせいで李光洙の作品が少なかったことを詫びる文句がある。李光洙はこのころ脊椎カリエスの手術を受け、東亜日報に連載していた『再生』も中断を余儀なくされていた[11]。「默想録」と「日記」は、『朝鮮文壇』の紙面を埋めるために、昔の原稿に手を加えたものだったと推察される。それでは李光洙はいつ東京に行ったのか[12]。「默想録」の最初の詩「馬関にある一節「六年ぶりに見る海と山」によれば、旧計算法で一九二四年ということになる。一九二四年一月に李光洙は『東亜日報』に発表した「民族的経綸」が物議をかもして一時的に退社している。その年の夏には方仁根から『朝鮮文壇』の話が出て刊行の準備が始まるので、東京に旅行したのはその間ではなかったかと思われる[13]。一九二二年に修養同盟会を立ち上げた彼は、一九二三年に秘密裏に北京に行って安昌浩と打ち合わせをしている[14]。このことから見て、一九二四年の旅行の目的は、東京にいる興士団関係者との打ち合わせではなかったかとも推測されるが、はっきりしない。

（3）　大正文壇から昭和文壇へ

李光洙が日本を訪れた一九二四（大正十三）年は関東大震災の翌年である。李光洙の詩からは大震災の爪あとの生々しさとともに東京復興の熱気も伝わってくる。このころ日本文壇ではすでに大正から昭和への移行が始まっていた。プロレタリア文学の雑誌『文芸戦線』と新感覚派の雑誌『文芸時代』がこの年に創刊されている。翌年創刊された大衆誌『キング』は、七十四万部を売り上げて国民的な娯楽雑誌へと成長していき、一九二六年には改造社の円本『日本文学全集』の刊行が始まって、日本の出版界は本格的に大衆時代へと突入する。震災の年に菊池寛が趣味的に創刊した『文藝春秋』も飛躍的な成長をとげ、文藝春秋社の社長となった菊池はやがて「文壇の大御所」と呼ばれるようになる。

だが日本から帰ったあとの一九二〇年代後半、李光洙は何度も大病を患いながら『東亜日報』編集局長として社説・記事・コラムを書く多忙な生活を送り、『麻衣太子』『端宗哀史』などの人気小説を連載し、修養同友会（修養同盟会から二六年に改称。二九年には「修養」の文字をとって同友会となる）の活動に専念していた。彼が日本文壇と関わりを持つようになるのは、一九三〇年代に入り、満州事変が起こって日本のジャーナリズムの目が半島と大陸に向けられてからのことである。

三　一九三二年の日本旅行

（1）山本実彦との出会い

満州国が建国された一九三二年、改造社社長の山本実彦は朝鮮と満州を長期視察し、五月十一日に『東亜日報』の宋鎮禹《ソンジヌ》の招きで李光洙・尹白南《ユンペンナム》・李象範《イサンボム》・朱耀翰《チュヨハン》・金炳奭《キムビョンソク》・白南雲《ペンナムン》ら朝鮮文人たちと一夕をともにした。(15) 宴席の参加者に対して山本は『改造』誌への執筆を依頼し、李光洙は六月号に朝鮮文学を紹介する文章「朝鮮の文学」を、尹白南は十月号に小説「口笛」を発表した。(16)『改造』ではこの年の四月に張赫宙《チャンヒョクチュ》の『餓鬼道』

が懸賞で入選しており、十月号にも彼の作品「追はれる人々」が掲載されている。この背景には、朝鮮と中国に対する山本の強い関心のほか、プロレタリア文学の弾圧が始まり、また日本が大陸へと「進出」していたこの時期に、『改造』誌が朝鮮の文学をあらたな商品として開発したという見方もある。[17] 山本は帰国後に出した旅行記『満・鮮』のなかで李光洙を紹介し、「朝鮮における文壇的地位は我菊池寛氏の如く」[18]であると書いた。『東亜日報』編集局長であると同時に『李舜臣』『흙（土）』等の新聞小説で人気を博していた李光洙は、山本の目に『文藝春秋』の社長でありながら新聞小説で大きな人気を得ている菊池寛と重なったのだろう。

（2）　日本文人たちとの出会い

この年九月に李光洙は日本を訪問した。旅行の目的は会社の用務だが、[19] 四月に安昌浩《アンチャンホ》が上海で逮捕されているので、この事態を受けて東京にいる興士団関係者と打ち合わせをした可能性もある。このころ朝鮮を訪れていた阿部充家《みついえ》が転倒して体調を崩したので彼を東京まで送り、また友人から託された妹とあわせて一行は三人だった。途中立ち寄った京都では、阿部の友人で古代の日本と朝鮮の交通史に詳しい京都貯蓄銀行の谷村氏を知ったが、この人物はのちに日本語小説「少女の告白」（一九四四）に登場する谷村老人のモデルとなる。[20] 一行はこのとき奈良まで足を延ばしたようである。[21]

東京では、山本が李光洙のために、早稲田時代の恩師吉田絃二郎のほか、久米正雄、藤森成吉、佐藤春夫、里見弴ら一流の作家を星岡茶寮に招いて、夕食会を開いてくれた。[22]『改造』六月号に朝鮮文学の紹介を書いたばかりの李光洙は、文人たちから多くの質問を受けて、説明におおわらわだった。その三日後に山本は、晩翠軒で開かれた「定型問題座談会　兼題　万葉の歌と現代の歌[23]」という改造社主催の座談会に李光洙を招いている。土岐善麿、前田夕暮、齋藤茂吉、石原純、北原白秋、折口信夫というそうそうたる日本歌人たちを前に、李光洙は時調と郷歌について説明した。『短歌研究』に掲載された座談会記事のあとがきには、「李光洙氏は現在は朝鮮文字で出版せられている新聞中最も有力なる東亜日報の編集局長である。恰度上京中であられたのを幸ひの機会としてご招待した次第である」[24]とあって、李光洙が作家であることは書かれていない。どうやら山本実彦はこのころ李光洙に、作家としてより朝鮮文学の紹介者としての役割を期待していたようである。

（3）　日本文壇の「文芸復興」

李光洙が日本を訪れた昭和七（一九三二）年は、それまで文壇を制覇していたプロレタリア文学の退潮がはじまり、既成作家の復活と若手芸術派の台頭による「文芸復興」と呼ばれる兆しが見えるころだった。第一回大東亜文学者大会のとき李光洙を鎌倉の自宅に招待してくれる林房雄はこのころプロレタリア作家で、この年に監獄から出て代表作「青年」を書いている。翌年小林多喜二が警察に虐殺され、佐野・鍋山の転向宣言が出ると転向者が続出する。そして林房雄、武田麟太郎、小林秀雄、川端康成らがこの年に創刊した同人誌『文学界』は、やがて文壇の主流派になっていく。

日本から帰国したあと、李光洙と日本との関係はしばらく途切れる。帰国の翌年に突然『朝鮮日報』に移籍した彼は、翌一九三四年、朝鮮日報社の待遇問題や愛児の急死の衝撃がかさなって新聞社を離れ、放浪の旅に出たあと、紫霞門外の弘智洞に家を建てて閉じこもった[25]。

四　一九三五～三六年の長期滞在

（1）東京の「家」

一九三五年、李光洙が弘智洞の家で精神的な落ち着きを取りもどし、また安昌浩が仮出所して平壌郊外に居を定めたころ、妻の許英肅《ホヨンスク》が医師研修のために三人の子供を連れて日本で暮らしはじめた。のちに弘智洞の家を売るときに書いた短編「鬻庄記（家を売る話　）」のなかで、李光洙はこれまで幾度も引っ越したことを回想し、病気のため、子供の教育のため、その子が死んだため、そしてまた妻の「医学の勉強」のために引っ越したと書いている[26]。妻と子供たちが住む東京の家が自分の「家」であると認識していたことがうかがわれる。日本に根拠地ができたことで、李光洙と日本との関係も復活することになった。李光洙はこの年の末に家族に会いに行って一月まで滞在し、その間に阿部充家の葬儀に参列した[27]。彼が朝鮮に帰った翌月に二・二六事件が起きている。

（2）「東京見聞記」と「万爺の死」

李光洙は、一九三六年五月に再び東京に行って六月まで滞在し、帰国後、『朝光』に「東京求景記（見聞記）」を隔月連載した。

①『東京求景記』『朝光』一九三六年九月号（渡航証明書　南国初夏　玄海灘　車中[28]）

②『東京求景記』『朝光』一九三六年十一月号（国技館씨름（相撲）　銀座[29]）

③『東京求景記』『朝光』一九三七年新年号（農士学校와高麗神社　歌舞伎劇[30]）

④『東京文人會見記―東京求景記의継続』『朝光』一九三七年三月号（星丘茶寮《ママ》의一夜　吉田氏와藤森氏의訪問[31]）

このなかで特に注目されるのは、安岡正篤《まさひろ》（一八九八〜一九八三）が創立した農士学校への訪問である（③参照）。陽明学の思想家である安岡は、日本主義的な精神教化をめざす金雞《きんけい》学院と農本主義的な教育を行なう農士学校を創立し、官僚や軍人にも影響を与えて二・二六事件とも関係が取りざたされた人物である。農士学校を訪問するに先立ち、李光洙は安岡に直接会って学校の「主義精神」のあらましを聞いている。李光洙がどういう経緯で安岡を訪ねたかは不明である。李光洙にはもともと農本主義的な傾向があったし、また理想村の建設という安昌浩の構想の参考にするつもりでこの学校を訪問したという見方もある[32]。しかしながら「東京求景記」に見られる、「農士学校の精神は、利己主義・個人主義を捨てて団体主義・奉仕主義で生きることにある[33]」や、「人々が欧米の個人主義に染まってこの精神を失ってしまったとき、農村は疲弊し個人生活は寂莫たるものになる[34]」という言葉、そして沐浴斎戒や神前礼拝など神道風の訓練と労働を主とする質実剛健な教育に対する賛嘆は、英米の利己主義を攻撃する文章や「志願兵訓練所の一日[35]」（一九四〇）など訓練所の生活を賛美する文章を書いた対日協力期の李光洙の姿を連想させる。対日協力を始める以前と以後の李光洙の思想の連続性は今後の研究課題の一つである[36]。

『改造』の山本実彦は今回も李光洙を歓待し、恩師の吉田絃二郎、藤森成吉、女性作家の林芙美子とともに国技館の相撲見物に招待してくれた（②参照）。数日後、李光洙は藤森と吉田の家を訪問している（④参照）。

七月に朝鮮にもどった李光洙は、『改造』八月号に短編「万爺の死」を発表した。「愛か」以来、じつに二十七年ぶりの日本語小説である。時間的に見て、日本で書いたか、あるいは帰国してすぐの執筆と推定される。執筆の直接の契機は山本からの依頼であろうが、李光洙自身も東京に長期滞在しているうちに『日本文壇に打って出る」という昔の夢を思い出し、日本語創作への意欲を抱いたのではないだろうか。『改造』の懸賞に当選した張赫宙が、着々と日本文壇での地歩を固めていることにも刺激されたのかもしれない。[37]「万爺の死」は李光洙が対日協力と関わりなく日本語で書いた作品という点で注目される。しかし、こんな形の日本語創作はこの一編で終わった。三年後に李光洙は、まったく違った状況のなかで日本語創作をすることになる。

（3）同友会事件

李光洙が帰国した年の夏に赴任してきた南次郎総督は、まもなく皇民化政策の一環として日本語の使用を奨励しはじめた。[38]これによって日本語創作には、日本文壇への進出という個人的な野心を越えて、総督府の政策への協力という意味が付与されることになったのである。翌一九三七年七月、日中戦争勃発の前月に同友会事件が起きる。百八十一名が検挙され、[39]自白の強要と拷問により会員二名が死亡、一名が廃人になり、翌年、病気で保釈されていた安昌浩《アンチャンホ》も死亡した。会員たちの運命は李光洙の決断にかかることになった。李光洙は病床で諦念に満ちた中編「無明」を執筆し、[40]八月の裁判開始をはさんで十一月には仲間とともに思想転向申述書を裁判所に提出する。[41]翌一九三九年に書いた「鬻庄記」のなかで李光洙は、これまで自分がやってきた民族運動や人格改造運動は「皮相」で「無力」なものだったと述懐する。彼の心のなかで大きな変化が起きたことがうかがわれる。このころから彼の日本語創作が始まり、しだいに本格化していく。[42]

（4）馬海松と菊池寛

『無明』は一九三九年の『文章』一月号に発表されたあと、金史良《キムサリャン》によって翻訳され、十一月に日本の大衆娯楽誌『モダン日本《にっぽん》』の臨時増刊号『モダン日本朝鮮版』に掲載された。モダン日本社の社長馬海松《マヘソン》は開城出身で、留学中に菊池寛の門下生となり、[43] 文藝春秋社の社員をへて子会社であるモダン日本社の社長になった。故郷の文化を紹介することに使命感をもっていた彼は、[44] 自分の雑誌で一九三九年と翌年の二回にわたり朝鮮特集号を出したほか、菊池寛に出資させて「朝鮮芸術賞」を創設した。[45] 一九三九年の特集号には賞創設の案内とともに李光洙の「無明」、李孝石《イヒョソク》の「蕎麦の花の頃」、李泰俊《イテジュン》の「鴉」、そして金素月《キムソウォル》や白石《ペクソク》らの詩が翻訳掲載されている。[46] 詩と小説の掲載場所は別々だが、目次を見ると「朝鮮芸術賞設定」という見出しのあとに全作品のタイトルがまとめて並べられており、掲載された作品はそのまま「朝鮮芸術賞」の候補作のように見える。実際、受賞決定発表の審査評を読めば明らかなように、日本側審査員たちが読んだ李光洙の作品は『無明』だけであり、朝鮮側推薦者の推薦根拠は李光洙のこれまでの業績であった。[47] したがって、翌年二月十一日に発表された李光洙の第一回朝鮮芸術賞受賞は、馬海松の既定路線と見るべきであろう。受賞発表後、モダン日本社はただちに李光洙の短編集『嘉実』を刊行し、『有情』、『愛』前・後編と合わせて四冊の翻訳本をつぎつぎに刊行した。[48] 要するに李光洙はモダン日本社が企画した販売戦略に乗っていたのである。モダン日本社の背後には親会社である文藝春秋社があった。これまで山本実彦の改造社しか日本文壇へのつながりを持たなかった李光洙は、馬海松を通じて菊池寛の文藝春秋社という後ろ盾を持つことになったのである。

受賞のあと菊池寛は『文藝春秋』のコラム「話の屑籠」で、「（李光洙に――筆者註）二月中に東京に来て貰って、日本の文壇へも紹介したいと思っている」[49] と書き、新聞も三月中に賞の授与式が行なわれると報じたが、[50] 裁判中の身である李光洙はこのとき日本に来ることはできなかった。前年の一審では会員全員が無罪判決を受けたが、検察側が即日控訴していたのである。注目されるのは、受賞に関する菊池のコラムでも新聞記事でも、創氏改名に言及していることである。東京朝日新聞は「「氏」に沸く朝鮮―今日から受付開始」という大見出しをつけて、二月十一日の紀元節を期して朝鮮で創氏改名の受付が始まり、李光洙が香山光郎《かやまみつろう》と改名したことを伝え、そのあと小見出しで彼の朝鮮芸術賞受賞を伝えている。また菊池寛も「この人は、朝鮮人が日本姓を名乗れることになったとき、直ちに香山光郎と改姓したとのことである」とわざわざ書いている。第一回朝鮮芸術賞の受賞者発表の時期が創氏改名の受付にあわせて戦略的に選ばれたこと、そして李光洙の積極的な対日協力が受賞に影響していたことがうかがわれる。

この一九四〇年八月、菊池寛が京城を訪れて李光洙と初めて顔をあわせた。文芸家協会の会長である菊池は[51]、文学者たちが班を作って各地で国民精神高揚のための講演を行なう「文芸銃後運動」を提唱し、その朝鮮・満州班の一員として小林秀雄・久米正雄・大仏次郎・中野実を率いてきたのである。彼らは京城で講演会をひらき、『京城日報』主催の座談会に出席した[52]。李光洙は菊池と小林から執筆依頼を受けたのだろう、このあと『文藝春秋』と『文学界』にそれぞれエッセーを書いている[53]。このころの『文学界』は文藝春秋社から発行されて経営も安定し、数多くの同人を擁して〈文壇強者連盟〉と言われるまでになっていた。こうして李光洙は日本文壇の有力者たちとつながりを持つことになったのである。

翌一九四一年十一月、同友会事件が結審して会員全員が無罪宣告を受けた。大東亜戦争勃発の前月だった。

五　一九四二年の第一回大東亜文学者大会

（1）日本文学報国会

一九四二年五月、国策への協力を目的とする文学者の団体、日本文学報国会が設立された。[54]大東亜文学者大会はこの団体が行なった主要な事業の一つで、「共栄圏文化の交流を図って新しき東洋文化の建設に資」することを目的に一九四二年と四三年に東京、四四年に南京で開催された。李光洙は第一回と第三回大会に出席している。

（2）プロモーション活動

李光洙は第一回大東亜文学者大会に参加するため、一九四二年十一月に訪日した。翌年一月の『文学界』に発表した紀行文「三京印象記」のなかで、彼は日本での行動と印象をくわしく記している。十一月一日に東京駅に到着した李光洙は、神社参拝、歓迎宴、軍隊見学などたくさんの行事をこなしながら会議に出席し、文学者たちと交流した。それは「共栄圏文化の交流」であると同時に、彼のプロモーション活動でもあったといえる。このとき中国代表の一人だった張我軍の大会参加の目的は、日本語教育のために日本を見聞すること、そして武者小路実篤や島崎藤村らとじかに会って翻訳について話すことだったという。[55]また生活が不如意であったバイコフは、自筆スケッチ画を四～五十点持参して自分の愛読者に販売しようとした。菊池は『文藝春秋』のコラム「話の屑籠」で宣伝をしてやり、購入者には自分の色紙を進呈すると書いている。[56]こうした例が示すように、このとき東京に集まった作家たちには、それぞれの事情と思惑があったのである。

李光洙は、モダン日本社から前年刊行した『愛』後編につづく五冊目として、連載を終えたばかりの『元暁大師』を出したいと考えていたのではないかと思われる[57]。菊池寛もこの事情を知っていたのだろう。三日の開会式の夜、李光洙を築地の料亭に案内しながら、「君も東京で小説を売るんだろう。それなら東京の文人達に逢って置いた方がいい。顔を知らぬと中々批評も書いて呉れぬのでね」と言い、李光洙はこれを「私を東京の文人方に引き合わせようという老婆心」だと受け取っている[58]。菊池はこうした細かな気配りをする人物だったようである。李光洙はこの夜、片岡鉄平、河上徹太郎、横光利一、吉川英治、舟橋聖一、林房雄を紹介され、三日後には林房雄の誘いで小林秀雄や青山二郎らと痛飲して、翌日、林の鎌倉の自宅で遊んだ。鎌倉には林や小林、川端康成など多くの作家が住んでおり、当時の文壇では「鎌倉文士」という言葉が通用していた[59]。

東京での日程を終えた李光洙は、他の大会参加者たちといっしょに京都と奈良の寺社をまわり、十一月十三日に日本を離れた[60]。東京では中学時代の友人山崎《やまさき》俊夫と三十二年ぶりに再会して旧交を温めたが、これについて李光洙は「三京印象記」でいっさい触れていない[61]。また山本実彦についても同様である。改造社は、会議初日の夜に海外参加者と報国会の役員のために宴席を設けており、そこで李光洙は山本と顔を合わせているはずだが[62]、そのことも書かれていない。「三京印象記」は、これが掲載される『文学界』の同人である河上徹太郎や小林秀雄たち、そして自分の作品に書評を書いてくれそうな作家を念頭において書かれたものだったからであろう[63]。

（3）日本の状況

日本は開戦当初のめざましい勝利のあと、一九四二年六月に早くもミッドウェー沖海戦で大敗を喫し、大東亜文学者大会開催のころはガダルカナルで苦戦中だった。こうした情報は伝えられていなかったので、このころまだ人々は意気盛んであったが、「三京印象記」を読むと、菊池寛が夕食に飲む酒を下げてきて半分だけ残して築地の料亭に持っていくとか、奈良ホテルに久米正雄がウィスキーを持参するなど、物資の不足はおおいがたい。出版界では紙が不足してすでに二年前から国家統制がはじまっており、この翌年には出版事業令が公布されて出版社の統合整理が始まる。戦況は急激に悪化していき、東京では「小説を売る」どころか、雑誌や本を出すこと自体が難しくなっていく。そして、このあと述べるように、李光洙の五冊目の単行本が出ることはついになかった。

六　一九四三年、最後の訪日

（1）学徒出陣

翌一九四三年八月に第二回大東亜文学者決戦大会が東京で開かれた。戦況の厳しさを反映して大会には「決戦」という文字が付け加えられている。李光洙は、四月に発足した朝鮮文人報国会の理事に就任して多忙だったせいか、この大会には参加していない(64)。だが、それから三ヶ月、彼は突然日本を訪れることになった。留学中の朝鮮人学生たちに兵志願を呼びかけるためである。

この年十月、戦争の泥沼化による兵力の不足をおぎなうために、日本政府は法文系大学と専門学校に在籍する二十一歳以上の学生たちの徴兵猶予を勅令で停止した。いわゆる学徒出陣である。ところが、まだ徴兵が施行されていない朝鮮と台湾の学生は徴兵猶予停止の対象にならなかったので、省令「陸軍特別志願兵臨時採用規則」により、徴兵でなく志願という形で徴集することにした。

このとき朝鮮半島にいる適格者は約千名だったが、内地日本には三倍近くの二千七百名もいた。朝鮮人の高等教育に冷淡な朝鮮総督府の方針のために、勉学をのぞむ多くの若者は日本に留学せざるを得なかったからである。受付期間の十月二十五日から十一月二十日まで、総督府はあらゆる手段をもちいて志願を強制し、その結果、朝鮮在住の適格者、および家族と相談するために日本から戻ってきた学生のほとんどが志願を余儀なくされた。受付が締め切られた二日後の『朝日新聞』記事は、朝鮮在住者の九割以上、日本から朝鮮に帰省してきた千三百名のほとんど全員が志願したと報じている。ところが、この記事は日本に残った学生のことには触れていない。朝鮮総督府の強権がおよばない日本においては志願が低迷し、最終的な志願者数は五百五名、わずか三六パーセントだった。このように低い数字を紙面に載せるわけにいかなかったのである。[65]

（2）　日本留学生勧誘団

日本での志願窓口となっていた朝鮮奨学会は受付が始まるとすぐに志願の少なさを予測し、李光洙と崔南善をはじめ朝鮮の名士たちに、日本に来て学生たちを説得するよう要請した。十一月七日、京城で急遽、名士十二名による「日本留学生勧誘団」が組織され[66]、李光洙は崔南善とともに先発隊として翌日京城を発った。関西の学生を勧誘してから十二日に東京入りした彼らは、十四日と十九日に明治大学講堂で講演会を開いたほか、宿所の神田錦町の昌平館で、日夜訪ねてくる学生たちと膝を突き合わせて志願を勧めた[67]。「日本留学生勧誘団」のほかにも、出身学校別の代表団である「母校訪問説得団」、「慶北代表団」や「平南代表団」など、郷里の代表団、道・郡・邑面単位の行政縦割り代表団、宗門会、同窓会、村の個人有志団、「地縁、血縁、学縁のありとあらゆる人間関係を背負った〈使節〉が陸続と海を渡[68]」り、留学生たちを志願させるための説得をおこなった。こうして十一月十日に「二百名程度」だった志願者数[69]は、締切の二十日を迎えて五百名を越えたのである。

それから五年後、李光洙は『わが告白』（一九四八）にこう書いている。「徴用や徴兵に行く当事者も無理やり引っぱられていけば待遇が悪いために苦痛が増すであろうし、家族もそうであろう。だが自発的な態度で行けば待遇も良くなるし、将来受ける代償も大きくなるはずだ[70]」「（日本は―筆者註）大学と専門学校に朝鮮人学生の入学を従来もさまざまな手段で制限してきたが、（協力しなければ―同上）それがますます深刻になるだろう。（中略）我々の子供たちが大学・専門学校から排斥されたらたいへんなことになる[71]」

この李光洙の憂慮は、志願が低迷するなかで発表された小磯國昭総督の談話と、最後まで志願に応じなかった学生たちのその後の処遇を考えあわせることで理解される。

内地で志願者が二百名程度に留まっていた十一月十日の記者会見で、小磯は「内地在学生」たちに次のように呼びかけた。自分は、強要されて志願するような人間は欲しくない。だが全員が自主的に志願するであろうことを信じている。万が一志願しない者があったりすれば、最近ようやく実を結びはじめた朝鮮人の真価を一般に認識させるための努力と実践（前年発表された徴兵制実施決定のことか―筆者註）は水泡に帰すことになろう。「内地在学生」は事の重大性をよくわかっていないようだが、「自分としては今回の志願の結果によっては、半島統治の根本方針について再検討を加えねばならぬとまでも考えている[72]」。

要するに、学生を皇民化させないような学校も、皇民化しない学生も不要であるという意味を言外に含ませた、これはまさに恫喝である。最後まで志願しなかった留学生たちは、締め切りのあと「非国民」の烙印を押されて大学から休退学命令や除籍処分を受け、逮捕検束されて、あるものは遅まきながら志願に応じて軍隊で悲惨な待遇を受け、あるものは朝鮮に送還されて総督府に送られ、あるものは日本で労働に従事して監視処分をうけた。[73] 李光洙が憂慮した事態は実際に起きたのである。

（3）日本の出版状況

このように深刻な目的の訪日であるから、李光洙には前年交流した作家たちと会うような時間的、精神的な余裕はなかったことだろう。どちらにしろ、このころ日本の出版業界は整理統合が進行しており、混乱状態にあった。翌年一月に行なわれた統合の結果、『文藝春秋』は総合雑誌部門に残ることができずに文芸誌として残り、そのあおりで『文学界』が四月で廃刊となった。[74] 『改造』もやはり総合雑誌としては残れず、時局雑誌として残ったものの、七月には当局から「自発的廃業解散」を要求されて廃刊した。一九四三年初めに『新太陽』と改称していた娯楽雑誌『モダン日本』は、馬海松が社長のまま刊行をつづけることができた。[75] 李光洙が勧誘のために日本を訪れた月には、この『新太陽』に李光洙の「兵になれる」[76] が掲載されている。翌年の『新太陽』十月号にも李光洙は「少女の告白」を発表しており、彼が馬海松を通じて最後まで日本文壇とつながっていたことをうかがわせる。度重なる空襲で仕事に見切りをつけた馬海松が日本を離れたのは、一九四五年一月三十日のことであった。[77]

七　おわりに

李光洙は大量の日本語文を残したが、その多くは時局的な文章で、小説はさほど多くない。朝鮮で発表した日本語小説のうち長編『心相触れてこそ』と『四十年』は未完であり、完結しているのは短編の「蝿」「加川校長」「大東亞」「元述の出征」くらいである。日本で発表したのは「愛か」「万爺の死」「兵になれる」「少女の告白」だが、最初の二つは対日協力とは関わりがない。また日本語で書かれた随筆も時局と関わらないものが多い。

李光洙にとって日本語で書くとはどういう行為であったのか。日本の雑誌と朝鮮の雑誌に書く場合に、はたして内容は書き分けられていたのか、また彼の小説は日本文壇ではどのような位置にあったのかなど、李光洙の日本語創作に関する疑問は多い。ジャンルや内容、発表の場所、書いた状況などを視野に入れたきめ細かな研究が必要であるが、そのための整理はいまだ充分ではない状態である。

本章では、そうした基本的な整理作業の一つとして、李光洙が「内地」日本と直接どのように関わったかを考察した。具体的には、留学中断後の李光洙が、いつどのような形で日本を訪れ、そのとき日本の文学界はどのような状況にあったかを考察した。

一九二一年に朝鮮に帰国した李光洙は、その三年後に旅行者として日本を訪れて震災後の日本を見た。満州事変が起こり、日本の言論界の視線が朝鮮・満州へと向かったころ、彼は東亜日報編集局長の立場で改造社の社長山本実彦を知り、社用で日本を訪れて日本文人たちと交流した[78]。一九三〇年代なかば、妻の許英肅の医学研修のため東京に「家」ができたことを契機に、彼は東京に長期滞在して二十七年ぶりの日本語小説「万爺の死」を書く。しかし、このあと南総督が打ち出した日本語奨励の方針は、日本語創作という行為に対日協力の意味を付与することになった。

同友会事件がおき、安昌浩の死によって会の責任者となった李光洙は、病床で諦念にあふれた「無明」を執筆し、翌年には「鬻庄記」を書いて、これまで自分がやってきた民族運動や人格改造運動は皮相で無力なものだったと述懐する。「無明」は金史良によって翻訳されて朝鮮芸術賞を受賞したが、そこにはモダン日本社社長馬海松の朝鮮文化紹介への熱意と、それに同居する販売戦略があった。受賞の直後、『嘉実』『有情』『愛』前・後編と、李光洙作品の翻訳がつぎつぎと刊行された。

一九四二年の大東亜文学者大会に参加したときの李光洙は、最近作『元暁大師』を五冊目として日本に紹介したいと考えていたようだが、戦況の悪化はついにそれを許さなかった。翌年、学徒出陣に朝鮮人学生を志願させる勧誘をするため日本に来たのが、李光洙の最後の訪日になった。

（1）一九〇九年十一月七日から翌年一月十五日まで約一ヶ月間の日記が『朝鮮文壇』第六号（一九二五・三）と第七号（一九二五・四）の二回に分けて掲載され、前者には（十六年前에東京의某中学에留学하던十八歳少年의告白）、後者には（十八歳少年이東京에서한日記）という副題が付けられている。

（2）拙訳。以下、本章の日本語訳は特に断りがない限り筆者の訳による。原文は「日本文壇에 기를 듣고 나설까」、『朝鮮文壇』第七号、六頁

（3）以下のような点から見て、実際の日記がもとになっていると推測される。①日付につけられた曜日がどれも正確であること。②十一月二十一日（日曜）にこの日起きた二本榎町の殺人事件のことが載っていること。③十二月十四日（火曜）に前夜起きた白金の火災のことが載っていること。④十二月二十二日（水曜）に「李完用が死んだ」とあるが、この日、日本に来ていた李完用が李在明に刺されて重傷を負うという事件が起き、一時、新聞は「刺殺」という言葉を使ったこと。

（4）じっさい「日記」には付け加えたと思われる部分も目につく。たとえば十二月六日の山崎俊夫への言及は加筆と推測される。

（5）日韓併合がせまっていたこの時期、「愛か」の内容は『大韓興学報』の論調とはまったく合っていない。李光洙は朝鮮語で書いた詩「獄中豪傑」や論説「情育論」と日本語で書いた小説「愛か」を読者に応じて書きわけていたように見える。なお最近、李光洙が中心となって明治学院の留学生たちが発行した回覧誌『新韓自由鍾』が発見されたが、この雑誌では李光洙だけが日本語で書いていることが注目される。波田野節子『韓国近代作家たちの日本留学』白帝社、二〇一三　参照

（6）『改造』一九三六年八月号

（7）金允植『李光洙의 日語創作 및 散文選』、도서출판역락、二〇〇七／李京塤『李光洙의 親日文学研究』、태학사、一九九八／白川春子「李光洙の日本語小説について」『年報朝鮮学』第五号、一九九五　他

（8）金允植の評伝『李光洙와 그의時代』（솔一九九九）では触れられているが、外部資料との突き合せがされていない。

（9）一九六二年から六三年にかけて三中堂から刊行された『李光洙全集』（以下『全集』と略記する）第二十巻の年譜には一九二四年と三二年の日本旅行の記述がない。一九三五年と翌年の長期滞在についての記述は正確だが一九四二年の大東亜文学者大会出席の記述がない。また一九四二年十一月の項にある『学兵勧誘滞日』は一九四三年十一月の間違いである。

（10）『真珠夫人』は一九二〇年六月から十二月まで『大阪毎日新聞』と『東京日日新聞』に連載された。

（11）『朝鮮文壇』第十号（一九二五年七月発行）掲載の「病床에서」と題する文章で、李光洙は雑誌の主宰をやめることを告げ、三月十二日に入院したと書いている。

（12）金允植は、春園の妻がそのころ留学中だったとしているが、全集年譜によれば許英肅の留学はその前年の一九二一年三月から六月のことである。金允植『李光洙와그의時代二』、솔、一九九九、二五四頁

（13）「나의告白」によれば、一月に『東亜日報』を退いた李光洙は三月に急病を発し、その後三年間ずっと体調が悪かったという。『全集』十三、二五三頁

（14）全集年譜では、一九二四年四月に安昌浩と北京で会ったことになっているが、これは前年の間違いであろう。李光洙の訪中の時期は資料によって違っている。『思想彙報』（朝鮮総督府高等法院検事局思想部二十四、一九四〇・九、一九三頁）では一九二三年二月、朝鮮総督府警務局の『最近における朝鮮統治状況（昭和十三年）』（巌南堂書店、一九七八、三六六頁）では一九二三年三月、『仁村金性洙傳』（一九七六、二六三頁）では一九二三年十月になっている。

（15）高栄蘭はこの宴会が「広告主への接待の意味あいもあった」としている。「出版帝国の『戦争』―一九三〇年前後の改造社と山本実彦『満・鮮』から」、『文学』三・四月号、二〇一〇、一一六頁

(16)　朱耀翰は、自分も山本から「詩歌」について書くよう頼まれたが断ったという話を『三千里』の座談会でしている。「文学問題評論会」、『三千里』一九三四年六月号、二〇六頁。ただし宴会当日の五月十一日に依頼した原稿が六月号に載ることには無理がある。山本が李光洙に原稿を依頼したのはこの日より前だと思われる。

(17)　金允植『李光洙와 그의時代』、솔、一九九九、二六〇—二六二頁／白川豊「張赫宙研究」、『植民地期朝鮮の作家と日本』、大学教育出版、一九九五、一七九／「解説—「追われる人々」をめぐって」、『張赫宙日本語作品選』、勉誠出版、二〇〇三、三三一頁／高栄蘭「交錯する文化と欲望される「朝鮮」」、『語文』二〇一〇・三、一三六頁

(18)　山本実彦『満・鮮』、改造社、一九三二、二五頁

(19)　一九三九年三月十七日『京城日報』「無佛翁の憶出（6）」で、李光洙は阿部を東京まで送ったことを回想し、それは「私が新聞社の用務で私の社の幹部と東京會舘で、在京の名士方を招請して一夕の宴を張った時」であり、「その後、私は新聞から身を引い」たと書いている。本文にもあるように李光洙は一九三四年に新聞社を離れているので、これが一九三二年の訪日のことだとわかる。高栄蘭によれば、一九三〇年前後は朝鮮の新聞の広告収入の多くが内地からのものだったため、新聞社が日本支局を設置して広告の誘致を行なったという（前掲註「出版帝国の『戦争』」二六頁）。あるいはこうした用向きだったのかもしれない。

(20)　「少女の告白」、『新太陽』、一九四四年十月号／『近代朝鮮文学日本語作品集一九三九〜一九四五　創作篇二』、四七一頁。谷村の名前は「三京印象記」にも出てくる。『文学界』一九四三年一月号、八二頁

(21)　「(春日神社に—筆者)十年前に一度お参りしたことがある」「三京印象記」、八一頁

(22)　「星丘《ママ》茶寮의文人雅会」、『新東亞』一九三三年一月号／『全集』十六、四〇一—四〇四頁

(23)　『短歌研究』十一月号、改造社、一九三二

(24)　同上、五七頁

(25)　「春園出家放浪記」、『三千里』、一九三四、六

(26)　「그러고는 아내가 의학공부를 더 한다고 하여서 동경으로 옮겼으니」『全集』十六、四九六頁／「それからまた一度は、妻が医学の勉強をもう少しするのだと云って居を東京に移したのですが」「鬻庄記」『嘉実』、一四二頁

(27)　「無佛翁の憶出（五）」、『京城日報』一九三九年三月十六日

(28)　『全集』十八、二八三—二八八頁

(29)『全集』十八、二八九―二九四頁

(30)『全集』十八、二九四―三〇一頁

(31)『全集』十六、四一六―四二三頁

(32)「理想村計画」『島山安昌浩』、全集十三、一五三―一六一頁。河かおるは、この見学は理想村計画と関連があると推察している。「植民地期朝鮮における同友会―地下ナショナリズムについての一考察」、『朝鮮史研究会論文集第三十六集』、一九九八、一五四頁

(33)『全集』十八、二九五頁

(34)『全集』十八、二九五―二九六頁

(35)『国民総力』一九四〇年十一月号／『同胞に寄す』、博文書館、一九四一　所収

(36)第三章「大東亜文学者大会での李光洙発言に見る《連続性》」参照

(37)張赫宙は一九三四年に短編集『権といふ男』を改造社から、一九三五年に『仁王洞時代』を河出書房から刊行している。なお李光洙は一九三六年一月の『新人文学』座談会記事で、朝鮮語の素晴らしさを賞賛し、朝鮮人の事大主義を批判しながら張赫宙を引き合いに出して「張赫宙氏などは日本語で小説を書いていますが、東京で発表さえされりゃたいしたもんだと思っていますからね」と述べ、春城（盧子泳）はそれを受けて、「カルボウ」という作品は朝鮮語に翻訳すれば三文の価値もないと発言している。『全集』二十、二五三頁

(38)南次郎は李光洙が帰国して一ヶ月後の一九三六年八月に赴任した。その後の日本語使用奨励は以下のとおり。一九三七年二月十六日、内務局長から道府邑会での国語使用奨励の通牒。三月十七日、総督府、日本語使用の徹底の通知を各道に発す。五月二十日、朝鮮人学校で授業以外の日本語使用、父兄のための講習奨励の通達。『朝鮮半島近現代史年表』、原書房、一九九六

(39)高等法院検事局思想部『思想彙報』第二十四号、昭和十五年九月、一八七頁。このうち四十一名が起訴された。なお、当時の同友会員の数は百三十名程度だったという。註(32)「植民地期朝鮮における同友会」、一五九頁

(40)全集年譜による。

(41)　「李光洙以下二十八名は去る十一月三日明治節の佳節をトし、裁判所の許可を得て京城に会合し、思想転向会議を開催し、皇居遥拝国歌奏楽皇軍戦没将兵および戦傷白衣勇士の慰霊ならびに平癒祈願後、打ち揃って朝鮮神宮に参拝し終えて、思想転向申合書を作成の上、裁判長宛提出すると共に同友会の入会金三百円および当日出席者の醵出せる二、八八八円を国防献金することに決し（後略）」朝鮮総督府警務局編『最近に於ける朝鮮治安状況（昭和十三年）』、巌南堂出版、一九七八、七三〜七四頁／一九三八年十一月四日『毎日新報』に「李光洙氏等三十三人臣民의赤誠披瀝神宮参拝、賽銭奉納」の記事がある。

(42)　「親日反民族行為真相糾明報告書」によれば、この時期で最初の日本語作品は一九三九年『東洋之光』二月号に発表した「折にふれて歌へる」である。この年、李光洙は三月に『京城日報』に「無佛翁の憶出」を連載したほか『東洋之光』八月号に「山家日記」（ただし末尾に編集部訳とある）を発表している。翌年は三月から七月まで『緑旗』に本格的な日本語小説『心相触れてこそ』（未完）を連載し、五月の『京城日報』に「山寺の人々」、九月の『総動員』に「内鮮青年に寄す」、十月の『京城日報』に「同胞に寄す」などを、また日本では四月の『東京朝日新聞』に「京城の春」、八月の『モダン日本朝鮮版』に「我が交友録」、『文藝春秋』十一月号に「顔が変わる」を発表した。

(43)　馬海松は、十六歳の時から日本大学で菊池の講義を聴き、十九歳のときに門下生になったと回想している。「朝鮮に叫ぶ人々」、『文藝春秋』一九五三年三月号、一〇八頁／菊池は「彼は十七の年から、自分の手許に来た」と書いている。「臺灣と朝鮮」、『其心記』、建設社、一九四六、一〇六頁

(44)　馬海松は最初の臨時増刊号について、「売れ行きがよくてもそれ一冊で大儲けするわけでないが、売れなければ会社経営を続けるのがむずかしくなるほど力を入れ」たこと、発行直前に父親の訃報が届いたが最初は故郷に帰ろうとしなかったことを、一九五六年から六〇年にかけて『思想界』に連載した自伝で回想している。馬海松『아름다운 새벽』、文学과知性社、二〇〇〇、一三六頁

(45)　朝鮮芸術賞の創設は一九三九年十一月発行の特集号『モダン日本朝鮮版』で発表された。菊池寛は『文藝春秋』一九四〇年三月号の「話の屑籠」に「『モダン日本』の馬海松君から頼まれて朝鮮芸術賞の資金を出すことにした（後略）」と書いている。『菊池寛全集』第二十四巻、文藝春秋社、一九九五、四二四頁

(46)　朱耀翰・金起林・毛允淑・金素月・白石・鄭芝溶の詩が金素雲と金鍾漢の訳で載っている。小説は、李孝石の「蕎麦の花の頃」が自訳で李泰俊の「鴉」が朴元俊訳。

(47)　『モダン日本』一九四〇年四月号、一四〇―一四三頁

(48)『嘉実』は一九四〇年四月、『有情』が六月、『愛』前編が十月、後編が一九四一年三月に刊行された。なお『有情』解説によると、翻訳者は、短編集『嘉実』のなかの「鬻庄記」「亂啼鳥」「夢」が金山泉、「嘉実」「血書」および『有情』が金逸善である。また『愛』後篇の本文末尾には、前・後篇とも金逸善が訳したことが記されている。
(49)『文藝春秋』一九四〇年四月号／『菊池寛全集』第二十四巻　四二四頁
(50)『東京朝日新聞』一九四〇年二月十一日
(51)文芸家協会は、菊池寛が作家の権利擁護と相互扶助を目的に一九二一年に設立した小説家協会と、一九二〇年に設立された劇作家協会とが一九二六年に合併してできた団体である。一九四二年に日本文学報国会に吸収されたが、戦後一九四五年に日本文芸家協会として再建され、ふたたび菊池が会長に就任した。
(52)京城では講演会の聴衆があまりに多かったため、翌日、臨時に二回目の講演会を行なった。『文藝春秋』「話の屑籠」昭和十五年九月号、八月号（『菊池寛全集二十四巻』、四三九―四四二頁）／『京城日報』一九四〇年八月六～七日。座談会の記録は「文人の立場」と題して十三日から二十日まで七回にわたって同紙に連載された。
(53)『文藝春秋』一九四〇年十一月号に「顔が変わる」、『文学界』一九四一年三月号に「行者」を発表している。
(54)このとき文芸家協会が報国会に吸収された。これに対して菊池はかなり抵抗し、理事でありながら報国会にも非協力的だったが、仲間に頼まれれば、大東亜文学者会議では議長を引き受けるなど力を貸したという。河上徹太郎『文学的回想録』、朝日新聞社、一九六五、一七頁
(55)張欣「張我軍と大東亜文学者大会」、『アジア遊学』第十三号、二〇〇〇・二
(56)『文藝春秋』一九四二年十二月号、『菊池寛全集第二十四巻』、五〇五―五〇六頁
(57)『毎日新報』での連載が終了したのは、日本に出発する当日の十月三十一日である。
(58)「三京印象記」、『文学界』一九四三年一月号、七〇頁
(59)林房雄『文学的回想』、新潮社、一九五五、一二九頁
(60)大東亜文学者大会の詳しい日程および李光洙の行動については第二章を参照のこと。
(61)第二章で筆者は李光洙が「三京印象記」に山崎のことを書かなかった他の理由をいくつか推論する。
(62)寺田瑛は「大東亞文学者大会へ」で、改造社の歓迎宴に李光洙が出席していたと書いている。『新時代』一九四二年十二月号、七九頁

(63) とはいえ、大東亜文学者会議の全議事録を収録した改造社の雑誌『文芸』一九四二年十二月号にある編集部の招待記「ようこそ！」に、李光洙の名前すら出てこないのは不思議な気がする。山本も、今回は李光洙に原稿依頼を行なっていない。推測だが、山本は李光洙の文藝春秋への接近と対日協力の姿勢に共感しなかったのではないか。同様に、李光洙のほうでも当局と摩擦を起こしている『改造』への接触を避けたい気持があったのかもしれない。この年『改造』八―九月号に掲載された細川嘉六論文が共産主義的だとして九月号が発禁になり、まもなく筆者の細川が逮捕されている。この事件はやがて「横浜事件」へと発展することになる。
(64) 朝鮮文人報国会はこの年四月に発足し、八月十六日に第一回の理事会が開かれている。林鍾国『親日文学論』、高麗書林、一九七六、一四五頁
(65) 姜徳相『朝鮮人学徒出陣』、岩波書店、一九九七、二六三頁
(66) 同上、二五一頁
(67) 一九四三年十一月十九日『朝日新聞』三面
(68)『朝鮮人学徒出陣』、二六三頁
(69) 一九四三年十一月十一日『朝日新聞』夕刊掲載の談話記事「起て、半島学徒—内地在学生へ小磯総督与ふ」で、小磯は「いまでに志願の名乗りをあげた者は二百名程度と称せられ」ていると述べている。
(70)『全集』十三、二六八頁
(71)『全集』十三、二六九頁
(72) 一九四三年十一月十一日『朝日新聞』
(73) 姜徳相『朝鮮人学徒出陣』「十一、非国民たち」参照。だが最後まで潜伏して逮捕を免れた学生も多く、その数は千百名を越えたという。三三七頁
(74) 一九四四年一月二十一日『朝日新聞』三面／同二月二十九日三面／『日本近代文学大事典第五巻新聞・雑誌』。『文藝春秋』は一九四五年三月号まで発行された。
(75)「東京対談」『朝鮮画報』一九四四年一月号掲載の座談会記事で馬海松の肩書きは「新太陽社社長」になっている。（金允植『李光洙의 日語創作 및 散文選』、도소출판역락、二〇〇七、一九六頁）／菊池は、戦後、日本の台湾と朝鮮への態度について書いた文章のなかで馬海松のことを回想して「今は新太陽社と改めたモダン日本を興した馬海松」と書いている。菊池

寛「臺灣と朝鮮」、『其心記』、建設社、一九四六、一〇六頁

(76)『新太陽』一九四三年十一月号　『近代朝鮮文学日本語作品集（一九三九～一九四五）創作篇五』、緑蔭書房、二〇〇一所収

(77)「朝鮮に叫ぶ人々」、『文藝春秋』一九五三年三月号、一〇八頁／『아름다운 새벽』、一七〇頁

(78)　この論文を書いたあとになって、李光洙がこのほかにも訪日している事実を知った。一九三五年の『三千里』二月号のコラム「담배 한대 피어물고（煙草を一服）」の「李光洙氏와 徳富蘇峰」という記事によれば、その二年前、朝鮮日報の副社長となった李光洙は社長の方應謨や取締役と日本の言論界や広告主などを社用で訪ね、帝国ホテルに宿泊して「用銭如水」の豪華旅行をし、そのさい徳富蘇峰にも会ったという。一九三三年八月末に朝鮮日報に移籍した李光洙は、十一月に早くも辞表を出すが周囲に説得されて撤回し、翌年二月の息子の急死を契機に会社から離れている。おそらく日本への豪華旅行は三三年の秋ころではないかと推測される。このほかにも李光洙の日本訪問があった可能性は否定できない。

第二章　李光洙と山崎俊夫、そして菊池寛
――「三京印象記」に書かれなかったこと――

一　はじめに

山崎《やまさき》俊夫（一八九一～一九七九）は、韓国近代文学草創期の代表的文学者である李光洙《イグァンス》と洪命憙《ホンミョンヒ》と明治末の日本で友人だった人物である。岩手県盛岡に生まれて十四歳のとき東京に移住した山崎は大成中学校で洪命憙と友人になり、四年生の春に明治学院普通部に転校して今度は李光洙と友人になった。それから卒業までの二年間、李光洙と山崎は文学を通じて心を通わせ、一九一〇年春の卒業とともにそれぞれの道を歩き始めた。二人は長いこと音信が途絶えていたが、一九三七年に山崎が李光洙に手紙と写真を送ったことが契機となり、一九四二年の大東亜文学者大会のときに再会した。山崎は大会から十四年後に、ある雑誌に李光洙と洪命憙を懐かしむ随筆「京城の空の下」(1)を書き、そのなかで東京に来た李光洙との再会の様子を詳しく書き残している。一方、大会の直後に李光洙が『文学界』に発表した紀行文「三京印象記」(2)に山崎の名前は出てこない。李光洙はなぜ山崎のことを書かなかったのだろうか。本章では、この疑問をいとぐちにして、大東亜文学者大会に参加したころの李光洙の姿勢を考えてみたい。そしてその過程で、李光洙と多くの共通点をもっていた日本人作家、菊池寛についても触れる。

二　李光洙と山崎俊夫

李光洙の著作に山崎の名前が初めて出てくるのは一九二五年のことである。『朝鮮文壇』第七号に発表した「나의 少年時代―十八歳少年이 東京에서 한 日記（私の少年時代―十八歳の少年が東京でつけた日記）」の一九〇九年十二月六日の項に、「山崎君は本当に親切だ。日記に彼のことを一言でも書かなくては申し訳ないような気がする」とある。(3)日記にしては少々ぎこちない書き方であり、日記を雑誌に発表するにあたって、忘れられない友人の名前を挿入した可能性もある。

それから十年後に山崎の名前はトルストイに関する回想のなかに再び現われる。一九三五年十一月二十日の『朝鮮日報』に発表した「杜翁과나（杜翁と私）」で李光洙は、「山崎俊夫というとても清教徒な少年がいたが」、自分にトルストイの本を最初に読ませたのは彼であると回想した。翌年の「文壇生活三十年의回顧」でも山崎のことを、「私にトルストイの本を貸してくれた人」だと書いているが、それにつづけて「（山崎は―引用者）その後慶應文科を卒業して『帝国文学』などに短編作品を発表(4)」したと書いているのは、自分がモデルにされた山崎の短編を意識してのことではないかと思われる。(5)

李光洙は、山崎は作家になったと考えていたらしい。翌一九三七年に『朝鮮日報』に連載した『그의 自敍傳（彼の自叙伝）』では彼を「야마사키（ヤマサキ）」という実名で登場させて、現在は相当に名のある文士だと書いている。(6)ところが、それから三年後に日本の雑誌で日本人との交友を語った「我が交友録」には、山崎が現在松竹少女歌劇の文芸部におり、一九三七年に改造社から住所を聞いて（傍点筆者）家族写真を送ってきたが、それを見たらすっかり頭が禿げていたという話を書いている。(7)このことから、『그의 自敍傳』で山崎のことを書いたあとに、本人から手紙が来たのではないかと推測される。

山崎が李光洙に写真を送った一九三七年、李光洙の身に大きな事件が起きた。『그의 自敍傳』の連載が終わった翌月に同友会事件が起き、李光洙ら同友会の会員が逮捕されたのである。(8)日中戦争勃発の一ヶ月前だった。やがて翌年三月に同友会の中心的存在である安昌浩《アンチャンホ》が亡くなり、会の責任は李光洙の肩にのしかかってきた。やがて裁判が始まると、十一月三日、李光洙は同友会員二十八名とともに朝鮮神宮を参拝し、「思想転向申述書」を裁判所に提出して国防献金を行なう。(9)このあと彼の対日協力行為が始まることになる。裁判は三年間つづき、全員が三審で無罪を宣告されたのは一九四一年十一月のことだった。

それでは、卒業後の山崎はどのような人生を歩んでいたのだろうか。慶應義塾の仏文科で永井荷風に師事した山崎は、『三田文学』や『帝国文学』に少年愛の世界を描く特異な作品を発表して一部の人々から熱狂的な注目を受けた。(10)しかし、慶應を卒業した一九一六年に創作集『童貞』を自費刊行したきり、その後は舞台に魅せられて文筆から遠ざかってしまう。結局、彼は俳優として成功できないまま職業を転々とし、一九三六年末に松竹少女歌劇団に文芸部員として入団した。(11)山崎が李光洙に写真を送ってきたのは、入団の次の年である。生活の一応の安定を得たこと、文筆に近い世界にもどってきたこと、そして李光洙の名前が日本でも知られるようになっていたことから、連絡を取る気になったのだろう。

このとき山崎が改造社に李光洙の住所を問いあわせたという事実は、日本で李光洙の名前が雑誌『改造』と結びついて知られていたことを示している。改造社長の山本実彦は、一九三二年に満州に視察旅行をしたとき、京城で東亜日報編集局長である李光洙と初めて会い、帰国後に書いた紀行文に、李光洙は「朝鮮文壇の耆宿」であり、彼の「朝鮮の文壇的地位は我菊池寛氏のごとく(12)」であると紹介した。(13)山崎が李光洙に手紙を出す前年、『改造』に李光洙の短編「萬爺の死(14)」が掲載されている。それで山崎は改造社に問い合わせたのであろう。

だが一九三〇年代末からは、李光洙は菊池寛の文藝春秋社と関係を深めるようになった。そこには朝鮮人である馬海松《マヘソン》が編集していた雑誌『モダン日本《にっぽん》』が関わっていた。『モダン日本』は文藝春秋社が一九三〇年に「生活・実際科学・娯楽・趣味を中心とした興味本位の雑誌」として創刊した月刊誌である。[15] 売れ行き不振のため、一九三二年にモダン日本社という別会社を作ってそこから発行することになったが、このとき社員だった馬海松が社長に就任し、雑誌を立て直して菊池の信任を得た。[16] 一九三九年、馬海松はこのころ日本の出版界に起きていた朝鮮ブームのなかで[17]『モダン日本朝鮮版』を出し、[18] 好調な売れ行きに力を得て、翌年第二弾を出した。一九三九年版には李光洙の「無明」、李《イ》泰俊《テジュン》の「鴉」、李《イ》孝石《ヒョソク》「蕎麦の花の頃」が翻訳掲載され、[19] 同時に、菊池寛の資金提供で朝鮮藝術賞が設けられたことが発表されている。翌年、李光洙が第一回朝鮮藝術賞を受賞すると、[20] モダン日本社はただちに短編集『嘉実』を出し、[21] つづいて『有情』『愛　前篇』『愛　後篇』と、つぎつぎに李光洙の単行本を刊行した。[22] このころ李光洙は『文藝春秋』に「顔が変わる」[23]、『文学界』に「行者」[24] を書いているが、『文学界』も文藝春秋社から発行されており、李光洙は文藝春秋社の販売戦略にのって日本進出をしていたといえる。

　李光洙の著書四冊は、著者の依頼でモダン日本社から山崎のもとに届けられた。李光洙は山崎を忘れていないことを、こうして伝えようとしたのだろう。彼は「我が交友録」で山崎のことを、「何んだか初恋仲のようで生涯忘れられず、始終懐かしみをもっている」、「今度東京へ出たら真っ先に訪ねようかと思います」と書いていたが、東京に来たのはそれから二年後だった。一九四二年十一月一日、朝刊を見て李光洙が東亜文学者大会に出席することを知った山崎は、宿泊先とされていた帝国ホテル宛に手紙を送った。それを読んだ李光洙は第一ホテルに宿泊しているから来てくれという電報を返す。[25] こうして彼らは三十二年ぶりに再会することになったのである。

三　第一回大東亜文学者大会と「三京印象記」

太平洋戦争勃発から半年後の一九四二年五月、情報局の指導のもとで、文学者を国策の宣伝と実践に協力させることを目的として、日本文学報国会が設立された[26]。会長は徳富蘇峰である。日本文学報国会は主要な事業の一つとして東亜文学者大会を開催した。大会の趣旨は、「日本文化の真姿を認識せしめ、且つ共栄圏文化の交流を図って新しき東洋文化の建設に資せん」というもので、敗戦までに三回開かれた。李光洙は東京での第一回と南京での第三回大会に出席している。第一回大会には南方からも文学者が招待されるはずだったが、結局中華民国と満州と蒙古の参加にとどまり、朝鮮・台湾からの代表と合わせて三十名の文学者が外地と海外から東京にやってきた[27]。

「日本文化の真姿を認識せしめる」という大会の趣旨にそって、彼らは東京で神社参拝や軍隊見学をおこない、大会のあとは伊勢・奈良・京都の古寺を見学した。（文末に日程表を示す）大会のあいまに座談会や歓迎宴が入ったハードなスケジュールだった。尾崎秀樹は評論「大東亜文学者大会について」でこの過密スケジュールを紹介しながら、「おそらく自由な時間を持つことのできた外国代表はいなかったのではなかろうか[28]」と書いている。中華民国から参加した張我軍（北京大学講師）は大会閉会後に新聞で、「主催者側の好意に依るのだと萬々承知しているが、余り日程が盛り沢山で大変疲れた。次回の大会にはひとつお手軟らかにお願い申すと今から注文しておきたい」と語ったほどだし[29]、当時文学報国会事業部にいた巌谷大四（後に作家となった）は、下関で文学者一行を送り出したときにはくたくたに疲れきっていたと回想している[30]。

ところが山崎の回想によれば、このような過密スケジュールのあいまに、李光洙は五回も彼と会っていたのである。二人が再会したのは、李光洙が「大東亜精神の樹立について」という発言をした会議初日の十一月四日の朝である。九時の約束時間に遅れた山崎は、ホテルを出て会場に向かっていた李光洙に道で追いついた。数分間のうちに二人は、三十二年の年月を越えて、昔のような心持で話すことができたという。この日の夜、山崎はふたたびホテルを訪れて遅くまで話し込んだ。[31] 李光洙は山崎に「わたし達の永遠に変わらない友情のしるしのために」と言って朝鮮の皿を贈っている。翌夕、山崎は、大会出席者たちが招待されていた歌舞伎座から李光洙を連れ出してスエヒロでビフテキを食べた。このとき山崎が、李光洙をモデルにして書いた小説[32]の話をすると、李光洙は、自分のことをどう描こうがかまわないが、人間は「空想の翼」を持っているうちが花で、それがしぼんでしまったら終わりだと言って笑ったという。東京最後の晩、山崎は李光洙を自宅に招待して、妻と三人の子供とともに戦時下のつつましい食事をふるまった。そして翌朝は東京駅まで見送りに出ている。

このように何度も会って旧交を温めた山崎について、李光洙は「三京印象記」で一言も触れていない。「三京印象記」の前文に李光洙はこう書いている。「今度の大東亜文学者大会に加わって、私はいくつもの貴い感激と体験を得ることができた。私は、それをもっとも簡単な形で書いてみたいと思う」。山崎との再会が李光洙にとって「感激」でなかったはずはない。それにもかかわらず、彼はなぜ山崎のことを書かなかったのだろうか。その理由をいくつか推測してみた。

招待を受けて公式行事に参加した人間が、行事のあとに招待者側から請われて書く文章は、当然のことながら「報告書[33]」の性格を帯びることになる。そこで要請されるのは個人的な「感激」ではなく、公式の「感激」である。東京駅に到着してすぐの宮城遥拝からはじまって、国民練成大会の観覧、文学者会議への出席、海軍航空隊の訓練参観、そして数多くの神社参拝のたびに李光洙は「感激」しつづけるが、それらはすべて公式の「感激」である。[34] 山崎との再会のプライベートな「感激」をこのような公式の「感激」とならべて書くことに、李光洙は違和感と拒否感をいだいたのではないだろうか。もちろん、公式旅行中の私的な行動は慎むべきだという考え方からすれば、山崎に言及しないことは当然かもしれない。しかし、それよりもむしろ自分の心の領域を守るために、彼はこのことを書かなかったと考えることができるのではないだろうか。これが第一の推測である。

大東亜文学者大会での李光洙の姿は、「人質として連れてこられた植民地作家[35]」とか、「帝国によって〈練成〉される存在[36]」、という受動的なイメージで捉えられることが多い。宗主国に駆りだされて大東亜共栄圏の文化振興のために協力させられる植民地作家という彼の立場を考えれば当然の見方である。しかし拘束時間以外は自由に使い、報告書たる「三京印象記」に書くこと書かないことを主体的に判断している態度には、むしろ積極性ともいえるものがある。この積極性は、日本の文人たちとの交流の描写からも感じられる。

李光洙はこの旅のあいだに何度も文人たちと酒席をともにしている。だが酒の力で本音を語って人間関係を深めるのは、対等な人間のあいだでのみ可能なことで、宗主国と植民地の人間のあいだを酒で一気に飛び越えようと願う日本の文人たちの好意は、ときに「暴力[37]」となる危険を秘めている。ところが本当の姿を見せろと酒を勧めながら迫る文人たちの好意＝暴力を、「本音どころか泥を吐いてもいい。私には衆生に対して隠すべき何事もない[38]」と受け流す李光洙の姿には、ある種の余裕が感じられる[39]。奈良で河上徹太郎と飲んでいるとき、日本の歴史のあることがらを知らなかった河上に対して、李光洙は「あなたはまだ日本人じゃない[40]」と言った。この言葉からは、日本のことを日本人よりも深く知りつくすことで日本人以上に「日本人」になってやるという、転倒した積極性が感じられる[41]。このような積極性を視野に入れるとき、文人たちとのつきあいには李光洙なりの意図があったように見えてくる。

文人たちと過ごした時間について、彼らの名前をあげてその印象を『文学界』に書くことは、受けたもてなしに対する感謝の表明であり、同時に「共栄圏」の文人たちと「本音」による交流を行なったことの「報告」の意味も持っていたであろう。だが角度を変えれば、それは日本文壇への進出をめざす李光洙のプロモーションだったという見方もできるのである。開会式の夜、菊池寛は文人たちが待つ築地の料亭に李光洙を案内しながら、批評を書いてもらうために東京の作家たちと知り合っておくほうがいいと言い、李光洙はその心遣いに感謝している。「東京で小説を売る」[42]ためには文壇の人々と顔見知りになることが必要であることを、出版界に長く身をおく彼はよく知っていたはずだ[43]。これから日本文壇で活動することを見越して李光洙は人間関係、それも文壇の主流派である『文学界』同人たちとの関係を構築しようとしたのではないだろうか[44]。そして、彼らとの印象深い交流を語った「三京印象記」で、山崎との個人的な感激の再会を語ることは場違いだと判断したのではないかと考えられる。これが第二の推測である。

四　李光洙と菊池寛

つぎの推測は、大東亜文学者会議で議長をつとめた菊池寛（一八八八〜一九四八）と関連する[45]。雑誌『文藝春秋』を創刊し、親しかった友人たちの名前を冠して芥川賞と直木賞を創設したことで知られる菊池寛は、李光洙と不思議なほど多くの共通点をもっている。

まず挙げられるのは、文壇における彼らの地位である。山本実彦が李光洙を「文壇的地位は我菊池寛氏のごとく」と書いたように、菊池も李光洙も「文壇の大御所」と呼ばれる存在であった[46]。作家として活躍をはじめた時期も似ている。李光洙は一九一七年に『毎日申報』に連載した『無情』と『開拓者』で脚光を浴び、菊池は同じ年の『新思潮』一月号に代表作である戯曲「父帰る」を発表して以来、やつぎばやに作品を発表して文壇での地位を確立した。李光洙は、自分が留学中にデビューして日の昇るように文壇の寵児となった菊池の存在を意識していたのではないだろうか。

第三の共通点は、二人とも新聞小説を書いて大衆に受け入れられたことである。『真珠夫人』(一九二〇)以来、菊池はつぎつぎと通俗小説を連載して大衆から圧倒的な人気を得、李光洙は、『再生』(一九二四)で大きな人気を得て言論界での地歩を固めた。その後の李光洙はつねに大衆に受け入れられる新聞小説を連載し、それが彼の発言力の裏づけになっている。第四に、大学卒業後の菊池が時事新報社記者、早稲田を中退した李光洙が上海で独立新聞編集長をつとめたように、彼らは社会生活の初期にジャーナリストを経験している。第五に二人は英語能力に秀でていた。菊池は京都帝大の英文学科でアイルランドの戯曲を研究し、李光洙は明治学院中学時代には宣教師たちから英語で授業を受けている。そして第六に、彼らはともに戦争遂行に協力し、そのために戦後になって指弾を受けた点でも共通する。菊池は戦後に公職追放となり、一九四八年、失意のうちに没した。

そして最後に、じつに不思議なめぐり合わせだが、この二人は若いころに文学を通じて山崎と関係があったということでも共通していたのである。慶應在学中の山崎が『三田文学』と『帝国文学』に少年愛の世界を描く特異な作品を書いたころ、京都大学学生だった菊池は彼の作品を激賞する評を『中外日報』に書いた。[47]そして山崎に手紙を出し、卒業後は東京で友人になった。文壇の大御所といわれるようになったあとも、山崎が筆を捨てたことを惜しむ文章を書いている。[48]山崎は、李光洙を迎えに歌舞伎座に行ったときに菊池と久しぶりに顔を合わせたという。「三京印象記」によれば、その翌日、李光洙は海軍航空隊を見学した帰りに上野で一行とはぐれ、ぐうぜん出会った菊池に座談会場まで案内されている。さぞかし、二人のあいだでは山崎のことが話題になったことだろう。ここで、菊池と山崎の「少年愛」を媒介とするつながりへの言及に気が進まなかったことが、李光洙が「三京印象記」に山崎の名前を出さなかったことにつながったかもしれないという推測をあげておく。[50]もっとも菊池自身は若いときから自分のこの趣味について公言していたし、日本の男子学校文化には「少年愛」の伝統もあり、江戸時代の遺風とあいまって日本社会は同性愛に寛大であったから、この可能性は非常に低いが、菊池と李光洙の不思議な因縁を紹介するために、第三の推測としてあげておく次第である。

最後に、もう一つの有力な推測を述べたい。二〇一一年七月二十九日に行なわれた延世大学国語国文学科ＢＫ（Brain Korea）21主催の韓国言語・文学・国際学会において、筆者は以上の内容を発表し、討論者の李京塤氏から示唆に富んだご意見をいただいた。李光洙は山崎との友情という私的な〈心の領域〉ではなく、ぎゃくに香山光郎としての現在の自分の〈心の領域〉を山崎から守ろうとしたのではないかという意見である。現在の「香山光郎」ではなく過去の「李宝鏡」（李光洙が中学時代に使っていた名前）と会おうとする山崎の前で、李光洙は内鮮一体の演技による仮面をかぶりつづけたというのである。そもそも「愛か」や「尹光浩」などの李光洙の初期作品や、李光洙がモデルと思われる山崎の作品「耶蘇降誕祭前夜」「悪友」などの内容から推して、「二人のあいだの思い出は必ずしも美しく温かなものばかりではなかったかもしれない」という氏のご意見に、筆者も同意せざるをえない。筆者自身、「耶蘇降誕祭前夜」を読んだときは、モデルにされた李光洙の立場を思いやって複雑な気持になった記憶がある。(51) 前後の事情をよく見れば、李光洙は山崎に会いたいと書いておきながら、いざ東京に来るときには彼に連絡を取っていない。山崎は新聞で彼の訪日を知ったのであり、会うためのアクションを起こしているのもつねに山崎である。懐かしいけれども思い出すのはやはりつらい存在、どちらかといえば、むしろ忘れていたい存在が山崎であったとすれば、彼が山崎に言及しなかったことはむしろ当然であろう。有益なご意見をくださった李京塤氏にこの場を借りて感謝の念を表したい。

五　おわりに

李光洙が、大東亜文学者大会に来たときに会った山崎俊夫について「三京印象記」でまったく触れていないことを疑問に思い、その理由をいくつか推測してみた。このなかでどれが決定的な理由であるということはできないだろう。人間の行動が決定される背後に複数の要因がからまりあっていることは、まさに李光洙自身が『無情』のヒョンシクを通じて描いたことである。だが、その理由を推測する過程を通して、この時期の李光洙がどのような姿勢で生きていたかを考察することができた。それは意外にも「積極的な姿勢」といえるものであった。

本章では李光洙と多くの共通をもつ作家菊池寛についても触れた。この二人の作家のあいだの共通点に焦点をあてることにより、李光洙文学をこれまでとは違った側面から解明できるのではないかと考えている。

日程表

10月31日（土）	下関で参加者合流。22時、下関発
11月1日（日）	16時40分、東京着。宮城遥拝。明治神宮参拝
11月2日（月）	朝、靖国神社参拝。10時から3時半まで明治神宮で国民練成大会見学。新聞社見学。6時、築地「新喜楽」で朝日新聞社の祝宴
11月3日（火）	明治神宮参拝。文学報国会主催午餐会。13時、帝劇で発会式。東宝主催歓迎公演。18時、大東亜会館で情報局主催の歓迎大晩餐会
11月4日（水）	▲ 10時から大東亜会館で文学者会議1日目（午前・午後）。夜、愛宕山上「嵯峨野」で改造社の招待宴　▲
11月5日（木）	10時から文学者会議2日目（午前・午後）。夜、歌舞伎座招待▲
11月6日（金）	土浦・霞ヶ浦の海軍航空隊見学。夜、朝日新聞座談会
11月7日（土）	18時、座談会
11月8日（日）	文展、博物館、東京日日新聞午餐会、能見学、丸の内会館祝宴▲
11月9日（月）	▲ 9時、東京発。夕方、伊勢大神宮外宮を参拝
11月10日（火）	6時、内宮参拝。13時から大阪中央公会堂で講演会、その後閉会式。奈良泊
11月11日（水）	橿原神宮・東大寺。奈良知事招待の午餐会。春日神社・東大寺
11月12日（木）	9時、奈良発。京都市内見学。知事市長の午餐会。解散式
11月13日（金）	9時55分、京都発。夜、下関で乗船

▲印は山崎と会った時間

上の日程表は、下記資料を参考にして筆者が作成したものである。

李光洙「三京印象記」／寺田瑛「大東亞文学者大会へ」『新時代』1942年12月号／巌谷大四『非常時日本文壇史』／『文藝』1942年12月号／櫻本富雄『日本文学報国会』／吉野孝雄『文学報国会の時代』

（1）『食味評論』一九五六年四月号／『山崎俊夫作品集補巻一』奢灞都館一九九八収録　九九―一〇九頁　山崎は十二年後に別の随筆に同じ内容を書いている。「けいべつ」『政界往来』一九六八年五月号／前掲作品集収録一一〇―一一七頁

（2）「三京印象記」は一九四三年『文学界』一月号に掲載された。

（3）一九二五年四月『朝鮮文壇』第七号、『李光洙全集』三中堂一九六二（以下全集と表記する）十九巻、一四頁。なお、この前年に李光洙は上海亡命以来はじめて東京を訪れている。

（4）「多難한 半生의 途程」『朝光』一九三六年四月号

내게 토르스토이 책을 빌려 준 이는 山崎俊夫라는 동창생이었읍니다．山崎俊夫는 그 후 慶應文科를 卒業하고《帝國文學》等에 短篇作品을 발표하더니 이내 소식이 없으나 퍽 端雅한 清敎徒的인 人物이었읍니다．全集十四巻三九一―三九二頁

（5）「耶蘇降誕祭前夜」『帝國文學』一九一四年一月号。主人公の名前に李光洙の幼名李寶鏡をそのまま使っている。

（6）내 동급생에 야마사끼라는 아이가 있었다．그는 지금은 상당히 이름있는 문사지마는 나보다는 한 살 위요 얼굴이 아름답게 생기고 그리고 예수교인의 가정에서 자라나서 몸과 마음과 행동이 참 깨끗하였다．全集九巻、二八七頁

（7）「我が交友録」『モダン日本朝鮮版』一九四〇年八月、一三六頁「私と同級に山崎俊夫君という人がありました。山崎君は今は松竹少女歌劇の文芸部を受持っていられるらしいが、ずいぶん長く音信が絶えています。（中略）お会いしてからもう二十年以上になります。昭和十二年でしょうか。君は改造社から私の住所を聞かれて、御家族の写真も送っていただきました」

（8）李光洙は六月七日に逮捕された。山崎の手紙が事件の起きる前に届いていなかったなら、李光洙が手紙を読んだのは、翌年の夏に保釈されて自宅にもどってからということになる。

（9）金源模『양마루의 구름』檀国大学校出版部二〇〇九、八二七頁。ただし一九三八年十一月四日付『毎日新報』では人数が全部で三十三人になっている。「李光洙氏等三三人　臣民의 赤誠披瀝　神宮参拝、賽銭奉納」

（10）最終章で述べるが、当時京都大学学生だった菊池寛は熱狂的なファンとなり、『中外新聞』に評論を書き、本人にも手紙

を出している。また、翻訳家で仏文学者の京都大学名誉教授生田耕作（一九二四～一九九四）は山崎の文章に魅せられ、山崎の死後にその作品を発掘して、一九八六年から奢灞都館から『山崎俊夫作品集全五巻』を刊行した。刊行は生田の死後も引き継がれて二〇〇二年に終了した。

（11）「自叙伝風年譜」『夜の髪　山崎俊夫作品集補巻二』奢灞都館、二〇〇二

（12）山本実彦「天香園の一夕」『滿・鮮』改造社、一九三二

（13）この年、『改造』六月号に李光洙は「朝鮮の文学」という朝鮮の文学を紹介する文章を書き、九月に東京に行ったときは山本の招きで著名な文人たちと星岡茶寮で一夜遊んでいる。この時のことを彼は一九三三年『新東亞』一月号に「星丘茶寮의文人雅会」（全集十六巻四〇一―四〇四頁）と一九三七年の『朝光』十一月号に書いている。（「東京文人會見記―東京求景記의継続―」同上四一六―四二三頁）また「我が交友録」にも山本の名前が挙げられている。

（14）一九三六年『改造』八月号。この作品は、李光洙が中学時代以後初めて日本語で、それも対日協力とは関わりなく書いた小説として注目される。中学のとき日記に「日本文壇에서 기를 들고 나설까」（一九二五年四月『朝鮮文壇』第七号「日記」一九一〇年一月十二日。全集十九巻一八頁）と書いた李光洙は、その後も日本文壇を視野に入れていたのではないか。

（15）곽형덕「마해송의 체일시절」『현대문학의 연구三三』한국문학연구학회　二〇〇七年十一月、一九頁

（16）盛合尊至「馬海松と『モダン日本』」『国際文化研究』第五号　東北大学国際文化会　一九九八年十二月、一一三頁

（17）곽형덕「마해송의 체일시절」二四頁／和田とも美「日本における李光洙研究の方向性」『青鶴学術論集二』二〇一一年三月　和田は一九三九年に朝鮮藝術賞が作られたことと、その年下半期の芥川賞受賞作が樺太取材作品の「密猟者」で金史良の「光の中に」が候補作になったことを、当時の日本文壇が北海道や植民地朝鮮を抱き込んでいこうとする流れだとしている。

（18）一九三九年十一月一日『モダン日本』第十巻第十二号十周年記念臨時増刊号として刊行された。

（19）「無明」は金史良、「鴉」は朴元俊の訳。「蕎麦の花の頃」は訳者名がなく自訳と思われる。

(20) 発表は『モダン日本』一九四〇年四月号の一四〇—一四三頁。この号には、選考を委嘱された芥川賞委員会の委員である宇野浩二の「『無明』讃」、瀧井孝作の「『無明』読後」、佐藤春夫の「『無明』評」が掲載されている。それらを読むと実質的にはこの一作によって受賞したことがわかる。

(21) 短編集『嘉実』には「無明」「夢」「鬻庄記」「亂啼鳥」「血書」「嘉実」が収められている。

(22) 発行年月日は以下の通り。『嘉実』一九四〇年四月十日、『有情』六月二十五日、『愛』前編十月十日、後編一九四一年三月六日。売れ行きは不明だが、富山大学の梶井文庫にある『愛』前篇・後篇はともに一九四一年三月二十日付第六版なので、少なくとも「後篇」発行から三ヶ月で六版までは出たことがわかる。なお「三京印象記」によれば、『愛』を読んだ作家秋田雨雀は金史良を通じて李光洙に面会を申し込んでいる。訳者については第一章註(48)本書二七頁を参照のこと。

(23)『文藝春秋』一九四〇年十一月号

(24)『文学界』一九四一年三月号

(25) 山崎は新聞を見て外国からの参加者が宿泊することになっていた帝国ホテルに手紙を出したが、そちらは「外国代表」だけで、台湾・朝鮮など「日本側」宿泊先は新橋の第一ホテルであった。(寺田瑛「大東亞文学者大會へ」『新時代』一九四二年十二月号、七一頁)

(26)「日本文学報国会」の母体は「文芸家協会」(一九二六年創立)、その前身は「小説家協会」(一九二一年創立)で菊池寛が文士たちの生活の安定のために発起人となって作った職能団体だった。「日本文学報国会」は戦後「日本文藝家協会」となって今日に至っている。(櫻本富雄『日本文学報国会』青木書店　一九九五　七一頁/吉野孝雄『文学報国会の時代』河出書房新社　二〇〇八、七二頁)

(27) 朝鮮からは李光洙のほかに朴英熙・兪鎮午・寺田瑛・辛島驍が参加した。

(28) 尾崎秀樹「大東亜文学者大会について」『近代文学の傷痕』岩波書店　一九九一、二四頁

(29) 張我軍「文学者大会の成果(上)」『読売報知』一九四二年十一月六日朝刊

（30）巌谷大四『非常時日本文壇史』中央公論社　一九五八、四一二頁

（31）この夜、改造社が満・華・蒙・朝・台の代表者と日本文学報国会役員らを招いて宴会を開き、山本社長が挨拶をしている。（「大東亞文学者会議招待記」『文藝』一九四二年一二月号、六四頁）李光洙の名前はこの記事に出ていないが、寺田瑛は李光洙も出席していたと書いている。（『新時代』一九四二年十二月号　七九頁）。山崎は夜おそくホテルを訪れたと書いているので、時間的には出席できたはずである。「三京印象記」に山本への言及はない。

（32）註（5）参照

（33）崔珠瀚「李光洙의 仏教와 親日」『春園研究学報』第二号　二〇〇九、一五四頁

（34）「三京印象記」では、こうした公式の感激のあいまに、「一旦言挙したからには、いつかな後へは退かぬ」で終わるパラグラフ（七七頁）や「私は夢殿の階に立って今日の戦争のことを思った」で始まるパラグラフ（八〇頁）など、報告書に必要な体裁である戦争賛美の文章が挿入されている。

（35）金允植「李光洙의 글쓰기」『李光洙의 日語創作 및 散文選』図書出版亦楽　二〇〇七、一四四頁

（36）中知瑛は「李光洙は大東亜共栄圏という多国籍大会のなかで、内鮮一体と大東亜共栄圏という記号をそのまま遂行する身体として練成されている」と書いている。「「三京印象記」被植民者의分裂된参与」『韓国近代의演説・座談会研究』延世大学校大学院博士論文　二〇〇九、一七六頁

（37）金哲「머리말」『植民地 를 안고서』図書出版亦楽　二〇〇九

（38）「三京印象記」七六頁

（39）金允植も「三京印象記」の李光洙の姿に余裕と積極性を感じたことは、「勝負は河上の一方的な負け」という言葉に表われている。『李光洙의 日語創作 및 散文選』一四七頁

（40）河上徹太郎「大東亞文学者会議前後」『文学界』一九四三年一月号。河上は李光洙のこの言葉を『本当に嬉しく戴いた」と書いている。

(41)　金哲は「内鮮一体の談論を積極的に受容することで、被植民者としての主体の位置を転倒させようという精神的な曲芸の一現場を、この文章（三京印象記―引用者）は豊富に示している」と書いている。（「同化或은 超克」『植民地 를 안고서』）これはまた、一九四四年に南京で開かれた第三回東亜文学者大会に出席したとき李光洙が同室の金八峰に語った、日本人が出て行ってくれというほど徹底的に日本化して日本人に勝つという夢のような話（삼척동자도 곧이듣지 않을 소리）を思い出させる。（「이광수의 망상」「편편야화」『金八峰文學全集』Ⅱ　文學과知性社一九八八　四一三―四一四頁）崔珠瀚は、李光洙の仏教と親日とのかかわりを探った註(33)論文で、法華信仰が李光洙の政治的信念を決定したのではなく、まず政治的立場を強制されるという現実が先にあって、自分なりにその状況を受け入れるために法華経に依存したのであろうとしている。（一四三頁）李光洙は仏教についても日本人以上にその理論に精通し、実践しようとしたのではないだろうか。

(42)　「君も東京で小説を売るんだろう。それなら東京の文人達に逢って置いた方がいい。顔を知らぬと中々批評も書いて呉れぬのでね」（「三京印象記」七〇頁）この日築地で李光洙らが会ったのは、片岡鉄平、河上徹太郎、横光利一、吉川英治、舟橋聖一、林房雄らである。兪鎮午や中国からの参加者も同席した。

(43)　河上徹太郎は書評「最近の文学書（上）」で李光洙の近刊短編集『嘉実』の評を書いている。一九四〇年五月三日『朝日新聞』

(44)　改造社は文学雑誌『文藝』を出していたが、その権威は『文学界』に及ばなかった。註(31)に書いたように、文学者会議一日目の夜に改造社が催した歓迎の席に李光洙は出席したが、「三京印象記」に改造社と山本実彦への言及はない。なお文学者大会以後、李光洙は『モダン日本』の後身である『新太陽』に「兵になれる」（一九四三年十一月号）と「少女の告白」（一九四四年十月号）を発表したが、後者には第一回大東亜文学者大会の関西旅行での取材が生かされている。

(45)　李光洙が菊池寛と初めて会ったのは一九四〇年だったと思われる。「三京印象記」で李光洙は「昨年京城で初めて逢った」と書いているが、菊池が朝鮮を訪れたのは一九四〇年である。菊池寛の評伝は数多く出ているが、筆者が目を通した主なものは以下のとおり。杉森久英『小説菊池寛』中央公論社　一九八八／佐藤碧子『人間菊池寛』新風社　二〇〇三／猪瀬直樹『心の王国』文藝春秋社　二〇〇八／矢崎泰久『口きかん』飛鳥新社　二〇〇三／『日本文学全集二八』筑摩書房　一九六〇

解説平野謙／『日本の文学三二』中央公論　一九六九　解説伊藤整
(46) 金史良「朝鮮の作家を語る」『モダン日本朝鮮版』一九四〇年十一月、一六〇頁参照
(47) 「山崎俊夫氏」『中外日報』大正三年八月二十七日／『菊池寛全集二二』文藝春秋　一九九五、五四頁「氏は若いなりにも最も特殊なる世界を持って居る。氏の世界は妖艶なる蛾のような気分を湛えた世界である、鬱金桜の世界である、歌舞伎若衆切支丹伴天連の世界である、ホモエロチックの世界である、怪奇な奇抜な繊細な世界である、過ちの世界である、幻想の世界である。私もまた異常の世界を恋ふる一人である。」李光洙を幼名「李宝鏡」で登場させた短編「耶蘇聖誕祭前夜」はこの年の『帝国文学』一月号に載っているから、菊池の激賞の対象にはこの作品も含まれている。
(48) 「山崎俊夫君の事」『三田文学』一九三七年八月号。これを読んだ山崎は「菊池寛兄に送る手紙」を書いてその年の『三田文学』一二月号に発表した。ともに『山崎俊夫作品集補巻一古き手帖より』所収
(49) 「三京印象記」七二頁
(50) たとえば小島政次郎は、戦後、ある随筆のなかで山崎と菊池の関係を誹謗するような書き方をしているが、菊池が文壇の大御所であった時期にはこんなことは書けなかったと思われる。「永井荷風先生」『文藝春秋』一九五一年三月号　一二七頁
(51) 波田野節子「李光洙の自我」『李光洙・『無情』の研究』白帝社　二〇〇八、八三頁、一〇三頁

第三章　大東亜文学者大会での李光洙発言に見る《連続性》

一　はじめに

大東亜文学者大会は一九四二年と一九四三年に東京、一九四四年に南京で開催され、このうち李光洙は第一回目と第三回目の大会に参加した。本章では、大会での李光洙の発言のなかに、若いころの彼の思想がどのような形で現われているかを考察する。そして、解放後の著作『我が告白』も視野に入れて検討し、植民統治末期に李光洙がどんなことを考えていたのかを推測してみたい。

二　〈西洋への反発〉の連続性

第一回大東亜文学者大会は、一九四二年十一月三日の発会式にひきつづき、翌日から二日間、参加者たちがあらかじめ定められたテーマにそって発言をするという形式で行なわれた。一日目の午前のテーマは「大東亜精神の樹立」で、[1]李光洙は菊池寛議長から「この方は前に李光洙といわれた方です」と紹介されて、香山光郎の名前で発言した。彼は、「大東亜精神」とは「樹立」するものではない、すでにあるものを「発見」するのだと前置きして話しをはじめた。「大東亜精神」とは「己を捨てる精神」であって、「己を追及するローマの権利思想」とは正反対の思想である。これはアジアの諸民族の思想の基礎であったが、この数十年来、西洋の持ち込んだ利己主義に毒されて、アジア諸民族は相互に反目するにいたった。ところが日本にだけはこの思想が保存・実行されている。世界人類を救うという目標を達成できる唯一の存在である天皇のために自分のすべてを天皇にささげる「日本精神」がそれである。だから「日本人としての我々の目標」は、己を捨てて天皇を「翼賛」することだ。アジアの民衆はこの精神を顕現して「極楽のようなアジアを建設しようではありませんか」と呼びかけて李光洙は発言を終え、菊池議長は、「今の香山君のお話は非常に明快を極め、傾聴すべき話が多かった」と評した。

大村益夫は論文「大東亜文学者大会と朝鮮」のなかで、第一回大東亜文学者大会での李光洙、兪鎮午、朴英熙の発言の一部をそれぞれ引用し、「朝鮮近代文学史に輝かしい名を残した一九三〇年代末までの彼らの文筆行為からして、大会での発言通り彼らが信じていたとは思われない」、このような発言は「自分自身を失った催眠術中の発言と見るべきだろう」と書いている。(2) しかし、たとえ催眠中といえども、そこにはやはり「自分自身」が残りつづけるのではないだろうか。少なくとも李光洙の発言には、彼が若いときから持ちつづけてきた西洋に対する反感が露骨に顔を出している。

中学時代の李光洙は、人間にとっての善と正義は自己の生を保持発展させることであると考え、(3) 大学時代にはその延長線上で、生への「欲望」こそが西洋文明の発展、ひいては帝国主義の原動力であるとみなして、朝鮮民族が強くなるための「欲望の教育」を主張した。(4) ところが、それと同時に彼は、人間の醜さを肥大化させて互いに争わせる「欲望」というものに嫌悪をいだき、これを野放しにする自由と権利の思想に反感を表わすという二面性を持っていた。一九一五年に発表した論説「共和国の滅亡」のなかで彼は、人々が先祖伝来の不文律を真面目に守っていた村落共同体が「権利」と「自由」と「法」によって混乱状態に陥ったことを嘆いて、「ああ、我々は皮相な文明に中毒して、この長く続いた共和国を壊してしまったのだ」(5) と書き、一九二三年の「相争の世界から扶助の世界に」では、人間の利己的闘争本能に迎合する西洋の毒液「権利思想」が東洋に注射されたために、争いを知らなかった「君子国」が崩壊してしまったと書いている(6)。李光洙の内部にはつねに西洋（＝近代）への憧憬と反発が同居していたのである。(7)

この感情は、日本が英米を相手に戦うようになると、李光洙が西洋人に対する敵対意識をかきたてるための拠り所となった。太平洋戦争勃発直後の『新時代』一九四二年一月号に発表した「思想とともに英米を撃滅せよ」(8)で彼は「英米式自由」を激しく攻撃し、翌二月号に掲載された朱耀翰との座談では、四半世紀以上も前に書いた論説「共和国の滅亡」の話を持ち出して、これは自分が幼いころに故郷が英米式自由の風潮のせいで淳風良俗を失っていったことを書いたものだと語りながら、「英米式自由思想の害毒」を非難している。(9)この年十一月の大東亜文学者大会での発言は、このように李光洙が以前から持っていた「己を追及するローマの権利思想」への嫌悪感を基盤として、その対極の存在として「己を捨てる大東亜精神」を想定し、それをさらに「己のすべてを天皇にささげまつる日本精神」へと結びつけて、天皇礼賛の論理へと変型させたものだったと見ることができる。

二年後の一九四四年十一月に南京で開かれた第三回大東亜文学者大会での李光洙の発言からは、第一回のときのような天皇崇拝と日本精神の礼賛が姿を消し、西洋に対する反感だけが残ってさらにトーンアップしている。(10)「我等大東亜民族は、我等の祖先の郷土たるアジアを米英の占拠より取り返すべく光復の血戦を決行している」という激烈な調子で始まるこの発言で、李光洙は熱に浮かされたように東洋文化の優位を主張して「英米流」文学を罵倒する。まさに催眠術中のうわ言のような文句が並んでいるが、李光洙の「自分自身を示す言葉はここにも破片のようにちりばめられている。「彼らのいわゆる幸福とは人間の動物的本能の満足を意味する」「英米人の極を現わした経典はダーウィンの進化論である」「生存競争が彼等の世界観である」。これらは、李光洙が若いときに心酔しながら同時に反発を持ちつづけてきた思想の残骸たちである。若いときから李光洙の内部にあった西洋（＝近代）への憧憬／反発のアンビバレンスが、植民地末期にこのような形で対日協力の論理としてあらわれたのだと見ることができる。

三　李光洙の大東亜文学者大会での発言に見る「民族改造論」

次に李光洙の大東亜文学者大会での発言に見られる「民族改造論」の痕跡を考察する。李光洙は亡命先の上海から帰国した一九二一年の十一月に論説「民族改造論」を執筆し、翌年五月に『開闢』誌に発表した。この論説のなかで改造の内容として挙げられている八項目を要約すると、以下のようになる。

（1）嘘をつくな
（2）空論でなく実行せよ
（3）信義を守れ
（4）勇気を持て
（5）**社会奉仕の心をもて**（強調は筆者）
（6）専門技術をもて
（7）経済的に独立せよ
（8）衛生に留意して健康な生活を営め

李光洙は、これらすべてをまとめれば「務実」と「力行」になり、これこそが民族改造の根本であるといったん書いたが[11]、そのあとで「改造八原則の第五号[12]」である（5）の社会奉仕の項目を特別に抜きだして、「務実と力行と社会奉仕の心（すなわち団結の精神）を、改造する新民族性の基礎にしよう[13]」と、あらためて改造の根本を「務実」と「力行」と「社会奉仕」の三つにまとめ直している。（5）の原文は「個人より団体を、すなわち私より公を重く見て、社会に対する奉仕を生命と思え」で、李光洙はこれを「利己心の反対[14]」であると説明している。

一九四二年の大東亜文学者大会での李光洙の発言と一九二一年の「民族改造論」とを結びつけるキーワードは、この「利己心」である。大東亜精神とは「己を捨てる精神」であるとして「己を追及するローマの権利思想」と対立させ、天皇のために全臣民が自己のすべてをささげる「日本精神」を称揚する李光洙の姿には、朝鮮民族の性格を改造して「利己心」を捨てるように主張したころの面影がある。すでに朝鮮人でなくなった民族にとって、利己心を克服して日本人として天皇への忠誠をつくすことに意味があるかどうかは別の問題である。このころ李光洙が書いた文章には、いかなる状況であれ、いかなる形態であれ、朝鮮人が民族性を改造しながら高みを目指してのぼっていく、すなわち「力」をつけていくことに対する執念のようなものが感じられる。たとえば、「近き将来に、朝鮮人の全壮丁は兵として召される光栄の日が来るであろう[15]」としてその準備のための「自己修練」を呼びかけつつ「嘘」「無責任」「利己的」など、なくすべき欠点を列挙した「兵役と国語と朝鮮人」、あるいは志願兵訓練所の清潔で質実剛健な生活を称賛する「志願兵訓練所[16]」のような文章を読むと、李光洙は朝鮮の若者たちが兵士へと練成されることで「改造」されることを願っていたのではないか、彼は皇民化を朝鮮民族の実力を養成する「民族改造」の機会とみなしたのではないかという思いにとらわれる。皇民化への呼びかけの背後に、過去に彼が書いた「民族改造論」の存在が感じ取られるのだ。

そもそも二十年前に書かれた「民族改造論」で目的とされていたのは、信奉する「主義が何であれ」、従事する「職業が何であれ」、それにかかわりなく「文明社会の一員として独立した生活を経営でき、社会的職務を負担しうる誠意と実力をもった人間」を作ることだった。「性格を改造したのちにこそ、健全な帝国主義者にもなれるし、民主主義者にもなれるし、労働主義者や資本主義者にもなれる」のであり、それなしには「劣敗者」になると彼は書いた。[17] もちろん、独立を目的にするわけにはいかない植民統治下で合法的な団体を作るためには、このような書き方にする必要があったであろう。修養同盟会を立ち上げるにあたり、阿部充家を通して斎藤實総督に提出した「修養同志会規約[18]」の前文に、李光洙は、「本会は報徳宗にも比すべきか」と書いている。「報徳《ほうとく》思想」とは人格修養と日常生活の改善によって藩の経済を立て直した江戸時代の体制内経済改革家、二宮尊徳《にのみやそんとく》の思想である。[19] 当時の日本人なら誰でも知っているこの名前をもちだすことで、李光洙は、修養同盟会が政治とはかかわらない人格修養団体であるというイメージを付与しようとしたのだろう。[20] だが体制内改革を旗印にした運動は、体制の動きによって方向をゆがめられる危険性をもつ。一九三〇年代に入り、日本が戦争への道を突き進むとともに、事態は李光洙の当初の意図とは違った方向へ進むことになり、「健全な帝国主義者にもなれる」改造は、「健全な臣民」になる改造へと変形していったのである。

しかしながら、この「健全な臣民」はいつか日本を脅かすかもしれぬ臣民だった。解放後に書いた『我が告白』で李光洙は、日本に協力することを決心した理由を次のように書いている。

　徴用や徴兵は不幸なことだが、どうしても避けられないというなら、この不幸を我々の利益となるべく利用するのが上策である。徴用では生産技術を学び、徴兵では軍事訓練を学ぶのだ。我が民族の現在の状況では、こんな機会をのぞいて軍事訓練を受けるすべはない。産業訓練と軍事訓練を受けた同胞が多ければ多いほど、我が民族の実力は増すのである。[21]

こうして「実力」をつけた「健全な臣民」たちの数が増えたとき、いったい何が起きるのか。

数十万名の軍人を送り出した我が民族を、日本は虐待できないであろうし、また我々も虐待に甘んじはしない[22]。

数十万の軍人を後ろ盾にして「虐待に甘んじ」ない、つまり「内鮮差別」を容認しない臣民が大量に誕生するのである。李光洙は若いときから「同じ陛下の赤子なのに、なぜ差別するのか」という論法で「内鮮差別」を攻撃してきた[23]。しかし、こうなれば朝鮮人は「実力」で日本を圧倒することになる。これは「捨て身の戦法」とも言えるものではないだろうか。日本語文「続・半島の弟妹に寄す」に李光洙はこう書いている。

「大きな指導者になりたけりゃ朝鮮人の指導者なんて、けちなこと考えないで一億日本人の指導者になりたまえ。大臣になりたけりゃ大臣に、大将になりたけりゃ大将にもなりたまえ。陛下にお仕え申上げることなら、皇国臣民たるもの、誰にも許されてあるのだ。日本はすでにわれらの国ではないか。誰も日本をわれわれより奪うことはできないのだ[24]」

植民統治末期の李光洙には、「日本人」となった朝鮮人が「力」で日本を圧倒する夢を見る自由しか残されていなかったのだ。第三回大東亜文学者大会で李光洙とともに南京に行った金八峰が李光洙から聞かされた話は有名である。李光洙が『京城日報』に、朝鮮人の額を針で刺したら日本の血が出るくらいに我々は日本精神を身中に入れねばならぬという文を書き、そのことを人前で玄相允に咎められて返答に窮したという話を聞いていた八峰が、その真偽を尋ねたところ、李光洙は事実と認めて、こう言ったという。少し長いが引用する。

「自分たちは日本人より優秀な民族なのだ。……中略……だから我々は日本人を完全に信用させて日本の憲法を朝鮮でも施行させ、朝鮮人に選挙権と被選挙権を与えさせるのだ。そして京畿道は京畿県、忠清道は忠清県となって、総選挙で朝鮮人がたくさん代議員に当選し、衆議院に出て国政に参加し、ついには朝鮮人の文部大臣も、財務大臣も出るようになれば、そのときようやく日本人も考えるってわけだ。このまま行ったら朝鮮人が日本全国を掌握する日が遠くないと。ところがだ。朝鮮半島を返すから出ていってくれ、そして我々に、昔やった併合を取り消して別々に生きようじゃないかと言うのさ。朝鮮半島を返すから出ていってくれ、こう言われたら我々は、〈いやだね。分家するなら、公平に半分ずつだ〉と主張する。すると日本人は、そりゃ無理だ、はじめに持ってきた分だけ持ちかえってくれ、欲張りなことを言わんでくれ。こう我々を説得するだろう。そのとき我々は、仕方がないなという顔で、朝鮮半島を日本から取りもどして完全独立をするってわけだ。私は将来をこう見通しているから、いま日本人に朝鮮人を信じこませるために、あんな文章を書いたんだ(25)」

八峰は「おい、なにアホみたいなことを言っているんだ」と言って電気を消してしまったという。彼は解放後に書いた回想のなかでこのエピソードを紹介し、それに「春園の妄想」というタイトルをつけた。だが「妄想」であれ「夢」であれ、このころの李光洙は本気でこう考えていたのだと思う。玄相允に咎められたとき返答に窮したのは、人前でこんなことを話すわけにいかなかったからだろう。朝鮮人がいつか日本人を優秀さと力で圧倒するという彼の夢を支えたのが「民族改造論」ではなかったかと思う。

四　おわりに

大東亜文学者大会での李光洙の発言のなかに見られる彼の若いときの考えを抽出してその連続性と変容を考察した。そして植民統治末期に李光洙がどのようなことを考えていたかを推測してみた。

この時代を過ごした多くの人たち（日本人も韓国人も）が、まるで催眠術にでもかけられていたかのように、そのころ見ていた夢について語ろうとしない。自分でも忘れたい悪夢だからなのだろう。若いときから自分の行動を検証することが習慣となっていた李光洙が書いた「我が告白」は、その意味で貴重な記録といえる。だが残念なことにこれは回想録であって小説ではない。自己検証は得てして自己正当化に陥るものだが、『無情』において、自らの行動を一々検証しながら進むヒョンシクの欺瞞的な姿を戯画化して描いたように、李光洙は小説という形で人間の心の奥底を描くことができる作家だった。解放後の李光洙は、「自己批判」をするために自伝的小説「私」を書きはじめたが、物語の進行速度があまりに遅く、最近のことを書くようになるまでには時間がかかりすぎると思い、反民法が実施されたこともあって別に「我が告白」を執筆したという。[26] 自己の姿を露悪的なまでに描いた「私」の筆法で植民地期を小説化するには、まだ充分な時間が経過していなかったこともあったのではなかろうか。李光洙に「私」の続編を書く時間が与えられていたら、彼はきっと悪夢を描くことができたことだろう。

（1）一日目の午後のテーマは「その精神の強化普及」、二日目の午前は「文学によって、民族と国家間の思想および文化の融合を図る方法」で、午後が「文学によって、大東亞戦争完遂に協力する方法」である。「大東亞文学者会議」『文藝』一九四二年十二月、一一五頁

(2)　大村はつづいて「ただ、この三人の朝鮮人文学者の発言を検討してみると、李光洙と他の二人の間には質的差異があるように思われる。この点についてはのちに解放後の発言と合わせて考えることにする」と書いているが、残念ながら、そのあと「質的差異」について特に言及されていない。大村益夫「大東亜文学者大会と朝鮮」『社会科学討究』一九八九年三月、二一四頁

(3)　天賦の良心の命令にしたがって〝生〟の保持発展に必要な事のすべてに対して誠心誠意全力を尽くして考え、努力すればそれがすべて善であり、正義なのだ。(原文朝鮮語)「조선사람인 청년들에게」『少年』一九一〇年　八月号

(4)　波田野節子「進化論と「情」の結合」『李光洙・『無情』の研究』白帝社　二〇〇八年　四九―五五頁、参照

(5)　『学之光』第五号　一九一五年、一一頁

(6)　『開闢』一九二三年二月、二一頁

(7)　波田野節子「李光洙の内部の二つの傾向」『李光洙・『無情』の研究』一九八―三〇五頁、参照

(8)　「思想함께英美를撃滅하라」『新時代』一九四二年一月号　二九頁

(9)　「春園・耀翰交談録」『新時代』一九四二年二月号、六〇―六一頁　ただし古い話のためか、論説のタイトルを「小共和国の滅亡」、『学之光』を『毎日中報』と勘違いしている。

(10)　「大東亜文学の道」『国民文学』一九四五年、一月号

(11)　「民族改造論」【下】改造의内容　『開闢』一九二二年五月、五六頁

(12)　同上、六二頁

(13)　同上、六三頁

(14)　同上、六二頁

(15)　『新時代』一九四二年五月号。一九四四年から徴兵制が実施されることが発表されたのはこの直後である。

(16)　『国民総力』一九四〇年十一月号／『同胞に寄す』博文書館、一九四一年、所収

(17)　「民族改造論」五四頁

(18)　강동진『日帝의韓國侵略政策史』한길사　一九八七年（初版一九八〇年）四〇五頁

(19)　二宮尊徳（一七八七～一八五六）現在の小田原市の農家に生まれ、没落した生家の再興に成功。その方法論「報徳仕法」によって諸藩の財政再建と農村振興を依頼されて行なった。各自の分に応じた経済生活を送る「分度（ぶんど）」とそれによ

る剰余を周囲のために役立てる「推譲（すいじょう）」を実践の基本とする。「人間と大地との対話」児玉幸多（こだまこうた）『二宮尊徳』日本の名著二十六　中央公論社　一九九三年（初版一九八四年）

(20) ただし李光洙の性向それ自体にも、報徳思想的な体制内的穏健主義を受け入れる下地があったように思われる。なお、二宮は体制内改革しか考えなかったにもかかわらず、藩という垣根を越えて信奉者が集まったために、体制側は二宮に対する疑念を持ちつづけたという。李光洙と報徳思想との関係解明は今後の課題としたい。

(21) 李光洙「民族保存」『나의 고백』『李光洙全集十三』三中堂　一九六二年、二六八頁

(22) 同上

(23) たとえば東京留学中の一九一六年、日本の雑誌『洪水以後』への投書で李光洙は、いまや日本人と同じく「天皇の赤子」である朝鮮人に対して内地と同じ教育制度のもとで同程度の教育を施すべきだという主張をおこない、三十五年後の『内鮮一体随想録』でも「内鮮一体になることを許す許さぬとは、上御一人の大御心であって、内地人だからといって、どうのこうという性質のものではない。しかも内鮮一体、即ち朝鮮人は一視同仁、内地人と変わらぬ、陛下の赤子であることは畏くも、明治大帝の御詔勅によって」決まったことだと書いた。（中央協和会発行一九四一年　二頁）　李光洙は『我が告白』で、これが当時官公庁に差別打破を叫ぶ「公式」だったとしている。（『李光洙全集十三』　二八一頁）

(24) 『新時代』　一九四一年十一月号、八一頁　ただし現代語表記に直してある

(25) 「편편야화」『金八峰文學全集Ⅱ』文學과知性社　一九八八年　四一三―四一四頁

(26) 李光洙「解放과 나」『나의 고백』『李光洙全集十三』三中堂　一九六二年、二七八―二七九頁

第四章　李光洙とギュスターブ・ル・ボン

一　はじめに

一九二二年の『開闢』五月号に発表した「民族改造論」のなかで、李光洙はギュスターヴ・ル・ボン（Gustave Le Bon）の著作『民族の心理学』の一説を引用し、その学説に依拠して民族改造の方法を説明している。このとき李光洙が参考にしたのは一九一〇年に大日本文明協会が刊行した日語訳だった(1)。しかし日本では、その十年前の一九〇〇年にも一度、ル・ボンのこの著書が紹介されている。本章では、一九〇〇年と一九一〇年の日本においてル・ボンがどのように受容されたか、そして李光洙はル・ボンの学説とどのように向き合ったかを考察する。

二　ギュスターヴ・ル・ボンについて

ギュスターヴ・ル・ボンは一八四一年にフランスのウール・エ・ロワール（Eure-et-Loir）県の名門に生まれ、トゥールの中学校を卒業した(2)。パリの医科大学に学んで一八六六年に医師となり、一八七〇年の普仏戦争のときは野戦病院で勤務している。彼の関心は広範にわたっており、ヨーロッパ、北アフリカ、オリエントを旅行した紀行文や、『アラビア人の文明』（一八八四）『インドの文明』（一八八七）などの文明論のほかに、医学、衛生学、生理学、歴史、心理学、物理学など、その著書は四十冊近くにのぼる。彼の名を世界的に高めたのは、一八九四年に刊行した『民族進化の心理学的法則（Lois psychologiques d'évolution des peuples）』とその翌年の『群衆の心理学（Psychologie des Foules）』であった。とくに後者は刊行の翌年にはアメリカのMacmillan社から『群衆：大衆心理の研究（The Crowd: A Study of the Popular Mind）』というタイトルで英訳され、ギュスターヴ・ル・ボンの名は「群衆の時代」という言葉とともに世界に広まった。この書はムッソリーニ、ヒットラー、シャルル・ド・ゴール、ルーズベルトなど、世界の政治家たちの必読書となったという。

ル・ボンの思想の根底には人間は本来不平等であるという考え方がある。彼は「十七世紀のフランスで生まれた自由と平等の思想」（ルソーの思想をさすと思われる）は誤った思想であるにもかかわらず、民衆に浸透して破壊的な「奔流」となり、いまでは誰もその勢いをとどめることはできなくなったと考えていた。そして民衆の行動が歴史を決するようになったこの時代を「群衆の時代」と呼び、思想が民衆のなかに広まってついには彼らを動かすようになる過程を『民族進化の心理学的法則』で分析した。

当時のヨーロッパでほぼ常識として通用していた社会進化論の信奉者として、彼は民族を進化の程度により四等級に区分している。ヨーロッパ人が属す「優等人種」、中国人、日本人、蒙古人らが属す「中等人種」、黒人が属す「劣等人種」そして石器時代に近い生活を送る「原始的人種」である。ル・ボンによれば、民族の差異は知識においてではなく性格にある。どの民族も核となる心的な組織を持っており、歴史、文明、制度、芸術などはすべてこの特性から生み出されるのであって、一つの民族の文明を他の民族に移植することは不可能なのである。民族の特性は人間の内部に無意識の性格として存在し、その上部に教育などによって作られた知能や個性などの意識的かつ可変的な性格がある。人間はふだん意識的な性格によって行動しているが、集団として行動するとき、精神の奥底にある無意識の共通の性格があらわれて全体を支配することがあるとして、ル・ボンはこの心理を「群衆心理」と呼んだ。ル・ボンにとっての「群衆」とは基本的に「愚民」だった。パリに近い地方の名門出身だったル・ボンの脳裏には、彼が生まれる半世紀前に民衆がフランス革命で演じた行動に対する恐怖心があり、それが群衆心理の分析につながったとも言われている。第二次世界大戦後には人権思想によって社会進化論は否定され、彼の名前もほとんど忘れられたが、「群衆心理」という語や「死者が生者を動かす」などの言葉はいまも人口に膾炙している。

三　塚原政次の『心理学書解説 ルボン氏民族心理学』（一九〇〇）

一九〇〇年にル・ボンの『民族進化の心理学的法則』をはじめて日本に紹介したのは、当時二十八歳の東京大学大学院生塚原政次《つかはらまさつぐ》（一八七二～一九四六）だった。主として教育と倫理に関する雑誌や書籍を刊行していた育成会の「心理学書解説」の第五巻、『心理学書解説 ルボン氏民族心理学』(3)がそれである。塚原はこの翌年に米国とドイツに国費留学し、帰国後は東京高等学校長や広島文理科大学長を歴任して、日本の教育心理学の創始者の一人となった(4)。

彼が解説をしたのは、一八九八年にアメリカのMacmillan社から刊行されたル・ボンの『民族心理学　民族進化におけるその影響（The Psychology of Peoples　Its Influence on Their Evolution）』(5)という本で

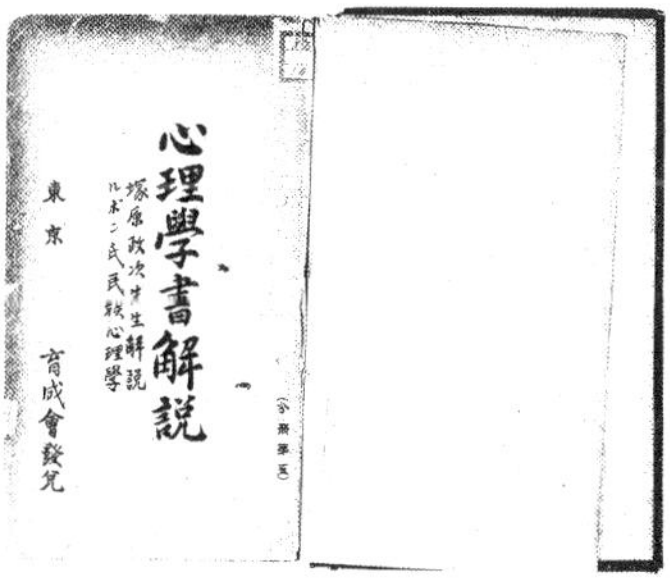

塚原政次の『ルボン氏民族心理学』表紙
国会図書館　近代デジタルライブラリー

ある。これには翻訳者の名前も原著者の序文もついていなかったため、塚原は、フランスの『科学評論』に掲載されたル・ボンの論文を順序立てして英訳したものだろうと考えていた。[6]緒言にあるル・ボンの著書リストには、仏タイトルのついた『民族進化の心理学的法則　Les Lois psychologiques d'évolution des peuples』と英タイトルのついた『民族心理学　The Psychology of peoples』と、二つが並んで挙げられているところから見て、どうやら塚原は後者が前者の英訳本であることに気づかないまま解説をしたようである。

「一、緒言」で塚原は、ル・ボンがフランスの有力雑誌に論文を多数発表して数々の書物に引用されている有名な学者であること、最近とくに『群集の心理』という本が話題になっていることを述べ、「民族心理学とは社会心理学の一部であって、民族と称する特殊の社会の精神を研究する学問である」と説明している。「二、目次」は原典の目次の引き写し、「三、梗概」は章の順序にそった内容の解説で、最後の「四、批評」で、塚原はこの書物に対する批評を行なっている。彼はまず読者に対して、民族心理学のような学問においては著者の出身国に留意する必要があることに注意を喚起し、ル・ボンはフランス人であるからドイツ人学者とは違う見解になるであろうと述べる。次に、ル・ボンが「race（人種）」と「people（民族）」の用語を混用していることを指摘してから、ル・ボンがこの本で述べていることについて自分が賛成できるものとできないものに分けて、その理由を説明していく。

ル・ボンが民族の心理的特性を「根本的特性」と「付属的特性」に分け、前者がほとんど不変で後者は教育などによって変更しうるとしていることに対して、塚原は、教育によって知識が発達すれば民族的性格も変わりうるはずだと反論する。彼がのちに教育家としての人生を歩んだことを考えれば当然の主張であろう。だがル・ボンが人種を階層づけしていることは当然のこととして受け入れ、単に日本人を「中等」に入れた点だけを問題視していることに、[7]彼が生きた時代の空気が感じられる。これが当時としては一般的な考え方だったのである。とはいえ次のような記述に対して、塚原は不快を隠していない。

一人の黒奴、若しくは一人の日本人は容易く大学の学位を得ることが出来るし、又法律家となることも出来る。併しながら彼等の得るところのものは畢竟皮相的である。そうしてその精神組織の上には何等の影響をも有たない。彼らは遺伝のみに依って作られて居るからして、如何に教育しても思想の形、就中西洋人の性格を与えることは出来ない。固より黒奴でも、日本人でも、普通十年くらいで謳羅巴人の知識を得ることが出来る。併しながら真の謳羅巴人となるには千年と雖も未だ不十分であろう。（第一編　第三章人種の心理的特権）[8]

ル・ボンの言うとおりなら我われ日本人は千年たっても英国人のようにはなれないことになると述べて、塚原は、自分としては著者の言を完全に否定するわけではないが、思うに、知識が民族的性格に影響を与えることができないとして知識と性格との境界を明確にしすぎたためにル・ボンはこのような誤謬に陥ったのだろうと冷静に批判し、今日の教育は単に知識の教育のみではなく性格の教育でもあると釘を刺している。[9]ル・ボンのこの書が刊行された一八九五年は、日清戦争で日本が勝利した年である。人種の階層を乱している「中等人種」日本人は驚異だったのだろう。ル・ボンは何ヶ所かで日本に言及している。そのうちの一ヶ所に対しても、塚原は次のように不快感をあらわにしている。

第二章において著者はふたたび大いに日本を攻撃して、日本は単に兵制その他諸制度において、たとえ欧州人に誇るも、その民族の精神には何等の変更なきを以って、只外観の美なるに止まりて、間もなく激烈なる革命によりて破壊さるるであろうなどと軽蔑している。（中略）我邦人の性格中にも他邦人に勝るとも劣らざる性質もあるのである。しかるにそれをも深く感えずして、大早計に論断するは著者のために惜しむべきことである[10]。

塚原がこう書いた一九〇〇年、日本は日清戦争後の三国干渉の屈辱をそそごうと、「臥薪嘗胆」をスローガンにして富国強兵を目指していた。そんな社会の雰囲気もあって、塚原はル・ボンの言葉に列強の白人の傲慢さを感じ取って憤慨したのだろう[11]。

このあとの民族性の変遷を分析した部分（のちに李光洙が抄訳するのは、この部分である）について、塚原は「議論は正確」だとしながらも、「著者には自分の意見に便宜な実例を挙げる傾向がある」と指摘する。そして最後に、社会的事項は自然的事項と違って原因と動機が明確でないにもかかわらず、ル・ボンが歴史上のたった数個の事実を論拠として大胆な論断を下していることに危惧と疑いを表明している。このとき塚原はまだ若い大学院生であったが、心理学研究者として学問的な姿勢をもってル・ボンを正面から「批評」した。彼の『心理学書解説　ルボン氏民族心理学』は、ル・ボンの学説を論理の整合性と研究手法の面からまじめに分析した解説書であったといえる。

四　大日本文明協会の『民族発展の心理』（一九一〇）

一九一〇年、大日本文明協会は、外務省翻訳官前田長太《まえだちょうた》がフランス語原典から訳したル・ボンの『民族発展の心理』を刊行した[12]。

大日本文明協会とは、早稲田大学総長の大隈重信が、日本の学術文化の向上のためには西洋の名著の翻訳出版が必要だと考えて、一九〇八年に設立した会員制の協会である。このころ雑誌『太陽』の編集長でもあった早稲田大学教授の浮田和民が編集の任にあたっていた。協会では同じ年にル・ボンの『群衆心理』も刊行し[13]、一九一五年にこの二冊を合本にして『民族心理及群衆心理　全』というタイトルで改版刊行している。協会の刊行物は会員だけに頒布されたが、一九一八年に協会はこの合本の縮刷版を出して一般に市販した[14]。李光洙が入手したのはこの縮刷本だったと推測される[15]。

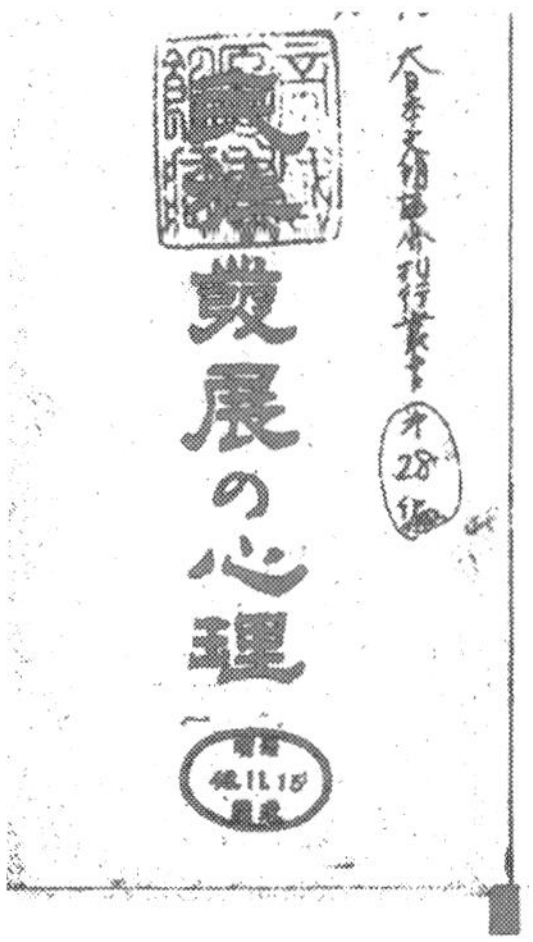

大日本文明協会刊行『民族発展の心理』（一九一〇）
国会図書館　近代デジタルライブラリー

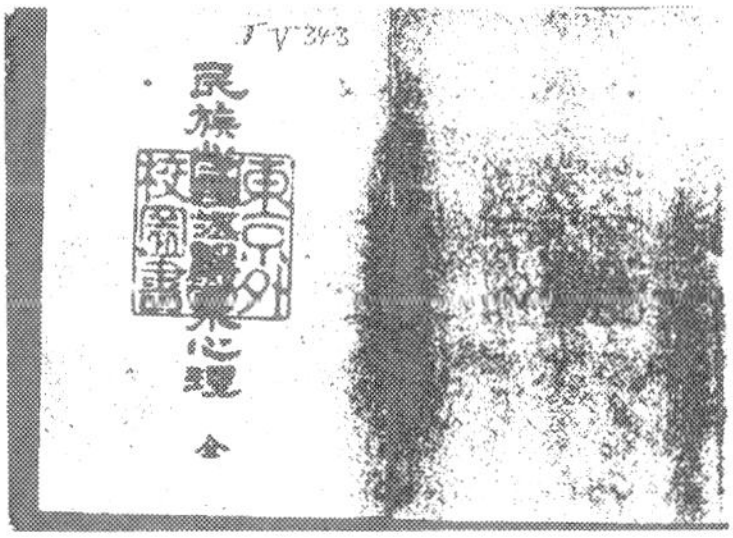

大日本文明協会発行『民族心理及群衆心理　全』縮刷版（一九一八）
東京外国語大学附属図書館蔵

大日本文明協会にル・ボンの著書の出版を勧めたのは、協会の会員だったロシア大使本野《もとの》一郎（一八六二～一九一八）である。本野は若いときにフランスに遊学し、その後本格的に留学してパリとリヨンで法学を修めた人物である。外交官となってヨーロッパ公使を歴任、日露戦争時にはロシアで折衝の任にあたり、その功で華族に列せられた。日露協商締結に尽力し、一九一六年の寺内内閣で外務大臣になっている[16]。彼はパリの社交界でル・ボンと知り合ってその人柄に感服し、またその学説を高く評価して、一時帰国のさいに著書を持ちかえって協会に刊行を勧めたのである。刊行にあたって、彼は自ら「序」を書いている[17]。

塚原の『ルボン氏民族心理学』は解説書であり、『民族発展の心理』は翻訳であるが、この二書で何よりも違っているのは、前者ではル・ボンが日本に言及した部分を大塚が紹介して批判しているのに対し、後者ではその部分が完全に削除されていることである。削除したのは翻訳者の前田であろうが、本野もその事実を知っていたことは、「序」でル・ボンの人種の四等級を紹介しながら、日本が「中等」に区分されていることには触れず、単に、日本人はすべての面で「優に優等人種の資格を有することを証して余りあ[18]」ると力説していることからも明らかである。削除の事実を知らない日本の読者は、自分たちは「優等人種」に入っていると受けとったことだろう。この本を読んだ時、筆者自身もそう受け取った。外交官である本野にとって、ようやく日露戦争に勝利し「一等国」の仲間入りを果たしたと思っている日本国民に、いかに努力しても日本はヨーロッパには追いつけないというル・ボンの学説を伝えることは耐えられなかったのであろう。

そもそも本野は、日本にとって不利な点に関してはル・ボンの見解に反対だった。彼は「序」で、ル・ボンの学説にたいする自らの所見を二つ述べている。一つは日本の位置づけに関してであり、先述したように、彼は、すべての面において日本は優等人種の資格を有すると書いて、あえて読者の誤読を誘っている。もう一つは、民族の根本的性格は変わらないという学説への反駁である。日本は先進国の文明を取り入れることで変身をとげたと自負する彼は、民族の根本的な性格は教育によって変えることはできず、知識面での変化は付属的なものに過ぎないというル・ボンの説に納得せず、塚原政次と同じように、教育や制度によって民族性は変えられると主張する。そして、最近まで封建思想の国であった日本において四十年のあいだに平等思想と権利思想が庶民のレベルまで浸透したこと、また軍事制度の発達によって国民性が大きく変わったことを例にあげて、教育によって性格は養成できると述べている。この点について、本野はパリでル・ボンと何回も激論を戦わせたが、ついに意見の一致を見なかったという。「余は熱心に畏友の著書を我同胞に紹介するものなりといえども、この点につきては聊か保留をなすのやむを得ざるものあり」[19]と彼は書いている。この「保留」が削除につながったのであろう。

ル・ボンは、自著の日本語版刊行にあたり、大日本文明協会に「自序」の自筆原稿と肖像写真を送ってきた。そのなかでル・ボンは最近の日本の急激な発展を激賞している。

『民族発展の心理』（一九一〇）所載のル・ボン
自筆原稿と肖像写真
国会図書館　近代デジタルライブラリー

> 誰か思わん、今まで半開国民のごとく思われたる日本人が西人一切の資格と、なおその他の資格とを具有せんとは。（中略）他国民が数百年を要したる進化の行程を僅々数年のあいだに通過したること即ちこれなり、これ実に史上稀有の事象にして普通一般の進化の法則に反する所なりとす[20]。

ところがこれにつづいてル・ボンは冷水を浴びせかけるがごとく、こう書くのである。

しかしながらこの法則は余りに確実なるものなれば、斯くのごとき著大なる例外を容さざるもののごとし。仔細に事態を考察すれば、日本の進化なるものは深甚なるよりむしろ皮相なるを認むるに難からず。[21]

要するに日本の変化は「付属的性格」の変化に過ぎず、「根本的性格」は変わっていないということである。なぜル・ボンは日本にとって耳障りなことをあえて「自序」で強調したのだろうか。本野と激論を交わしたというル・ボンは、日本の知識人の考え方を知っていただけに、自分の信念をはっきりと述べておきたかったのではないか。彼は削除のことは知らなかったであろうが、自分の説がきちんと伝わるかどうかに、あるいは不安を感じたのかもしれない。本野の「序」とル・ボンの「自序」は、あたかも二人がパリで交わした激論の延長戦の感がある。

本野は、ル・ボンのもう一つの著作『群衆心理』は高く評価した。外交官として日露戦争の講和に努力した本野にとって、条約内容に不満な群衆がひき起こした日比谷暴動事件の衝撃は大きかったと思われる。彼は、いまや民衆が政治を動かす「群衆の時代」であることを認め、日露戦争で勝利できたのは国民の後援があったからであり、「維新の大業」もその原動力は「群衆の合同事業」であったとして、明治維新の元勲たちも実は当時の民衆世論の実現者に過ぎなかったのだと述べる。そして為政者たるものは、「社会における事業が善悪ともに群衆の力によりてなさるる」という真理を忘れずに、日夜「群衆教育」を行なうことが最大の任務であるという言葉で「序」を結んでいる。

一九一〇年に大日本文明協会が刊行した『民族発展の心理』は、ル・ボンの日本に対する言及が削除された不完全なものであった。日本人は中等人種であるという区分、また民族の根本的性格は決して変わることはないという学説を拒否した本野は、日本に関わる部分を削除して、日本の読者が自らを優等人種だと錯覚するような文言を「序」に入れた。だが彼は、現代が「群衆の時代」であるというル・ボンの説に同感しており、国家の将来のために「群衆教育」が必要だと考えて、彼の著書を日本に紹介したのである。

五　李光洙の「民族改造論」（一九二二）

一九二二年、李光洙は『開闢』四月号に「國民生活에 對한思想의勢力―로봉博士著〈民族心理学〉의一節（国民生活に対する思想の勢力―ル・ボン博士著〈民族心理学〉の一節）」と題してル・ボンの『民族発展の心理』の抄訳を掲載し、その翌月号に「民族改造論」を発表した。前年、亡命先の上海からもどった李光洙は、つぎつぎと論説を発表する一方で、この年の二月には合法的な民族実力養成団体、修養同盟会を発足させていた。李光洙は第一次大戦前の大陸放浪の旅と三・一運動後の上海臨時政府での体験を通して、団結して行動できない同胞たちに絶望していた。上海で島山安昌浩の興士団思想を知った彼は、朝鮮にもどり、合法的な修養団体によって民族の性格を変えようと考えたのである。「中枢階級の造成」のために修養・修学同盟が必要だと訴える「中樞階級과社會（中枢階級と社会）」[22]、職業を芸術とみなして「愛と美により自らを改造」しようと訴える「藝術과人生（芸術と人生）」[23]、未来ある少年たちに向かって朝鮮の現状を知らせて同盟を呼びかける「少年에게（少年に）」[24]など、彼がこの時期に発表した論説はすべてこの目的にそったものであった。

「民族改造論」において李光洙は、民族が長い時間をかけて行なう変化は「自然の変遷、偶然の変遷」[25]に過ぎず、高度な文明をもった民族は設定した目的に向かって自らを「意識的に改造」[26]していくと書いて、朝鮮民族が意識的な自己改造を行なうための具体的な方策を提案している。自然の状態にあれば変化にかかる長い時間を、意識的に行なうことで短縮するという発想は、彼が上海に亡命する前に東京で書いた論説「新生活論」で主張した「人為的進化」とまったく同じである。[27] その背後にはヨーロッパが数百年かかった近代化を、ヨーロッパに学ぶことで数十年に短縮したと自負する日本の知識人の考え方があった(28)。

早稲田大学の哲学科に学んだ李光洙は、ル・ボンの思想を学んで『民族発展の心理』を熟読し、これを上海で出会った安昌浩の興士団思想に接木させて、団体事業による民族の改造という考えに発展させたのだと思われる。この本のなかで李光洙が特に注目したのは、民族の根本的性格が変わっていく過程を記述した第四章「種族の心理的性格は如何に変化するか」で、この章の第一節「国民の生活における思想の勢力」を彼は抄訳して『開闢』誌に掲載したのである。それによれば、ある思想が発生し、やがてそれを「宣伝する者」があらわれ、そのうちに小団体が生まれて「宣伝する者」を養成するようになり、それがある程度まで発展すると「伝染」と「摸倣」の作用で伝播がはじまって、ついには「習慣」と「無意識」の領域に達して民族の根本的性格は変化するのである(29)。このメカニズムを意識的に行なうことによって、短期間で民族の性格を変えることができると李光洙は考えたのだろう。上海にいたとき、彼は自分が主幹する『独立新聞』に「民族改造論」の骨子ともいえる論説を十八回にわたって連載し、これに「宣伝　改造」(30)というタイトルを付けた。これは、生まれたばかりの興士団思想を「宣伝する者」であると自負してのことだったと思われる。

それでは、塚原と本野が問題にした二つの点、すなわち人種の階層づけにおける日本人の位置と民族の根本的性格が変わらないという点について、李光洙はどう考えていたのだろうか。まず、彼は大日本文明協会が行なった改ざんには気づかなかったと思われる。彼が日本人は優等人種に区分されると考えていたことは、『無情』（一九一七）の主人公が「朝鮮人を、世界でもっとも文明化したすべての民族、すなわち日本民族程度の文明レベルに引き上げること（二十四節）」を目的としていることからも明らかである。もちろん、日本人を優等人種とみなすことと、日本を素晴らしい国だと考えることは別である。彼は日本の朝鮮支配と差別に激しい怒りをいだいていたが、社会進化論を真理とするかぎりは現実を認めざるを得なかった。李光洙が東京で書いた論説は、すべて社会進化論を前提としたうえで、朝鮮民族の等級を少しでも早く引き上げるためのものであった[31]。日本をモデルにしたのは、そのための「方便」にすぎなかったと考えられる。

つぎに、李光洙は「民族改造論」のなかで、民族の「根本的性格」が変わらないという説を受け入れている。だが、その受け入れ方は、「真理らしいです」「正しいようです」「民族性にも変えることのできない根本的な性格があるでしょう[32]」などという曖昧な表現によるものであり、そのうえ、朝鮮衰退の原因となった民族性がたとえ「根本的性格」であったとしても「それでもやはり改造する道はあるのです[33]」と書くなど、非常に恣意的である。ルボンの学説を真理と認めて依拠するというより、できあいの学説を自分の主張に利用しているという印象を受ける。朝鮮民族の「根本的性格」は何かと自問して、李光洙は、様々な歴史的な資料を根拠にしながら、それは「寛大、博愛、礼儀、廉潔、自尊、武勇、快活」であるが、それらの「半面」である「虚偽、懶惰、非社会性」が民族の衰退を導いたのだとする[34]。これは朝鮮衰退の原因が「根本的性格」にあるという悲観的な指摘であるはずだが、李光洙は、「それゆえ、我われが改造すべきは朝鮮民族の根本的性格ではありません。ル・ボン博士のいわゆる付属的性格です。だからこそ我々の改造運動はますます可能性が豊富だと言えるのです[35]」と、勝手に楽観的な見通しに転回させ、つづいて団体事業によって意識的に民族の性格を変えていく方法とそれに必要な時間を提示する。そもそも『民族発展の心理』でル・ボンが扱っているのは付属的性格ではなく「根本的性格における変化」についてである。一見ル・ボンの学説に依拠しているように見えながら、李光洙の論理はじつに恣意的で脈絡がない。おそらく李光洙にとっては「根本的性格」と「付属的性格」の違いは大きな問題でなく、とにかく民族が強くなりさえすればそれでよいと考えていたのであろう。李光洙にとっては、ル・ボンの学説もやはり「方便」に過ぎなかったと思われるのである。

たとえば、ル・ボンの主張した重要な学説である「群衆」についても、李光洙は冷淡な関心しか示していない。本野一郎はル・ボンの群衆論を高く評価し、明治維新の元勲たちといえどもその背後にある民衆の力によって動かされる存在であったという認識を示したが、李光洙は、明治維新を「歴史上に見る民族改造運動」

の一例として挙げながらも、新日本建設のために働いた政治家、教育家、思想家、学者、実業家たちを明治天皇を中心とする団体の団員とみなして、民衆の力には無関心である[36]。そのうえ独立協会の運動が失敗した原因は「一時の群衆心理」を利用したことにあるとして[37]、むしろ群衆の力に対しては否定的な見解を示している。「群衆」というル・ボン思想の核心的な要素を無視したまま、学説の一部だけを恣意的に利用する李光洙の態度には、ル・ボンに対する深い理解は見いだしがたい。

李光洙は、単にル・ボンの名前に付随する「権威」を利用しようとしたに過ぎなかったのではないだろうか。ル・ボンは、宣伝者が最初の小団体を作る段階において必要なものの一つとして「名声の権威」を挙げている[38]。自分たちの状況がまさにこの段階にあると考えていた李光洙は、ル・ボンの名声をもって、「民族改造論」に「権威」を付与しようとしたのではなかったかと考えられるのである。

六　おわりに

本章では、李光洙が「民族改造論」で依拠したギュスターヴ・ル・ボンの著書『民族進化の心理学的法則』が日本でどのように受容されたか、そして、李光洙はそれとどのように向き合ったかを考察した。一九〇〇年に英訳を通してこの書の解説を書いた東京大学大学院生塚本政次は、ル・ボンの思想を学問的な姿勢で忠実に紹介し、納得できない部分、とりわけ日本への言及について反論した。一九一〇年に大日本文明協会から出た原典からの翻訳では、日本に関する部分が削除されていた。この本の刊行を大日本文明協会に勧めたロシア大使本野一郎はル・ボンの『群衆心理』の信奉者であったが、ル・ボンによる日本の人種区分と「根本的性格の不変」についての説に承服していなかった。外交官である彼は、日露戦争にかろうじて勝利したばかりの日本国民から自信を喪失させるような文言を忌避したのである。

一九一八年の大日本文明協会再版縮約本でル・ボンを読んだ李光洙は、とくに反論せずにその学説を受容したが、受容の仕方は恣意的で曖昧であって、「民族改造論」に権威を与えるためにル・ボンの名声を利用したに過ぎないという疑いを抱かせる。彼にとっては、日本をモデルにすることもル・ボンの学説も、自民族を強くさせるための「方便」ではなかったかと思われるのである。

（1）　李光洙が実際に読んだのは、後述する一九一八年刊行の合本縮刷版だったと推定されるが、内容は一九一〇年版と変わっていない。

（2）　ギュスターヴ・ル・ボンの思想と経歴については以下を参照した。
①本野一郎「序」『民族心理学及群衆心理　全』大日本文明協会、一九一五
②桜井成夫訳『群集心理』訳者のあとがき　講談社学術文庫、一九九三
③波田野節子『李光洙・《無情》の研究』白帝社　二〇〇八、二八八―二九一頁
④http://fr.wikipedia.org/wiki/Gustave_Le_Bon　最終閲覧日、二〇一〇年五月七日
⑤http://en.wikipedia.org/wiki/Gustave_Le_Bon　最終閲覧日、二〇一〇年五月七日
韓国で李光洙とギュスターヴ・ル・ボンとの関係を考察したものとして、Ellie Choi の「이광수의〈민족개고론 다시 읽기〉」（『文学思想』二〇〇八・一）をはじめとするいくつかの論文がある。

（3）　『心理学書解説ルボン氏民族心理学』は国会図書館近代デジタルライブラリーからダウンロードした。
http://kindai.ndl.go.jp/info:ndljp/pid/759857

（4）　塚原政次に関しては以下を参照。サトウタツヤ「近代日本における心理学の受容と制度化」『立命館人間科学研究』第五号　二〇〇三・三　二五〇―二五一頁／佐藤達哉「明治期の心理学と「教育」の心理学：元良勇次郎と塚原政次の興味関心から」『第六回日本教育心理学会総会発表論文集』一九九七・九

（5）英訳本『The Psychology of Peoples』は American Library からダウンロードした。
http://www.archive.org/details/psychologyofpeop00leborich
（6）『心理学書解説 ルボン氏民族心理学』八頁。なお、塚原は米国の雑誌『心理評論』の臨時増刊号目録を調べて、翻訳者が「アール、テレチェブ」氏であることを明らかにしている。同上九頁
（7）同上　一〇四―一〇五頁
（8）同上　三四―三五頁
（9）同上　一〇八頁
（10）同上　一〇九―一一〇頁。　参考までに問題にされている箇所を翻訳して載せておく。これは本文でなく註であり、後述するように大日本文明協会本でも訳されていない部分である。ル・ボンの原典は下記からダウンロードした。
http://classiques.uqac.ca/classiques/le_bon_gustave/lois_psycho_evolution_peuples/le_bon_lois_psycho.pdf
「日本のケースについてはすでに他の場所で触れているし、きっとそのうちにまた触れることになるだろうから、ここでは触れないでおく。著名な政治家たちと、それにつづいて見識にかけた哲学者たちがあれほど錯覚している問題を数頁で論じることなど不可能である。軍事的勝利の名声というものは、単なる蛮行によって得られものであるにもかかわらず，いまだに多くの人々にとって文明をはかる唯一の基準となっている。黒人の軍隊をヨーロッパ式に調教し、彼らに銃や大砲のあやつり方を教えることはできるが、それによって彼らの精神的劣位とその劣位に由来するすべてのことを変えたことにはならない。日本が現在まとっているヨーロッパ文明の輝く衣装は、種族の精神的状態にまったく対応していない。みすぼらしい借り着であって、やがては激烈な革命によってずたずたになることだろう」（原典六一頁註：拙訳　なお翻訳を手伝ってくださった京都大学の西山教行氏に、この場を借りて感謝の意を表する）
（11）しかしながら、半世紀後の日本では革命こそ起きなかったが、速すぎた近代化の揺り返しを受けたがごとく「激烈な」敗戦によって「破壊」された。この事実を思うと、ル・ボンの言葉は不思議な重みを感じさせる。
（12）編集局の「例言」には、この書にはまだ英訳本がないと書かれているが、塚原の解説書を読んでいれば英訳本があることがわかったはずである。育成会の心理学書解説叢書は研究者向けだったため、編集局はその存在を知らなかったのだろう。だが、日本語版に自序をよせているル・ボンが英訳本の存在を知らなかったことは不思議である。あるいは英訳本には著作権上の問題があったのかもしれない。

(13)　こちらは英語からの重訳で、訳者は早稲田教員をしていた大山郁夫だった。「例言に代へて」『群衆心理』大日本文明協会　一九一〇・一二
(14)　「例言」『民族発展の心理』大日本文明協会　一九一〇・七、一頁
『民族発展の心理』は国会図書館の近代デジタルライブラリーからダウンロードした。
http://kindai.ndl.go.jp/info:ndljp/pid/759849
(15)　「民族改造論」には「民族心理学　第二章第一節」と引用の出典が明示されているが、章立てが「章・節」になったのは一九一八年の合本縮刷版からである。その前は「篇・章」だった。南富鎮『近代日本と朝鮮人像の形成』第四章　李光洙の「民族改造論」と朝鮮民族性　註（勉誠出版二〇〇二、二〇四頁）の指摘による。
(16)　『大正人名辞典』東洋新報社　九一七復刻版　日本図書センター、一九八七、五七頁
(17)　本野がロシアから送った「序」は、一九一〇年七月の『民族発展の心理』にも十二月の『群衆心理』にも間に合わず、結局一九一五年の合本に掲載された。（「例言」『民族発展の心理』、「例言に代へて」『群衆心理』）
(18)　『民族心理及群衆心理　全』「序」九頁
(19)　同上　一〇頁
(20)　ギュスターヴ・ル・ボン『民族発展の心理学』「自序」一―二頁。編集長の浮田和民は、ヨーロッパの四百年の自然進化の過程を日本は人工的に四十年に短縮したと自著（浮田和民『社会学講義』帝国教育会　一九〇一）に書いていたから、ル・ボンのこの文章には満足したことだろう。波田野節子『李光洙《無情》の研究』白帝社二〇〇八、五七―五八頁を参照
(21)　『民族発展の心理学』「自序」一―二頁
(22)　『開闢』一九二一年七月号
(23)　『開闢』一九二二年一月号
(24)　『開闢』一九二一年十一月～一九二二年三月号。最終回の末尾には、論説を読んで少年同盟に興味をもった人は筆者に連絡を乞うという「謹告」が載っている。
(25)　『開闢』一九二二年五月号二〇頁／『李光洙全集』第一〇巻、又新社、一九七九、一一七頁
(26)　同上
(27)　「新生活論」二、意識的変化와 無意識的変化

(28) 註(20)を参照
(29) ル・ボンは『群衆心理』で、集団の考えと行動が同一方向へとなびく過程を「暗示—感染—模倣」としている。
(30) 一九一九年八月二十一日〜十月二十八日『独立新聞』　金源模『春園光復論　独立新聞』　檀国大学校出版部　二〇〇九　六八一—七一五頁。なお同じ年に安昌浩が「改造」というタイトルで演説をしているが、そこには進化論的発想やル・ボンの学説とのかかわりは見られない。安昌浩と李光洙の考え方の比較は今後の研究課題である。
(31) このような意識は、たとえば一九一六年の『學之光』十一号に発表された論説「為先獸가되고然後에人이되라」などに明らかである。
(32) 『開闢』一九二二年五月号 三十九頁／『李光洙全集』第一〇巻　又新社　一九七九　一二八頁〝眞理인 듯합니다〟．〝옳은 듯합니다〟．〝民族性에도 變할 수 없는 根本的 性格이 있을 것입니다〟．
(33) 『開闢』一九二二年五月号 四十頁／『李光洙全集』第一〇巻　又新社　一九七九　一二八頁〝그러나 亦是 改造할 길이 있읍니다〟．
(34) 『開闢』一九二二年五月号 四十五頁／『李光洙全集』第一〇巻　又新社、一九七九、一三二頁
(35) 『開闢』一九二二年五月号 四十五—四十六頁／『李光洙全集』第一〇巻、又新社、一九七九、一三二頁
(36) 『開闢』一九二二年五月号 二十五頁／『李光洙全集』第一〇巻、又新社、一九七九、一二〇頁
(37) 『開闢』一九二二年五月号 二十八頁／『李光洙全集』第一〇巻、又新社、一九七九、一二一頁
(38) 『開闢』一九二二年四月号／『李光洙全集』第一〇巻、一七八頁

Ⅱ

洪命憙

第一章　『林巨正』の〈不連続性〉と〈未完性〉

一　はじめに

本研究の出発点は筆者の読書体験である。かなり前のことだが、四季節社の九巻本で『林巨正』をはじめて読んだ筆者は、作品の面白さとテクニックの見事さに驚くと同時に、二つの素朴な疑問をいだいた。一つは当然のことながら、このように素晴らしい作品が未完で終わっていることに対する疑問であり、もう一つは主人公の人間像に見られる不統一だった。林巨正の性格が前半と後半とで連続性を欠いているように思われたのだ。前半で与えられた主人公の強烈なイメージが後半で裏切られることが頻繁に起こり、読みながら違和感を抱いた記憶がある。この二つの疑問を解くことが、本研究の目的である。最初に作者についてと作品のあらすじを簡単に紹介し、つぎに書誌を概観してから、〈不連続性〉と〈未完性〉が生じた原因を追究したい(1)。

二　作者・洪命憙

まず、『林巨正』の作者を簡単に紹介する。『林巨正』の作者洪命憙《ホンミョンヒ》は、一八八八年に忠清北道の槐山で、豊山洪氏秋巒公派両班の長男として生まれた。曽祖父は哲宗と高宗のもとで観察使、漢城府判尹、吏曹判書を歴任し、祖父も高宗のもとで大司諫、大司憲、兵曹・刑曹参判をつとめた名門で、父親の洪範植《ホンボムシク》も洪命憙が生まれた年に科挙及第している。党派は老論に属し、洪命憙が数え十一歳で迎えた妻も老論の驪興閔氏出身であった。朝鮮近代文学史上、このような名門両班出身の作家は洪命憙だけであり、非常に例外的な存在といえる。

一九〇〇年、十三歳でソウルに出て、北村にある祖父の屋敷から中橋義塾という新式学校に通い、新知識と日本語を学んだ。洪命憙が十五歳のときに生まれた長男が、のちに北朝鮮で著名な言語学者となる洪起文《ホンギムン》である。一九〇六年、数え十九歳で日本に留学して東洋商業学校予科と大成中学校に学び、朝鮮近代文学草創期のこのころ李光洙《イグァンス》や崔南善《チェナムソン》と交わって三天才と並び称された。[2] 日韓併合を迎えて父の洪範植が殉死すると、洪命憙は、「たとえ死んでも親日をしてはならぬ」という父親の遺言を死ぬまで座右の銘にしたという。

父の喪を終えて中国に渡った彼は、上海で同済社を中心とする独立運動に参加し、またシンガポール等に数年間滞在した。帰国の翌年に起きた三・一運動では故郷の槐山で運動を主導して一年間獄中生活を送り、出獄後は教育・言論・政治の場で活躍して、一九二七年の新幹会立ち上げにさいして主導的な役割を果たした。翌一九二八年、朝鮮日報に長編『林巨正』の連載をはじめる。連載は作者の逮捕や病気のためにたびたび中断しながら実に十二年間におよび、一九四〇年に完全に中断した。生涯に小説としてはこの一編しか書かなかった洪命憙は、この作品によって朝鮮近代文学史に名を残すことになる。

解放後、一九四八年に平壌で開催された南北連席会議に出席してそのまま北にとどまり、朝鮮民主主義人民共和国が樹立されると初代副首相に任命された。その後も朝鮮科学院院長、最高人民会議代議員常任委員会副院長など要職を歴任して、一九六八年三月五日に亡くなった。遺体は平壌郊外の愛国烈士陵に埋葬されている。

三　作品のあらすじ

書誌で述べるように『林巨正』にはいくつかの版があるが、ここでは韓国の四季節社本によってあらすじを紹介する。(3)

歴史小説『林巨正』の舞台は、燕山朝から明宗朝までの十六世紀前半の朝鮮である。「鳳丹編」「皮匠編」「両班編」「義兄弟編」「火賊編」の五編で構成されているので、以下、編ごとに簡略に内容を紹介する。

（1）「鳳丹編」

燕山君の暴政時代に白丁の婿になって難を免れた両班の野談が下敷きになっている。(4) 燕山君の不興を買って巨済島に流された弘文館校理の李長坤《イチャンゴン》は、甲子士禍がおきると加罪をおそれて逃亡し、咸鏡道で柳白丁の娘楊鳳丹《ヤンポンダン》の婿となって身を隠す。両班でありながら白丁として虐げられるという稀有な経験をもった李長坤は、中宗反正で復権すると、自分がもし白丁に生まれていたら大盗賊になるだろうと、林巨正出現の予告ともみなされる感慨をもらす。李長坤はソウルに戻り、中宗のはからいによって鳳丹は白丁の身で淑夫人に叙せられて都に迎えられる。彼女の縁で咸鏡道から上京して楊州の牛白丁の婿になった母方の従兄弟林《イム》トルが、未来の林巨正《イムコッチョン》の父である。両班の体面をかなぐり捨てて逃亡し、飢えのために糞まで口にした李長坤の生命への執着と、反骨精神が旺盛で両班嫌いのトルの野性が交差した地点に、やがて巨正は生まれることになる。

（2）「皮匠編」

「皮匠編」の前半では、鳳丹の叔父である白丁学者カッパチ（靴職人）と儒者政治家趙光祖《チョグァンジョ》との交友、および趙光祖が失脚する己卯士禍の様相が描かれ、後半では、巨正《コッチョン》が生まれてから二十歳で結婚するまでが描かれる。巨正は生まれながらに気性が荒くて反抗的な子供だった。手を焼いたトルから巨正の教育を頼まれたカッパチは、彼をソウルの自分の家に連れてくる。巨正はカッパチの弟子のユボギや鳳学《ポンハク》と仲良くなって義兄弟の契りを結ぶが、三人はやがて散り散りになる。異人カッパチは巨正の未来を予見しながらも、その性格を学問によって矯正しようとはせず、むしろ本来の個性をのばすよう指導する。ある意味で、巨正を盗賊の道へと導いたのはカッパチだということもできる。(5) 成長した巨正は、出家して瓶亥《ピョンヘ》大師となったカッパチと全国を回り、旅の途中、白頭山で逃亡官婢の娘雲寵《ウンチョン》と結ばれる。

（3）「両班編」

「両班編」では中宗の死、その長男仁宗の死と次男明宗の即位、そして文定王后の垂簾聴政を背景にして権勢をにぎる外戚尹元衡《ユンウォニョン》や怪僧普雨《ポウ》の出現など、乱れた上層社会の様相が描かれる。身分差別に虐げられる巨正は両班を憎み、両班の支配する世間とかかわる気をなくしていく。巨正が三十五歳の年に乙卯倭変が起きる。巨正は鳳学とともに募兵に応ずるが、白丁という身分のために従軍を拒否され、軍隊の外から鳳学を見守ろうと単騎出征する。そして鳳学が霊巌城の戦いで倭兵に囲まれたとき、間一髪で彼を救出する。このとき巨正が鳳学とともに救出した人物が、のちに討捕使として林巨正を処断することになる南致勤《ナムチグン》である。

（4）「義兄弟編」

「義兄弟編」は八つの章からなっている。最初の七章は、巨正の六人の義兄弟「朴《パク》ユボギ」「郭《クァク》オジュ」「吉《キル》マッポンイ」「黄天王童《ファンチョナンドン》」「裵《ペ》トルソギ」「李鳳学《イボンハク》」と裏切り者「徐霖《ソリム》」の名前がタイトルになっており、彼らがそれぞれの章の主人公として活躍する。そして最後の「結義」の章で、巨正と六人の男たちは義兄弟の契りを結ぶ。

まず、巨正の出征中に、父の仇を討って逃亡したユボギが青石洞《チョンソッコル》に迷いこんで盗賊呉哥《オガ》と出会い、そこに住みつく。つづいて、妻を亡くし、泣きやまぬ乳飲み子を殺して精神に異常をきたした作男の郭オジュ、人に頼まれてオジュを捕らえようとした塩売りの吉マッポンィ、巨正の妻の弟で鳳山の将校になっていた黄天王童、その友人で敬天の駅卒裵トルソギ、そして平壌監司のもとで横領を働いて逃亡した元官吏の徐霖が、世間からはじき出されるようにして次つぎと青石洞に集まってくる。青石洞の一党は徐霖の立てた策で平壌監司の進上品を奪い、一部を巨正に贈る。密告によってその進上品が発覚すると、巨正は家族のために牢破りをして、盗賊になる決意をする。臨津別将になっていた李鳳学も、巨正の逃亡を助けたことが露見して青石洞に入る。巨正の怪力と剣道をはじめとして、ユボギの手裏剣、鳳学の弓、トルソギの投石、オジュの鉄殻竿、天王童の縮地法、マッポンィの怪力等、全員が何らかの特技を持っており、各章では、主人公たちのそれぞれの婚姻譚がストーリー展開の重要な要素となっている。

こうして集まった巨正と六人の男たちが、「結義」の章で、いまは亡きカッパチの木像の前で義兄弟の契りを結ぶ。

（5）「火賊編」

「火賊編」は、「青石洞」「松岳山」「巣窟」「笛」「平山戦」「慈母山城」の章からなる。「青石洞」の章で、巨正は全員に推されて青石洞の大将になる。官軍が青石洞に攻めてくると、徐霖は巨正に野望を吹き込み、将来のために今は官軍との衝突を避けるよう進言する。進上品の処分もかねて都に行った巨正はそこで三人の妻を娶り妓生のソフンとも結ばれるが、押しかけてきた妻雲寵との壮絶な夫婦喧嘩のあと山に戻る。青石洞の大将として君臨するようになってからの巨正は、広福山での村民虐殺、偽巨正ノバムや女性たちとの放埓な関係、家族への家父長的な態度など、以前とは違った印象をあたえる行動をとるようになる。

「松岳山」の章では、松岳山の端午クッを見物に行った青石洞の一行が騒動に巻き込まれて、大王大妃の代理である尚宮を人質に大王堂に立てこもり、駆けつけた巨正に救出される。「巣窟」の章では、巨正が両班に変装して各地の郡守の接待を受け、また都で捕縛されそうになり大立ち回りを演じて逃亡する。このとき捕まった妻たちを救出しようと巨正は破獄を計画するが、結局断念する。「笛」の章は、科挙を受けた帰りに青石洞に連れこまれた儒生たちの話と、笛の名手で王族の端川令が伽倻琴の名手である寧辺の妓生を訪ねた帰りに青石洞に捕われて笛を吹く話からなっている。「平山戦」の章では、都で捕まった徐霖が自白し、官軍五百名が巨正らのひそむ馬山里を急襲するが、巨正一党はわずか七名で迎え撃って逃げおおせる。

「慈母山城(上)」では、朝廷が林巨正討伐のために、黄海道と江原道に巡警使を派遣する。黄海道の巡警使が妓生におぼれて載寧から軍を動かさないのを、青石洞と家族が避難した海州の両方へ攻撃をかける準備だと誤解した巨正たちは、青石洞を捨てて慈母山城へ移ってゆく。「慈母山城(下)」には、妻との思い出が残る青石洞にひとり残ったさびしげな呉哥の姿が描かれ、ここで『林巨正』は中断している。

四 『林巨正』の書誌

つぎに『林巨正』の書誌を整理しておく。『林巨正』は一九二八年から四〇年まで十二年にわたって『朝鮮日報』紙と雑誌『朝光』に連載され、連載中断ののち、解放前と解放後そして作者が越北したあとの北朝鮮においてと、三回単行本として刊行されている。朝鮮戦争後は南では禁書となり、北でも絶版となっていた

表1　新聞連載本

<table>
<tr><th></th><th>連載期間</th><th>連載
場所</th><th>タイトル</th><th>章タイトル</th><th>四季節社十巻本
との対応</th></tr>
<tr><td rowspan="3">第
1
期</td><td rowspan="3">1928.11.21
〜
1929.12.26</td><td rowspan="3">朝
鮮
日
報</td><td rowspan="3">林巨正傳</td><td>이교리 귀양 / 왕의 무도 / 이교리 도망 / 이교리의 안신 / 게으름뱅이 / 축출 / 반정 / 상경 / 두 집안</td><td>1巻「봉단편」</td></tr>
<tr><td>교유 / 술객 / 사화 / 뒷일 / 형제 / 제자 / 분산 / 출가</td><td>2巻「피장편」</td></tr>
<tr><td>국상 / 살육 / 익명서 / 보복 / 권세 / 보우 / 왜변</td><td>3巻「양반편」</td></tr>
<tr><td></td><td colspan="5">逮捕による中断</td></tr>
<tr><td rowspan="4">第
2
期</td><td rowspan="3">1932.12.1
〜
1934. 9. 4</td><td rowspan="3">同上</td><td rowspan="3">林巨正傳</td><td>박유복이（一）～（四）
곽오주（一）～（三）</td><td>4巻「의형제편 1」</td></tr>
<tr><td>길막봉이（一）、（二）(1)
황천왕동이（一）、（二）
배돌석이（一）～（三）
리봉학이（一）～（三）</td><td>5巻「의형제편 2」</td></tr>
<tr><td>서림（一）～（四）
결의（一）～（四）</td><td>6巻「의형제편 3」(2)</td></tr>
<tr><td>1934. 9.15
〜
1935.12.24</td><td>同上</td><td>火賊林巨正</td><td>청석골（一）～（六）</td><td>7巻「화적편 1」</td></tr>
<tr><td></td><td colspan="5">病気による中断</td></tr>
<tr><td rowspan="4">第
3
期</td><td rowspan="3">1937.12.12
〜
1939. 7. 4</td><td rowspan="3">同上</td><td rowspan="3">林巨正</td><td>송악산
소굴</td><td>8巻「화적편 2」</td></tr>
<tr><td>피리
평산쌈</td><td>9巻「화적편 3」</td></tr>
<tr><td>자모산성上（一）～（三六）</td><td rowspan="2">10巻「화적편 4」</td></tr>
<tr><td>1940.10月号</td><td>朝光</td><td>林巨正</td><td>자모산성上（三七）下</td></tr>
</table>

(1) 新聞連載では章の番号は非常に乱れている。この章は一部に（二）と番号がつけられた回もあるが、実際には一節で構成されている。
(2) 四季節社十巻本では서림の章の（三）と（四）が결의の章の（一）と（二）として組み込まれ、서림は2節、결의が6節になっている。この改変は一九三九年の朝鮮日報社本刊行時におこなわれた。

が、八〇年代に入ると南北の両方で刊行された。[6] 以下では、（1）新聞と雑誌に連載されたものを新聞連載本、（2）解放前に朝鮮日報社から刊行された『林巨正』を朝鮮日報社本、（3）解放後に乙酉文化社から刊行された『林巨正』を乙酉文化社本、（4）作者の越北後、一九五〇年代に北朝鮮で刊行された『림꺽정』を国立出版社本、（5）一九八五年と九一年に韓国の四季節出版社から出された『林巨正』を四季節社九巻本および十巻本、（6）一九八〇年代に北朝鮮で刊行された『림꺽정』を文芸出版社本として、それぞれについて概観する。

（1）　新聞連載本

一九二八年から一九四〇年までの連載状況を、四季節社十巻本と対応させてまとめたのが表1である。長期にわたる連載中に休載は何度もあったが、本格的な休載は一九二九年末に逮捕されてからの三年間と、一九三五年から病気を理由に休載した二年間の二回である。それで、新聞連載の時期はこの二回の長期休載をはさんで、表のように三期に分けることができる。なお、新聞での連載が終わった翌年、雑誌『朝光』の十月号に一回だけ『林巨正』が掲載されているが、これは第三期に入れる。長編『林巨正』はこの『朝光』十月号をもって完全に中断した。

タイトルは、連載が始まった当初は『林巨正傳』だったが、第二期の途中、「義兄弟編」が終了して「火賊編」が始まるときに『火賊林巨正』と改題され、第三期が始まるときにふたたび改題されて『林巨正』となった。各編にはタイトルがつけられているものとそうでないものがあって、不ぞろいである。[7] 章にはタイトルがつけられているが、番号にかなり乱れが見られる。

（2）　朝鮮日報社本

朝鮮日報紙上での連載が終わった一九三九年、朝鮮日報社では全八巻の予定で『林巨正』を刊行した。新

表２　朝鮮日報社本

刊行	巻数	編タイトル	章タイトル	四季節社十巻本との対応
1939.10	第一巻	義兄弟篇（1）	박유복이（一）～（四） 곽오주（一）（二）	4 巻「의형제편 1」
			길막봉이（一）[1] 황천왕동이 배돌석이（一）	5 巻「의형제편 2」
1939.11	第二巻	義兄弟篇（2）	배돌석이（二）（三） 이봉학이（一）～（三）	
			서림（一）（二）[2] 결의（一）（二）（四）（六）（七）（八）[3]	6 巻「의형제편 3」
1939.12	第三巻	火賊篇（上）	청석골（一）～（六）	7 巻「화적편 1」
			송악산（一）[4] 소굴（一）	8 巻「화적편 2」
1940.2	第四巻	火賊篇（中）	소굴[5]	
			피리（一）[6] 평산쌈（一）[7]	9 巻「화적편 3」
未刊行	第五巻	火賊篇（下）		10 巻「화적편 4」
	第六巻	鳳丹篇		1 巻「봉단편」
	第七巻	갖밧치篇		2 巻「피장편」
	第八巻	両班篇		3 巻「양반편」

(1) 1節構成なのに番号がついている。
(2) 新聞連載時は서림が4章、결의が4章あったものを、このとき서림を2章、결의を6章に分け直した。（表1註（2）参照）
(3) 番号が間違ってつけられている。実際には（一）～（六）
(4) 1節構成なのに番号がついている。
(5) 소굴の途中からだが、（一）が不要なのか、（二）が抜けているのかは不明。新聞では1節構成になっている。
(6) 1節構成なのに番号がついている。
(7) 同上

聞予告によれば、終結部を完成させて「火賊篇下」とし、また第一期に新聞連載した三つの巻は最後にまわして「鳳丹篇」「갓밧치篇」「両班篇」というタイトルで刊行するはずであったが、[8] じっさいには「義兄弟篇」(1)(2)と「火賊篇」(上)(中)の四巻しか刊行されなかった。(表2)

各巻の分量が比較的多く、「褒トルソギ」の章が第一巻と第二巻、「巣窟」の章が第三巻と第四巻にまたがっているほか、[9] 表を見ればわかるように、章番号のつけ方が乱れているなど、読みづらいところがある。新聞に連載された最後の章である「慈母山城(上)」は、「火賊篇(中)」が刊行された一九四〇年二月にはまだ完結していなかったために、入っていない。この章は、この年の「朝光」十月号に最終部分が掲載されて完結したが、朝鮮日報社本に入らなかったために、その後の乙酉文化社本と国立出版社本でも抜け落ちることになった。

初めての単行本である朝鮮日報社本の刊行にあたって、洪命憙は念入りに原稿を手直しした形跡がある。とくに「義兄弟篇」では字句にとどまらず章編成や内容の改変など、大幅な修正を加えているが、これについては第五章で詳述する。

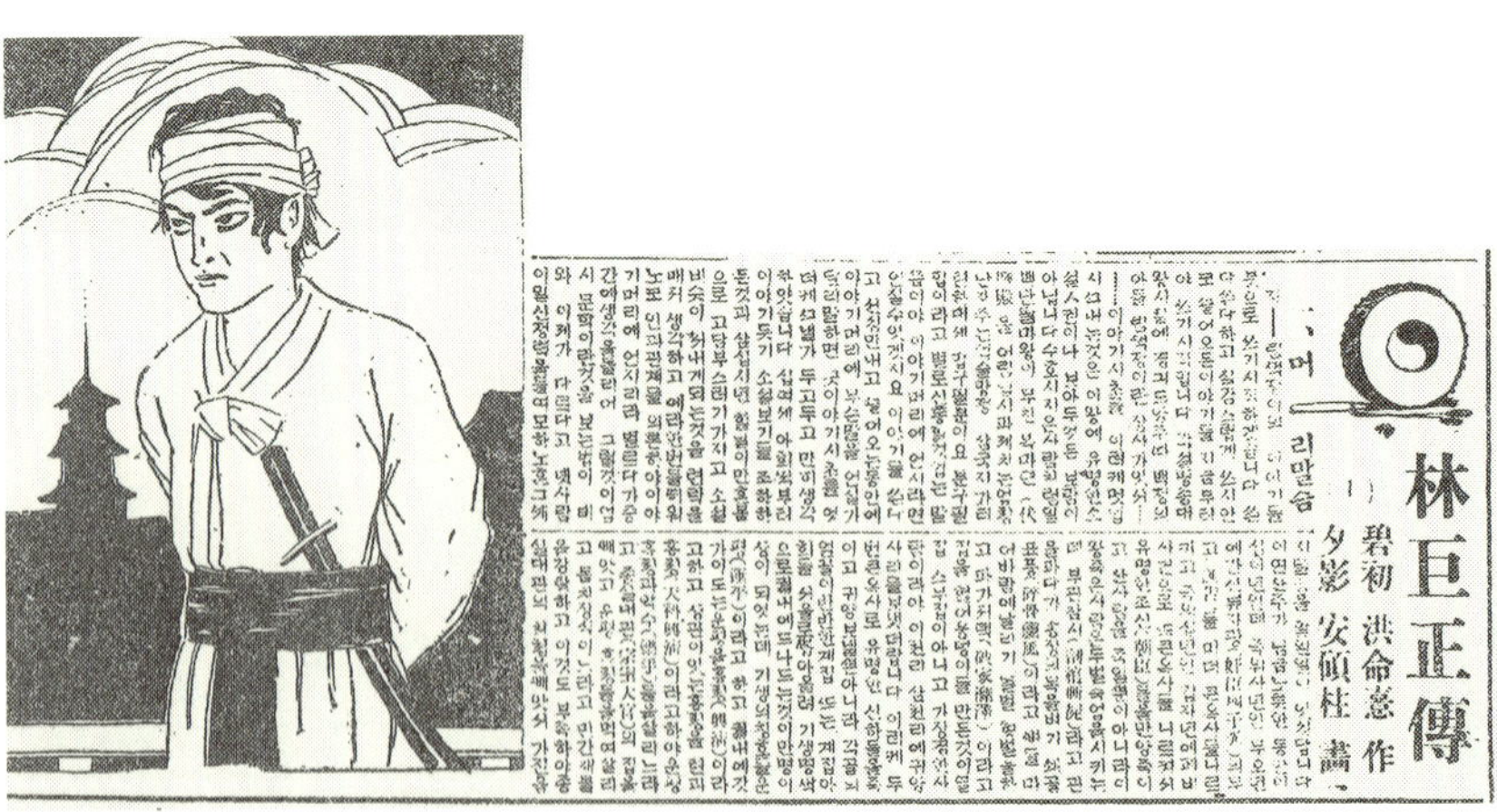

『林巨正傳』第１回　1928 年 11 月 21 日付『朝鮮日報』

『林巨正傳』義兄弟編一　乙酉文化社　1948 年 3 月 1 日発行

『大河歴史小説 1 鳳丹編　林巨正』四季節社
1985 年 8 月 30 日発行

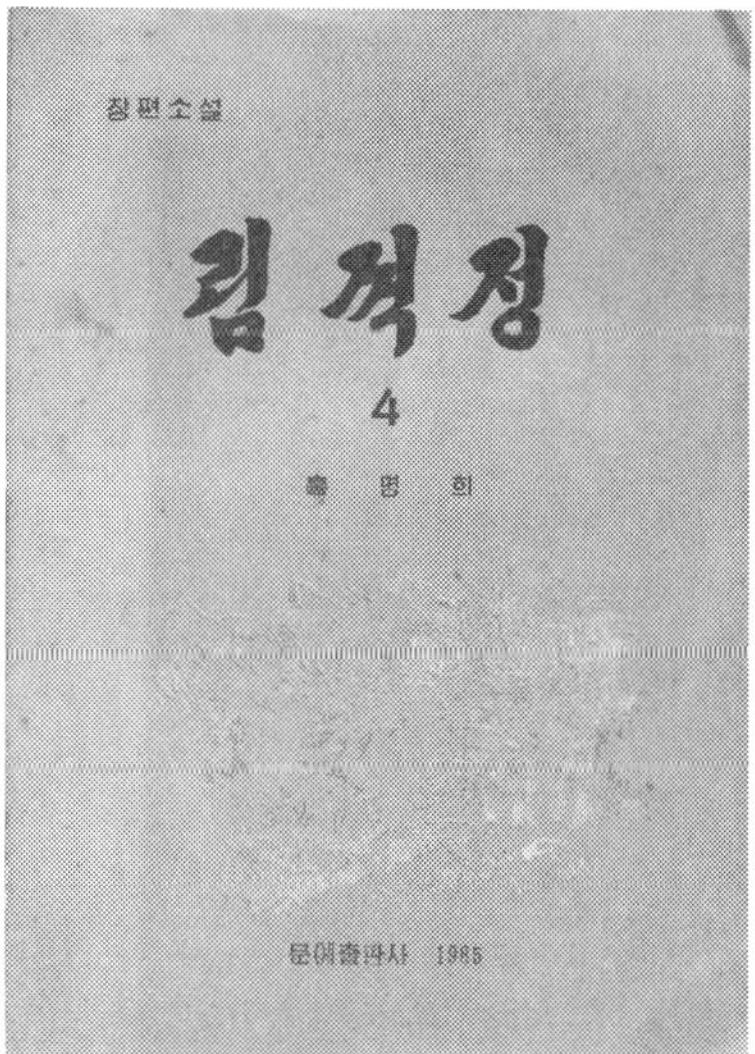

『長編小説　林巨正 4 』文芸出版社
1985 年 3 月 15 日発行

表3 乙酉文化社本

<table>
<tr><th>刊行年月</th><th>巻数</th><th>編タイトル</th><th>章タイトル[1]</th><th>四季節10巻本
との対応</th></tr>
<tr><td>1948. 3</td><td>第 1 巻</td><td>義兄弟編一</td><td>박유복이 (一) ～ (四)
곽오주 (一) (二)</td><td>4 巻「의형제편 1」</td></tr>
<tr><td>1948. 4</td><td>第 2 巻</td><td>義兄弟編二</td><td>길막봉이 (一)[2]
황천왕동이 (一)[3]
배돌석이 (一) ～ (三)</td><td rowspan="2">5 巻「의형제편 2」</td></tr>
<tr><td rowspan="2">1948. 6</td><td rowspan="2">第 3 巻</td><td rowspan="2">義兄弟編三</td><td>이봉학이 (一) ～ (三)</td></tr>
<tr><td>서림 (一) (二)
결의 (一) (二) (四) (六)
(七) (八)</td><td>6 巻「의형제편 3」</td></tr>
<tr><td>1948. 7</td><td>第 4 巻</td><td>火賊編一</td><td>청석골 (一) ～ (六)</td><td>7 巻「화적편 1」</td></tr>
<tr><td>1948.10</td><td>第 5 巻</td><td>火賊編二</td><td>송악산
소굴 (一) (二)[4]</td><td>8 巻「화적편 2」</td></tr>
<tr><td>1948.11</td><td>第 6 巻</td><td>火賊編三</td><td>피리 (一)[5]
평산쌈[6]</td><td>9 巻「화적편 3」</td></tr>
<tr><td rowspan="4">未刊行</td><td>第 7 巻</td><td>火賊編四</td><td></td><td>10 巻「화적편 4」</td></tr>
<tr><td>第 8 巻</td><td>鳳丹編</td><td></td><td>1 巻「봉단편」</td></tr>
<tr><td>第 9 巻</td><td>皮匠編</td><td></td><td>2 巻「피장편」</td></tr>
<tr><td>第 10 巻</td><td>両班編</td><td></td><td>3 巻「양반편」</td></tr>
</table>

(1) 「義兄弟編一」所載の「全帙目録」には章タイトルが下のように漢字表記されている。

「義兄弟編一」朴遺腹 / 郭五柱　　「義兄弟編二」吉莫奉/黃天王童 / 裵乭石

「義兄弟編三」李鳳學 / 徐霖/結義

「火賊編一」青石洞　　「火賊編二」松岳山 / 巣窟

「火賊編三」피리 / 平山쌈　　「火賊編四」九月山城

「鳳丹編」李校理/反正　　「皮匠編」交遊/分散

「両班編」國喪/士禍/倭變

(2) (一) は不要。朝鮮日報本の間違いを引き継いでいる。

(3) (一) は不要。朝鮮日報のときは間違っていなかったのを、あらたに間違った。

(4) 2節に分けられているが、2節目には소굴とのみあって (二) の文字が抜けている。

(5) (一) は不要。朝鮮日報本の間違いを引き継いでいる。

(6) 朝鮮日報本では (一) がついていたのが、訂正されている。

表4　国立出版社本

<table>
<tr><th>刊行年月</th><th>巻数</th><th>編タイトル</th><th>章タイトル</th><th>四季節10巻本
との対応</th></tr>
<tr><td>1954.12</td><td>第1巻</td><td>義兄弟編（上）</td><td>박유복이（一）～（四）
곽오주（一）（二）</td><td>4巻「의형제편1」</td></tr>
<tr><td>1954.12</td><td>第2巻</td><td>義兄弟編（中）</td><td>길막봉이
황천왕동이
배돌석이（一）～（三）
이봉학이（一）（二）</td><td rowspan="2">5巻「의형제편2」</td></tr>
<tr><td rowspan="2">1955. 2</td><td rowspan="2">第3巻</td><td rowspan="2">義兄弟編（下）</td><td>이봉학이（三）</td></tr>
<tr><td>서림（一）（二）
결의（一）～（六）</td><td>6巻「의형제편3」</td></tr>
<tr><td>1955. 4</td><td>第4巻</td><td>火賊編（上）</td><td>청석골（一）～（六）</td><td>7巻「화적편1」</td></tr>
<tr><td>1955. 4</td><td>第5巻</td><td>火賊編（中）</td><td>송악산
소굴（一）（二）</td><td>8巻「화적편2」</td></tr>
<tr><td>1955. 5</td><td>第6巻</td><td>火賊編（下）</td><td>피리
평산쌈</td><td>9巻「화적편3」</td></tr>
</table>

（3）乙酉文化社本

解放後の一九四八年に乙酉文化社が全十巻の予定で刊行した。[10]朝鮮日報社本と同様、終結部を完成させて「火賊編四」とし、そのあと「鳳丹編」「皮匠編」[11]「両班編」の三編を刊行して全十巻にする予定であったが、六巻までの刊行で終わった。（表3）

朝鮮日報社本に見られた誤字や脱字の一部に訂正がほどこされているが、章番号の混乱はほぼそのまま踏襲されている。解放後の洪命憙は一九四七年十月に民主独立党を創建するなどの政治活動を行ない、翌一九四八年四月には平壌で開かれた南北連席会議に出席してそのまま北にとどまった。[12]作者自身が校正する時間はなかったと推測される。

（4）国立出版社本

洪命憙が越北して六年後の一九五四年十二月から翌年の四月にかけて、北朝鮮の

表5　四季節九巻本

<table>
<tr><th>刊行年月</th><th>巻数</th><th>編タイトル</th><th>章タイトル</th><th>十巻本との対応</th></tr>
<tr><td rowspan="10">1985.8.30</td><td>第1巻</td><td>봉단편</td><td rowspan="3">新聞連載と同じ</td><td>第1巻「봉단편」</td></tr>
<tr><td>第2巻</td><td>피장편</td><td>第2巻「피장편」</td></tr>
<tr><td>第3巻</td><td>양반편</td><td>第3巻「양반편」</td></tr>
<tr><td>第4巻</td><td>의형제편 1</td><td>박유복이 1～4
곽오주 1　2</td><td>第4巻「의형제편 1」</td></tr>
<tr><td>第5巻</td><td>의형제편 2</td><td>길막봉이
황천왕동이
배돌석이 1～3</td><td rowspan="2">第5巻「의형제편 2」</td></tr>
<tr><td rowspan="2">第6巻</td><td rowspan="2">의형제편 3</td><td>이봉학이 1～3</td></tr>
<tr><td>서림 1　2
결의 1～6</td><td>第6巻「의형제편 3」</td></tr>
<tr><td>第7巻</td><td>화적편 1</td><td>청석골 1～6</td><td>第7巻「화적편 1」</td></tr>
<tr><td>第8巻</td><td>화적편 2</td><td>송악산 소굴</td><td>第8巻「 화적편 2」[(1)]</td></tr>
<tr><td>第9巻</td><td>화적편 3</td><td>피리 평산쌈</td><td>第9巻「화적편 3」[(2)]</td></tr>
</table>

(1)　소굴が1、2の2節に分けられている。
(2)　피리が1、2の2節、평산쌈は1、2、3の3節に分けられている。ただし、このように分ける根拠は明らかにされていない。

国立出版社では『림꺽정（林巨正）』全六巻を刊行した。章番号が整理され、正書法による字句修正がほどこされているほかは朝鮮日報社本や乙酉文化社と変わっていないが、これまでと違って「鳳丹編」「皮匠編」「両班編」および完結編に関してまったく言及していないことが注目される。（表4）

（5）四季節社九巻本／十巻本

作者が越北して副首相という要職についたために、朝鮮戦争が終わると『林巨正』は大韓民国で禁書とされた[13]。『林巨正』を所有することさえ危険な時期もあったが、文学を志す者や知識人の間ではひそかに読みつがれていたという[14]。一九八〇年代に入ると北朝鮮関連資料が解禁されるようになり、四季節出版社が一九八五年に『林巨正』全九巻を刊行した[15]。この四季節社本にはこれまで一度も単行本になってない「鳳丹編」「皮匠編」「両班編」が最初の三巻として入っ

ている。[16]（表5）

四季節社では一九九一年に校正を丁寧にやり直し、あらたに発見された最後の章「慈母山城（上）（下）」を入れて十巻本で第二版として刊行した。[17]現在もっとも流布しているのはこの本である。（付記・二〇〇八年に註入りで第五版が出ている）

（6）文芸出版社本

北朝鮮では国立出版社本が一九五〇年代後半に絶版になり、その後は忘れ去られた状態だったが、[18]一九八二年から八五年にかけて文芸出版社が「義兄弟編」と「火賊編」に相当する部分を四巻にまとめた『림꺽정』を刊行した。[19]林巨正は「大規模の農民武装隊を指揮した人物」[20]となり、そのほか不倫など道徳的に問題のある箇所が削除改変されて、ところどころ原作とは違った形になっている。修正を行なったのは洪命憙の直系の孫である洪錫中で、彼はこの本に『림꺽정』に前半三編を加えなかった理由を、「後記」で次のように書いている。

「今回、作品を修正して再出版するのを機会に、作家が抜いてしまった前半部分を入れようと思ったのだが、実際にそうしようとしてみると、前半と後半の文学的様相があまりにかけ離れており、修正程度に手を入れたところで、とうてい一つの小説として統合させることはできないことが分かった。作家が新聞に連載した小説を単行本に編んだとき前半部分を捨てた理由はそこにあったのである」[21]。

なお、一九八五年には、この文芸出版社本を一巻にまとめてストーリーを完結させた少年向き簡略本『청석골 대장 림꺽정（青石洞《チョンソッコル》の大将・林巨正）』が、平壌の金星青年出版社から出ている。洪命憙原作・洪錫中潤色とされているが、原作とはかけ離れた作品である。

五　〈不連続性〉について

それでは本論文の目的の一つである〈不連続性〉の考察に入る。考察は次の手順で行なう。まず、筆者が読んだ四季節社本によって断絶の所在をつきとめる。[22]つぎに、書誌を参考にしながら、この不連続が読者に意識されるようになった経緯を考察する。そして最後に、なぜ断絶が生じたのかを連載当時の事情を通して考える。

(1)　不連続の所在

それではまず、不連続はどこにあるのか、その所在について検討しよう。作品を通読して気づくのは、第三巻「両班編」と第四巻「義兄弟編」のあいだに、一種の断絶が存在していることである。「両班編」は、霊巌城の外で倭兵に囲まれた李鳳学を巨正が危機一髪のところで救出して姿を消すという、緊迫した場面で終わっている。この続きが気になる読者は（筆者がそうであった）、まさに手に汗を握りながら次の巻を開くのだが、期待に反して「義兄弟編」「朴ユボギ」の章は、巨正の留守宅の日常風景から始まってユボギの敵討ちへとつづき、最後まで戦場の話は出てこない。[23]そのために、読者はここで話の流れが途切れたような印象を受けるのである。雰囲気の画然とした変化は、場面が戦場から留守宅に替わったために起こる緊張の弛緩などではなく、より根本的な創作方法にかかわっているように見える。すなわち、事件中心であったそれまでの描写から、登場人物の心理の陰影を会話ににじませる写実的な描写へ重心が移って、まるで絵巻物から自然派の近代絵画に変わったような質的な違いを感じさせるのだ。

しかしながら林巨正の人間像の変化がここで起きているかどうかは、はっきりしない。この「義兄弟編」では巨正の義兄弟たちが主人公で、脇役の巨正はなかなか登場せず、「郭オジュ」の章での虎狩、「吉マッポンィ」の章での仲介場面など、登場してもすぐに姿を消してしまうからだ。巨正から多少違った印象を与えられても、読者はなかなか確信をもてない。まるで作者は、巨正の変貌が読者に与える唐突感を警戒して、時間を稼ぎながら意図的な曖昧化をはかっているかのようである。

だがよく読めば、巨正の人間像に変化が起きているのはやはり「義兄弟編」からである。巨正の出生前から三十五歳までが描かれる前半三編においては、巨正の人間像は一貫している。「鳳丹編」の主人公李長坤の生命への激しい執着心と、鳳丹の従兄弟トルの荒々しい野性は、ともに巨正誕生の予告である。もし自分が白丁に生まれていたら大盗賊になるだろうという李長坤の言葉の延長線上において、「皮匠編」で巨正は牛白丁トルの息子として生まれる。生まれつき荒々しい性格の巨正は、神の権威を否定して自分の拳の力を信じる強大な意志の持ち主である。だが一方で彼は、月足らずで生まれて母も見放した弟のおしめまで替えて面倒を見る優しさをもち、また女性には潔癖な青年でもある。二十歳の巨正が、白頭山の大自然のなかで育った天真爛漫な雲寵と出会い、二人だけの結婚式をあげて結ばれる場面は、清らかな美しさにあふれている。「両班編」の途中で姿を消し、後半になって十年ぶりで登場する巨正は、(24)三十五歳の髭面の中年男へと外貌は変わっていても、その人間性は変わっていない。両班の支配を憎み、男女差別をふくむすべての不平等を憎み、世の中がひっくりかえることを夢み、また権力を握ったものが暴力によって世の中を変革すればいいと考える、革命家のような反逆児のままである。

「義兄弟編」に入って最初のうちは気づかれない巨正の変貌は、登場が頻繁になるにつれて徐々にはっきりとしてくる。「李鳳学」の章での、済州島の旌義県令李鳳学を訪ねて官衙に入るのに酒の勢いを借りる巨正らしからぬ気弱さと、鳳学を当惑させる愚痴めいた世間への批判、また「徐霖」の章で青石洞から送ってきた盗品を黙って受け取る行為、それらが与えるかすかな違和感は、「結義」の章に入るとしだいに大きくなっていく。とりわけ巨正が盗賊になることを決意するとき見せる長い逡巡は、巨正が当初読者にあたえていたメージに逆行するものである。「盗賊の力で悪辣非道な世の中をひっくり返すことができるくらいなら、巨正はとっくに盗賊になっていただろう。盗賊が正しくないとか憎いとかいうのではないが、この年になって盗賊になるのも気がすすまなかったし、一人息子の白孫を盗賊にするのはもっと嫌だった[25]」。決断力があったはずの巨正がこんなふうに長いあいだ思い迷ったあげく、徐霖にむかって「徐掌事の言うとおりにするから[26]」と言って、他律的に運命を受け入れるのである。

女性への態度も一変する。安城での獄破りと七長寺での結義のあと、一行を匿ってくれた吏房の家で彼の妾に誘惑された巨正は、「吏房を裏切るのが申し訳なく、女が自分に尻尾を振るのがけしからんとも思ったが、女のご機嫌をとっておくほうが有利なだけでなく、顔立ちのよい女が横で愛嬌をふりまくのがまんざらでなかったので、女を手に入れ[27]」、屋敷を出るときには、「腐肉を食ってしまったような」後味の悪さを解消するために事実を告げて、恩人を悲劇に追いやる。巨正の変貌は、「火賊編」で青石洞の大将になると決定的になる。都に上って三人の妻を娶り、妓生ソフンとも結ばれ、乗り込んできた妻雲寵に対して暴力をふるいながら、「それが女の狭い了見と言うのだ。同じ人間でも、子どもと大人、召使と主人が同じはずはないだろう[28]」と言い放つ。巨正は家族に対しては家父長的に、義兄弟たちには権威主義的に君臨し、以前の彼にはあった弱者への思いやりも姿を消してしまう。

巨正が後半で変貌していることを象徴的に表わしているのは、「皮匠編」で若き日の巨正が剣道の師匠に立てた誓いである。（1）罪なき人命を奪わない、（2）女色のために剣を抜かない、（3）不正の財物を奪って善人に与える以外は財物のために刀を抜かない、（4）いわれのない憎しみと客気で剣をふるわない[29]、という四つの誓のすべてにそむいて、「火賊編」での巨正は広福山の住民をはじめ罪のない人々の命を奪い[30]、隣家の寡婦の寝室に忍び込んで刀で脅し[31]、青石洞の贅沢な生活のために人々から税を取り立て[32]、ついには客気のために一族郎党を滅亡の悲劇へと引き込んでいく。[33] 若き日に巨正が立てた誓いは、彼がやがては義賊になることを読者に予感させた。しかし後半の巨正は義賊ではない。「笛」の章で、青石洞に拉致されてきたシン進士は巨正に向かって義賊になれと諭すが[34]、作者はこの言葉によって巨正が義賊でない事実を強調しているのだ。

（2）〈不連続性〉の発現

以上で、『林巨正』の不連続は前半の三編と後半の二編とのあいだで生じていることが明らかになった。ところで先に見た書誌によれば、前半の三編は新聞連載のあと一度も単行本として刊行されていない。朝鮮日報社本と乙酉文化社本では予告だけ出て未刊行に終わり、作者が越北したのちに北朝鮮で刊行された国立出版社本では、最初から抜かれてしまっていた。したがって、この不連続が読者の目に触れたのは新聞連載のときだけである。だが「義兄弟編」連載のまえには三年間の休載期間があったうえ、前章で考察したように主人公の変貌は作者によって注意深くカムフラージュされているので、掲載時に不連続に気づいた人は多くなかったと想像される。一九八五年に四季節社では前半部を朝鮮日報の新聞連載本から版を起こして最初の三巻として統合し、これによって読者は『林巨正』全巻を通読できるようになった。だが、それと同時に前半と後半のあいだに内在していた〈不連続性〉が発現したのである。

〈不連続性〉がはじめて指摘されたのは、刊行して三年後のことだった。一九八八年、四季節社では『林巨正』刊行三周年と洪命憙生誕百周年そして『林巨正』連載開始六十周年を記念して、廉武雄《ヨムムウン》・林栄沢《イムヨンテク》・潘星完《パンソンワン》を招き、崔元植《チェウォンシク》の司会で「韓国近代文学における『林巨正』の位置」と題する記念座談会を催した。出席者全員が、『林巨正』が禁書であった時代になんらかのルートでこの作品と出会って感動した経験を持っており、座談会は、彼らが『林巨正』を読むためにどれほど苦労したかの体験談から始まった。本を求めて古書店を歩きまわった話、ようやく読んだものの前半部が抜け落ちていることを知らず物語の流れに疑問を抱いた話、ハーバード大学図書館にあった新聞連載本の複写を人から借りて読んで感激したが、複写の不鮮明さのために視力が落ちた話など、『林巨正』が神話化されていた時代のエピソードが披露されている。四季節社九巻本の刊行はこのような「文化的断絶」状況に終止符を打ち、『林巨正』はいまや「完全な形でその姿を読者たちの前に現した(35)」のだ。だが皮肉なことに、「不連続性」はまさに『林巨正』全編の通読を可能ならしめたこの刊行によって浮上することになったのである。

「分断以後における、洪命憙の『林巨正』に関するはじめての本格的な論議の場所(36)」となったこの座談会において、最初に問題提起をしたのは廉武雄だった。彼は、洪命憙がなぜ前半編の刊行を後回しにしたのかに疑問を呈しながら、『林巨正』では単行本になった後半部と、そうでない前半部とのあいだに「形象化の程度」「進行速度」「人物の描き方」において大きな差があることを指摘した(37)。この指摘に対して、作品の前後になんらかの不連続性があることを出席者全員が認めたが、それが作家の意図したものであるかどうかについては意見が分かれた。日帝の弾圧強化のせいで起こった作家自身の社会意識の低下が原因だとする廉武雄の主張に対して(38)、林栄沢は、洪命憙は火賊という群盗形式による反抗の限界を示すために意図的に彼の変貌を描いたのだと主張した(39)。崔元植も、当時の時代条件が群盗形態の抵抗による革命的変化を許さないという点を強調したかったのだと、林と同じ立場の主張をおこない(40)、潘星完は、「この問題はこれから具体的な研究を通して明らかにすべき部分だと考えます(41)」と折衷的な意見を述べた。要するに不連続性の存在は前提とされて、それが作家の意図によるものかどうかが議論の焦点としたのである。この時このように白熱した論議を呼んだにもかかわらず、その後これをテーマとした論文が出ていないのは残念である(42)。

〈不連続性〉はなぜ生じたのか、それは作家の意図によるものだったのか、それらを知るためには、執筆中の作家を取り巻いていた状況を見る必要がある。『林巨正』を書きつづけた十二年間、洪命憙は日本が支配する朝鮮に生きながら、日本と現実的・精神的な対決をつづけていた。廉武雄が言うように主人公の変貌が作家の社会意識の低下の表われであるなら、それは日本の植民統治のもとで彼が精神的に追い込まれたということであるし、林栄沢や崔元植の言うように作家の意図によるものだとしたら、それは作家の「抵抗」の一形態ということになろう。どちらにしろ、それは彼がおかれていた状況と深くかかわっていたはずである。そこで以下においては、〈不連続性〉の発生した事情を解明するために、作家を取り巻いていた状況を具体的に考察することにする。

（3）〈不連続性〉の発生

先に見た書誌の（1）新聞連載本において、筆者は、十二年にわたる『林巨正』連載期間を、一九二九年末の逮捕による休載期間と一九三五年末の病気による休載期間をさかいにして、三期に区分した。（八五頁の表1参照）以下ではこの三期の区分にそって『林巨正』連載期間中の執筆経緯を考察する。

a. 第一期

一九一〇年に、日本留学から帰ってまもなく父の殉国に遭った洪命憙は、喪に服したあと国を離れ、独立運動に従事するために中国や東南アジアで数年間を過ごした。帰国の翌年に三・一運動が起き、槐山で運動を主導して一年ほど投獄されている。一九二〇年代に起こった民族運動と社会運動のうねりの中で、洪命憙は新思想研究会や火曜会の主要メンバーとして新しい思想を積極的に吸収し、『東亜日報』や『時代日報』の編集者や経営者など言論人として活躍し、あるいは五山学校の校長に赴任するなど、思想・言論・教育界で多様な活動を行なった。そして一九二七年に非妥協的民族主義者と社会主義者の共同戦線である新幹会が設立されると、準備段階から主導的な役割をはたし、創立後も各地の支部設立や大衆運動の支援に奔走した。このころ彼は第四次朝鮮共産党事件で党員の嫌疑をうけて検挙され、不起訴放免されている。[43]『朝鮮日報』で『林巨正傳』の連載がはじまるのは、その一ヶ月後の一九二八年十一月で、洪命憙は四十歳だった。これまで翻訳や評論で文学的な才能は認められていたものの本格的な小説は書いたことのない彼が、政治活動で多忙を極めているこの時期に小説の連載をはじめたのは、生活費を確保するためだったという(44)。

『林巨正』の連載が始まったのは、一九二〇年代の大衆運動の高まりが頂点を迎えようとしている時期である。一九二九年初めの元山ゼネストから十月の光州学生事件へと運動は昂揚し、「日本帝国主義を打倒せよ」というスローガンを掲げて日本の支配に対決する姿勢を鮮明にしつつあった。そのような社会的雰囲気のなかで書いた『林巨正』の連載所感で、洪命憙は次のように書いている。

「林巨正はかつての封建社会でもっとも虐げられた白丁階級の一人物でした。彼が胸にあふれる階級的○○《ママ》の炎をいだいて、彼がその時代の社会に対して○○《ママ》をあげたことだけでも、どれほど壮快な快挙だったことでしょう。そのうえ彼は戦い方をよく知っていました。それは自分ひとりが陣頭に立つのではなく、自分と同じ境遇にある白丁の糾合をまず図ったことでした。（中略）この必然的心理を利用して白丁たちの糾合をはかったのち、自ら先頭に立って義賊のように痛快に活躍したのが林巨正でした(45)」

洪命憙が巨正に付与していたイメージが、虐げられた階級の人々を糾合して社会に反旗を翻し、先頭に立って闘う「義賊」であったことがうかがわれる。剣道の師匠に立てた巨正の誓いが読者に予感させたように、やがては巨正が義賊として貧しい人々と社会改革のために働くようになることを、作者は予定していたのだろう。だがこの一九二九年の末に作者が逮捕されたことで『林巨正』の連載は中断し、義賊巨正の姿も消えることになる。

新幹会が学生たちの運動を支援するために計画した光州事件真相報告会民衆大会の関係者が事前検挙され、

洪命憙も十二月中旬に逮捕されると、「両班編」の連載は二十五、二十六日の二回追加連載をもって中断した[46]。押し寄せる倭兵に囲まれた李鳳学一行を、駆けつけた巨正が救出して姿を消すという緊迫感あふれる最後の二回は、京畿道警察部留置場のなかで書かれたという[47]。「両班編」の最終部分にあふれる異常なまでに緊迫した雰囲気は、作者が置かれていた状況が作品内に浸潤して引き起こしたのであろう。こうして作家は最後の二回で何とか結末の形はつけたが、このとき流れに断絶が生じたのである。

b. 第二期

洪命憙が出獄したのは、それから二年後の一九三二年一月である。すでに新幹会は解散し、満州事変が勃発して、社会の雰囲気は一変していた。出獄して四ヶ月後に『朝鮮日報』に『林巨正』連載再開の予告記事が出たが、同紙が翌月から会社の内紛で休刊したために連載の再開は延期され[48]、「義兄弟編」の連載が始まったのはその年の十二月一日であった。

あらたな連載を始めるにあたり、洪命憙は中断した「両班編」の続きではなく、次の編の「義兄弟編」から書きはじめた。再開前日に紙上に出た予告には、作者の心機一転の気分がよく現われている。中断した連載小説の再開であるにもかかわらず、このなかで作者は以前の三編についてほとんど触れていない。もともと編ごとに独立性を持たせてあるので、前を読んでない読者もこのあとの部分を問題なく読んでいけるが、「それでも続きは続きだから」といって今後も登場する主要人物だけ紹介し、中断後のあらすじを簡単に紹介したあと[49]、末尾を次のように結んでいる。

「最後に申し添えることがあります。すでに書いた三編は、事実の抜け落ちたものを補充し、事実の錯誤したものを訂正し、だらだらと書いた部分は削ったり縮めたりして本にしようと思っています。そうす

れば、あるいは最初の腹案のようなものになるかも知れません」[50]（傍点は引用者）

中断した物語の結末をつけて単行本にするのではなく、これまで書いたものが「最初の腹案」と違っていて不満なので書き直すというこの予告は、作者の創作姿勢になんらかの変化があったことを示している。

それでは、作者がこだわっている「最初の腹案」とは何だったのか。予告文の冒頭には、執筆当初の「腹案」が示されている。それによれば第一編は「巨正の血族の来歴」、第二編が「巨正の幼年期」、第三編が「巨正の時代と環境」、第四編「巨正の友人たち」、第五編「巨正と友人たちの火賊行為」、第六編「巨正の子の落ちび」という六つの編で全体を構成し、各編はそれぞれ一つの短編として読めるように書くのが「腹案」だったという。「しかし手が心のままに動いてくれず、腹案どおり行かないので、恥も省みずともかく回数かせぎで書き続けているうちに、第三編も書き終えずに中断してしまいました[51]」と、作者は反省をこめた述懐を行なっている。だがこれに続けて、今回は第四編から継続すると書いているので、構成は変更していないことになる。「義兄弟編」は第四編「巨正の友人たち」、「火賊編」は第五編「巨正と友人たちの火賊行為」に該当するからだ。また、編ごとに一つの短編として読めるようにするという方針も、その後変わっていない。それでは「腹案どおり行かない」という反省は何に関するものだったのだろうか。

連載再開後しばらくして『三千里』に掲載された所感「『林巨正』을 쓰면서」のなかに、その手がかりが見られる。このなかで作者は、「これまで監獄まわりなどしているうちに、最初に考えた『林巨正』のプロットをすべて忘れてしまい、このたび朝鮮日報に続編を書くときは再度の構想作りに苦労しました[52]」と書いて、連載再開のために『林巨正』の構想をあらたに作り直したことを明らかにしている。記憶力のよさで有名だった洪命憙が最初の構想をすっかり忘れたという言葉はにわかに信じがたいが、ともかくも彼が「義兄弟編」の執筆のために構想を練り直したことは確かであり、このとき「最初の腹案」について反省を行なったと思われ

るのだ。反省の内容は、末尾にある次のような言葉が示唆している。

「この小説を最初書きはじめるにあたり、私が決心したことが一つあります。朝鮮文学というと昔のものは大半が中国文学の影響を強く受けて、事件とか、こめられた情調が我々とは遊離している点が多く、また最近の文学は欧米文学の影響を強く受けており、洋臭があります。そこで、『林巨正』だけは、人物にしろ描写にしろ情調にしろ、すべて他人からは一着たりとも借り着をせず、純朝鮮製にしようと思いました。〝朝鮮情調で一貫した作品〟、これが私の目標でした[53]」

洪命憙が反省をしたのは、この「朝鮮情調」という創作方針に関してであったと思われる。「小説を最初に書き始めるにあたり」とあるから、作者がこの方針を立てたのは第一巻の「鳳丹編」を書き始めたときであるが、実際には作者は当初この方針にそれほど厳格であったように見えない。たとえば初回の「序文」では、冒頭をどう書き始めたらよいか迷いながら中国の『水滸伝』や『三国志』の例を引き合いに出しているし、過去の文学観が通用しなくなったことの比喩に「象牙の塔が砕けてミューズ神が姿を消す」などという、いわゆる「洋臭」のただよう表現も使っている。野談を下敷きにした鳳丹と李長坤の物語や、「皮匠篇」「両班篇」に描かれた両班や妓生たちの姿には『朝鮮情調』が感じられるが、カッパチの個性重視の放任教育と自然礼賛思想、そして何よりも時代を飛び越えたかのような巨正のラディカルな平等思想は、「朝鮮情調」とは相容れない感がある。おそらく連載当初の洪命憙はこの方針にさほど厳密ではなく、また実際問題として、新幹会の活動に奔走する生活のなかでこの方針に神経を使うだけの余裕もなかったのであろう。そのうえ、周囲の緊迫した政治状況は作品内部に流れこんで、巨正は十六世紀の火賊とは思われない近代的な変革思想の持ち主になっていた。「義兄弟編」の構想を練ったとき、洪命憙はこれまでの創作姿勢を反省して、創作方針を「最初の腹案」

に引き戻すことを決意し、全体を「朝鮮情調で一貫した作品」にするために前半三編も書き直すことにしたのだと思われる。

では洪命憙は、なぜこの時期に創作方針を「朝鮮情調」へと引き戻したのか。それは彼が出獄後に見いだした社会状況と密接に関連している。すでに新幹会は解散し、社会運動は弾圧を受けて閉塞していた。入獄前とは状況がすっかり変わったことを認識した洪命憙が、その状況を自分なりに克服しようと模索したことは想像に難くない。このとき彼は朝鮮固有の文化の再現固守という、ある意味では文化による抵抗運動ともいえる姿勢を取ろうとしたのだろう。すなわち『林巨正』に「朝鮮情調」をこめることが文化的な抵抗運動になると考えたのである。

彼にこのような方針転換を促した要因の一つとして、新幹会が挫折したあと非妥協的民族主義者たちが起こしていた朝鮮学運動（朝鮮文化復興運動）の存在がある。姜玲珠は、洪命憙が朝鮮学運動を推進していた文一平、鄭寅普、安在鴻と個人的に強い深いつながりをもっていたこと、この運動に思想的に影響を与えた申采浩とも親交が深くて彼の思想に精通していたこと、そして新幹会で非妥協的民族主義者たちと共闘して民族統一戦線をつらぬいたことなどから、彼らと洪命憙とは思想的に非常に近い位置にあったと見ている[54]。出獄後、困難な時代を生き抜くための模索をせまられた洪命憙に、この運動は示唆をあたえたと思われる。

第二期の洪命憙は、政治活動とは無縁な生活を送らざるをえない状況下で、「義兄弟編」の執筆と読書に専念した。当時鍾路の益善洞に住んでいた彼は、午前中は原稿を書き、午後になると仁寺洞あたりの古書店に顔を出して、常連の金台俊から国文学や歴史の質問を受けたりするという生活を送っていたという[55]。執筆のかたわら、彼は朝鮮文化と歴史に関する研究をした。その成果は一九三〇年代後半の文筆や対談のなかに見られる。また、後述するように、洪命憙はこの時期にはじめて『朝鮮王朝実録』と出会っている[56]。彼はこの歴史資料を研究し、その後『林巨正』にはしだいにその影響があらわれてくる。

このように執筆と研究に専念する生活を送りながら、洪命憙は『林巨正』を「朝鮮情調で一貫した作品」にするために努力した。「義兄弟編」では朝鮮の民俗風習に関する描写が多くなり、相撲《シルム》、後家さらい、虎狩、婿選び、結婚式の風習から警察機構、地名の由来、市場の取引単位まで、あらゆる場面でさまざまな朝鮮固有の文化が紹介されて、朝鮮情調が色濃く流れるようになる。そうなると、そこで生きる人間の姿もその空間の産物でなくてはならない。近代的な平等思想をいだいて、身分や言語に関するラディカルな言辞を弄する巨正は姿を消し(57)、十六世紀前半の朝鮮を生きるリアリティをもった火賊の首領が現われてくる。自分を抑圧する者に対する憎悪と運命への反逆心は変わらないが、その対象はもはや変革可能な社会制度ではない。内部に鬱屈する反抗心が客気となって周囲の人間たちを悲劇に巻き込んでいく巨正は、こうして現われたのだ。

「義兄弟編」の連載は二年半で終わり、一九三四年九月にはタイトルを『林巨正傳』から『火賊林巨正』に替えて「火賊編」の最初の章「青石洞」の連載がはじまった。ここで巨正は仲間たちに推挙されて青石洞の大将となるが、それとともに彼の変貌は決定的になる。これまでとはあまりに違う巨正の行動は作品の流れに乱れのようなものを生じさせ、読者に居心地の悪さを感じさせる。また文章もそれまでのテンポを失って弛緩した感じをあたえる。この部分について姜玲珠は「軌道離脱の兆候」があると評し、この時期に洪命憙が疾病と貧しさに苦しみ、社会的展望を失いつつあったという事情とも無関係ではないとしている。この年にはカップの第二次検挙事件が起き、翌年カップは解散している。一九三五年に入ると病気休載が多くなって、二月からは五ヶ月以上も休載し(58)、結局十二月に「青石洞」の章を終えたところで『林巨正』は作者の病気という理由で再度中断した。

以上で見たように、巨正の人間像の後半の変貌は、作者が創作方針を見直して「朝鮮情調で一貫した作品」をめざしたために起こったものだった。周囲の社会状況に迫られてのこととはいえ作家自身が意図した「自意半、他意半」の方針転換であった。このとき作風を変化させた作者は、後日前半部を書き直して全体を統一させるつもりであった。しかし、その後行なった再度の創作方針転換のために、結局、書き直せないまま終わることになる。

c.　第三期

二年後の一九三七年十二月、タイトルをそれまでの『火賊林巨正』から『林巨正』に変えて、「火賊編」が再開した。連載は作者の体調不良のための休載を繰り返しながら続いたが、「慈母山城（上）」の章に入ると休載の頻度がはげしくなり、一九三七年七月四日を最後にとうとう中断した。

その三ヶ月後に、朝鮮日報社による『林巨正』単行本の刊行がはじまった。十月に「義兄弟編（一）」、十一月に「義兄弟編（二）」、十二月に「火賊編（上）」、翌一九四〇年二月に「火賊編（中）」と、刊行は矢継ぎ早につづいたが、そのあとの「火賊編（下）」がなかなか出ないうちに、八月には『朝鮮日報』自体が廃刊となった。まもなく『朝鮮日報』の姉妹誌である『朝光』十月号に連載再開と称して「慈母山城（上）」の終結部と「慈母山城（下）」の冒頭部が掲載されたが、[59]この一回で終わった。これは「火賊編（下）」の冒頭となるはずだった部分である。あるいは作者はこの時点で単行本による完結を断念し、書いてあったものを発表したのかもしれない。「火賊編（下）」はついに刊行されず、そのあと刊行を予定されていた「鳳丹編」「皮匠編」「両班編」も同じ運命をたどった。このとき修復されなかった前半と後半の〈不連続性〉は、四十五年後の四季節社九巻本で発現することになる。

六 〈未完性〉について

先に見たように、創作方針の転換によって生じた〈不連続性〉を修復するために洪命憙は当初、前半二編を書き直すつもりであった。「事実の抜け落ちたものを補充し、事実の錯誤したものを訂正し、だらだらと書いた部分は削ったり縮めたりして」という具体的な記述からは、書き直しへの意欲が感じられる。だが結局のところ、書き直しは実行されなかった。「一貫した作品」にするために必要だと作者がみなしていた〈不連続性〉の修正が未完に終わったわけである。こうしてみると、『林巨正』には二つの〈未完性〉があることになる。一つは物語が完結しなかったという意味での〈未完性〉だが、もう一つは作者が予告していた前半部の修正が実現せず〈不連続性〉が解消しなかったという意味での〈未完性〉だ。二つの〈未完性〉が確定したのは、朝鮮日報社の単行本が刊行された時である。このとき洪命憙は小説を完結させることと七年前に予告した前半部の修正を、ともに果たせなかった。一九三二年の時点で可能だと考えていた修正をこの時できなかった理由は、時期的に見て、小説を完結できなかった理由とかかわりがあると思われる。以下では、作品の完結と修正をさまたげた共通の要因について考えたい。

(1) 執筆の断念

洪命憙が『林巨正』執筆を放棄した理由について、洪命憙研究の第一人者である姜玲珠《カンヨンジュ》は、連載ストップの直接の原因は作者の健康問題だが、もし最後まで『林巨正』を執筆していたら、洪命憙も他の著名人士のように親日行為を強要されていたであろうと、彼がそのような事態に陥るのを避けたことを第二の理由に推論している。(60) 非常に慎重で、つねに先々のことを考えて行動する性格だった洪命憙としては、十分にありうることである。第二期執筆を中断したのち、ソウル城外の麻浦に居を移して隠遁に近い生活を送っていた彼が、訪ねてきた記者から政治活動をしていたころが懐かしくないかという質問を受けて、「どの席上にも顔が見いだされる者ほど愚かな者はない[61]」というゲーテの言葉をあげながら、顔を出そうにも出す場所がない自分はゲーテのお叱りを受ける心配はないと、現在の状況を皮肉ったというエピソードは、彼が「席上に顔を出しつづけること」の愚かしさと危険を避けていたことをうかがわせる[62]。新聞連載が完全に中断した一九三九年末からはさらに奥まった楊州郡蘆海面倉洞に移り、病気を理由に蟄居をつづけた[63]。第三の理由として姜玲珠は、「当時の暗黒の現実に対する彼の悲観と絶望[64]」をあげている。ストーリーは、巨正が一族郎党をひきつれて青石洞から慈母山城に移るところにさしかかっていた。このあと官軍に追われて慈母山城から九月山城に移り、ついには滅亡していく林巨正たちの運命を、この暗澹たる日帝末期に書きつづける意欲を洪命憙は失ってしまったというのである。これら三つの理由に筆者は全面的に同意する。だが、このようないわば外的な理由のほかに、作品内部にも『林巨正』を未完の運命に導いた要因があったのではないだろうか。その一つの可能性として、『林巨正』の材源の問題が考えられる。

（2）『林巨正』の材源

はじめて四季節社九巻本『林巨正』を読んだとき、筆者はこれが未完の小説であることを知らなかったが、最後の巻まで来て、小説があと一冊では終わらないだろうと思ったことを覚えている。しだいに緩慢になっていく展開スピードと、あまりに詳細な描写のせいだった。同時代の評論家李源朝《イウォンジョ》はこの時期の『林巨正』についての評論で（彼はそれ以前の部分は読んでいないと率直に書いている）、この作品には作者の主観が現われていないと指摘し、「作家が作品のなかに出てこず、後ろに座って話しているような作品というのは、材料があればいくらでも書くことができる（傍点引用者[65]）」と評している。筆者もまた、物語が「いくらでも」続くような感覚にとらわれたのだ。

それでは李源朝のいう「材料」、すなわち洪命憙が『林巨正』を書くにあたって使用した資料は何か。『林巨正』には材源として『朝鮮王朝実録』（以下『実録』とする）と数多くの野史、野談、民間説話等が使われている。先述の四季節社の座談会で、林栄沢は『林巨正』の材源について語っている。『林巨正』は、『実録』と『寄齋雑記』にある林巨正関連の記述を骨格として、そこに『大東野乗』『燃藜室記述』などの各種資料から取ってきた説話で「肉付け」し、「化粧」を施し、「滑稽味」をつけたものであって、「ちょっと人げさに言えば、碧初が自分で作りだした話はほとんどないほどです」[66]と述べながら、彼は洪命憙の「豊富な読書と創造力と想像力」を賞賛している。洪命憙は、膨大な資料から適切な材料をえらび、自分の内部で完全に消化したうえで、あらたな物語を創造したのである。

ところで野史や野談、民間説話の類は数も重複も多いので、どの資料が『林巨正』のどの部分に直接の影響を与えているかを特定するのは難しい[67]。しかし『実録』については、材源となった箇所の特定が比較的容易である。林栄沢と姜玲珠が編集した『碧初洪命憙と林巨正の研究資料』には『実録』にある林巨正関連記事が四十八件収録されているが、それらを『林巨正』と照らし合わせてみると、『実録』が材源とされているのは物語の後半だけで、それも小説が最後に近づくにつれて比重が高くなっている[68]。

洪命憙が『林巨正』前半で『実録』を材源としていない理由は明らかである。一般の人々が『実録』を見ることができるようになったのは復刻版が出た一九三二年からのことで、第一期のころの洪命憙は『実録』を材源にしたくてもできなかったのだ[69]。つぎに『実録』が小説の後半においてその比重を増していることには、第二期のはじめに洪命憙が回帰した創作方針「朝鮮情調」との関わりが考えられる。洪命憙は小説に「朝鮮情調」をこめるために、あらゆる場面に朝鮮固有の文化と風俗をちりばめた。そして先に見たように、巨正が「朝鮮情調」の流れる空間で生きる人間へと変貌したことが、小説に「不連続性」を生じさせたのだった。巨正が生きていた時間と空間、それは十六世紀の朝鮮である。作品に「朝鮮情調」をこめるためにも洪命憙は歴史研究の必要を感じたはずである。また彼のまわりの人々が行なっていた朝鮮文化復興運動もそれをうながしたと思われる。第二期以降、政治活動を封じられて執筆と研究に専念した洪命憙が歴史研究を行なっていたことは、一九三〇年代の後半の彼のコラムや口述記事などからうかがわれる。洪命憙は、「朝鮮王朝五百年の歴史はすなわち両班階級の歴史である」[70]と考えて両班を研究し、一九三〇年代後半には、巨正の生きた十六世紀を「両班階級の発達期」とみなす見解を持つようになっていた[71]。彼の「歴史的事実を事実どおりに知ろう」[72]という姿勢の歴史研究が深まるにつれて、『実録』は『林巨正』における材源としての重みを増していったと思われる。そこで、以下では材源としての『実録』と『林巨正』との関係について考察する。

（３）『林巨正』と『朝鮮王朝実録』

朝鮮王朝の正史『朝鮮王朝実録』は、朝鮮太祖から哲宗にいたる二十五代四百七十二年間の歴史を年月日順に編年体で記録した千八百九十三巻八百八十八冊の膨大な書物である。正本のほかに副本が作成され、複数の地方史庫に保管されたおかげで何度かの火災や戦火にも全失を免れた。日韓併合の当時には四つの地方史庫に保管されていたが、総督府は赤裳山史庫本を旧皇室蔵書閣、太白山史庫本と江華鼎足山史庫本を朝鮮総督府の奎章閣に移し、五台山本を東京帝国大学に寄贈した。東京帝大の寄贈本が一九二三年の関東大震災で焼失すると、京城帝大は全実録を写真版で四分の一縮刷復刻する作成に着手し、奎章閣にあった太白山本と江華本は京城帝国大学附属図書館に移された[73]。一九三二年に三十部が出版されたがほとんどが日本に送られ、朝鮮に残ったのは八部だけだったという[74]。

『林巨正』の連載がはじまった一九二八年には『実録』はまだ復刻されておらず、一般人は『実録』を目にすることができない状態だった[75]。復刻版の刊行が一九三二年の何月であり、どこに置かれて、一般人はどのような形で目にすることができたのかは、調査できなかった。おそらく洪命憙は京城帝大の付属図書館のようなところで『実録』を閲覧したのではないかと想像される。(76) 洪命憙が『実録』の復刻版を初めて手に取ったのがいつ、どこでのことかは不明だが、彼と『実録』との「出会い」の時期は小説のテキストを分析することで推測が可能である。ここでいう「出会い」とは、それを手に取ることではない。作家が熟読して自己の内部で完全消化し、あらたな物語を創造する段階にいたる内的な「出会い」である。手に取ってからある程度の時間を要することは言うまでもない。

（4）『朝鮮王朝実録』との出会い

洪命憙は復刻版が刊行された一九三二年の一月に出獄して、十二月に「義兄弟編」の連載をはじめている。したがって、理論的には「出会い」の可能性は「義兄弟編」連載の開始前から存在する。「義兄弟編」は一九三四年九月四日で終了して、ひきつづき十五日から「火賊編」が始まった。「火賊編」ではごく最初から『実録』が材源として使われているほか、(77) 巨正に三人の妻がいたという『実録』の記事がモチーフになっているので、(78)「火賊編」構想の段階で作者が『実録』と出会っていたことは明らかである。つまり洪命憙は「義兄弟編」執筆直前か執筆中に『実録』と出会ったことになる。

そこで「義兄弟編」のテキストのなかで『実録』と接点がありそうな部分をチェックしてみた。すると「朴ユボギ」「郭オジュ」「吉マッポンイ」「黄天王童」「裵トルソギ」の章では高位の両班は登場せず、当時の政治状況との接点も見出せないが、「李鳳学」の章に入ると『実録』に名前が載っている両班が登場するようになる。李鳳学が乙卯倭変のあと仕えた全州府尹李潤慶《イユンギョン》は小説のなかでも現実でも、全羅道観察使、京畿道観察使、漢城府右尹、咸鏡道観察使、兵曹判書という官職を歴任しており、弟の李浚慶《イジュンギョン》も議政府右賛成兼兵曹判書や右議政という高位にある。そして李鳳学の運命の浮き沈みは、彼らの官職とつねに深い関係にあるのだ。

さらに「李鳳学」以下「徐霖」「結義」の三つの章を丹念に読み直したところ、気になる点が出てきた。李鳳学が済州島に赴任してからあとの物語内の時間が曖昧なのである。それまでと違って季節感もなくなり、いつ年が替わったかも分からなくなっている。旌義県監として済州島に赴任した李鳳学は、都に戻った李潤慶に自分を呼び寄せるように嘆願している。ところが念願かなって鳳学が五衛部将に昇任して漢城に行くことになるくだりは、経過の説明もなく非常に唐突である。[79]あるいは落丁でもあったのではないかと思って新聞連載本と照らし合わせたところ、驚いたことに新聞連載本の十二行が朝鮮日報社本では削除されていることが分かった。[80]削除された部分の内容は、鳳学が済州島に赴任して二年が過ぎた秋、済州島特産の黄柿を進上した帰りの船で李潤慶から京職昇任の前触れが届き、その一ヶ月後に昇任の知らせが届くというもので、季節感もあり、時間の経過も明瞭である。こうして朝鮮日報社本では時間の経過が意図的に曖昧にされていたことが明らかになった。[81]そこで時間の推移を中心にして、「義兄弟編」の朝鮮日報社本と新聞連載本との対照作業を行なった結果、季節や時間に関する記述が随所で削除あるいは改変されており、新聞連載本では一五五五年の乙卯倭変から一五六〇年の結義まで五年であった小説内時間が、朝鮮日報社本においては結義が一五五八年とされ、二年短縮されていることが分かった。（表6）結義の場面で全員が年齢と出生年を名乗ることでその年が何年であるかが分かるのだが、朝鮮日報社本では全員が二歳年下に替えられている。[82]こうやって小説内の時間を五年から三年に縮めたために、作者は随所で季節と時間にかかわる記述の修正や削除をせまられたのだ。

時間の変更にともなって官職に関する記述の変更も行なわれている。たとえば李潤慶の官職についての一例を挙げると、巨正の家に進上品があるという密告で家族が捕まったとき、巨正の姉は少しでも一家の立場をよくするために、まえは全羅道監司でいまは咸鏡監司をしている両班と知り合いだと話し、それを聞いた楊州郡守は、咸鏡道観察使から最近兵曹判書に昇任した李潤慶のことだと気づく。[83]ところが朝鮮日報社本で

表6　李鳳学を中心とした「義兄弟編」対照表

新聞連載本		官職記録 （『実録』）	朝鮮日報社本	
年	内容		内容	年
1555 （乙卯）	出征 李潤慶、全羅観察使になる 全州で李潤慶の裨将となる 桂香と出会う	1555.8 李潤慶、全羅観察使になる 1555.11 李浚慶、兵曹判書になる	出征 李潤慶、全羅観察使になる 全州で李潤慶の裨将となる 桂香と出会う	1555 （乙卯）
1556 （丙辰）	春、倭寇退治遠征 李潤慶、京畿観察使になる 夏、済州島の旌義縣監になる 冬、上等表彰される	1556.8 李潤慶、京畿観察使になる	春、倭寇退治遠征 李潤慶、京畿観察使になる 夏、済州島の旌義縣監になる 冬、上等表彰される	1556 （丙辰）
1557 （丁巳）	春、大静縣監を兼ねる 夏、中等になる 李潤慶、漢城右尹になる 冬、また上等になる	1557.9 李潤慶、漢城右尹になる	春、大静縣監を兼ねる 夏、中等になる 李潤慶、漢城右尹になる	1557 （丁巳）
1558 （戊午）	二月、ソウルに行こうとして断念する 夏と秋が過ぎる 五衛部将に昇任する 巨正が来る		五衛部将に昇任する 巨正が来る	
1559 （己未）	二月中ごろ、漢城へ 官職を剥奪される 軍器寺長になる 李潤慶、咸鏡観察使になる 臨津別将になる	1558.8 李潤慶、咸鏡観察使になる 1558.11	漢城へ 官職を剥奪される 李浚慶が政丞になったばかりである(1) 軍器寺長になる 李潤慶、咸鏡観察使になる 臨津別将になる	
1560 （庚申）	春、密告事件 巨正のために船を出す 発覚して青石洞へ 夏、結義 （辛巳生、四十歳）	李浚慶、右議政（政丞）になる 1560.1 李潤慶、兵曹判書になる	春、密告事件 巨正のために船を出す 発覚して青石洞へ 夏、結義 （辛巳生、三十八歳）	1558 （戊午）

(1)　新聞連載本では「李判書」だったのが、朝鮮日報社本で「政丞になったばかり」に替えられている。（『林巨正第二巻』、二二二頁）しかし、この表にあるように李浚慶が右議政になったのは李潤慶が咸鏡監司になった後のことなので、作者がどうしてわざわざこのような変更を行なったか不明である。李浚慶は一五五八年五月に左賛成になり十一月に右議政になっているので、あるいは洪命憙が読み違えたのかもしれない。

は、兵曹判書に昇任したという部分が削除されている。[84] 史実では李潤慶が兵曹判書になったのは一五六〇年一月なので、この場面の時期を一五五八年に変えたときに不正確を嫌った作者が変更したのであろう。官職に関して行なわれた最大の削除は、巨正の逃亡を助けて船を出した臨津別将李鳳学の処分について廷臣たちが話しあう場面である。一五六〇年夏に領議政尚震《サンジン》、兵曹判書李潤慶、刑曹判書元継倹《ウォンケゴム》、捕盗大将金舜皐《キムスンゴ》の四人が集まって処分を検討する、連載一回の半分以上をしめるこの場面が、[85] 朝鮮日報社本では完全に削除されている。[86] 時間を二年ずらしたことで、この四人がこのような官職をもって一堂に会することが不可能になったからである。

　では、なぜ洪命憙は「義兄弟編」の小説内時間を五年から三年に変えなくてはならなかったのか。『実録』と出会ったためだと筆者は考える。一五六一年に討捕使が出たことや、翌年巨正が処断されたことは野史にも記されている。[87]『実録』に出会う以前の洪命憙は、一五六〇年夏に結義した一党が次の一年間おおいに暴れて朝廷の軍と戦い、一五六二年初めに滅亡するという時間構想を立てていたのだろう。ところが『実録』に出会った洪命憙は、野史や野談とは比較にならぬほど大量で詳細な情報が、それも歴史的事実という圧倒的な重みをもって存在していることを知った。巨正たちが結義したことになっている一五六〇年の夏、『実録』の記事によれば八月に漢城の長統坊で巨正の大捕り物が失敗して右・左辺大将が辞めており、その一人はのちに討捕使として巨正を処断する南致勤である。[88] このとき捕まった三人の妻を救出するために巨正が九月に典獄署襲撃を計画したが中止したことが、十一月に逮捕された徐霖の自白で明らかになる。彼の自白で巨正たちが鳳山郡守を襲う計画を立てていることを知った捕盗大将はこれを上奏、朝廷ではただちに宣伝官を派遣する。[89] 五百名あまりの官軍がたった七名の巨正らを取り逃した顚末を報告する宣伝官の復命は簡潔だが臨場感にあふれている。[90] 十二月、朝廷は論争のすえに巡警使を送り出しながら、[91] ひと月もたたぬうちに呼び戻そうとする。[92] 巡警使は青石洞で捕えた盗賊を巨正に仕立てて都に押送するが、徐霖との対面で事実がばれる。[93]

一五六〇年に起きたこのように刺激的な事件を小説に盛りこもうとすれば、結義が一五六〇年夏という時間設定はどうしても変更する必要があった。起きた事件だけでない。『実録』には林巨正事件に関連する上層部のさまざまな動き、黄海道の惨状報告と原因分析、そして人事、制度、民心など、巨正を取り巻いていた状況を知りうる膨大な記録があった。洪命憙は、それらの記録を材源とすることを決めて、もう一度構想を練り直したと推測される。

（5）再度の構想

洪命憙は『林巨正』連載中に、小説の長さに関する予定を三度公にしている。当然のことながらそれらはその時期に彼の脳裏にあった作品の構想と関連している。最初の予定公表は執筆第一期で、「皮匠編」を書いているころである。「百二十回までは『林巨正』を取り巻く当時の社会の雰囲気を伝えてきましたが、いよいよ林巨正が登場します。（中略）多分、この小説は四百回くらいで言いたいことを言い尽くして終わることになると思います[94]」という言葉は、このころの作者が『林巨正』をさほど長くするつもりがなかったことをうかがわせる。先に見たとおり、この時期に描かれた巨正は正義感のつよい近代的な変革意識の所有者で、やがて義賊活動を行なうだろうという予感をいだかせる人物であった。作者はスピーディーな展開を考えていたと思われる。次は執筆第二期の「義兄弟編」「天王童」の章を書いているころで、「これまで書いたのが百六十回ですから、この先約半年、すなわち百八十回ほど書けば終わるだろうと思います[95]」と書いている。「朝鮮情調」という創作方針によって巨正の人間像が変化していたこの時期にも、作者には小説を長くするつもりはなかったようである。ところが「義兄弟編」の執筆を終えて「火賊編」を始めるときには、「青石篇」「慈母篇」「九月篇」と三部に分けて書くことを明らかにしながら、「長々と書くことになりそうです。この先まだ二、三年はかかるかもしれません[96]」と、先が長くなることを予告している。『実録』と出会った洪命憙は、その内容を盛りこんでじっくりと書きつづけることを決意したのであろう。

　以上から、洪命憙と『実録』との「出会い」は、「天王童」の章を書いていた一九三三年八月から「義兄弟編」の連載が終わる一九三四年九月のあいだと推定されるが、「火賊編」の構想に要する時間を考えると、一九三四年の前半には出会っていたと見るべきであろう。「義兄弟編」を書いているときに『実録』と出会った洪命憙は、とりあえず「義兄弟編」はこのままの方針で書きつづけ、「火賊編」から『実録』を材源にすることにしたのだろう。「義兄弟編」で『実録』が材源とされている箇所は、作者が朝鮮日報社本刊行のさいに加筆したものである。時間や官職を変えるだけでなく、「火賊編」以降の展開に合わせて『実録』の内容を「義兄弟編」に布石として組み込んだ作者の手腕がうかがわれる。主なものをいくつか挙げておく。（表7）

表7

新聞連載本	朝鮮日報社本	備考
一五五六年 李鳳学が倭寇退治の遠征途中、湖南兵馬節度使に会う (이봉학이二—五)	一五五六年 李鳳学が倭寇退治の遠征途中、湖南兵馬節度使南致勤に会う (第二巻一五七頁)	『実録』の一五五五年十月一日に南致勤就任の記事がある。この事実に後で気づいて入れたのであろう。
一五五七年頃 徐霖が仕えた平安道観察使は李樑 (「徐霖」一、二)	一五五九年頃 金明胤に変更 (第二巻「徐霖」一、二)	『実録』によれば、李樑は一六六一年四月に平安監司に就任し、この年九月七日に義州牧使が起こした偽林巨正事件のさいには巨正と韓温を捕えたことを朝廷に報告している。そのとき登場することになる李樑をここで平安監司にしておくわけにいかず、変更したと思われる。だが平安監司になった事実がない金明胤に変更した理由は不明である。
一五六〇年 なし (徐霖三—一二)	一五五八年 李欽礼が盗賊を捕縛 (第二巻四〇二頁)	一五五七年七月十一日、一五六〇年十月二十一日他に李欽礼が盗賊を捕らえることが熱心だという記事が見える。ここでこの事件を入れることで、のちに巨正が鳳山郡守になった李欽礼の襲撃計画を立てる布石にしている。
一五六〇年 なし (同右)	一五五八年 青石洞で捕盗軍士李億根が殺された事件 (第二巻四〇三頁)	一五五九年三月二十七日と四月二十　日に記事がある。
一五六〇年 マッポンィ救出に向かう青石洞一行が途中「南大門外にある親しい鍛冶屋の家に入り、ソウルの消息を伝えてくれる南小門一派の首領を呼びだす」 (결의二—八) 救出の帰途、鳳学一行と天王童がそれぞれ南小門一派の首領に会っていく。 (결의三—二十六)	一五五八年 「南大門外にある親しい客主に入り、品物をさばきソウルの消息を伝えてくれる南小門一派の首領の息子韓温に来てもらう」 (第二巻五一四頁) 南小門の首領の息子韓温 (第二巻六一一頁)	一五六一年九月の偽巨正事件に名前の出ている「韓温」を「火賊篇」で本格的に登場させる布石として、ここで巨正らと会わせたと思われる。また、一五六〇年十一月二十四日記事で徐霖の自白に出てくる「馬山里の鍛冶屋李春同」を平山戦で登場させる布石として、混乱を避けるためにこの鍛冶屋を削除したのではないか。

このように、洪命憙は「義兄弟編」の執筆をつづけながら「青石洞」の構想を練り、次に「青石洞」を書きながらその先の構想を練ったと思われる。しかし「出会い」から短時間しかたっていない時点での小説化と、執筆をしながらの構想準備には無理があったようだ。「青石洞」の章に入ってから、小説の流れにはある種の乱れが生じている。巨正の急激な変貌は読者に居心地の悪さをいだかせ、また文章もそれまでのテンポを失って弛緩した感じをあたえる。先述したように、この部分について姜玲珠は「軌道離脱の兆候がある」と評し、「この時期に洪命憙が疾病と貧しさに苦しみ、また社会的展望を失いつつあったという事情とも無関係ではないと思う」[97]と述べている。だがこれには、この時期の洪命憙が『実録』を材源とするためのスタンスを確立しえていなかったことも作用したのではないだろうか。「青石洞」の章の終了とともに連載が中断したのは、直接的には作者の病気のためだが[98]、『実録』を本格的に材源として取り入れる完全消化のためにも作者が時間を必要としていたという事情もあったように思われるのだ。

（6）終結部の未完

一九三七年十二月、洪命憙は連載を再開した。二年前に「火賊編」が始まるときには「青石篇」「慈母篇」「九月篇」と三部に分けることを予告していたが[99]、このたび始まった章は「松岳山」で、あとに「巣窟」「笛」「平山戦」とつづいてからようやく「慈母山城」の章になる。かなりの構想変更があったことがうかがわれる。各章の内容を見ると、「松岳山」の章では端午クッを中心に松岳山で起きた事件が語られ、『実録』から材源はとっていない。「巣窟」の章は『実録』記事が材源に取られているが、「笛」の章は両班たちの風流の世界と笛や伽耶琴の名手が織りなす絵巻物のような話で『実録』とは直接関わらない。しかしながら、これらのストーリーはどれもが一五六〇年という時間の枠組のなかにしっかりと組み込まれている。「松岳山」では、十歳になった王世子の冠礼元服と世子嬪揀擇を控えて大王大妃が端午に松岳山で神事を行なうよう命じ、世人の見物熱が高まったことが事件の発端となっているが、当時の世子である順懐が十歳を迎えたのはこの一五六〇年である。また「笛」の章の最後では、青石洞で笛を吹いた宗室端川令と殺された両班たちの話が兵曹判書権轍《クォンチョル》の耳に入ったことから、宰相たちが黄海道の盗賊の跋扈を憂う上奏を行ない、その数日後には司諫院の諫官が黄海道監司柳智善《ユチソン》を罷免するよう上奏を行なう。これらの上奏には一五六〇年十月の二つの『実録』記事がそのまま使われている。架空の物語が作者の構築した時間の枠組のなかにきっちりと組み込まれているのである。同じように野談を下敷きにして両班たちを描いた前半三編では、このような枠組みは存在していなかった。

　この枠組は、次の「平山戦」の章で見事に活用されることになる。十一月初め、青石洞近くの村の海産物商の息子の死から始まって、葬式の手伝いに出た巨正の部下金山《キムサン》と同郷の李春同《イチュンドン》との再会（この二人の名前はともに『実録』にある[100]）、巨正が春同の母の還暦祝いに出席するため馬山里へ行く約束、その場所で新任の鳳山郡守李欽禮《イフムネ》を待ち伏せようという徐霖の計画へと伸びていく一本の線と、徐霖の義母の突然の青石洞訪問に端を発して、徐霖の上京から逮捕と裏切り、捕盗大将の上奏と官軍の出動へと伸びていく一本の線が、十一月二十七日の平山馬山里の戦いで一つになる。二十一日に青石洞を出て翌日都に着いた徐霖が、二十三日に捕縛されて二十四日に裏切る行動と心理、馬山里で巨正の一党が二十六日に集結するという報を受けて二十四日午後に出動する官軍の迅速な進軍、二十六日の還暦祝いにあわせて青石洞から馬山里に向かう巨正たちの行動が、二十七日の馬山里での戦いに向かって時間刻みに描写されていく。時間にあわせて空間の枠組も存在している。どれほどの時間でどれほど移動するのか、必要な睡眠と食事はどこで取るのかまで精密に計算されていることが、夜を徹して平山に向かう官軍の描写に迫真の感を与えている。洪命憙は地図を使ってこの地方の地理を徹底的に調査したのだろう[101]。事実にこだわる姿勢はほとんど偏執的で、このくだりでは金郊から鳳山までの里数を七〇里（二八キロ）間違ったときに、訂正記事を出しているほどである[102]。左邊捕盗大将金舜皐による徐霖自白の奏上と宣伝官鄭《チョン》受益《スイク》の復命というたった二つの『実録』記事をもとに、洪命憙は時間と空間を緻密に組み合わせて歴史フィクションを創造したのである。[103]架空の義兄弟と実在した人々が戦う場面は歴史的事実と想像力が見事に融合し、まさに歴史小説の白眉といえる。ところが、同じく『実録』の記事が材源になっている次の「慈母山城」では、まるで「平山戦」で力を使い尽くしたかのように文章が弛緩する。妓生におぼれる巡警使李思曾《イサジュン》と青石洞を捨てる巨正らの動きが交互に描かれてから、最後は青石洞に残った呉哥《オガ》のさびしげな姿とともに中断してしまう。

それでは、洪命憙はなぜ書くのをやめたのだろうか。病気、親日の危険を避けたこと、時代への絶望という姜玲珠氏が推測した三つの理由のほかに、『実録』との出会いによる影響もあったと論者は考えている。小説が中断したのは一五六〇年十二月で、巨正が処断される一五六二年一月までまだ一年以上もある。先述した『資料』収録の巨正関連『実録』記事四十八件のうち、これまで使ったのは十五件だけで、[104]『実録』の巨正関連記事は多く残っている。そして『実録』によれば、巨正の一党の勢いが盛んになるのは、むしろこれからなのだ。もし洪命憙がこれまで通り『実録』記事を忠実に取り入れると仮定するなら、この先の『林巨正』のおおよその展開は予想することができる。青石洞に残った呉哥は偽巨正にされてむごい拷問を受け、都に押送されて死亡する。[105]九月には偽巨正捏造事件が義州でふたたび起き、凄惨な拷問で何人もの犠牲者が出る。しかしながら巨正らの勢いはますます強まり、十月には王が「現在の盗賊の勢力はまことに盛んで敵国とも同じ」[106]と嘆くほどになる。朝廷は巨正討伐のために南致勤を黄海道討捕使に任命し、非情な性格で知られる南致勤は、兵士を凍死させ人民を苦しめる犠牲を出しながらも厳しく巨正を追いつめていく。都では潜伏した盗賊を捕らえるために城門を閉ざし市場を休ませて大捜索を行ない、朝廷は討捕使派遣の負担で苦しむ黄海道の田税や徭役などを免除する措置をとる。十二月、巨正は捕まっていないが主力は殲滅したので朝廷が討捕使を呼び戻そうとしていると、一五六二年一月三日に巨正逮捕の報が届く。巨正はすぐに都に押送されて処断される。

『実録』には記されていない南致勤の九月山攻撃、徐霖の活躍、一人残った巨正が最後に徐霖に見破られて捕縛される経緯は、野史にかなり詳しい記述がある[107]。

これらの材源を利用して小説を書きつづけていけば、この先どれほどの時間がかかったことだろう。朝鮮語で発表することができ、親日の危険がなかったならば、洪命憙は書き続けたかもしれない。だが植民地末期の社会状況はそれを許さなかった。そのほか、巨正の今後の運命が記録されていることが、逆に創作意欲を減退させた可能性も考えられる。彼が筆を置いたのは、こうしたすべての要因が重なってのことだと思われる。最後の「慈母山城（下）」では、青石洞に残った呉哥が孤独に苦しみながら酒を飲む。巨正の見捨てた青石洞に残された手下たちは逃亡をはじめるが、呉哥はそれを止めようともしない。この場面を林栄沢はこう評している。「作家の手で書かれた小説の最後の段落の場面は、まるで夕陽に照らされて死んでいく老人を見るように凄然このうえない。このくだりは林巨正の悲壮な最期の予告編のように感じられる[108]」。まさに「当時の暗黒の現実に対する彼の悲観と絶望」が伝わってくる場面である。これを書きながら洪命憙は『林巨正』を終わりにすることを考えていたのだろう。「暗黒の現実」に対する抵抗は、いまでは筆を置くことしかなかったのである。

（7）修正の未完

前半部の修正が未完に終わった理由にも『実録』の影響があげられる。洪命憙が前半三編の書き直しを予告した一九三二年に、彼はまだ『実録』と出会っていなかった。「事実の抜け落ちたものを補充し、事実の錯誤したものを訂正し、だらだら書いた部分は削ったり縮めたり」と書いたときに彼の頭にあったのは、多忙な政治活動のあいまを縫って書いていたために犯した間違いを訂正し、文章を引きしめ、そして何よりも朝鮮情調を盛り込むことであり、これは十分に可能な作業であった。ところが『実録』の史実を取り込んで前半部を書き直すことには無理があった。「皮匠編」や「両班編」に見られる史実との違いはなんとか修正できるかもしれないが、[109]「鳳丹編」は不可能に近い。小説では、一五〇四年の甲子士禍のとき加罪を恐れて流配先から逃亡した李長坤が、咸鏡道まで逃げて鳳丹と出会い結ばれ、二年後の中宗反正で復権する。ところが史実では李長坤は一五〇五年五月に流配されて翌年八月中旬に逃亡し、九月二日に中宗反正を迎えている。逃亡期間はわずか半月である。李長坤についてはそのほかにも『実録』に多くの記録がある。そもそも野談をもとに想像力で作り上げた物語を史実の枠に組み込むことには無理がある。史実の枠組をもった後半部分と想像力だけで作り上げた前半三編とは、彼の孫の洪錫中が半世紀後に喝破したように、「修正程度に手を入れたところで、とうてい一つの小説として統合させることはできない」ほど「文学的様相」がかけ離れているのである。それに気づいた洪命憙は修正をあきらめたのであろう。こうして林巨正には二つの〈未完性〉が残ることになったのである。

七　おわりに

以上、洪命憙の歴史長編『林巨正』に見られる〈不連続性〉と〈未完性〉の生じた原因を考察した。読書体験でいだいた疑問を自分なりに解明することはできたが、その過程で日本の朝鮮統治が朝鮮近代文学に与えた傷の深さをあらためて感じざるを得なかった。

一九二〇年代の社会運動の高潮期に民衆のヒーローとなるべくして生まれた林巨正は、光州事件の余波で姿を消し、文化的抵抗をつづけるために「朝鮮情調」のただよう人物として三〇年代によみがえったが、主人公のこの変貌は小説『林巨正』に「不連続性」をもたらした。やがて『朝鮮王朝実録』と出会った洪命憙は史実を材源として『林巨正』を書きつづけようとしたが、四〇年代の「暗黒の現実」を前に、抵抗のための絶筆を行なったのである。

本研究は、韓国祥明大学の姜玲珠氏を研究協力者とした文部科学省の科学研究費（基盤研究(C)２ 15520237「洪命憙の『林巨正』と『朝鮮王朝実録』」）を受けている。

（1）本研究は林巨正の作者・洪命憙の生涯と作品『林巨正』に関して林栄沢と姜玲珠、とりわけ姜玲珠の以下の研究に多くを負っている。

①林栄沢・姜玲珠編、『碧初洪命憙『林巨正』의 재조명』、사계절출판사、一九八八

②林栄沢・姜玲珠編、『벽초 홍명희와 임꺽정 의 연구자료』、사계절출판사、一九九六（以下、『資料』と略称する）

③姜玲珠、『벽초 홍명희 연구』、창작과 비평사、一九九九（以下、『研究』と略称する）

④姜玲珠、『벽초 홍명희 평전』、사계절출판사、二〇〇四（以下、『評伝』と略称する）

（2）洪命憙の日本留学時代については以下の論文がある。

①「洪命憙の東京留学時代」、波田野節子、『新潟大学言語文化研究第六号』、二〇〇〇

②「洪命憙が東京で通った二つの学校」、波田野、科研報告論文集『朝鮮近代文学者と日本』、二〇〇二／『韓国近代作家たちの日本留学』白帝社、二〇一三、収録

③「獄中の豪傑たち―洪命憙と李光洙が東京で共有した世界―」、波田野、『大谷森繁古稀記念朝鮮文学論叢』、二〇〇二

④「동경 유학 시절의 홍명희」、波田野、『충북작가』二〇〇三年秋号／②に収録

（3）四季節社からは一九八五年の九巻本と一九九一年の十巻本が出ている。筆者がはじめて『林巨正』を読んだのは九巻本によってである。だが九巻本には「火賊編」最後の「慈母山城」の章が入っていないうえ、現在は十巻本が流布して九巻本は入手しにくいので、本論文では原則として十巻本を使用し、新聞連載本と朝鮮日報社本の対照をおこなう場合は原典を使用する。［付記］二〇〇八年に註入りで第五版が出ている。

（4）野崎充彦、『青丘野談』解説（平凡社東洋文庫、二〇〇〇、三〇八頁）参照

（5）巨正の養育を引き受けるとき、カッパチは巨正の父に「暴れ馬を馴らす代償は何かな」と聞き、すぐに「白丁の腹いせ（설치）かな」と自分で答えて笑う。（四季節社十巻本『林巨正』第二巻、「皮匠編」一五九頁　原文は朝鮮語。拙訳。このあとも、本文と註のテキストは特に断りがないかぎり拙訳である。）　このカッパチの心理を拡大解釈したのが、文芸出版社の『림꺽정』を修正した洪命憙の孫の洪錫中である。彼は「後記」で前半のあらすじを紹介しているが、その内容は原典とはまったく違って、カッパチの野望を中心にしたものになっている。（『림꺽정4』、文芸出版社、一九八五、三五五―七頁）

（6）階級闘争的性格が微弱なことが問題になり、洪命憙がみずから言い出して絶版にさせたという。（『評伝』二八九頁）

（7）たとえば「鳳丹編」は最終回の末尾に「第一篇終」とあって봉단편というタイトルは一度も出てこない。「皮匠編」も最終回末尾に「第二編갖바치종」とあるのみである。「両班編」の場合は逮捕による突然の中断のせいか、それすらない。「義兄弟編」が始まると最初のうちは編タイトルが出ていたが、やがて出なくなった。最終回の末尾には（의형제편）（끗）とある。「火賊編」のときは小説のタイトルが『火賊林巨正』のためか、編のタイトルは明記されなかった。

（8）一九三二年十二月一日『朝鮮日報』広告。なお、刊行予告のさい初めて前半三編と「火賊篇」のタイトルが確定した。（『研究』二七一頁、脚注18参照）

（9）「巣窟」の章は新聞連載時には一節構成だったのが、このとき二巻にまたがるために二節に分けられた。

（10）同じ年の六月に朝鮮日報社本の再版本が朝光社から出ている。「朴ユボギ」の章だけを一冊にした薄い本でこの章からあとは出なかったという。（『評伝』二七六頁）

（11）朝鮮日報社から刊行されたときは「갓밧치편」だったが、このとき「皮匠編」に変更された。

（12）『研究』第三部「解放以後」第三章「中間派政党活動」および第四章「南北連席会議」参照

（13）乙酉文化社本は刊行後正常に販売され、朝鮮戦争勃発後に禁書になったという。（『研究』五四三頁、脚注47）

（14）『林巨正』連載六十周年記念座談（『資料』二八七―二九二頁）

(15) 刊行されたのは一九八七年から八八年に韓国政府がとった越・拉北文学者の解禁措置よりも前である。（布袋敏博「韓国近代文学研究の現状と課題―韓国での論議を中心に―」『世界の日本研究二〇〇二』国際日本文化研究センター発行、二〇〇三、一四五―一四六頁）
(16) この三巻は新聞連載から直接版を起こしてある。なお「義兄弟編」「火賊編」の底本は明らかにされていない。
(17) 校正者の言によれば、「乙酉文化社本全六巻を基本テキストとし、すでに現代表記に直された四季節社九巻本を組版原稿として、原典対照をする一方で新聞連載本をいちいち乙酉文化社本と対校し、抜けた文章や間違いを補完した」（四季節社十巻本『林巨正10』、「校正後記」、一六三頁）という。しかし底本としては、著者が自ら校正したことが明らかな朝鮮日報社本のほうがふさわしい。また「新聞連載本、朝鮮日報社本、乙酉文化社本をすべていちいち対照して前後を整え、評定、訂正した」というやり方にも問題がある。テキストは校正者が勝手に訂正すべきではないし、新聞連載本と朝鮮日報社本のあいだの異同についてはもう少し詳しく言及すべきであろう。「研究者たちはこの四季節社本のみをもって文学本然の研究を深くおこなうことができる」（同上）という言葉には無理があるように思う。
(18) 『評伝』二八九頁
(19) 各章のタイトルがあるのみで、編のタイトルはない。
(20) 리창유、「장편소설『림꺽정』에 대하여」（『림꺽정1』、文芸出版社、一九八二、一頁）このなかで리창유は、「過酷な日帝の検閲を避けえなかった事情と創作当時の作家の世界観上の制約のために、小説には種々の不足が見られる。ここに作家の孫にあたる洪錫中はこの作品がもつ一連の不足点を修正することを決意し、精力的に仕事を行なった」と書いている。
(21) 홍석중、「後記」（『림꺽정4』、文芸出版社、一九八五、三五四頁）
(22) 本章註3で述べたように、筆者が最初に読んだのは四季節社九巻本であるが、本論文では十巻本を使用する。
(23) 「裵トルソギ」の章でのトルソギの回想と「李鳳学」の章の冒頭に、その後の話が断片的に出てくる。なお「義兄弟編」の連載が始まる前日（一九三二年十一月三十日）の朝鮮日報に掲載された予告には、「両班編」の結末が簡単に紹介されている。
(24) 巨正は、仁宗を呪詛する尹元衡を懲らしめた（一五四五）あと、獄事で死んだ李瀣の遺体を棺に入れてやって鞭打たれるエピソード（一五五〇）以外、乙卯倭変（一五五五）の年まで登場しない。
(25) 四季節社十巻本『林巨正6』、一一四頁
(26) 同上

(27) 同上　三一六―三一七頁
(28) 同上『林巨正7』二八二頁
(29) 同上『林巨正2』一九六頁
(30) 同上『林巨正7』四七頁
(31) 同上　二一二頁
(32) 同上『林巨正9』八頁
(33) 新任の鳳山郡守を襲おうと計画している巨正をいさめる朴連中の以下のような言葉は示唆的である。「お前さんたちがやっていることは、わしの目には、つまらん客気が多すぎる。今度のことにしたって、客気でなくて何だ。鳳山郡守を殺せば、金や銀でも降って湧くというのか。よしんば金や銀が湧いたところでだ、そのあと山のような災難が降りかかるということをどうして考えないのか。」
(34)『林巨正9』三一一頁
(35) 崔元植の発言『資料』二九〇頁
(36) 同上、『資料』二八七頁
(37)『資料』三三三頁
(38)『資料』三三四頁「この点（林巨正が青石洞の大将になってから変貌しているという点―筆者）は、林巨正という人物に実感をもたせようとする作家の意図によるというより、社会に対する作家自身の緊張感が弛緩したことから来ているものと、私は考えます」
(39)『資料』三三六頁「こうした側面から見て、作家は結局のところ、群盗形態の抵抗がかかえている限界を浮き彫りにして、読者に（林巨正を―引用者）を批判的な目で見るよう誘導したわけです」
(40)『資料』三四〇頁「私の考えでは、群盗が主観的には革命の意志を抱いていたにしても、当時の社会的条件のなかでは。義賊の蜂起や群盗の抵抗によっては、真の革命的変化をおこすことはできないという点を強調しようとしたのではないかと思います」
(41)『資料』三四一頁
(42)「最初のうちは官辺と賤民層の連結点が強調されて、当時の歴史全体を見渡すことができたが、作品の中盤以降になると

林巨正の一面的な側面ばかりが描かれ、均衡感覚が破たんに至っている」金允植『韓国近代小説史研究』第九章「歴史小説의 네 가지 形式」、乙酉文化社、一九八九、四二三頁

「野談運動がもっとも活気を帯びていたこの時期に『林巨正』の執筆が始まったことを見ても、作家の意図は明らかだと言える。ところが先に進むにつれて、このような目的意識は薄まっていき、作家はそれこそ単なる講談師の位置に退いてしまう」鄭豪雄「不羈의 思想―碧初의『林巨正』論」、『우리 소설이 걸어온 길』솔、一九九四、二七二頁

(43) 洪命憙と朝鮮共産党とのかかわりを調査した姜玲珠は、彼は一定期間党員であったと推測されるが、思想的には社会主義に傾倒しており、新幹会創立のころには非妥協的民族主義者であって、それは解放後も変わらなかったと見ている。(『研究』二三六―二三七頁)

(44) 座談会での本人の話によれば、朝鮮日報の安在鴻が、生活費を補助するかわりに何か書くよう要請したという。(『資料』一七二頁) 裕福だった洪命憙の家門もこの時期になるとすっかり傾いていた。(『研究』第二章1 출옥 후의 곤궁한 생활参照)

(45) 「『林巨正傳』에 대하여」、『三千里』創刊号、一九二九年六月(『資料』三四頁)

(46) 洪命憙は十二月十三日に逮捕された。連載は逮捕直前の十二月十一日でいったん途切れてから、この追加連載で完全に中断した。(『研究』二七六―二七九頁)

(47) 朝鮮日報一九二九年十二月三十日付社告によると、留置場での執筆許可を新聞社が特別にとりつけたという。(『研究』二七八頁)

(48) 『研究』、二八二―二八三頁

(49) 中断したストーリーの内容の一部は、「義兄弟編」の裵トルソギの章での回想や李鳳学の冒頭にさりげなく織り込まれている。

(50) 「碧初・洪命憙氏『林巨正傳』明十二月一日부터連載」、『朝鮮日報』、一九三七年十一月三十日(『資料』三七頁)

(51) 同上

(52) 「『林巨正傳』을 쓰면서―長編小説과 作者心境」『三千里』第五巻、一九二九・九、(『資料』三八頁)

(53) 同上、(『資料』三九頁)

(54) 『研究』三二九―三三〇頁。名門両班出身で漢学の素養が深かった洪命憙は、彼らの文化事業を手伝って、金正喜『阮堂先生全集』や洪大容の『湛軒書』などの校閲もおこなった。

(55)『研究』二九二頁
(56)『朝鮮王朝実録』が復刻されて一般人も読むことができるようになったのは一九三二年のことである。姜玲珠は洪命憙が読んだのは一九三四年ごろではなかったかと推測している。(『評伝』一九六頁)論者もほぼ同じ見解だが、この件については、次章で詳述する。なお論者は『評伝』刊行の前に姜玲珠氏に面談し、そのさい氏からこの事実をご教示いただいて、研究遂行上甚大な恩恵を受けた。
(57)たとえば「弟子」の章第十四節における男女や白丁差別に関する巨正とソプソビの会話(『林巨正2』、一八二―一八三頁)、また「倭変」の章第四節に見られる、존대、하오、하게、해라などの区別をなくして待遇法を一種類にしてしまえばいという巨正の主張(『林巨正3』三〇六―三〇七頁)などの近代的思考方法は、後半ではまったく姿を消している。
(58)『研究』二九一頁
(59)『朝光』一九四〇年十月号。冒頭に、「作者の事情によって長らく消息を絶っていた大長編歴史小説『林巨正』を、朝鮮日報のあとを継いでふたたび本誌で連載するはこびになったことは、読者とともに本誌の光栄だと考えます。(中略)今後どのように話が展開していくか、ご期待ください」という記者の言葉と、前回までの梗概が載っている。(二一七頁)
(60)『研究』三一七頁
(61)「清貧楽道하는 당대 處士 홍명희 씨를 찾아」、『三千里』、一九三六年四月号、六七頁(『資料』一六二頁)
(62)林栄沢は「作家は自身の自我を守るためにすすんで絶筆をしたのだろう」としている。(「벽초 홍명희와 임꺽정」、『林巨正10』解題、四季節社十巻本、一五三頁)
(63)『研究』三五二頁
(64)『研究』三一八頁
(65)『資料』二七五頁
(66)『資料』三二五頁。なお『資料』の第四部には「『林巨正』の源泉資料」として『朝鮮王朝実録』の林巨正関連記事と、『寄齋雑記』『南判尹遺事』『星湖塞説』『東野彙集』『燃藜室記述』『己卯録補遺』『列朝通紀』『青邱野談』『於于野談』などの野史・野談から林巨正関連の記述が抜粋収録されている。
(67)たとえば「鳳丹編」にある李長坤の話は『己卯録補遺』『燃藜室記述』をはじめ『渓西野譚』『東野彙集』『青邱野談』など多くの文献に入っている。(野崎充彦『青邱野談』、平凡社東洋文庫、一三六、三〇八頁)

(68)『朝鮮王朝実録』を読むために『韓国歴史五千年 CD-ROM』（서울시스템주식회사）を使用したが、巨正関連記事については『資料』に収録されている註(66)の資料が非常に役に立った。

(69)『評伝』一九六頁。

(70) 口述記事「李朝政治制度와両班思想의全貌」、『朝鮮日報』一九三八年一月三日（『資料』一三〇頁）

(71)「養疴雑録」、『朝鮮日報』一九三六年二月二十日（『資料』一一六頁）。なお、洪命憙の両班観については本編の第二章「洪命憙の両班論と『林巨正』」を参照

(72) 前掲「李朝政治制度와両班思想의全貌」（『資料』一三〇頁）

(73) 復刻作業が始まったのは一九二九年で、移管はその翌年である。

(74)『韓国民族文化大百科事典』、韓国精神文化研究院発行、一九九一／「朝鮮実録考略」、『末松保和朝鮮史著作集6』、吉川弘文館、一九九六、三二一—三二二頁

(75) 大正五—六年に雑誌『史林』に連載された「朝鮮の栞」に、実録は「朝鮮にては総督府及李王家に、内地にては東京帝国大学に所蔵するのみにて、いづれも貴重書籍なるを以って一般の研究者には見ること難きは遺憾なり」という今西龍の記述がある。（『朝鮮史の栞』所収、近澤書店、昭和十年、二七頁）この状態はその後も変わらなかったと思われる。

(76) 李秉岐の日記の一九三八年七月十九日および八月七日の欄に「城大」で「李朝実録」を読んだという記載がある。（가람日記（Ⅱ）新丘文庫、一九七六）姜玲珠氏のご教示による。

(77)「青石編」の冒頭にある黄海道の惨状についての叙述は一部『実録』が材源となっているが、じつはこの部分は単行本にするときに作者が付け加えたものである。私見では、新聞連載で『実録』がはじめて材源とされたのは、一九三四年九月十八日の『火賊林巨正』第四回においてである、黄海監司が臺諫の弾劾にあって交代したのも、長らく蔭除の特定席であった開城の都事に武班がなったのも自分たちのせいだという徐霖の言葉は、一五六〇年三月十三日の三公の議啓と二十五日の司諫院の上啓が材源とされている。

(78) 一五六〇年十一月二十四日、捕盗大将金舜皐の上奏（『資料』四一七頁）

(79) 朝鮮日報社本『林巨正第二巻』二〇四頁、四季節社十巻本『林巨正5』三八〇頁

(80)『朝鮮日報』一九三四年一月十五日、『林巨正傳』二九七回、李鳳学三—五（三三と誤記されている）

(81) それまで論者は四季節社十巻本だけを使っていた。四季節社十巻本の校正者が、乙酉文化社本を底本として新聞連載本、

朝鮮日報社本とも厳密な対照作業を行なったと述べていることもあって（註17参照）、原典コピーは準備しながらも対照をないがしろにしていたのである。初版の確認が研究の基本であることを痛感した。

(82) 以下のように替えられている。巨正・辛巳生四十歳→三十八歳、鳳学・辛巳生四十歳→三十八歳、ユボギ・壬午生三十九歳→三十七歳、トルソク・壬午生三十九歳→三十七歳、天王童・乙酉生三十六歳→三十四歳、オジュ・壬辰生二十九歳→二十七歳。マッポンィ・戊戌生二十三歳→丁酉生二十二歳。見てのとおりマッポンィだけ生年を変更しているが、理由は不明である。

(83) 『朝鮮日報』一九三四年三月二十八日、『林巨正傳』四四三回、서림二―二十一

(84) 朝鮮日報社本『林巨正第二巻』、三五一頁。四季節社十巻本『林巨正6』九三頁。なお、この章は新聞連載本では「徐霖」の章だが、朝鮮日報社本では「結義」の章に直されている。（書誌の表1と表2を参照）

(85) 『朝鮮日報』一九三四年五月十一日、『林巨正傳』四六七回、서림四―九

(86) 朝鮮日報社本『林巨正第二巻』四二九頁、四季節社十巻本『林巨正6』一五四頁

(87) 「燃藜室記述」「列朝通紀」など。「国朝宝鑑」には巨正処断が壬戌年の一月であったことも記されている。

(88) 『実録』一五六〇年八月二十日記事。左辺大将南致勤を罷免し右辺大将李夢麟を交代させることを願う司諫院の上奏。（『資料』四一四頁）

(89) 『実録』一五六〇年十一月二十四日記事。捕盗大将金舜皐の上奏とそれに対する伝教（『資料』四一八頁）

(90) 『実録』同年十一月二十五日記事。宣伝官鄭受益の復命（『資料』四一八―四一九頁）

(91) 『実録』同年十二月一日記事。承政院への伝教（『資料』四一九頁）

『実録』同年十二月二日記事（『資料』四二一―四二四頁）

『実録』同年十二月四日記事。李思曾と金世澣への伝教（『資料』四二五頁）

(92) 『実録』同年十二月二十五日、司諫院の上奏（『資料』四二六頁）

(93) 『実録』同年十二月二十八日記事、一五六一年一月三日、七日記事（『資料』四二七―三〇頁）

(94) 『三千里』一九二九年六月号（『資料』三五頁）。なお連載百二十回は「皮匠編」の「兄弟」の章が終わったときである。この次の「弟子」の章で巨正が生まれる。なお「鳳丹編」は七十五回、「皮匠編」は百十一回、「両班編」は百二十一回で、前半三編の合計は三百七回になった。

（95）『三千里』一九三三年九月号（『資料』三八頁）。なお「義兄弟編」の連載白六十回は「天干童」の章である。「義兄弟編」はこのあと二百四十回ほど続いて、全体で四百回ほどになった。
（96）『朝鮮日報』一九三四年九月八日（『資料』四〇頁）。ここで洪命憙は「林巨正が青石洞から慈母山城に移り、また九月山城に移ってから滅びたことは史実なので」と書いているが、論者の調査したかぎり慈母山城の名前は史料には見当たらない。
（97）『研究』二九一頁
（98）『研究』二九三、四頁
（99）『朝鮮日報』一九三四年九月八日（『資料』四〇頁）
（100）『実録』一五六〇年十一月二十四日、捕盗大将金舜皐の上奏（『資料』四一七頁）
『実録』一五六一年十二月二十日、伝教（『資料』四四六頁）
（101）「義兄弟編」連載中に一時挿絵を描いた具本雄の回想によると、彼が洪命憙を訪問したとき洪命憙の書斎には地図が張ってあったという。（『朝鮮日報』　九三七年十二月八日。『資料』二五八頁）　そのほか、洪命憙は五万分の一地図を参考にしていたという証言がある。（『研究』二八九頁。脚注44）
（102）『朝鮮日報』一九三九年一月五日付『林巨正』평산쌈（三八）の末尾に、「前回金郊鳳山里数を二百八十里としたのは二百十里に訂正いたします」とある。
（103）「平山戦」の章の最後は宣伝官鄭受益の復命の翌日に王が権轍と金舜皐に意見を聞く場面であるが、この記事は『実録』にはない。復命した十一月二十九日（辛卯）の翌日は十二月一日（壬辰）であり、この日には朝廷の会議で巡警使の派遣が議論されている。作者は実在しない日に架空の『実録』記事を挿入したのである。
（104）収録記事のうち『林巨正』中断までに使われたのは一五六〇年十二月四日の記事までである。（『資料』四二五頁）
（105）「青石洞」の章で韓僉知が巨正に呉哥の本名が「개도치」であると語っているのは（四季節社十巻本『林巨正7』九〇頁）、一五六一年一月三日『実録』記事にある偽巨正の名前が「加都致」である布石であろう。
（106）『実録』一五六一年十月六日。伝教（『資料』四三七頁）
（107）『寄斎雑記』（『資料』四五八頁）、『南判尹遺事』（『資料』四六三頁）、『列朝通紀』（『資料』四六七頁）等
（108）『林巨正10』一五七頁「解題」
（109）たとえば趙光祖が副提学になったその年に大司憲になる（『林巨正2』八頁）とあるのはその翌年の誤りである。また呪

詛獄事が起きて敬嬪と福城君は賜薬を受ける（同上一三五頁）とあるが、福城君賜死はその六年後の一五三三年である。許磁と鄭彦愨の死や陳復昌の流配の年が一五四八年になっているのもそれぞれ違っている（「両班編」の「報復」の章）等。

第二章　執筆第二期に見られる〝ゆれ〟について

一　これまでの経緯と問題の所在

『林巨正』は、一九二八年から十二年間にわたり、中断を繰り返しながら新聞と雑誌に連載されて未完に終わった歴史小説である。(1) 作者洪命憙（一八八八～一九六八）はこの小説を解放前と解放後のソウルで単行本として刊行したが、予告されていた前半の三編と完結編は、そのさい刊行されなかった。(2) 洪命憙はその後北朝鮮に渡り、朝鮮戦争後の平壌でふたたび刊行するが、その時は、はじめから前半部が抜かれていて、結末も未完のままであった。(3) その後ずっと絶版になっていたこの小説は、一九八〇年代半ばになると南北でほぼ同時期に刊行された。(4) ただし、韓国の四季節社では、単行本にならなかった前半部を当時の新聞から版を起こして最初の三編として組み込み、北朝鮮の国立出版社は前半部は抜いたままで、直系の孫である作家洪錫中の手によって内容を改作した。要するに、南北どちらにおいても作者の存命中とは違った形で刊行されたのである。

韓国で刊行された『林巨正』を読んだ筆者は、作品中に見られる不連続性と未完性に疑問をいだき、論文「『林巨正』の〈不連続性〉と〈未完性〉について」(5) を書いて、その原因を追究した。この論文で筆者は十二年にわたる新聞連載時期を三期に分けて、不連続が第一期と第二期の間で生じていることを指摘し、一九二〇年代末に政治犯として収監されて一九三二年に出獄した作者が、社会情勢の変化に直面して創作方針を転換したことが不連続を引き起こしたと述べた。また、作者が第二期の途中で正史『朝鮮王朝実録』（以下『実録』と記す）と出会って材源とするようになったことが、この小説が未完に終わった原因の一つであると推論した。

推論の手がかりとなったのは、『朝鮮日報』に掲載されたテキストと単行本のテキストの違いだった。第二期に連載されたのは『義兄弟編』全章と『火賊編』の最初の章「青石洞」である。その『義兄弟編』最後の「結義」の章に、義兄弟たちが一人ひとり出生年と年齢を言って義兄弟の誓いを行なう場面があるのだが、単行本では連載時に比べて年齢が二歳ずつ引き下げられており、五年間だった『義兄弟編』の作品内時間が三年間に短縮されていたのである。連載時に一五六〇年であった結義の年を一五五八年に繰り上げたのは、『朝鮮王朝実録』に載っている一五六〇年の巨正関連事件を作品に取り入れるためだったと筆者は推論した。

しかしながら論文を書いたあと、筆者にはいくつかの疑問が残った。まず、単行本にするさいに作者があらたに盛り込んだ「李億根殺害事件」の年代であるが、一五五九年の『実録』にあるこの事件を、洪命憙は結義の年、つまり一五五八年におきた事件として挿入している(6)。次に、小説で重要な役割を果たしている実在の人物李潤慶・李浚慶兄弟について、作者は時間短縮にともなう官職の変化を逐一変更する気配りを見せているにもかかわらず、潤慶が咸鏡道監司、浚慶が右議政になった年を史実と一年違わせている。第三に、「結義」が一五五八年なら翌年は一五五九年でなくてはならないのに、あらたに青石洞に入党した金山の年齢と出生年によって、この年を作者はわざわざ一五六〇年に設定している。また小さいことだが、義兄弟のうち吉マッポンィだけ年齢を一歳しか引き下げていないことも気になった。

もちろん歴史小説はあくまでもフィクションである。作者には自由な裁量の権利があるし、資料を読み違えることもあるだろう。だが作品を通して洪命憙の史実に対する執拗なこだわりを感じていた筆者には、こうした小さな点が単なるミスであるようには思われなかった。なによりも、単行本刊行のための準備期間は、『実録』を材源として「平山戦」の章を執筆した時期と重なっている。「平山戦」において時間と空間をあれほど緻密に計算した作者は、同じような細心さをもって前の部分を修正したはずであると、筆者には思われた。

そこで、このような食い違いに何か意味があるのかを見きわめるために、第二期に連載された『義兄弟編』全章と『火賊編』の「青石洞」の章を対象として、テキストの異同を調査してみた。結論から言うと、年齢と年代に関する疑問は残念ながら解決することができなかった。しかしテキストの異同調査を通して、洪命憙がこの時期に見せている創作の〝ゆれ〟のようなものを感じることができた。本章では、それを報告する。

二　執筆第二期の連載状況

洪命憙にとって、第二期は創作上非常に難しい時期であったと想像される。第二期連載の開始にあたって、彼は朝鮮情調を描くという創作方針を再確認し、第一期とは異なる人格の主人公を創造していった。この変更が読者に不連続感を与えないようにするだけでも大変な作業であったはずなのに、この時期に『朝鮮王朝実録』に出会い、圧倒的な史実に影響されながらもそれまでの内容との整合性を保ちつづけ、同時に、『実録』を材源とするあらたな構想を練りながら、それに合わせて連載中の小説の時間まで変えるという、まさに綱渡りのような創作活動を行なったのである。(7) 単行本にするさいに作者自身の手によって拭い去られ、連載本テキストだけに残っている苦労の痕跡、それが筆者の言う〝ゆれ〟である。

『義兄弟編』の連載を始めて二ヶ月ほどたったころ『朝鮮日報』が停刊になり、『林巨正』も一ヶ月以上休載した。「郭オジュ」の章を書いているときのことである。新聞が再刊されて連載も再開したときに新聞社の依頼で書いた「今日までの梗概」(8)のなかで、洪命憙はこれまでの連載状況がきわめて変則的であったことを軽妙な筆致で回想している。

まず「最初の一年は病気ばかりで」とあるのは、新幹会活動に奔走しながら新聞連載をしていた第一期のことである。「次の約三年は不生不滅」は光州事件関連で獄中生活を送った時期。政治活動をしていた時期と獄中にいた二つの時期をこんなふうに暗喩したわけである。次の「この前は予告ばかり」というのは、出獄して連載再開の予告が出た直後に朝鮮日報社の内紛がおこって再開が遅れたことを指す。予告から半年遅れて『義兄弟編』は一九三二年十二月に始まったが、年を越して三月に今度は新聞停刊のために休載した。「このたびは中途半場でうやむや」というのは、今回の休載を指している。

しかしながら、出獄後の作者が政治活動を封じられたために、「今日までの梗概」を書いたあとの連載状況はむしろ順調であった。執筆第二期の連載状況を表にしたのが〈表一〉である。連載日数と連載回数で見ると、この年の終わりころまで連載ペースは順調で、「李鳳学」のあたりからペースが落ちはじめる。そして「徐霖」の章では途中で病気休載し、『火賊編』に入ると四六五日間で一四一回というローペースになっている。病気のほかに、先に述べたような創作上の困難が重なったことも執筆に影響を与え、ペースが低下したものと推測される。この時期の作者には、政治活動の忙しさや収監のような外部要因によるものとは違う種類の苦労があったのである。

『火賊編』の初章「青石洞」を終えた一九三五年十二月に『林巨正』はまた中断した。その二年後に始まった第三期の新聞連載が一九三九年七月にいたって本格的にストップすると、朝鮮日報社では『林巨正』単行本の刊行に入った。十月の『義兄弟篇（1）』、十一月の『義兄弟篇（2）』、十二月の『火賊篇（上）』、翌年二月の『火賊篇（中）』まで刊行は順調であったが、そのあとに予告されていた『火賊篇（下）』と前半三編『鳳丹篇』『皮匠篇』『両班篇』は予告のみで実際には出なかった。刊行された単行本四冊のうち『義兄弟篇』二冊と『火賊篇（上）』の初章「青石洞」が第二期に連載された部分である。時間的に見て、洪命憙が第三期執筆中にこれらの修正作業に着手していた可能性は高い。その過程で作者の手によって拭い去られた、連載本テキストだけに残された〝ゆれ〟を、次章以下でたどることにする。

三　結義はなぜ一五五八年なのか

『林巨正』連載本における登場人物たちの年齢を表にしたのが〈表二〉である。結義のときの年齢と齟齬をきたしている場合に×をつけてある。まずオジュンの年齢が一歳違う。つぎにマッポンィの年齢が二十三、四歳と二十一歳で、ともに三年後の結義のときの年齢と計算が合わない。また裵トルソギの年齢が三十四歳と三十六歳となっているが、結義時の年齢から計算すると後者が正しい。だがその他の人物はすべて整合しており、作者が新聞連載時において、登場人物の年齢にはそれなりに気を配っていたことが窺われる。

注目すべきことは、連載当時、「結義」の章で結義を一五六〇年に設定しておきながら、そのあとの「青石洞」の章で、あらたに登場した金山の年齢と出生年によって、翌年を一五六〇年にしていることだ。洪命憙は、一五六〇年の『実録』にある林巨正関連事件を小説に取り込むために、連載の途中で時間を一年後ろに倒して時間変更を行なったのである。この結果、読者にとっては一五六〇年が二回続いたことになるが、おそらく当時これに気づいた読者はいなかったことだろう。

単行本で洪命憙は、登場人物の年齢を引き下げて結義の年を一五六〇年から一五五八年に変え、それに合わせてあちこちで各人物の年齢を修正した。それを表にしたのが〈表三〉である。マッポンィの出生年を戊戌から乙酉にしたのは、「吉マッポンィ」の章にある「いまは二十歳《はたち》を越えているから」[9]という言葉を生かして、この時点での年齢を二十一歳にするためであろう。オジュとトルソギの年齢の誤りも修正されている。結義直前に死んだ瓶亥大師の年齢が一歳しか下げられていないが、これは「朴ユボギ」の章で調整してある。要

〈表一〉　執筆第二期の連載状況

	タイトル	連載期間	日数	回数	備考
義1	朴ユボギ	1932年12月1日 1933年 2月4日	75日	60回	11月30日に再開予告記事 挿絵、安碩柱
	郭オジュ	2月14日 6月10日	117日	53回	3/3 ～ 4/25 停刊のため休載 4月26日「今日까지의 梗概」 途中で舞児の挿絵に交代
義2	吉マッポンィ	6月13日 7月29日	47日	40回	挿絵、具本雄
	黄天王童	8月 1日 9月10日	41日	29回	途中で熊超の挿絵に交代 途中1週間の休載
	裵トルソギ	9月15日 11月14日	61日	44回	途中で安碩柱の挿絵に交代
	李鳳学	11月18日 1934年2月1日	76日	44回	
義3	徐霖	2月4日 5月17日	104日	66回	4/20～5/1 病気で休載 5月2日「編集者の言」
	結義	5月19日 9月4日	109日	69回	
火1	青石洞	9月15日 1935年12月24日	465日	141回	2/10～7/22、8/1～9/25休載 7月23日「전회까지의 梗概」

Ⅱ　洪命憙

〈表二〉『林巨正』新聞連載本での年齢構成

		巨　正	ユボギ	オジュ	マッポンィ	天王童	トルソク	鳳　学	大　師
義兄弟編	1555(乙卯)	[倭変出征]	**34歳**[1] 仇討ち 結婚 青石洞へ	**25歳**[2] ✕		**31歳**[3]	[倭変出征]	[倭変出征] 全州で李潤慶の裨将になる	**81歳**[4]
	1556(丙辰)			ポッサム 結婚				旌義県監に	
	1557(丁巳)			赤子殺し 青石洞へ	**23, 4歳**[5] ✕ **21歳**[6] ✕ 婿入り 青石洞へ		**36歳**[7] **34歳**[8] ✕ 婢夫になる	兼大静県監に	
	1558(戊午)	天王童に同行して済州島へ				**31歳**[9] 婿選び結婚 済州道配流	虎退治 青石洞へ	五衛部将に	**81歳**[10]
	1559(己未) 12月		[進上物強奪]	[進上物強奪]	[進上物強奪]		[進上物強奪]	ソウルへ 臨津別将に	
	1560(庚申) 春 夏 現在1560年←	[楊州破獄] 青石洞へ [安城破獄] [結義] **辛巳生 40歳**[11]	[楊州破獄] [安城破獄] [結義] **壬午生 39歳**	[楊州破獄] [安城破獄] [結義] **壬辰生 29歳**	[楊州破獄] [安城破獄] [結義] **戊戌生 23歳**	3月、戻る [楊州破獄] 青石洞へ [安城破獄] [結義] **乙酉生 36歳**	[楊州破獄] [安城破獄] [結義] **壬午生 39歳**	青石洞へ [安城破獄] [結義] **辛巳生 40歳**	死亡 **86歳**[12]
火賊編1	秋 冬	巨正が青石洞の首領になる 官軍の来襲のため青石洞から廣福山へと移る 巨正がソウルに遊びにいく							
	翌春 現在1560年←	巨正がソウルで3人の妻を持つ 巨正がもどり、一党が青石洞へと移る 金山が青石洞に来る　**丙戌生 35歳**[13]							
2	1560(庚申) 5月	10歳になった王世子の冠礼元服と世子嬪揀択を前に、文定王后が端午の節句に松岳山で神事を行なうことを命じて尚宮を送る							

1)　朴1—7：朴ユボギが黄天王童に年齢を尋ねて31歳と聞き、自分より3歳年下だと言っている。
2)　郭1—11：郭オジュがユボギに25歳だと名乗る。ユボギは34歳で9歳年上。単行本では24歳に変更され、年齢差も10歳に変更。
3)　註1に同じ。
4)　朴1—4：エギオンマが義父の消息をユボギに伝えて言う。単行本では82歳に変更
5)　吉1—6：年はわずか23、4歳と説明されている。単行本では21歳に変更。
6)　吉2—15：マッポンィがともに一夜を過ごした娘の親に言う。
7)　裵1—15（15が2回ある後のほう）：トルソギが婢夫になるよう勧める両班夫人に答えて言う。単行本では35歳に変更。
8)　裵1—18：婢夫として入った家の主人両班と同い年で34歳とある。単行本では35歳に変更。
9)　黄1—16：天王童が婿選びの試験を行なう白吏房の問いに答えて言う。単行本では34歳に変更。
10)　李3—6：済州島に李鳳学を訪ねた巨正の言葉。
11)　結3—20：結義の場面で義兄弟全員が出生年と年齢を述べる。単行本ではマッポンィ以外2歳年下に変更。
12)　徐2—23：取り調べられたエギオンマが郡守の問いに答えて言う。単行本では85歳に変更。なお徐霖2—23は実際には3—8に該当するが、単行本では3節以降は結義の章に入れられている。
13)　青6—14：金山が黄天王童に聞かれて言う。単行本でも同じ。

〈表三〉『林巨正』単行本での年齢構成

		巨　正	ユボギ	オジュ	マッポンィ	天王童	トルソク	鳳　学	大　師
義兄弟編	1555(乙卯)	[倭変出征]	34歳[1] 仇討ち 結婚 青石洞へ	24歳[2]		31歳[3]	[倭変出征]	[倭変出征] 全州で李潤慶の裨将となる	82歳[4]
	1556(丙辰)				ポッサム 結婚		35歳[5] 婢夫になる	旌義県監に	
	1557(丁巳)	天王童に 同行して 済州島へ	[進上物強奪]	赤子殺し 青石洞へ [進上物強奪]	21歳[6] 婿入り 青石洞へ [進上物強奪]	33歳[7] 婿選び 結婚 済州島配流	虎退治 青石洞へ [進上物強奪]	兼大静県監に 五衛部将に ソウルへ 臨津別将に	84歳[8]
	1558(戊午) 春 夏 現在 1558年←	[楊州破獄] 青石洞へ 李億根事件× [安城破獄] [結義] 辛巳生38歳[9]	[楊州破獄] [安城破獄] [結義] 壬午生37歳	[楊州破獄] [安城破獄] [結義] 壬辰生27歳	[楊州破獄] [安城破獄] [結義] 丁酉生22歳	配流から戻る [楊州破獄] 青石洞へ [安城破獄] [結義] 乙酉生34歳	[楊州破獄] [安城破獄] [結義] 壬午生37歳	青石洞へ [安城破獄] [結義] 辛巳生38歳	死亡 85歳[10]
火賊編1	秋 冬	巨正が青石洞の首領になる 官軍の来襲のため青石洞から廣福山へと移る 巨正がソウルに遊びにいく							
	翌春 現在 1560年←	巨正がソウルで3人の妻を持つ 巨正がもどり、一党が青石洞へと移る 金山が青石洞に来る　丙戌生35歳[11]							
2	1560(庚申) 5月	10歳になった王世子の冠礼元服と世子嬪揀択を前に、文定王后が端午の節句に松岳山で神事を行なうことを命じて尚宮を送る							

1）『林巨正４』25 頁
2）『林巨正４』198 頁
3）註１に同じ。
4）『林巨正４』16 頁
5）『林巨正５』228 頁
6）『林巨正５』19 頁および 92 頁
7）『林巨正５』152 頁
8）『林巨正５』384 頁
9）『林巨正６』285—286 頁
10）『林巨正６』97 頁
11）『林巨正７』344 頁

Ⅱ　洪命憙

〈表四〉『林巨正』単行本での年齢構成（仮定）

		巨　正	ユボギ	オジュ	マッポンイ	天王童	トルソク	鳳　学	大　師
義兄弟編	1555(乙卯)	[倭変出征]	**34歳** 仇討ち 結婚 青石洞へ	**24歳**		**31歳**	[倭変出征]	[倭変出征] 全州で李潤慶の裨将となる	**82歳**
	1556(丙辰)			ポッサム 結婚			**35歳** 婢夫になる	旌義県監に	
	1557(丁巳)	天王童に 同行して 済州島へ		赤子殺し 青石洞へ	**21歳** 婿入り 青石洞へ	**33歳** 婿選び 結婚 済州島配流	虎退治 青石洞へ	兼大静県監に 五衛部将に	
	1558(戊午)		[進上物強奪]	[進上物強奪]	[進上物強奪]		[進上物強奪]	ソウルへ 臨津別将に	
	1559(己未) 春 夏 **現在** **1559年←**	[楊州破獄] 青石洞へ 李億根事件○ [安城破獄] [結義] **辛巳生39歳**[9]	[楊州破獄] [安城破獄] [結義] **壬午生38歳**	[楊州破獄] [安城破獄] [結義] **壬辰生28歳**	[楊州破獄] [安城破獄] [結義] **丁酉生23歳**	配流から戻る [楊州破獄] 青石洞へ [安城破獄] [結義] **乙酉生35歳**	[楊州破獄] [安城破獄] [結義] **壬午生38歳**	青石洞へ [安城破獄] [結義] **辛巳生39歳**	死亡 **86歳**
火賊編1	秋	巨正が青石洞の首領になる							
		官軍の来襲のため青石洞から廣福山へと移る							
	冬	巨正がソウルに遊びにいく							
	1560(庚申)	巨正がソウルで3人の妻を持つ							
	春	巨正がもどり、一党が青石洞へと移る							
	現在 **1560年←**	金山が青石洞に来る　**丙戌生35歳**							
2	1560(庚申) 5月	10歳になった王世子の冠礼元服と世子嬪揀択を前に、文定王后が端午の節句に松岳山で神事を行なうことを命じて尚宮を送る							

するに洪命憙は結義年に合わせて完璧な年齢調整を行なったのである。

こうして作者は作品内時間を五年間から三年間に短縮し、登場人物の年齢と官職のほか、周辺すべてに手を加えた。『実録』に名前の出ている高官たちと接触があった李鳳学についてはそれが顕著であるが、そのほかにも、たとえば楊州破獄事件のあとで取り調べられた黄天王童の舅の陳述が、「あれが釈放されて二年ぶりに今月の中ごろ訪ねてきて」から「あれが今月釈放されて」と変わっているなど、(10)天王童が済州島で過ごした期間の短縮にも苦労した形跡があちこちに残されている。(11)また、徐霖がはじめて青石洞を訪れたとき、新聞連載では、すでに青石洞に武器庫や数百石の軍糧が積まれた軍糧庫があり、馬小屋にも軍馬が十匹以上いるなど、ある程度の時間の経過を感じさせるが、単行本になると家はまだ新築で、その年の春から夏と秋にかけてずっと新築工事が続いていることになっている。(12)一五五七年から一五五九年までの三年間を一五五七年一年間に短縮するために、作者は時間に関わる記述をあらゆる場所で修正し、その結果、前章で指摘したように作品からは季節感が失われてしまった。(13)

ところが、結義の年は一五五八年でなく一五五九年でもよかったのである。第一節で述べたように、連載の途中で洪命憙は、結義の翌年を一五六〇年にする必要を感じ、金山という人物の年齢と出生年の設定によって、作品内の時間を一五六一年から一年引き戻した。そして表で見るとおり、その部分には単行本でも手をつけていない。それならば、結義の年はむしろ一五五九年こそがふさわしいことになる。

そこで、こころみに結義の年を一五五九年にして義兄弟たちの年齢を一歳ふやしてみたのが、〈表四〉である。短縮時間が二年から一年に減ったので無理が少なくなっているし、なによりも、こうすれば『実録』に記載された「李億根事件」の時期とも一致する。なぜ洪命憙が結義の年を一五五九年にしないで一五五八年にしたのか、不思議に思わざるをえない。

官職についても同じことが言える。単行本での官職と『実録』による官職を一覧にしたのが〈表五〉である。

齟齬をきたしている場合に×をつけてある。単行本にするさいに洪命憙は、連載のときに犯した官職の誤りを訂正し[14]、時間短縮によって生じた官職の齟齬を修正した[15]。にもかかわらず、李潤慶と李浚慶の官職の時期が史実と違っていることが疑問であった。これを年齢の場合と同様、結義の年を一五五九年におきかえてみたのが、〈表六〉である。李潤慶が咸鏡道監司になるのと李浚慶が右議政になる順番が違うだけで年代には問題がなくなり、巨正の妻にされた元氏の父親の官職まで符合する[16]。

これらの表を前にして、筆者は考えこんでしまった。洪命憙は結義の年を一五五八年にすることで、むしろ史実との整合性を失わせているのである。もちろん作者が勘違いしていたという可能性は排除できない。洪命憙はある所で、自分はまともなノート一冊作らないと自嘲的に述懐している[17]。だが彼の記憶力が人並みはずれていたことは多くの人が語っているし[18]、ノートこそ作らなかったが、彼は紙切れにゴマ粒のような字を書いて備忘録としていたという話が残されている[19]。なによりも結義の年を一年遅くして一五五九年にすることで奇妙なまでに整合性が回復するのは、単なる偶然とは思われない。もしこれが偶然でないとするなら、洪命憙にはいったいどういう意図があったのか。虚構の人々の存在を史実とは別の次元に置いておきたかったのか。あまりに作為的に見えるのを嫌ったのか。それとも単なる数字の遊びだったのか。いろいろな理由を考えてみたが、結局のところ筆者には判断がつかなかった。残念ながら、今後の課題として残すほかはない。

四　数字へのこだわり

数字の遊びというのは語弊があるかもしれない。だが洪命憙には数字にこだわる癖があったことは

〈表五〉 事件と官職の対照表（単行本）

		作品内の事件		朝鮮王朝実録
義兄弟編123	1555(乙卯)	巨正と鳳学が出征	5月	乙卯倭変
		ユボギが仇を討ち、青石洞へ		
		鳳学が全州監司李潤慶の裨将になる ○	8月	李潤慶が全州監司になる(8.2)
			11月	李浚慶が議政府右賛成兼兵曹判書になる(11.22)
	1556(丙辰)	李浚慶は議政府右賛成兼兵曹判書である[1] ○		
		鳳学が旌義県監になる		
		李潤慶が京畿監司になる ○	8月	李潤慶が京畿監司になる(8.6)
	1557(丁巳)	オジュが赤子を殺し、青石洞へ	9月	
		鳳学が大静県監を兼ねる		
		李潤慶が漢城府右尹になる ○		李潤慶が漢城府右尹になる(9.13)
		マッポンィ、青石洞へ		
		天王童が済州島に配流される		
		トルソギ、青石洞へ		
		鳳学が漢城へ		
		李浚慶が政丞になる[2] ×		
		李潤慶が咸鏡監司になる ×		
		徐霖、平壌監司金明胤に仕える[3]		
		徐霖、青石洞へ		
		[進上物強奪]		
	1558(戊午) 春	天王童が済州島から戻る		
		[楊州破獄]		
		巨正と天王童、青石洞へ		
		李億根が殺害される[4] ×		
		天王童が黄海監司愼希復の甥を詐称[5] ×		
		鳳学、青石洞へ		
	夏	[安城破獄]	8月	李潤慶が咸鏡監司になる(8.5)
火賊編1	**現在1558年 ←**	**[結義] 巨正38歳**	11月	李浚慶が政丞になる(11.23)
	秋	巨正が青石洞の首領になる		
	翌春	巨正が刑曹判書元継倹の娘を妻にする ×	3月	黄海監司愼希復弾劾記事(3.25)
		巨正が青石洞にもどる		李億根事件記事(3.27/4.21)
	現在1560年 ←	**金山が青石洞に来る(丙戌生35歳)**	4月	元継倹が刑曹判書になる(4.3～1560.5)
2	1560(庚申)	王世子10歳 元服 世子嬪揀択 ○		順懐世子(1551～1565)元服、世子嬪揀択
		松岳山端午クッ事件		
3	秋	盗右大将南致勤、左大将李夢麟 ○	8月	捕盗右大将南致勤、左大将李夢麟[6](8.20)
	11月	平山戦 ○	11月	平山戦
4	12月	巡警使が出る ○ 巨正ら慈母山城へ	12月	巡警使が出る

1) 李1―13（1933年12月28日）では議政府右賛成だけであったのを単行本で修正した。（『林巨正５』365頁）
2) 李3―13（1934年1月28日）では判書であったのを単行本で修正した。（『林巨正５』401頁）
3) 新聞連載時には李樑だったのを単行本で修正し、同時に沈連源の一周忌の年（1559）だったのを曖昧化した。（『林巨正６』）
4) 徐4-1（新聞では3-22と誤記。1934年5月2日）にはなかったのを単行本で挿入した。冒頭に編集者の言があり、前回からこの回まで作者の病気のために12日休載していたことがわかる。（『林巨正６』p.133, 134。なお単行本では徐霖の章ではなく結義の章）
5) 徐1―6（1934年5月8日）では平山賜毎川愼賛成になっているのを単行本で修正。（『林巨正６』147頁）
6) 南致勤が捕盗右大将になったのがいつかは不明。李夢麟がこの肩書きで『実録』に出ている一番古い記事は1557年4月1日。なお小説ではこの二人は巨正が尹元衡の側人を殺したときの捕盗大将である。（青4―9／『林巨正７』145頁）（4）『林巨正４』16頁

〈表六〉　事件と官職の対照表（仮定）

		作品内の事件		朝鮮王朝実録
義兄弟編123	1555（乙卯）	巨正と鳳学が出征	5月	乙卯倭変
		ユボギが仇を討ち、青石洞へ	8月	李潤慶が全州監司になる（8.2）
		鳳学が全州監司李潤慶の裨将になる ○	11月	李浚慶が議政府右賛成兼兵曹判書になる（11.22）
	1556（丙辰）	李浚慶は議政府右賛成兼兵曹判書である ○		
		鳳学が旌義県監になる		
		李潤慶が京畿監司になる ○	8月	李潤慶が京畿監司になる（8.6）
	1557（丁巳）	オジュが赤子を殺し、青石洞へ		
		鳳学が大静県監を兼ねる		
		李潤慶が漢城府右尹になる ○	9月	李潤慶が漢城府右尹になる（9.13）
		マッポンイ、青石洞へ		
		天王童が済州島に配流される		
		トルソギ、青石洞へ		
	1558（戊午）	鳳学が漢城へ		
		李浚慶が政丞になる △	8月	李潤慶が咸鏡監司になる（8.5）
		李潤慶が咸鏡監司になる **○**	11月	李浚慶が政丞になる（11.23）
		徐霖が平壌監司金明胤に仕える		
		徐霖、青石洞へ		
		［進上物強奪］		
	1559（己未）春	天王童が済州島から戻る		
		［楊州破獄］		
		巨正と天王童、青石洞へ		
		李億根が殺害される **○**	3月	黄海監司愼希復弾劾記事（3.25）
		天王童が黄海監司愼希復の甥を詐称 **○**		李億根事件記事（3.27/4.21）
		鳳学、青石洞へ	4月	元継倹が刑曹判書になる（4.3～1560.5）
	夏	［安城破獄］		
	現在1559年←	**［結義］巨正 39歳**		
	秋	巨正が青石洞の首領になる		
火賊1	翌春	巨正が刑曹判書元継倹の娘を妻にする **○**		
		巨正が青石洞にもどる		
	現在1560年←	**金山が青石洞に来る（丙戌生 35歳）**		
2	1560（庚申）	王世子 10歳 元服 世子嬪揀択		順懐世子（1551～1565）元服、世子嬪揀択
		松岳山端午クッ事件		
3	秋	盗右大将南致勤、左大将李夢麟 ○	8月	捕盗右大将南致勤、左大将李夢麟（8.20）
	11月	平山戦 ○	11月	平山戦
4	12月	巡警使が出る ○ 巨正ら慈母山城へ	12月	巡警使が出る

太字の○△は〈表五〉で×だったもの

確かである。異同を調査しながら驚いたのは、数字の修正があまりにも多いことであった。もちろん根拠のある数字変更もあるが、[20]一見してどうでもいい数字の場合に、かなりの確率で変更されているのである。たとえば、借力薬を飲んで不思議な力を得たユボギが一日に歩く距離が百四、五十里（十里＝日本の一里）だったのを百二、三十里に、四、五人力だったのを十人力にし、[21]ソウルと七長寺のあいだの二百十里を歩く配分を一日目は七十里で二日目が百四十里だったところを、一日目が八十里で二日目は百三十里に修正するといった具合である。[22]第二期のテキスト全体にわたって、この種の修正が加えられている。トルソギを襲撃する間男の金が、仲間七人を引き連れて総勢八人であろうが六人を引き連れて総勢七人であろうが、[23]また安城で獄を破った火賊の追跡に向かった左右兵房の率いた兵士の数が七、八十人であろうが六、七十人であろうが、[24]ましてその際に出た官軍の死傷者数が四、五十人であろうが三、四十人であろうが、[25]小説の展開にはまったく影響がない。文章のリズムや引き締めとも関わっているようには見えない。筆者には、こうした数字変更は作者の癖としか思われなかった。もしかしたら作品内時間の整合性に気を使うあまり、作者には、すべての数字に対して神経を尖らす癖ができたのかもしれない。前節で述べた年齢や年代の齟齬がただの間違いとは思われなかった理由の一つは、テキストの異同調査を通して、洪命憙の数字に対する異常なまでのこだわりを感じていたからである。

五　伝奇的な要素に関わる修正

これに比べて意図がはっきりしていると思われるのが、伝奇的な要素に関わる修正である。四季節社本の校正者は「校正後記」に、「作家がどのような視角をもって推敲をしたのかを端的にあらわした箇所」として、単行本では削除されている「朴ユボギ」の章のいくつかの場面を挙げている。(26)父の仇を討ったあと特積山の崔瑩将軍を祀った御堂に迷いこんだユボギが、ムーダンたちに将軍の嫁として捧げられた娘と結ばれ、その夜現われた虎を手裏剣で撃退する場面と、(27)二人で山から逃げ出すときに行く手をふさいだ大蛇の頭を一刀のもとに切り落とす場面、(28)およびこれに付随する場面である。

校正者は、洪命憙がこの部分を削除したのは、荒唐無稽で怪奇的な点を反省したためだろうと述べているが、その見解に筆者も同意する。削除された部分では、虎も蛇も「崔将軍の下人」と呼ばれている。洪命憙は『義兄弟編』を書きはじめた当初は伝奇的な要素を取り入れたが、先に進むにつれてリアリズムの傾向を強めていったように見える。ユボギが巨正の家族に語る身の上話によれば、彼は大病を患って足が萎えたために長いこと立つことができなかった。ところが異人が飲ませてくれた借力薬のおかげで立てるようになったうえ、人並みはずれた早足と怪力の持ち主になったという。しかしながら、小説内で彼の特技として強調されるのはその不思議な力よりも、足腰が立たなかった長い歳月、朝から晩まで修行して習得した神技に近い手裏剣技である。彼には、十年以上の病苦と心労のせいで年齢よりもずっとふけ、胃の持病に苦しむ中年男、という現実的なイメージが付与されている。単行本にするとき、洪命憙は全体のバランスを考えて『義兄弟編』の最初に残っていた伝奇的な要素の強い場面を削除したのだろう。

「黄天王童」の章から縮地法のエピソードを削除したのも、これも同じ理由によると推測される。新聞連載当時、「黄天王童」の章の冒頭では黄天王童の特技である早足の不思議さが強調されていた。ある日、楊州の巨正の家に立ち寄った吉マッポンィから、タプコル村に将棋のうまい老人がいると聞いた天王童は、将棋の勝負をするためにマッポンィと同行することにする。タプコル村（青石洞の近く）から楊州は百六、七十里(29)で普通の人間が歩いて二日かかる距離だが、天王童は二日もかけるのは嫌だと言ってマッポンィを一日早く発たせ、自分は翌日発って同時に到着する。あまりの早足に驚いたマッポンィの口から、「縮地法をやるのか」

という言葉が飛び出す。「縮地法って何だい」「鬼神が地面を縮める術さ」[30]という二人のやり取りを含めて、単行本ではこのエピソードは削除されて、楊州を訪れるのはユボギの使いの孫哥である。用事を終えてタプコル村に帰った彼は、前日に楊州で別れてきた天王童が自分の家に先に来ているのを見て、「早足のことはよく耳にしていたが、アイグ！」と舌を巻くという、あっさりした表現になっている。[31]

このあと将棋好きの老人から鳳山に将棋の名人がいると聞いた天王童は、胃の具合が悪いユボギに鳳山の薬水を飲みにいこうと誘って仲間たちと出かけることになり、そのことを家族に告げるために、今度はたったの一日で楊州まで往復してくる。[32]そのさいの驚異的な行程を削除して単に「一度帰ってくることにした」[33]という表現にとどめたのは、天王童の特技の伝奇性をくりかえし強調することを避けたかったからであろう。

六　各章の独立性のための修正

ところで、作者が縮地法のエピソードを削除したのは、伝奇的な要素を取り除くほかに、この章からマッポンィの存在感を取り払うことも目的だったように見える。縮地法の話にとどまらず、作者はこの章からマッポンィの姿を完全に消し去っているからだ。連載当時、「黄天王童」の章の冒頭部分ではマッポンィの存在感が非常に強かった。晋州の兄のところに行った帰りに巨正の家に立ち寄ったマッポンィは、天王童と会うとさっそく、年上の未婚者と年下の既婚者のどちらが目上待遇を受けるべきかという、いつもの軽口の応酬を始める。タプコル村に着いてからも常に天王童のかたわらで冗談を言いつづけ、青石洞で鳳山の薬水の話が出たときには、鳳山には娘たちが沢山いるぞというマッポンィの冗談が端緒となって、安城に残してきた彼の妻の話が始まる。[34]

ところが単行本ではマッポンィの姿は消えている、巨正の家を訪ねてくるのは孫哥であり、既婚者と年上のどちらが目上待遇を受けるべきかの軽口はオジュとの会話に変わり、青石洞でマッポンィの果たしていた剽軽な役割は呉哥が担っている。なぜ作者はここまで完璧にマッポンィを消したのか。

作者には、前章の影響を排除して「黄天王童」の章の独立性を高めたいという意図があったのだと推測される。前章で主人公として活躍したマッポンィが次の章でも存在感をもって登場し、妻の後日談まで語っていては、「黄天王童」が前の章の続きとして読まれる恐れがある。それを危惧した作家が、前の章との関連を断ち切るためにマッポンィを消したと思われるのだ。

洪命憙は『林巨正』執筆当初から、各章に独立性をもたせて別々の物語としても読めるようにするという方針を立てていた。第二期の連載が三年ぶりにはじまるときも、「もともと編ごとに切りはなせるよう腹案を立ててありますから、前の部分を読んでいない読者でも事件の脈絡に混乱をきたすことはないと思います」[35]として、予告記事に詳しいあらすじを書かなかったほどである。解放後のある座談会で、彼はこの創作形式の発想をロシア作家クープリンの作品から得たことを明かし、「長編小説でありながら、ばらばらにすれば全部が短編小説ってわけだ。だから短編小説でありながら、長編小説としても面白い。そこから『林巨正』のヒントを得た」[36]と語っている。最初に立てられたこの方針は『義兄弟編』でも堅持され、むしろ先に行くほど各章の独立性は強まっていく[37]。マッポンィの存在感と妻の話はこの方針にそぐわないために、「黄天王童」の章から削除されたのだろう。

「李鳳学」の章の最初の回が完全に削除されたのも、この理由によると思われる[38]。『両班編』「倭変」のあらすじと後日談を内容とするこの回が削除されたことで、単行本における「李鳳学」の冒頭は、まったく新しい物語の始まりであるという印象を与えるものになっている[39]。

七　考証の結果と思われる修正

洪命憙は『林巨正』を「朝鮮情調で一貫した作品」にするという方針を立てて、小説内の各所に伝統的な慣習や風俗をおりこんだ。当然のことながら、彼はそうした場面を描くためにさまざまな文献を読んで研究したであろうし、書いたあとでミスに気づいた場合には、単行本を出すにあたってその部分を訂正したはずである。そういうケースと思われる箇所がいくつか見られた。

まず、「ジャガイモと玉蜀黍」が単行本で「粟」に代えられていることが挙げられる。『林巨正』における「ジャガイモと玉蜀黍」の描かれ方には、これまで地理学と民俗学の二つの立場から問題が指摘されていた。洪命憙の故郷である忠清北道の槐山では、一九九六年から毎年「洪命憙文学祭」が開催されており、さまざまな研究者が各専門領域から見た『林巨正』に関する講演を行なっている。[40] 一九九八年の第三回講演会で、地理学の楊普景氏が、白頭山の近くでジャガイモと玉蜀黍を食べる場面があるのは考証不足であるとの指摘を行ない、[41] 二〇〇五年の第十回講演会では、民俗学の周永河氏が朝鮮の食文化研究の立場から本格的にこの問題に言及した。

周永河氏は、ジャガイモが朝鮮半島に伝播したのが十九世紀であることは洪命憙も読んだはずの文献に書かれているのに、どうして彼がこのような間違いを犯したかに疑問を呈し、「朝鮮情調の樹立」のためにジャガイモを採り入れたと判断するしかないだろうと述べている。[42] また林巨正の時代にすでに広く普及していた玉蜀黍については、逆に、小説中で白頭山でしか現われていないことに注目し、植民地時代に極貧層の食料であった玉蜀黍は、富裕な両班出身の洪命憙にとって食べ物のうちに入っておらず、彼には玉蜀黍は山間地方でのみ消費する食料であるというイメージがあったのではないかと推測している。[43]

第一期に連載された『皮匠編』には、師匠の瓶亥大師といっしょに白頭山に行った巨正が、人里はなれた虚項嶺で娘と息子と三人で暮らしている逃亡婢の家に泊まる場面があり、そのときに出されるのがジャガイモと玉蜀黍である。(44) 四季節社本ではジャガイモと玉蜀黍が出てくるのはこの場面だけだが、新聞に連載されたときは実はこのほかに『義兄弟篇』の「朴ユボギ」の章に三回出てきていた。エギオンマがユボギに巨正の妻を紹介しながら、彼女の一家は白頭山の火田で玉蜀黍とジャガイモ（강냉이감자）を植えて暮らしていたと話す場面、(45)ユボギが身の上話のなかで、孟山の山奥で大病を患って足が萎えてしまい、ジャガイモ（감잣개）で腹を満たしては日がな一日何もせずに生きていたと語る場面、(46)そしてユボギが崔将軍の妻にされた娘と結ばれたあと逃げる相談をしながら、孟山の山奥でジャガイモ（감자）でも食べて暮そうかと言う場面である。(47)しかし洪命憙はあとで自分の間違いに気づいたのだろう。単行本では粟（서숙）、粟飯（조팝／조밥）に修正してある。一方、『皮匠篇』は単行本にならなかったので修正されず、四季節社からそのままの形で刊行されてしまったのである。なお、ほかの食事の場面を見ると、極貧層でも平地の場合は飯（밥）を食べている。(48)洪命憙が玉蜀黍に対して山間地の食料というイメージを持っていたという周永河氏の指摘は当たっているようである。

つぎに、清渓川の橋の名前が修正されているのも考証の結果と思われる。妓生ソフンの家で老人亭(49)の閑良たちと喧嘩して恥をかいた韓温は巨正に意趣返しを頼み、ある晩二人はソフンの家に乗り込む。南小門の韓温の家から馬塵橋に出て、川沿いに孝橋、把子橋、水標橋まで歩いて長通橋に出るという道筋が、単行本では、永豊橋の下手に出てから新橋、水標橋と川辺沿いに歩いて長通橋にでる道筋に変わっている。(50)作者がソウルの古地図を調べて、古い名前に換えたものと思われる。(51)

このあと二人が到着した妓生房で、酒に関する記述が変わっていることも注目される。巨正と韓温がソフンの家に着いて門を叩くと童妓が出てきて、「（閑良たちは―引用者）酒を持ち込んで飲んでいらっしゃいます(52)」

と言う。二人が部屋に入ると中央には酒膳が置かれており、大将格の若者が「酒膳を片付けさせろ」[53]とソフンに命じて、部屋にはたちまち殺気が漂う。巨正が怪力で閑良たちを懲らしめて追い出したあと、上機嫌の韓温は酒を届けてくれるところはないかソフンに尋ね、閑良たちも酒は自分で準備したという答えに、自分の屋敷から酒膳を届けさせるよう仲間に命じる。[54]

単行本では、童妓が先の言葉ごと消えてしまい、部屋の真ん中に置かれているのは青銅の火炉である。若者がソフンに命じる言葉は「長鼓を片付けろ」[55]に変わり、韓温はソフンに相談せずに酒膳の手配をしている。要するに、妓生房で飲む酒の出処がうやむやになっているのである。

巨正に意趣返しを頼んだとき、韓温は喧嘩のいきさつを話しながら、妓生と遊ぶ客にはそれなりの「妓生房の格式」が必要であることを説明している。[56]朝鮮王朝時代の末、妓生房には様々なしきたりがあって、それをふまえた粋な受け答えができなければ、たとえ金を払っても一人前の遊び客としては受け入れてもらえなかったという。[57]ソフンの妓生房で韓温が閑良たちと時調によって粋を競う場面からは、洪命憙が妓生房でのならわしを研究したことが窺われる。考証の過程で、客が外で酒を買って妓生房に持ちこむ習慣が十六世紀にあったかどうか疑わしいことに気づいた作者が、あとでその部分を消したのであろう。

朝鮮情調の正確さを期すために、洪命憙は手に入るだけの資料を調べたはずである。いま見たような修正からは、洪命憙がつねに考証の努力を続けていたことが窺われる。とはいえ、彼が描いた『林巨正』の世界が十六世紀の朝鮮をそのまま表わしているとみなすわけにいかない。周永河氏は、十六世紀に唐辛子はまだ伝来していなかったのにコチュジャンが登場したり、十八世紀以前は塩漬けや醤油漬けだったキムチがその説明なしに頻繁に出てくることを挙げて、『林巨正』はけっして風俗史の再構成ではなく、洪命憙が「朝鮮的」とみなしたもので作り上げた「小説」であると述べている。[58]そして現在「朝鮮的」だと思われているものの中に実際には「二十世紀に作り出された啓蒙的な近代性の表象」が混じっている可能性をあげて、洪命憙たち二十世紀初めの植民地知識人たちが追及した「朝鮮的なもの」が、『林巨正』が「歴史小説」であるという理由で後世の人々に「想像上の朝鮮」として記憶され、さらに現代において、それを共通項として作り出されたイメージが疑念なく受け入れられてしまう危険性を指摘している。(59)

周永河氏の言うとおり、『林巨正』は「小説」である。もし、そこに描かれた事物が十六世紀そのままのものであったなら、そもそも歴史小説『林巨正』は「小説」として成り立たなかっただろう。姜玲珠氏は、歴史小説とは過去の時代を今日の風俗と言語に翻訳することによってその時代を現代の読者に近づけるものであって、そのためにルカーチの言う「不可欠なアナクロニズム」が必要であることを述べている。(60) 現代と完全に切り離された理解不能な言葉や風習にあふれた小説は、読者の興味を引くことはできない。たとえ考証上は「時代錯誤」であっても読者がイメージを持つことができるものに翻訳することが、歴史小説ではある程度必要なのである。(61)

洪命憙がキムチを修正していないことも「不可欠なアナクロニズム」の一つとみなしてよいだろう。ジャガイモと玉蜀黍を修正した洪命憙が唐辛子の伝来時期を知らなかったとは考えられない。その彼がキムチについては修正しなかったのは、周永河氏の推察通り、彼がそれを「朝鮮情調」に不可欠とみなしたからだと思われる。彼には、考証にとらわれすぎて『林巨正』を「小説」でないものにする意図はなかったわけである。このことは『林巨正』に描かれた酒店についても言える。妓生房での酒の出し方には正確を期して修正した洪命憙だが、一般の酒店については自分の時代のイメージで描いているようであり、修正もしていない。(62) 人々が酒を飲む店は小説においてはどうしても必要な場所だったからであろう。

八　登場人物に関わる修正

筆者が『林巨正』研究を始めたきっかけは、巨正の人格が途中から変わっていることに疑問を抱いたことだと前章で述べた(63)。前半では清冽な革命家のような印象で筆者を魅了した巨正が、『義兄弟編』に入ってからはがらりと変わって粗暴で家父長的になってしまうことへの違和感と拒否感のために、筆者はじつは『義兄弟編』が好きになれなかった。ところが今回丹念にテキストを読んでいるうちに、前の記憶が薄れたこともあってか、ようやく巨正の人間像に対する拒否感がなくなってきた。そして思ったのは、作者はまさに筆者のような読み方をされることを恐れて前半三編を単行本にしなかったのではないかということだった。最初の三編を読んでから『義兄弟編』を読むと、前半との不連続性のために後半では読書への没頭が妨害されてしまう。北朝鮮で一九八五年に『林巨正』を刊行したとき、洪命憙の孫の洪錫中は前半部も入れることを考えたが、「前半と後半の文学的様相があまりにかけ離れており、修正程度に手をいれたところで、とうてい一つの小説として統合させることはできないことが分かった」(64)ために断念したという。筆者自身の経験からしても、最初の三編は「別巻」か「外伝」として後ろに回した方がよいのではないかと思う。

こんなわけで、登場人物の性格や人間関係をあらわす記述をチェックするさいには、巨正の変貌に関わる修正がないかどうか注意したが、特に該当しそうなものは見当たらなかった。たとえば彼の性格がもっともストレートに説明されているのは、巨正が青石洞の大将に推戴されてまもなくの下記の文章だが、そこは以下のように推敲されている。

「そもそも巨正は、育ちの賤しさという点では、師匠である楊周八や友人である徐起と同じであるが、楊周八のような道徳もなく、徐起のような学問（공부→학문）もないために、人の侮りや蔑視を笑い飛ばすことも、

泰然として受け流すこともできず、いつしか性格ばかりが奇怪になって、矛盾する性向が多かった。人の首を刎ねること大根を抜くがごとくでありながら、蜘蛛の巣にかかった蝶を見過ごしにできず（두지못하고↓보지 못하고）、田畑の穀物を平気で（작란으로↓예사로）踏みにじるくせに、溝に落ちた飯一粒を惜しみ、機嫌のよいときには気長だが、気が急くとなると（조금할때는↓조금증이 날 때는）枯葉に火がついたかのように激しかった」(65)。

作者が推敲に気を使ったことは窺われるが、字句の修正のみであって内容にはかかわらない。このほか、済州島で李鳳学と再会した巨正が飲み明かしながら心のうちを吐露するくだりにも修正は見られなかった(66)。洪命憙は『義兄弟編』を書き始めるときに巨正の人格を決定して、その後は変更しなかったわけである。

人間同士の関係はどうか。義弟たちに対してはもともと兄として上に位置していた巨正だが、大将になるとその上下関係はさらに厳しくなる。この点を強調するためだと思われる修正が、待遇法の一部に見られた。連載当時、巨正はオジュに対して最初から常に너／해라を使っていたが、それを単行本で修正して、最初のころは자네／하게を使わせている(67)。同様に、大将になったあとユボギと鳳学に対して자네／하게を使っていた巨正が、単行本では、後半で彼らに時おり너／해라を使うように修正した(68)。これらは、義兄弟たちとの上下関係を際立たせるためではないかと思われる。

女性関係については、「（閑良への仕返しが終わってから―引用者）巨正は韓温の世話で数人の女性に夜伽をさせるようになっていたので、以前のように一人で夜を過ごすことはなかった」(69)という巨正の女性関係の乱れを表わす部分が削除されている。また、三人の妻の一人朴氏に関する小さな修正がある。朴氏は巨正が都に来て最初に娶った妻である。尹元衡の使用人から借金をかたに言い寄られていた彼女を救うさいに、巨正は行きがかり上、十二人もの人間を殺した(70)。だが、そのあと刑曹判書元継倹の娘を得ると、育ちの違いを考えて巨正は元氏の家具調度品を「朴氏のものよりりっぱに整え（単行本で削除）」(71)、使用人も与える。一流の料理を出す元氏の家で食事するようになった巨正が朴氏のもとで夜を過ごす回数が減ったのを、作者は、巨正が朴氏に冷たくなったのでなくて「朴氏が時おり巨正を嫌がった」[72]のだと連載で説明していた。それを単行本では、「朴氏に婦人病が生じ、巨正が寝にくるのを嫌がる気配が時おり見えた」[73]と朴氏の拒否をやわらげる表現に直している。のちにノバミの口から語られる流産の話と考え合わせて、[74]このとき朴氏は妊娠中だったことが推測される。おそらく朴氏の心中には何か葛藤があったのだろう。巨正の妻たちはみな幸福ではないが、雲寵を除いてその心理は直接描かれていない。拉致されて妻となった刑曹判書の娘元氏の悲しみと諦念を推測させる記述がいくつか見られるのみである。[75]朴氏に関するこの修正から推して、作者は巨正と女たちとの葛藤には踏み込まず、読者の想像力にゆだねるつもりだったようである。

つぎに、巨正をはじめ登場人物の残虐性が薄められる傾向が見られた。たとえば巨正が自分たちを密告した隣家の崔一家を襲ったとき、連載本では、巨正は自分の手で夫婦と老母と子供たちを惨殺しているが、単行本では直接手を下すのは夫婦だけで、他の家族は火をつけた家から出ずに死ぬという間接的な殺人になっている。[76]また都に押送される李鳳学を助けるために天王童とマッポンィが禁府都事一行を襲う場面では、連載時には残酷に首を切られた捕盗部将が、単行本では蹴られて谷底に落ちただけで生還している。[77]

李鳳学の赤子の存在が修正によって小さくなっているのも残虐性を弱める傾向と通じるものがあるように思われる。巨正のために船を出したことが露見した臨津江別将李鳳学が、兵曹判書李潤慶（単行本では右議政李浚慶）の助力を求めに都に行こうとして捕盗軍使に足止めされたとき、「お付きの老女」が来て、桂香が「動胎」（胎児が動いて流産の恐れがある病気）になったと知らせる。[78]この部分が単行本では「役人」に変わり、「動胎」が「腹痛」に変わっている。[79]そして、「お付きの老女」は、乳は出るかと尋ねた李鳳学に向かって「たっぷり出ていますよ」[80]と妊婦の代り答える場面とともに姿を消している。このほかに、鳳学が愛おしそうに母子を見つめる姿や、二人に風を当てないために遠い方の戸から出て行く心遣いも削除され、[81]全体として親子の情の印象が弱められているように見える。青石洞の連中が禁府都事一行を襲ったのは自分たちを救うためですかと聞く桂香に、鳳学が苦々しそうに、「『俺たちを救いに来てくれたのか、死地に追いやるために来たのか、俺には分からん』と言って、赤子が乳を飲む様子をじっと覗き込んだ」[82]という部分は単に「と答えた」[83]に修正されている。巨正らの善意は、李潤慶兄弟の力で助かるはずだった鳳学　家を火賊の道に引きずり込む結果を生み、このあと李鳳学は一種の諦念とともに生きていくことになる。[84]赤子の存在感を弱めることによって、作者は鳳学親子が巻き込まれていく運命の残酷さを弱めたかったのであろう。

注目されるのは、李鳳学の「義賊性」とも言うべきものの修正である。都に戻る元平安監司李樑（単行本では金明胤）の行列が臨津江を渡るとき、臨津別将の鳳学は彼から不手際を責められて恥をかく。そのあと現われた天王童から、行列が青石洞を通過したときに仲間内の意見が合わなくて襲わなかったと聞いた鳳学が、襲わなかったことを責めて、「あの沢山の進上品がなんだか知っているか。あれは全部平安道の人民の膏血なんだぞ」と言い、それに対して天王童が「悪辣だな、俺たちよりむしろ」と答えるやりとりが、単行本では削除されている。[85]作者は、義賊のようなこの言葉が李鳳学に似合わないと考えたのだろう。巨正が済州島にいる李鳳学を訪ねて世の中の不正を愚痴ったときに、鳳学は同調しなかった。[86]乙卯倭変での戦功によって李潤慶に取り立てられ、その弟で朝廷の高官である李浚慶の後ろ盾を得ている彼には、悪政を憎む心はあっても義賊のような考え方はない。彼がこのあと青石洞に入るのは、自分を押送する禁府都事一行を青石洞の仲間が襲ったために後戻りできなくなったからである。作者は新聞連載のときにはこの言葉を鳳学に言わせてみたものの、彼の人物像に適合しないと考えてこれを削除し、「なぜ襲わなかった」[87]という部分だけ、さっき自分に恥をかかせた元監司への個人的な恨みの言葉として残したのだと思われる。

このほか目に付いたのは、「青石洞」の章で登場するノバミに関する修正である。彼の語る女性遍歴に、女を強奪したことはないという真っ赤な嘘が加えられているのは、彼の厚顔さを強調しようという意図からであろうし[88]、気を失った両班婦人を犯すときに「私はいま花を見た蝶、水を見た雁のようで、このまま通り過ぎることはできませぬ。お許しを」[89]という滑稽な台詞を挿入したのは、喜劇的な要素を強めようとしてのことだろう。ノバミの人物設定について作者は苦労したらしく、このほかにもかなり修正の跡がある[90]。

九　『朝鮮王朝実録』に関わる修正

前章において筆者は以下のように推論した。『義兄弟編』を執筆中に『実録』と出会った洪命憙は、とりあえず『義兄弟編』はそのまま書きつづけて、『火賊編』の「青石洞」の章以降から本格的に『実録』を作品に取り入れ、単行本にするにあたって、先に書いた『義兄弟編』を後で書いた『火賊編』の内容に合わせて修正したのだと。この推論の根拠として筆者は、「李鳳学」の章で鳳学が倭寇撃退遠征中に会った「湖南兵馬節度使」を「湖南兵馬節度使南致勤（傍点筆者）」にした例や、「徐霖」の章に「李欽禮が青石洞の一味を捕縛した話」と「李億根事件」を挿入した例をあげた[91]。

このほかの例として、「結義」の章で、巨正が楊州の獄を破って家族を救出したあとの「巨正を早く逮捕せよと王が直接命を下し」[92]という部分が削除されていることに、今回あらたに気づいた。これは前述の李欽禮および李億根関連の記述が挿入されている箇所のすぐ前である。推測するに、洪命憙は『義兄弟編』を書いているとき、『実録』にある「破獄」の記述から楊州や安城での破獄の想を得たものの、単行本で本格的に『実録』の事件を挿入したさい、「王が直接逮捕を命じた」という表現が不正確であることを気にして削除したのであろう。この時点ではまだ王が直接林巨正の逮捕を命じてはいないからだ[93]。

「結義」の章にあった「ケドチ」[94]のエピソードが完全に削除されているのも、『実録』に関わる修正である。

「ケドチ」とは巡警使李思曾が巨正に仕立てた「加都致」のことだと思われる。『林巨正』の連載は李思曾が黄海道に派遣されたところで中断しているが、『実録』によれば、その後李思曾は巨正を逮捕したと称して都に押送し、その人物が徐霖との対面で巨正の兄「加都致」であることが判明したという。[95]洪命熹はこの事件を取り入れる構想を立てていたらしく、その布石として「青石洞」の章で呉哥の名前が「ケドチ」であることを韓温の父に語らせている。[96]だが彼は「結義」の章を連載していたころには、「加都致」の役を郭ヌントンィに与えるつもりだった。郭ヌントンィとは安城の破獄を手伝い、巨正と仲間を親戚の家に匿った盗賊である。捜索にきた捕盗軍官に姓名を尋ねられた彼がとっさに手下の名前「ケドチ」を名乗り、そこに出てきた巨正が軍官と軍士七、八名を切り殺して、家ごと死体を焼いて村を出るという話が、単行本では削除されている。洪命熹は「青石洞」の連載中に構想を変更して、呉哥にこの役をふりあてることにして、ヌントンィの存在を小さくしたのだろう。ヌントンィはこのあと巨正の護衛兵となるが、大きな役割は与えられていない。こうしてみると第二期の連載時には「ケドチ」が二回出てきたわけであるが、一五六〇年が二度あったときと同様、これに気づいた読者はほとんどいなかったのではないか。

以上のような例は、『実録』を取り入れる姿勢がまだ定まっていないころの試行錯誤の痕跡といえる。方針が決定した『火賊編』の「青石洞」になると、『実録』を材源とした記述は、後述する一ヶ所をのぞいて変わっていない。

「青石洞」で本格的に『実録』の内容を取り入れた最初の記述は、大将になった巨正に野望を吹き込みながら徐霖が言う、この春に黄海監司が交代したのも、武官が松都都事になるようになったのも、みな自分たちのせいだという言葉である。[97]朝廷が黄海道の盗賊を危険視して対策を考えているという『実録』の記述を『林巨正』に取り込むことで、洪命熹は巨正たちの存在を史実の枠組みの中に組み込んだのである。徐霖が巨正に根拠地を作るよう勧めて候補としてあげる地名や、[98]両班たちの名前も、やはり『実録』から取られている。

「青石洞」の章で描かれるのは都で遊ぶ巨正の姿である。巨正に三人の妻がいたという『実録』の記述に想をえて、[101]洪命憙は舞台を地方から都に移してこれまでとは違った朝鮮情調を描こうとしたのであろう。しかしながら、『林巨正』を歴史の枠組みにはめ込もうとする姿勢の方は先に進むにつれてあいまいになっていく。妻雲寵との壮絶な夫婦喧嘩や義弟たちに暴君のごとく振舞う巨正の姿は、小世界に君臨するようになった人間の変貌の一つの典型でもあって興味深いが、そうした人間悲劇を描くなら必ずしも『実録』を材源とする歴史小説である必要はない。作者もそれを感じたことが、連載中断にいたる原因の一つとなったのではないだろうか。病気も重なって連載のペースは次第に遅くなっていく。三人目の妻金氏の話の途中に長期休載が二回あり、結局「青石洞」の終了とともに連載は中断してしまった。

「青石洞」の章での『実録』に関わる唯一の修正は、章の冒頭に文章を挿入したことである。[102]連載当時、『火賊編』の冒頭は巨正が青石洞の大将に選ばれる場面であった。ところが単行本では、その前に作者が顔を出して、十六世紀の朝鮮で黄海道を盗賊の巣窟にならしめていた制度上の二つの問題点、すなわち人民の負担能力をはるかに越えた「貢物」と、平安道の辺境警備「西道赴防」の弊害について詳しく説明してから、黄海道の現状を述べている。前半の「貢物」と「西道赴防」の弊害に関する部分は『栗谷全書』から取ったもので、[103]そのあとの「明火賊の輩が夜中に火をともして村に入ってくるのはいつものことであり、白昼、邑に入って獄門を破り、官邸を取り囲んで官の下人を殺し官物を奪っていくことすら時折あった」という部分が『実録』を材源としている。[104]

この挿入は、単行本を出すころの洪命憙の考え方を示唆する。十六世紀の人々はどのような政治制度のもとで生き、どんな矛盾が人々を苦しめていたのかなど、洪命憙は『林巨正』に朝鮮情調だけでなく歴史的な知識も付与して、その歴史の枠組みの中で生きる人間をより客観的に描きたかったのだろう。それで単行本刊行のさいに、この部分を挿入したのである。この挿入を行なった第三期には洪命憙は歴史に深い関心を抱いて研究していたので、『林巨正』の創作方針もそれにつれて変化していたと推測される。「青石洞」の最後で、洪命憙は『実録』に名前が出ている金山という人物を登場させ[105]、年齢と出生年を名乗らせることで小説内時間を一五六〇年に設定しなおしてから連載を中断した。二年後に再開した『林巨正』「火賊編」「松岳山」の章の小説内時間は一五六〇年五月の端午節である。第二期中断から第三期の連載がはじまるまでの二年間は、「青石洞」とは違った形で『実録』を材源とした歴史小説を書くための準備期間であったのであろう。

十　その他の修正

最後に、このほかに目に付いた修正について簡単に記しておく。洪命憙は全文にわたって丹念な推敲を行なった。単純ミスの訂正としては、たとえばユボギの故郷「康翎」を「甕津」にしていたり[106]、妓生「ソフン」の名を一時李鳳学の妾の名である「桂香」に取り違えていたのを訂止した例があるが[107]、さほど多くはない。後者は病気による長期休載の前後なので集中力が低下していたのではないかと思われる。語の置き換えの例は無数にあった。面白い修正として、「걱정이업스십니다」を「태평이십니다」に直したり[108]、「걱정」を「근심」[109]「염려」[110]「탈」[111]などの語に置き換えてある例が時おり見られた。巨正の名前「꺽정」が頻出するので混同を避けるためであろう。頻出する語の変更としては「왜（倭）」も挙げられる。倭寇の場面ではこの字があまりにも多いためか、「왜난（倭難）」や「왜변（倭変）」を「난리（乱離）」、「왜선（倭船）」を「적선（敵船）」、「왜（倭）」を「왜적（倭賊）」や「도적」（盗賊）などに修正した例がいくつも見られた[112]。

洪命憙は推敲にあたって、文章を引き締め、朝鮮語らしいリズムをもった文章にしようと努力したようで

ある。文章の長さについては、「나제는 별일이 업섯고 밤에 원씨가」を「나제는 별일이 없었다. 밤에 원씨가」や「애걸하는데 꺽정이가」を「애걸하였다. 꺽정이가」のように長い文章を短く簡潔にする例もあったが[113]、全体としては二文や三文を一文にして長くする傾向の方が多く見られた。たとえば、「돌석이가 젊은장교의성명을 물엇다 황천와동이란 돌석이 귀에 생소한성명이다 돌석이가 고개를 흔들며」が「돌석이가 젊은장교의 성명을 물어 보니 황천왕동이라는데 성명이 생소하여 돌석이는 고개를 흔들며」のような例である[114]。推敲の跡をたどりながら、朝鮮語の文章と語彙の美しさを追求する作者の努力が感じとられ、「『林巨正』は朝鮮語の豊かな鉱脈」と賞賛した李克魯の言葉が思い出された[115]。

十一　おわりに

以上、洪命憙の小説『林巨正』の第二期新聞連載テキストと単行本テキストを対照して気づいたいくつかの点を報告した。この対照作業を思い立ったきっかけである小説内時間の不整合については、残念ながらその理由を突き止めることができなかったが、単行本では消されてしまった、新聞連載中の作者の‘ゆれ’を感じ取ることができた。いつか、‘ゆれ’がおさまったあとの第三期連載時のテキストを分析したいと考えている。

(1)『林巨正』は一九二八年十一月二十一日から『朝鮮日報』で連載し、何度か中断したあと、雑誌『朝光』一九四〇年十月号掲載をもって未完のまま終了した。なお『林巨正』の詳しい書誌については、本編第一章の「『林巨正』の〈不連続性〉と〈未完性〉について」を参照のこと

（2）『林巨正』全四巻、朝鮮日報社、一九三九〜四〇年／『林巨正』全六巻、乙酉文化社、一九四八年
（3）『림꺽정』全六巻、国立出版社（ピョンヤン）、一九五四〜五年
（4）『林巨正』全九巻、四季節出版社、一九八五年／『림꺽정』全四巻、文芸出版社（ピョンヤン）、一九八二〜五年
（5）本編第一章として収録されている。
（6）筆者は二〇〇四年十月に九州大学で行なわれた第五五回朝鮮学会での報告でこの点について言及し、「謎」であると述べた。
（7）本編第一章　五、（5）再度の構想　参照
（8）『朝鮮日報』一九三三年四月二十六日
（9）吉一―三（一九三三年六月十五日）／『林巨正5』一三頁。これは一九三三年六月十五日『朝鮮日報』に掲載された「길막봉이」の章の一―三で、四季節出版社十巻本第五巻一三頁であることを表わす。本論文の註では『朝鮮日報』連載時の章名と章番号を以下のように略して示し、必要と思われる場合のみテキストも引用する。박유복이＝朴、곽오주＝郭、길막봉이＝吉、황천왕동이＝黄、배돌석이＝裵、리봉학이＝李、서림＝徐、결의＝結、청석골＝青。連載時の章番号は非常に乱れているので、念のために新聞掲載日付を括弧に入れて付け、その部分が単行本のどの頁にあるかも示す。ただし煩雑を避けるために四季節出版社十巻本のみで示して、朝鮮日報社本と乙酉文化社本は使用しない。
（10）徐三―二二（一九三四年五月二日）「황가가 올때 이태만에 귀양이풀려서 이달보름께 소인의 집을 차저왓솝기에」／『林巨正6』一三五頁（ただし単行本では「結義」の章である）「황가가 이 달에 귀양이 풀려서 소인의 집을 찾아왔솝기에」
（11）たとえば巨正を密告した隣の崔一家との隣付き合いの期間を数年（수년）から一年あまり（해포）に修正したのは、数年前は巨正の家に住んでいた天王童の顔を崔の妻が知らなかったからである。徐二―二〇（一九三四年三月二十七日）／『林巨正6』八九頁（「結義」の章）
（12）徐一―一三（一九三四年二月二十日）／『林巨正6』三一、三頁
（13）本書一一二頁
（14）たとえば「李鳳学」の章で、尹元衡の官職を左議政から領中枢府事に、李浚慶を単なる議政府右賛成から議政府右賛成兼兵曹判書へと訂正してある。李一―一三（一九三三年十二月二十八日）／『林巨正5』三六五頁。なお、『火賊篇』に入ると尹元衡の官職は最初から正しく記されている。作者が途中で誤りに気付いたのだろう。官職ではないが、金明胤を光平君

としてあったのを名前に直した例などもある。徐一—二（一九三四年二月四日）／『林巨正6』八頁。『実録』一五六〇年二月四日に「以尹元衡爲瑞原府院君、金明胤爲光平君」の記述があり、この時（連載当時は一五五九年、単行本では一五五七年。なお連載時には沈連源の一周忌によって年が特定されたが、この部分も時間調整のために削除された）金明胤はまだ光平君でなかったことが分かる。

(15)　前章で時間変更にともなう官職変更の代表例を二つ挙げた（一一七頁）が、特に李潤慶・浚慶兄弟については煩雑なまでに修正してある。

(16)　金郊察訪姜侶だけは符合しない。結義のあとで官軍が青石洞を攻撃したとき、徐霖が策を練りながら、「人相見は平山府使の蔣孝範も金郊察訪姜侶も知っている」（『林巨正7』四一頁）と言っているが、これは連載では一五六〇年秋、単行本では一五五八年秋の時点である。姜侶は一五六〇年十月二十一日に姜侶を推戴する三公の啓によって当該官職についたと思われるので符合しないが、彼は李兄弟とは違って作品に占める重要度が小さい。

(17)　「今日까지의 梗概」、『朝鮮日報』一九三三年四月二十六日

(18)　たとえば息子洪起文が父を語った「息子から見た父」にある「父の読んだ本がどれほど多いか、記憶力がどれほどすごいかなどは、今さら言うまでもない」という文章など。『洪起文朝鮮文化論選集』、現代實學社、一九九七

(19)　「文人奇話」『三千里』一九三四年七月号、二五〇頁／姜玲珠『벽초 홍명희 연구』、創作과批判社、一九九九、（以下『研究』と略記する）二八九頁

(20)　一例として、尹元衡の使用人が友人の未亡人に貸し付けた生活費分が木綿四十동（一동は五十反）から五동になっているのは、女性二人の三年間の生活費としては多すぎると思ったからだろう。青三—二〇（一九三四年十二月十三日）／『林巨正7』一二九頁

(21)　朴（一）（一九三二年十二月十三日）／『林巨正4』三八頁

(22)　朴二—八（一九三二年十二月二十三日）／『林巨正4』六三頁。ただしユボギはこの日、盗賊の申不出に出会ったためソウルには到着していない。

(23)　褒三—一四（一九三三年十一月十日）／『林巨正5』二八八頁

(24)　結三—一二（一九三四年七月二十四日）／『林巨正6』二六三頁

(25)　結三—一四（一九三四年七月二十六日）／『林巨正6』二六九頁

(26)『林巨正10』一六八―一七七頁
(27) 朴四―五、六（一九三三年二十六、二十七日）二十七日掲載分は『朝鮮日報』マイクロフィルムに入っていないため未確認。
(28) 朴四―一二、一三（一九三三年二月七、八日）
(29) 吉一―一二（一九三三年六月二十五日）／『林巨正5』三六頁。連載のときは百五十里であった。この数字変更に根拠があるかどうかは不明である。『義兄弟篇』の途中から挿絵を描いた具本雄は、洪命憙に挨拶に行ったとき、壁に地図が貼ってあったことを回想している。（林栄沢・姜玲珠編『벽초 홍명희와 임꺽정의 연구자료』四季節出版社、一九九六（以下『資料』と略記する）、二五八頁）洪命憙は『林巨正』執筆当時、朝鮮古地図のほかに専門家用の5万分の1地図も参考にしていたという。（姜玲珠『벽초 홍명희 연구』、二八九頁）
(30) 黄一―三（一九三三年八月三日）「축지법을하지」「축지법이 무엇이야」「귀신이 땅을 줄음□어준다며」（□は不明）
(31)『林巨正5』一一六頁。「〝걸음 잘 걷는단 말은 많이 들었지만, 아이구〟하고 손가는 말끝노 못 맺고 혀를 내둘렀다」なお連載ではこの台詞は開城でマッポンィと会って同行していた孫哥が天王童の早足を見て発した言葉になっている。
(32) 黄一―四（一九三三年八月二十四日）
(33)『林巨正5』一二五頁。「한번 가서 다녀오기로 하였다」
(34) 黄一―五（一九三三年八月八日）
(35)『朝鮮日報』一九三二年一一月三〇日／『資料』三六頁
(36)「洪命憙・薛貞植対談記」、『新世代』一九四八年五月／『資料』二一二頁。なお『林巨正』とクープリンの作品との関わりについては、姜玲珠の論文「洪命憙の『林巨正』とクープリンの『決闘』」がある。（『통일문하의 선구、벽초 홍명희와「임꺽정」』、四季節出版社、二〇〇五）註40　参照
(37) 姜玲珠は、『義兄弟編』『火賊編』では章中の各節までもがそれぞれ完結性をもっていると指摘している。『研究』二八六頁
(38) 李一―一（一九三三年十一月十八日）
(39) ただし、この修正の理由としては次の可能性も排除できない。一つは、このあと『両班篇』を刊行する予定なので梗概を述べる必要がないこと、もう一つは、逆に、洪命憙は単行本を出す当初から前半三部は出さないことを念頭においていたので、この部分をカットしたという可能性である。

(40) 筆者も第八回文学祭に招聘されて「東京留学時節의洪命憙」と題する講演を行なった。二〇〇五年の第十回文学祭を記念して四季節社は講演内容を学術論文集『統一文学의先駆、碧初洪命憙와「林巨正」』として出版した。なお講演原稿「東京留学時代の洪命憙」は『韓国近代作家たちの日本留学』（白帝社二〇一三）に収録されている。

(41) 「『林巨正』의 地理学的考察」、『統一文学의先駆，碧初洪命憙와『임꺽정』』 二三〇頁

(42) 「小説『林巨正』의 朝鮮飲食描写에 대한 研究」、同上 二四一頁

(43) 同上 二四三頁

(44) 皮匠篇八（一九二九年六月七日）／『林巨正2』二九三頁

(45) 朴一—五（一九三二年十二月五日）／『林巨正4』二〇頁

(46) 朴一—八（一九三二年十二月九日）／『林巨正4』二九頁

(47) 朴四—一〇（一九三三年二月一日）／『林巨正4』一四一頁

(48) ユボギが泊まった申不出の家で老母が作って出すのは「밥」であるが、連載では「밥한사발 간장한종지」であったのが単行本で「밥 한 사발、장찌개 한 그릇뿐」に修正されている。朴二—十（一九三二年十二月二十七日）／『林巨正4』七二頁

(49) 一九一四年の東学農民戦争時に日本と朝鮮政府の会談が行なわれたことで有名な老人亭は、十九世紀初めに豊恩府院君趙萬永が建てた亭であり、巨正の時代にはなかった。考証不足か、あるいは他に同名のものがあったのか不明。

(50) 青三—一四（一九三四年十二月三日）／『林巨正7』一一一頁

(51) 許英桓『定都六〇〇年서울地図』（汎友社、一九九四）に収められている朝鮮時代のソウル地図を見ると、永豊橋と新橋の名前が見えるのは最初の一枚（一六頁にある一七五〇年代の都城図筆者本）だけで、他はほとんどが馬廛橋、孝橋、把子橋である。

(52) 青三—一四（一九三四年十二月三日）「약주를 사다잡수십니다」。このあと青三—一七（一九三四年十二月八日）には「악가한냥들도 자긔네가 가서시켜왓습니다」とある。

(53) 青三—一五（一九三四年十二月四日）「술상고만치우라게」

(54) 青三—一七（一九三四年十二月八日）「『술한상시켜올수업겟나』 하고 물엇다 『시켜올사람이업세요 악가한냥들도 자긔네가 가서시켜왓습니다』」

(55)『林巨正7』一一二頁「장구 고만 치우게」

(56)『林巨正7』一〇七頁

(57)『ソウル城下に漢江は流れる─朝鮮風俗史夜話』林鍾国、平凡社、一九八七、「十二夜の花─妓生部屋の仕来り」参照

(58)註42、周永河氏論文　二四七─九頁

(59)同上、二五五一─六頁

(60)姜玲珠「홍명희와 역사소설『임꺽정』」、『資料』三七七頁

(61)「明らかに、まさしく言葉の問題においてこそ、「必要な時代錯誤」の問題が決定的な役割を演じる。（中略）カルタゴやルネッサンスについて、またイギリスの中世やローマ帝国について、今日の読者に語るのは、今日の作家だからである。すでにこのことから、歴史小説の一般的な言葉として古語を使うことは無用な技巧として退けられなければならない（中略）重要なことは、今日の読者に過去の時代を身近にもたらすことである」『ルカーチ著作集3』白水社、一九八六、三一三─三一四頁）

なお、キムチと「不可欠なアナクロニズム」との関わりについては、姜玲珠氏とのメールのやりとりから示唆を得たことを明らかにしておく。姜玲珠氏には本論文執筆中、メールでいろいろと相談に乗っていただき、大いに励まされた。この場を借りてお礼を申し上げる。

ところで、「不可欠なアナクロニズム」を示唆する具体的な修正例はないかと探してみたが、見つけることができなかった。「소주방」（小説では「焼酒房」という漢字になっているが標準国語大辞典によると「焼廚房」で宮中の厨房という意味）から「수라간」（王の食事を作る所）への修正（李一─一二／『林巨正5』三九頁）と「평조」（「平調」伝統音楽の音階）から「시조」への修正（青三─一一／『林巨正7』一〇七頁）は、あまり使われない用語をよく知られた言葉に換えてあることから注目したが、前者は直前に수라という語が使われているために直した可能性があり、後者はすぐあとに시조という語が使われているうえ、「平時調」の誤記の可能性もあり、該当しないようである。

(62)たとえば鳳山でユボギと黄天王童が入る「미역주막」（『林巨正5』一二九頁）、「巣窟」の章でノバミが巨正の手下を連れて入る南小門近くの「용수 달린 집」（『林巨正8』二二四頁）など。

(63)本書七九頁

(64)홍석중『림꺽정4』、「후기」三五四頁、文芸出版社（ピョンヤン）、一九八五

(65) 青一—七（一九三四年九月二十一日）／『林巨正7』二二三頁
(66) 李三—一〇（一九三四年一月二十四日）／『林巨正5』三九三頁
(67) 郭三—七（一九三三年六月二十七日）／『林巨正4』二七四—二七六頁　巨正が青石洞に遊びにきてオジュと初めて会い、皆で狩に出かけた場面。
(68) 青五—一八（一九三五年十月二十二日）／『林巨正7』二七〇—二七一頁　巨正の妻雲寵とともに都の韓温の屋敷に来た朴ユボギと李鳳学が、巨正と喧嘩腰で話している場面。ただし、大将になったばかりの巨正が「十八般武芸」の内容を知りたくて李鳳学を呼び出したときには、連載本で「너」だったのを単行本で「자네」に直している。この時点ではまだ하게を使わせておきたかったのか。青一—七（一九三四年九月二十一日）／『林巨正7』二二三頁
(69) 青三—一九（一九三四年十二月十一日）／『林巨正7』一二四頁
(70) 青四—八（一九三四年十二月二十八日）／『林巨正7』一四五頁　連載当時は十四人であった。
(71) 「박씨의곳보담 훌륭하게 잔만하얏다」この前後四行が単行本では削除されている。青四—二六（一九三五年二月一日）／『林巨正7』一九一頁
(72) 「박씨가 꺽정이를 간간 괴로워하얏다」青四—二六（一九三五年二月一日）
(73) 「박씨가 속에 냉이 생겨서 꺽정이의 자러 오는 것을 괴로워하는 눈치가 간간 보이었다」（『林巨正7』一九三頁）
(74) 青五—一〇（一九三五年十月十日）／『林巨正7』二四六頁「남성 밑 박씨는 그동안 한번 낙태를 했지요」
(75) たとえば巨正から隣家の寡婦金氏との関係を知らされ、その強弁を聞いた元氏は涙を流すが、「しかしこの涙は巨正の言葉が流させたのではなく、自分の悲しみがあふれ出したものであった」青四—三七（一九三五年八月一日）／『林巨正7』二二〇、二頁
(76) 徐三—一九（一九三四年四月十五日）／『林巨正6』一二七頁
(77) 徐四—一一（一九三四年五月十四日）／『林巨正6』一五九頁「부장은 목이 다떨어지지 아니한 머리를땅에 끌어박고 쓸어진채 다시 닐어나지못하얏다」
(78) 徐四—四（一九三四年五月五日）／『林巨正6』一四三頁「안에서 상직할미가 나와서 『안으서님이 놀라서 동태가 되셧습니다』하고 말하야」
(79) 『林巨正6』一四三頁「관속 하나가 앞에 와서 〝안으서님께서 갑자기 복통이 나셔서 정신을 못 차리신답니다〟하고 고

아여」
(80) 徐四―五（一九三四年五月六日）「『젓이 도섯소이다』 하고 대신대답하얏다」
(81) 同上
(82) 徐四―一三（一九三四年五月十六日）「『우리를 구해주러왓는지 죽을고루 몰아너흐러 왓는지 나는 모르겟네』 하고 대답한뒤 갓난애 젓먹는것을 넘짓이 드려다보앗다」
(83) 『林巨正6』一六三頁「하고 대답하였다」
(84) たとえば「巣窟」の章で巨正が典獄を破るという無謀な計画を立てたときの李鳳学の心理。（『林巨正8』二九二頁）「李鳳学は巨正の計画が枯れ草を背負って火に入り込むように無謀なことだと知っていたが、どうせいつかは来ることが早まるだけのことだと考えて、泰然としていた。しかし、愛妾桂香といっしょに座っている幼い息子チェロンを見るときは、思わず溜息が漏れるのであった」
(85) 徐四―六（一九三四年五月二十日）「『그여러바리 봉물이 무엇인지 알엇나　그것이 죄다평안도 백성의고혈이라네』『날도독놈이 우리더러 되려』」／『林巨正6』一四七頁
(86) 李三―一〇（一九三四年一月二十四日）／『林巨正5』三九三頁「형님, 그런 속상하는 이야기는 고만두구 다른 이야기나 합시다」
(87) 同上／『林巨正6』一四七頁「왜 가만두었나?」
(88) 青二―八（一九三四年十月十九日）／『林巨正7』六三、四頁
(89) 青二―一四（一九三四年十月二十八日）／『林巨正7』七四頁「내가 지금 꽃본 나비 같구 물 본 기러기 같아서 그저 갈 수가 없소. 용서하우」
(90) もっとも長い修正としては、力比べのエピソードを完全削除しているが、これは冗漫さを取り除くためではないかと思われる。青二―九、一〇（一九三四年十月二十一、二十四日）
(91) 前章　一一五―一一八頁
(92) 一―四（一九三四年四月七日）／『林巨正6』一三三頁（単行本では「結義」だが連載当時は「徐霖」の章だった）「꺽정이는 속히 체포하라고 상감이 진히 분부를 나리셔서」
(93) 破獄の想を与えたと推定されるのは、以下の三公議啓である。洪命憙はこの記事を単行本で「青石洞」の最初に挿入し

ている。「明宗十四年三月十三日乙酉／三公、領府事、兵曹、刑曹同議啓曰：　黄海道賊勢兇獷、非徒搶殺人物、至於白晝之中、圍抱官門、而射其守令之羅卒、打破獄門、而奪其囚繫之黨類。」　巨正の名が『実録』に最初に登場するのは、このあとの二十七日の李億根事件に関する記述であり、王が巨正逮捕を直接命じるのは、翌年十一月の徐霖逮捕の直後である。なお、本稿執筆にあたり朝鮮王朝実録のテキストは国史編纂委員会の『朝鮮王朝実録』のサイトで検索し（http://sillok.history.go.kr/main/main.jsp）、『李朝実録』（学習院大学東洋文化研究所）で確認した。

(94) 개도치

(95) 明宗十六年一月三日甲子／黄海道巡警使李思曾、江源道巡警使金世澣復命、以捕捉賊魁林巨叱正入啓、【其實非林巨叱正、乃賊人加都致也。思曾脅以刑杖取供、誣服指爲巨叱正。】傳曰：得捕大賊、予用嘉焉。
義禁府啓曰：拿致徐林、【獷賊也。】與林巨叱正面質、則徐林云：非林巨叱正、乃巨叱正之兄加都致、亦大黨也。眞爲難辨、拿其妻子、一處憑閱何如。傳曰：如啓。

(96) 青三―四（一九三四年十一月十九日）／『林巨正7』九〇頁

(97) 青一―四（一九三四年九月十八日）／『林巨正7』一五頁「느진봄에황해감사가 갈리구 송도 도사가 새로나지 안헛습니까 사람조흔 전황해감사가 대간（臺諫）의 탄핵（彈劾）을맛구갈린것두 우리네때문이구 남행짜리루 나려오던 송도도사를 전에업시호반이 해온것두 우리네때문이니（後略）」／『林巨正7』一五頁

(98) 明宗十四年三月二十五日丁酉／憲府啓曰：黄海道獷悍大黨、厥類繁滋、爲患益甚。所謂腹心之疾、不可緩治。本道觀察使愼希復、以其父母墳與田庄、在於平山、慮其報復、不爲號令節制、督令捕捉。請速遞差、別爲擇差、以期設策督捕、盡殲無遺。答曰：如啓。
明宗十四年三月二十七日己亥／領議政尙震、左議政安玹、右議政李浚慶、領中樞府事尹元衡同議【因朝講金鎧所啓、命議于大臣、故同議如此。】啓曰：　開城府都事、以武臣擇遣、上教至當。　このあとに李億根事件についての記述がある。

(99) 江原道の伊川、平安道の陽徳・孟山・成川など。
青一―五（一九三四年九月十九日）／『林巨正7』一八頁「제가 생각한데를 말슴하면 강원도땅에는 이천（伊川）의 광복산（廣福山）이나 주음동（周音洞）이 조쿠요 함경도땅에는 안변 황룡산속이나 덕원철관（鐵關）근처가 조쿠요 병안도땅에는 양덕（陽德）의 양암（陽岩）과 맹산（孟山）의 두무산（豆無山）이 조흔데 성천 회산（檜山）제물성가튼데두 좃습니다」（なお単行本では陽徳の陽岩が古樹徳に、豆無山が鐵瓮城に変えられている）

明宗十五年十月二十二日甲寅／兵曹判書權轍等啓曰：黄海道獷悍之賊、措捕之策、三公已啓矣。近聞賊勢、日漸熾張、至稱官號、出入列邑、横肆無忌、或有守令、不知而接待者云、至爲駭愕。賊徒聞其本道追捕之聲、則例必投入於平安道成川・陽德・孟山、江原道伊川之境、而未聞兩道監司、兵使措置捕捉之策、至爲非矣。

(100) 平山府使蔣孝範、金郊察訪姜侶（註16参照）、右辺捕盗大将李夢麟、刑曹判書元継倹など。

(101) 明宗十五年十一月二十四日丙戌：捕盗大將金舜皐啓曰：側聞黄海道獷賊林巨叱正同黨徐林者、變名嚴加伊、來接于崇禮門外、伺而捕之、推其所犯。其言曰：去九月初五日、其黨聚于長水院、欲持弓矢、斧斤、乘昏入城、打破典獄署獄門、出其魁林巨叱正之妻、【前日長通坊掩捕之時、林巨叱正出走、只獲其妻三人。】

(102) 『林巨正7』五一八頁

(103) 『栗谷先生全書』一、巻五、疏箚三「陳海西民弊疏」「（前略）道内民瘼。大者有二。一曰。西塞遠戍之苦。二曰。進上煩重之弊也。（後略）」　矢沢康祐氏は論文「林巨正の反乱とその社会的背景」の中で、林巨正反乱の社会的背景として、栗谷の指摘したこの二大民瘼を挙げている。（『旗田巍先生古希記念朝鮮歴史論集上巻』五六一頁）洪命憙が材源としたのが栗谷全書であると気がついたのはこの論文のおかげである。

(104) 註92に同じ「至於白晝之中、圍抱官門、而射其守令之羅卒、打破獄門、而奪其囚繫之黨類。」

(105) 青六―一四（一九三五年十一月十八日）／『林巨正7』三四四頁

明宗十六年十二月二十日乙亥／傳曰：平壤庶尹洪淵、捕捉大黨金山。准給加資、陞授安州牧使。

(106) 李三―七（一九三三年一月十八日）／『林巨正5』三八五頁

(107) 青四―二九、青五―五、六、一七、一八／『林巨正7』一九八頁、二三一、二三八、二四二頁、その他

(108) 青四―三〇（一九三五年七月二十四日）／『林巨正7』二〇〇頁

(109) 朴（一）（一九三二年十二月十三日）／『林巨正4』三七頁

(110) 朴四―一九（一九三三年二月十三日）／『林巨正4』一六七頁

(111) 郭三―三（一九三三年五月二十日）／『林巨正』二六六頁

(112) 裵一―一三（왜난→난리、전장）李一―一六（왜변→난리、왜선→적선、왜→ 왜적）李二―三、五（왜적→도적、왜선→적선）

その他

(113) 青二―五（一九三四年十月十三日）／『林巨正7』五六頁

青四―三六（一九三五年七月三十一日）／『林巨正7』二一九頁
(114) 褒一―一一（一九三三年十月一日）／『林巨正5』二一三頁
(115)『朝鮮日報』一九三七年十二月八日／『資料』二五五頁

第三章　洪命憙の両班論と『林巨正』

一　はじめに

民衆の意識を描いたとされる歴史小説『林巨正』には[1]、十六世紀に実在した両班たちが数多く登場する。特に前半三巻にはその傾向が強く、第一巻「鳳丹篇」の主人公李長坤をはじめとして第二巻「皮匠篇」、第三巻「両班篇」の登場人物の多くが両班である。この前半部分は、作者が林巨正出生の由来や彼が成長した社会の雰囲気を描こうと意図して[2]、十六世紀の朝鮮社会の様相を下層と上層の両側から描いているので、両班が多く登場するのは当然かもしれない。だが下層社会の人々がほぼ巨正の一族と友人に限られているのに対して、上層社会の方は、王をはじめとして、文臣・武臣、士林派・勲旧派、都と地方の両班、そしてその家族たちというように多様であり、また富を追い求めて人民を圧迫する両班だけでなく、人格高潔で学識にすぐれ志操を貫く両班たちも多く登場する。「義兄弟篇」には両班の姿はほとんど見えないが、「火賊篇」の後半に進むにつれてふたたび登場頻度が高くなる。『林巨正』における両班の存在感は非常に大きく、『林巨正』は〈両班小説〉という一面も持っているといっても過言ではない。

『林巨正』に両班が多く登場するのは、作者が参考にした資料が王朝実録や野談など、両班によって書かれた記録であったという理由のほかに、彼自身が両班の出身であり、両班が身近な存在であったことにもよると思われる[3]。洪命憙は一八八八年に忠清北道の槐山で豊山洪氏秋巒公派の名門両班の長男として生まれた[4]。

曽祖父の洪祐吉は一八五〇年の文科に首席及第して哲宗、高宗のもとで大司成、観察使、漢城府判尹、大司憲、吏曹判書を歴任し、祖父の洪承穆は一八七五年の文科に及第して大司諫、大司憲、兵曹・刑曹の参判をつとめている。父親の洪範植もまた一八八八年に及第して内部主事、恵民院参書官となり、その後郡守として錦山赴任中に日韓併合を迎えて殉死したことで有名な人物である。家門の党派は老論で、洪命憙が結婚した相手も老論の名門驪興閔氏の出身であった。このような家柄に生まれたからには、当然のことながら将来は父や祖父のように科挙に及第することが期待されていたことだろう。しかし彼が七歳のとき、甲午改革によって朝鮮の科挙制度は廃止された。父が殉死したのは洪命憙が二十三歳のときで、祖父の洪承穆は彼が三十八歳になるまで存命していた。祖父や父のもとで、洪命憙は両班としての素養と身の処し方を学んだと思われる。

　彼が両班階級に深い関心をいだいて研究していたことは、彼が残したいくつかの文章と談話からも窺われる。その関心は、自らが両班階級の出身だという理由ではなく、朝鮮五百年史の体系的な理解のために必要だという学究的な要求からきていた。いつの日にか書くつもりの著書に、洪命憙は「両班階級史的研究」というタイトルまでつけていた。上層両班の家に生まれてその生活と思考方式に精通し、歴史に深い造詣をもっていた彼ほど、この研究にふさわしい人物はいなかったであろう。だが残念なことに、この本は結局書かれずに終わった。

　本章では、洪命憙が残した両班に関する文章と談話を検討して、彼が両班階級をいかなる存在だと考えていたかを考察する。もとより、洪命憙の歴史認識や知識の妥当性を問うことは文学専攻者である筆者の能力を越えているし、本章の目的でもない。本章の目的は、洪命憙の両班観、とりわけ彼が『林巨正』の時代である十六世紀の両班をどう認識していたかを明らかにすることによって、『林巨正』の多面的な読解に少しでも寄与することである。

二　洪命憙の両班論

新幹会の解散後、一九三〇年代から四〇年代初めにかけて、朝鮮では非妥協的民族主義陣営の学者を中心として朝鮮伝統文化の見直し運動が起きた。友人たちや息子が中心メンバーであったこの運動に同調するように、洪命憙もこの時期、朝鮮時代の両班階級の考察や、朝鮮古典文化と時代風俗史に関する発表活動を行なっている(5)。そのうち両班階級に関するものは下記の通りである(6)。

①—1「両班」　一九三六年二月二十日『朝鮮日報』コラム「養疴雑録」(7)
①—2「両班（續）」　一九三六年二月二十二、二十三日　同上
②「李朝政治制度と両班思想の全貌」　一九三八年一月三、五日『朝鮮日報』(8)
③「洪碧初・玄幾堂対談」　一九四一年八月『朝光』八月号(9)

以下では、これらの資料を検討して洪命憙の考え方をさぐり、『林巨正』と関連づけることで作品の理解を深めたい。

①—1「両班」

「両班」は、一九三六年二月二十日に『朝鮮日報』のコラム「養疴雑録」に掲載された。この中で洪命憙は、「両班」という語の意味変遷、両班階級の淵源、そして両班研究の必要性について述べたあと、両班の歴史の時代区分を行なっている。

まず「両班」という語の意味の変遷について洪命憙は、「所謂真両班以東西両班之正職」[10]という言葉を挙げ、両班とは元来は東西両班の官職にある者に対する称号であったものが、後に官職の有無にかかわらない階級名称になったと説明する。つづいて、両班階級は遠く新羅時代に源を発し、高麗時代に芽を吹いて朝鮮時代に開花したと述べ、朝鮮五百余年の歴史を知るためには両班の研究が必要であるから、時間が許せば自分も科学的な方法で研究したいと、両班研究の重要性を強調している。

つぎに彼は、両班の歴史を以下のように四期に分けている。

第一期（前期）：高麗朝末から、宣祖時代に東西の党論が起きるまでの約二百年間

第二期（中期）：宣祖時代から、英祖時代に蕩平碑が立つまでの一六〇〜一七〇年間

第三期（後期）：英祖時代から、甲午改革までの一五〇〜一六〇年間

第四期（末期）：甲午以後

第一期は、他階級との区別がさほど厳格でないうえに自己階級内の人数も多くなく、外部からも人材を受け入れる余裕があった「発達期」、第二期は、両班の人数が過剰となって、官職の数が不足したために政権争奪が起きた「党争期」、つづく第三期は、野にしりぞいた者は談論に耽り、朝廷に出た者は官職への欲に目がくらんで士風と官紀が堕落した「退廃期」、そして第四期は、旧文化が崩壊し先進国の社会制度が取り入れられて、ついに両班階級が死骸と化す「末期」である。このように各時期を説明してから、洪命憙は、両班制度がなくなっても子孫がまだ「偏色」にこだわっている現状を揶揄して文章を結んでいる。

①—2「両班（續）」

「両班」を読んだ洪命憙の息子は、両班階級の歴史を四つに区分したことは今後の参考になるから根拠をはっきりさせてくれと父に頼んだ。[11]その依頼に応じて書いたのが、その二日後から同じコラムに二日間掲載され

た「両班（續）」である。この中で洪命憙は、「現在、腹中に未成書としてある『両班階級史的研究』を著書として発表しないうちは断片的たるを免れないので、その根拠らしき史実を若干選んで問答式に簡単に記しておく」として、両班階級に関する著書を現在構想中であることを明らかにしている。

問答は五つで、最初の二つは第一期の「発達期」に関するものだ。まず、この時期に両班階級と他階級との区別が厳密でなかった実例はあるかという問に対して、洪命憙は、中宗時代に高い官職についた賤人出身の碩枰[12]、明宗時代に贖良して科挙を受け及第した姜文佑[13]、宣祖時代に奴の子でありながら朝紳と交わり学者になった徐起[14]の例をあげて、後世にはこのような例はないと説明する[15]。次に、この「発達期」にも政権争奪の士禍が起きているではないかという問に対しては、宣祖以前と以後の争いは性質が違うとして、「士禍」と「党禍」という言葉を使って答えている。彼によれば、戊午士禍・甲子士禍・己卯士禍は「士禍」と称してよいが、それ以後は「党禍」と称すべきである。「発達期」の「士禍」は一時的な挫折にすぎない階級成長中の現象だが、つぎの「党争期」の「党禍」は半永久的に分裂する階級成長後の現象であるというのが、彼の見解である。

三つ目の問答は、第二期の「党争期」に関わるものである。両班の人数が過剰になって政権争奪が起こったというが、宣祖時代に両班の人数が突然ふえて党争が発生したのか、また党争の原因をすべて政権争奪に帰すのは無理ではないかという問に対し、洪命憙は、官職の数には限りがあるのに官職を求める人間の数は無数であることが党争の原因だとして、これは以前から必至の形勢であったものが宣祖時代に起こったに過ぎないと主張する。根拠としてあげられているのは、仁祖時代の崔鳴吉[16]の上訴文と、粛宗時代の金春沢[17]の『蘆山酔筆』の一部である。前者には、堂下官の人事権をもつ銓郎[18]の権限が強すぎるうえに偏っており、名門の子弟たちが官職を争って互いに中傷し排斥するようになったことが党論の根となったとあり、後者には、王は老少の朋党を打破しようという意思をもっているが、どちらも銓郎の地位ばかりを争い、その職位を得た後は私利を求めるのみで、朋党はますます強まり、弊害はますます悪化したとある。洪命憙はこれらを根拠として、「官職を出す官職ポストである銓官が党争の主要目標となったことを見れば、その根底に政権争奪があるということは覆い隠すことのできぬ事実というべきだ」と断言している。

最後の二つの問答は、第三期の「退廃期」に関するものである。まず、蕩平政治以後を両班階級の退廃期とした理由を尋ねられて、洪命憙は次のように言う。蕩平のあと、気骨のあるものは野にしりぞき、禄を貪る従順な蕩平論者が朝廷に入り込んだ。その結果、両班の中で官職を求めない者が「清族」を自称して、求める者を「宦族」と呼んで軽んじる現象が生じ、科挙を受けずに先祖の余徳にすがったり、山野に身をひそめて朝廷の呼び出しを待つ「清族」が増えていった。これこそ治国平天下をして学問の最大目的とすべき両班階級の退廃現象である。かつて卓行を認められて六品職に除せられた静庵・趙光祖が「虚誉で出世することを恥としてその年に科挙を受け登第した例をあげて、洪命憙は、「静庵の身の処し方はいかに公明正大であることか」と誉め称えている。この退廃期には、中央では外戚の専横、地方では武断する土豪が生じ、また各地で民擾が起きたが、洪命憙によれば、「民擾とは人民が生きていけなくなって立ち上がる暴動」であり、「両班階級の支配を転覆する力はないが、支配に対する一つの弔鐘」である。最後に、この退廃期に実事求是する学者が輩出した理由を問われた洪命憙は、それを主に、政局が老論中心で安定したため、長期的に勢力を失うことになった南人の不平不満に帰している。そして、この時代はまた両班階級の自己反省が起きた時代でもあったと述べて、農民であれ商人であれ才能と学識があれば登用し、無能ならば両班でも輿かつぎ人足になるべきだという、「両班階級の支配時代としてはまことに珍しい文章」、洪大容[19]の『林下経綸』の一節を引用して稿を終えている。

②「李朝政治制度と両班思想の全貌」

一九三八年、『朝鮮日報』の新年特集「歴代朝鮮の中心思想の検討[20]」に掲載された洪命憙の口述筆記「李朝政治制度と両班思想の全貌」は、①のほぼ延長線上にある。洪命憙がまず述べるのは、①と同じく、両班研究の重要性、両班という語の意味の変遷、そして両班の淵源についてである。

朝鮮五百年の歴史はすなわち両班階級の歴史であるから、まず両班階級の特質を科学的に究明しないでは、その歴史を理解することは難しい。歴史的事実を事実通りに知ろうとする際にはもちろん、その歴史の終始を体系的に把握するにおいて一層それは必要だと考える。

とはいっても実際の研究はまだ始めていないので、これから述べるのは両班に関する常識的な事項に過ぎないと前置きしたうえで、洪命憙はまず「両班」という語の意味変遷について、資料を提示しながら述べる。彼の見るところ「高麗史」に出てくる「両班」という語はたいがい文武両班の意味で用いられており、万一そのなかに階級としての意味で使われているものがあったとしても、今日ではそれを見分けることは不可能である。それゆえ、彼は、高麗時代の末に鄭圃隠が遁村[21]に送った、「崔鄲の娘の母方一族はまことの両班だ。私が聞いたところ叔父の李敬之は判書である」という手紙をもって、「両班」という語が階級称号として使われた最古の文献だと見る[22]。崔氏の娘の母方一族の地位と門閥を調査してくれという依頼に答えたと見られるこの手紙の内容からして、「両班」が官職ではなく階級を意味していることは明らかだからだ。この資料は二年前に書いたコラム「養痾雑録」の最終回の正誤表にあったものである[23]。そのころ洪命憙は、すでにこの見解に達していたものと思われる。

このあと洪命憙は、両班階級の淵源に関する①の主張を、再度さらに詳しく繰り返してから、次に両班の思想について語り始める。両班の思想といえば、誰でもすぐ儒者の思想だと考えるが、両班思想の核心はじつは儒者の教訓よりも官閥主義にあり、党争もその表面的な大義名分の背後には吏・兵曹の銓郎職の争奪戦があった、と洪命憙は語る。そして、これは自分の推測ではなく、すでに金春沢が『蘆山酔筆』で暴露していることだと、①と同じ文献名をあげている。洪命憙によれば、この官閥主義のために、両班と儒者の思想には違いが生じることになる。すなわち「仁義礼智」のうち、儒者は「仁」を重んじるが、両班は「礼」と「義」に傾く。「仁」を離れた「礼」と「義」は虚礼と虚義におちいりやすいから、両班の礼節と義理も多くの場合形式に流れてしまう。これは両班思想の核心が官僚主義であることの当然の帰結である。彼らにとっては、義理は目標を立てるために、礼節は威儀を守るためにのみ必要なのだと、洪命憙は、両班の思想の偽善性を痛烈に批判する。

最後に両班階級の特徴として、洪命憙は「素養」、「凡節」、「行世」、「志操」の四つをあげて、それぞれについて次のような説明を行なっている。

（1）「素養」　両班には一般漢文知識のほかに特殊な学問が要求された。両班全体の系譜を研究する「譜学」、内外官職の所任を研究する「官榜」、過去の儀礼と行事を研究する「古事」などである。[24]

（2）「凡節」　両班には「奉先睦族」すなわち先祖への奉仕のために一族の親睦に誠意を表わすことが重要であった。これが凡節である。

（3）「行世」　慶弔訪問から一般的な交際にいたるまで、寸毫も他人のそしりを受けないことが両班の人格上重要視された。これを行世（ヘンセ）という。

（4）「志操」　一に、富をいやしみ貧しさに耐えること。二に、困苦に甘んじて卑劣を避けること。三に、常に自重して一挙手一投足といえども丁重な態度をくずさないこと。そして最後に、大儀のために死んでも身は汚さないという志操である。それゆえ朝鮮では節死と殉死がもっとも高く評価されてきた。

最後の「志操」に関する言葉に力がこもっているのは、殉死した父のことが念頭にあるからだろう。これら両班の特徴は、しかしながら、長所であるとともに短所でもあったと洪命憙は言う。進取的でなく退嬰的、行動的でなく形式的、利用厚生的でなく繁文辱礼的な両班階級は、たとえ外勢の力がなくてもすでに自己分解を免れ得ないところまで来ていたと見るのである。このほかに両班階級の二大欠陥として事大主義と崇文賤武の精神をあげて、洪命憙は話を終えている。

③「洪碧初・玄幾堂対談」

これは一九四一年『朝光』八月号に載った幾堂玄相允との対談で、李源朝が司会をつとめた。洪命憙は、前半ではおもに東京留学と大陸放浪の時代に交友した人々について語り、後半部分で朝鮮王朝時代の実学派や党争について語っている。

実事求是の学風が清朝の考証学の影響で現われたのか、それとも朝鮮の内部的必然としておきたのかという李源朝の問題提起に対して、洪命憙は、第一に朱子学一辺倒の性理学に対する反感、第二に当時の政治圏外から脱落した人々すなわち南人たちの起こした学風だと答えているが、後者は①―2の問答中にあったのと同じ見解である。つぎに、党争の根本的原因は何かという質問に、玄幾堂が、人間をすべて小人か君子に大別する儒教の陰陽思想が根本原因であり、儒教あるところ党争は避けられないのだと、原因を儒教に帰したのに対して、洪命憙は、官職の数と両班の人数とのアンバランスから生じる官職争いだという持論を繰り返し、「確証としては北軒金春沢という人が、党争の驍将なんだが、彼がそう言っている」[25]とふたたび金春沢の名をもち出している。

三　洪命憙の両班観

以上の考察から洪命憙の両班観を整理してみよう。彼は朝鮮時代の歴史を動かしたのは両班階級であるとみなしていた。それゆえ「歴史的な事実を事実通りに知」り、「歴史の終始を体系的に把握する」ために「両班階級の特質の科学的究明」が必要だと考えたのである。元来は文武両班の官職を持つ者をさす語であった「両班」が、高麗末に身分階級をも意味するようになると、そのころまで残存していた新羅の骨品・頭品も合流して両班階級が発生し、朝鮮時代に確立したというのが、両班階級成立に関する彼の見解である。彼は、この両班階級の歴史を四期に区分した。

第一期は、官職ポストと両班人数のバランスがとれていて両班以外からも人材を採る余裕があり、賤人が科挙に受かって官職につくなどの身分上昇も可能だった「発達期」（十四世紀後半～十六世紀後半）である。この時期に起きた士禍を、彼は、両班階級成長中の一時的な挫折現象と見なした。

第二期は、両班の人数が増えてポストが不足し、銓郎職の獲得を目標に政権争奪戦が起きた「党争期」（～十八世紀前半）である。党争は両班階級の成長が止まったあとの分裂現象であるとされる。

第三期は、この党争を抑えるための蕩平策が両班を堕落させ、科挙が機能しなくなった「退廃期」（～十九世紀末）である。この時期に起きた民擾は、それ自体に両班支配を転覆する力はないが、その支配に対する弔鐘だと彼は見る。この時期には、政権から遠ざけられた南人の不満が原動力となって実学がおき、また両班階級の自己反省も始まったとする。

そして「末期」（～二十世紀初）に外勢の流入によって、両班階級は死滅する。

洪命憙は両班たちの原動力になっていたのは官職欲だと喝破し、彼らの歴史は政権争奪の歴史であり、彼らの思想は儒者の思想であるよりも官閥の思想であったと批判する。両班の特徴として彼は「素養」「凡節」「行世」「志操」をあげ、これらは長所であると同時に短所でもあって、たとえ外勢がなくても両班階級は内部から崩壊する運命にあったとしている。しかし崇高な生き方をした両班たちに対しては、敬慕の念を惜しんでいない。

以上が洪命憙の両班観である。ところで彼がこのような考え方をするようになったのは、いつのことだろうか。ここで検討したのは一九三六年二月から一九四一年の資料であるから、洪命憙は一九三六年にはこのような認識に達していたことになる。

四　洪命憙の両班観と『林巨正』

この洪命憙の両班観のなかで特に注目されるのは、『林巨正』の時代背景である十六世紀を、洪命憙が両班階級の「発達期」と見ている点である。『林巨正』の中では何度も士禍が起きているが、作者は、それらは「一時的な挫折現象」にすぎず、東西の朋党が形成される一五七〇年代中葉までは両班階級の発達はつづいたとみなしていた。すなわち士禍は特異な王あるいは権力欲にかられた個人が引き起こした、社会構造とは無関係な事件ということとなる。同様に、「両班階級の支配に対する弔鐘」である民擾が起こるのは十八世紀からの「退廃期」であり、十六世紀の林巨正の反逆行為とは切り離されている。『林巨正』には、失政のために火賊になるしかないほど追いつめられた人民の塗炭の苦しみが描かれているが、十六世紀においてはこの人民の怨嗟が両班支配に対する抵抗に結びつくことはないと、作者は考えていたわけである。それなら巨正の火賊行為は、特異な反逆児の引き起こした時代から孤立した一時的現象ということになる。

ここで問題になるのが、『林巨正』の創作意図としてつねに引き合いに出される、作者自身の次の言葉である。

林巨正といえば、昔、封建社会においてもっとも迫害を受けた白丁階級の人物の一人ではありませんか。彼が胸にあふれる階級的〇〇の炎をいだいて、その時代の社会に対して〇〇をあげただけでも、どれほど見事な快挙だったことでしょう。／そのうえ彼は戦う方法をよく知っていました。それは自分ひとりが陣頭に立つのではなく、自分と同じ立場にある白丁の糾合をまず図ったことです。／元来、特殊民衆は彼ら同士で団結する可能性が多いものです。白丁もそうですが、篩商人とか独立協会のとき活躍した褓負商などは、すべて彼ら同士で手を結んで、意識的に外界に対して対抗してきているのです。この必然的な心理をうまく利用して白丁たちの糾合を図ってから自ら先頭に立って痛快に義賊のように活躍したのが林巨正でした。そのような人物は、現代に再現させても十分受け入れられる人間ではなかったでしょうか。(26)

これは一九二九年の『三千里』六月号に掲載された「『林巨正』について」の一節である。ここで洪命憙は、巨正の時代と開化期と現代の三つの時代を、その特性や事実性には留意せず無頓着に並べて、十六世紀の人間を現代に再現させても十分容認できるとしている、実際に彼は、この時期に書いていた『林巨正』において、巨正をまるで十六世紀に出現した現代人のごとく近代的な革命児として描いている。

『林巨正』を最初に朝鮮文学史の中に位置づけた白鉄は『三千里』のこの一節を引用しながら、「洪命憙が新幹会の急進派の人物であることと、以前新興文芸を論じた文学者であることとを総合して見ると、彼が『林巨正』を書いたのは単純な歴史小説ではなく、結局のところ現実で語りたい言葉を『林巨正』という過去の人物を借りて語ったにすぎない」(27)と分析している。しかし、白鉄の指摘は『林巨正』の前半については妥当だが、後半に関しては当てはまらない。なぜなら、後半に進むにつれてその筆致には十六世紀の火賊としてのリアリティへの配慮と、過去の人物をその時代の人物らしく描こうという意志が感じられるようになるからだ。作品を読めば明らかなように、後半の巨正は、白丁の糾合はもちろん義賊活動も行なっていない。反対に、若いころに剣道の師匠に誓った義賊の条件ともいえる四つの約束[28]をすべて破り、女性関係に放恣で、家族に対しては権威主義的な家父長、義兄弟たちに対しては暴君として君臨し、人民から通行税を取り立て、飢饉のたくわえを略奪する非情な火賊になるのである。彼の反逆心がひきおこす朝廷や両班への抵抗は、周囲の人々を破滅にひきずりこんでいく「客気」でしかなくなる。

『林巨正』の前半と後半とでは巨正の人間像に不連続性があることがつとに指摘されているが[29]、それが生じた理由は、「歴史小説」というものに対する作者の考え方の変化ではなかったかと筆者は考えている。本章で考察したように一九三〇年代半ばの洪命憙は、「歴史的事実を事実通りに知ること」と、「その歴史の終始を体系的に把握する」ことを目指しているが、若いときから事実に対して非常に厳格だった洪命憙の性格からして、「歴史」に対するこの姿勢はその前と特に変わっていないのではないかと想像される。もちろん「歴史小説」とはいえ『林巨正』はあくまでも小説であり創作であって、起きた事実を追及する「歴史」とは別である。「歴史」研究においては事実に厳格な作家が、「歴史小説」を創作するときにはそこから離れて自由なイマジネーションの翼を広げることに、なんら不思議はない。ここで「歴史小説」と「歴史」研究の関係という難しいテーマにまで踏み込む余裕はないが、『林巨正』における前半と後半の作風の変化を考えるとき、この問題は重要な意味を持つように思われる。

前半の巨正は、十六世紀という彼の時代を超越している。年齢や身分によって言葉遣いが変わることに憤り、差別があるせいで言葉遣いが変わるのだから権力を握って命令で差別をなくせばよい、その命令に従わないものは殺せばよいという巨正の主張は、革命と暴力の思想を連想させる[30]。自分が白丁に生まれついたために受ける差別を、個人の宿命ではなく社会の構造悪であると把握して、巨正はそれに反抗する。この若き日の巨正の姿からは社会変革の意思が感じられる。それに対して後半の巨正は、特異な個人の宿命が周囲を巻き込み、一族郎党の破滅へとつきすすんで行く人間の悲劇を感じさせる。その悲劇が悲劇たる所以はまさに、巨正の宿命がその時代では解決不能なところからきているのである。この巨正の悲劇は、十六世紀という時代に対する洪命憙の認識を反映しているといえる。

なぜ洪命憙は作風を途中で変えたのか。筆者は次のように考える。連載当初の洪命憙は、「『林巨正傳』について」に見られるように、登場人物が時代や事実を無視して自由に行動する「歴史小説」のあり方を許容していたが、後になって、「歴史」研究と同様の事実重視の姿勢に変わり、それが林巨正の人物像に反映したのだと。そして、このような「歴史小説」認識の変化には、執筆時の彼を取り巻いていた政治状況がかかわっていたと考える。

三・一運動のあと一九二〇年代の朝鮮には大衆運動の波が起き、各地で労働者のストライキが起こるようになった。一九二三年には白丁の団体平衡社が結成されており、また、この時期に洪命憙は社会主義思想を研究している。一九二七年の民族統一団体新幹会の創立準備過程で彼は主導的な役割を果たし、その後も新幹会拡大のために奔走を続けた。労働者たちの運動は日本の植民地支配と全面対立する姿勢を強めていき、一九二九年一月の元山ゼネストから十一月の光州学生事件にかけてその波は頂点をむかえた。洪命憙は一九二八年に朝鮮共産党の関連容疑で逮捕され不起訴釈放されたが、『林巨正』の連載が始まったのはその直後の十一月である。そして問題の執筆所感「『林巨正傳』について」が発表されたのは、その翌年の『三千里』六月号であった。こうした政治の激動の中で洪命憙は、『林巨正』を借りて白鉄のいう「現実で語りたい言葉」を語ったのだと思われる。

だが、その年十二月、光州学生運動の弾圧に抗議する光州学生事件真相報告民衆大会を準備していた洪命憙は逮捕される。『林巨正』連載は前半三篇で中断し、彼は獄中で二年間を過ごすことになった。一九三二年に出獄した彼がふたたび連載を始めようとしたとき、すでに新幹会は解散し、時代状況は大きく変化していた。二〇年代の大衆運動高揚期は終わり、朝鮮は長く暗い時代を迎えつつあった。執筆再開のために再度構想を練りはじめた洪命憙は、こうした状況のもとで、歴史小説のあり方についても以前とは違った考え方を持つようになったのではないか。歴史小説の創作に対して「事実を事実どおり」という彼の本来の性向が表に出るようになり、また両班階級の歴史研究の結果で得た時代認識が、作品の中にも反映することになったのではないかと思われるのだ。連載再開にあたっての所感の中で、彼は前半三編の書き直しを示唆している[31]。また「朝鮮情調で一貫した作品」[32]という言葉を彼が初めて筆にしたのもこのころであった。朝鮮情調のなかで生きる人間は、その時代と空間の産物でなくてはならない。後半の巨正には時代と環境の制約のなかで生きる人間としてのリアリティが付与されていくことになる。こうした作者の創作姿勢の変化が、作品中で巨正の人間像の不連続性として現われたのだと考えられるのである。のちに『林巨正』を刊行したときに洪命憙が前半部分の出版を保留したのは、彼自身がこの断絶を意識していたためであろう。

五　おわりに

以上、洪命憙の両班論の考察を通して彼の両班観を明らかにし、『林巨正』とのかかわりを考えてみた。洪命憙は、事実を尊重しながら体系的な把握をめざす科学的な方法で両班階級を研究したいと考え、時期区分も試みていた。それによれば林巨正の時代は両班階級の発達期であり、民衆の抵抗が生まれる時期はまだずっと先のことであった。作者の認識では、巨正の反逆は個人的な「客気」でしかありえない時代だったのである。

執筆開始のころ作者自身が書いた所感「『林巨正傳』について」は、これまで『林巨正』の創作意図とみなされてきたが、本章の考察によれば、それは前半部分にしか該当せず、後半執筆のころには「歴史小説」に対する作者の姿勢は、彼の歴史研究への姿勢と同様、事実尊重の精神に傾いていた。また、両班階級研究から得られた十六世紀という時代認識も作品に反映するようになり、そのために巨正の人間像が前後で連続性を欠く結果になったと思われる。これは彼の政治的姿勢の後退という見方もできるかもしれない。だが筆者としては、作家としての洪命憙の資質は、むしろ後半部分にみられる事実尊重の精神にあらわれていると考えている。

(1)　たとえば一九三二年五月二十七日『朝鮮日報』続載予告記事では「当時の民衆の思想動向とあわせて風俗を如実に描写した小説」とされている。(原文朝鮮語、拙訳。以下同様)

(2)　最初に『林巨正』を書くときの腹案によれば、第一編が巨正の一族の来歴、第二編が巨正の幼年時代、第三編が巨正の時代と環境、だったという。(『林巨正傳―義兄弟篇連載に先立って』『朝鮮日報』一九三二年十一月三十日、姜玲珠『碧初洪命憙と「林巨正」の研究資料』(以下『資料』とする)、四季節出版社、一九九六、三六頁)。翌年の所感「『林巨正』を書きながら」には、第一編が幼年時代、つぎが当時の社会の雰囲気を描いたとある。(『三千里』第五巻九号、一九三三・九、『資料』三八頁)

(3)　一九八八年に四季節社の主催で行なわれた『林巨正』連載六〇周年記念座談会で、潘星完は、「あまたの知的遍歴をへたにもかかわらず、洪命憙の人格自体の根は十九世紀士大夫階層の倫理意識と文化意識を基盤としている」と述べている。(『資料』二九九頁)

(4)　洪命憙の家系については姜玲珠『碧初洪命憙研究』(以下『研究』とする)第一章「家門と成長過程」を参照のこと。(創作と批評社、一九九九)

(5)　姜玲珠『研究』第六章「朝鮮史と朝鮮文化論」。姜玲珠は、歴史小説『林巨正』の執筆自体が朝鮮文化運動に呼応する努力であったとみなしている。(三三二頁)

（6）姜玲珠は洪命憙が行った両班階級に対する考察として、この他に「鄭圃隠と歴史性」（『朝光』一九三八年一月号付録）を入れている。この文章は残念ながら入手できず未見であるが、姜玲珠の紹介からすると両班論というよりも鄭圃隠論ではないかという筆者の判断で、これを検討対象からはずした。また③の対談は、姜玲珠は参考として引用だけしているが（三二七頁）、筆者はむしろこれを検討対象に入れることにした。

（7）『資料』一〇九―一二三頁

（8）同上　一三〇―一三三頁

（9）同上　一七七―一八七頁

（10）新聞掲載時は鄭圃隠の言葉としていたのを、一月二十六日付の同コラム訂誤表で、後世の人の言葉であったと訂正してある。また鄭圃隠が「両班」という文字を使っているのは遁村への手紙においてのみであるとして、その文（崔鄲之母族。亦真両班也。余聞之三寸李敬之判書）を載せている。（『資料』一一五頁）

（11）この息子が洪起文か洪起武かは不明（姜玲珠の指摘による）

（12）潘碩枰（?～一五四〇）。宰相の屋敷の奴隷であったが、主人の斡旋で息子のいない裕福な家の息子となり、文科を経て刑曹判書まで歴任した人物。（李成茂『朝鮮初期両班研究』第二章第一節「両班と科挙」（六一―六二頁）『林巨正』の中でも巨正がこの人物のことを沈義から聞いたと李鳳学に語っている場面がある。（『林巨正5』四季節社、三九三頁）

（13）不明。『宣祖実録』に徐敬徳の弟子として名前が見える。（宣祖 009 08/05/20 己未他）

（14）徐起（一五二三～九一）。徐敬徳・李之函に師事、李之函と全国を遊覧して民俗と学問を研究した。その後智異山・鶏龍山で後学の養成に力をそそいだ。なお、この人物は『林巨正』の中で巨正の友人として名前だけ出ている。（『林巨正5』三九三頁『林巨正7』二二三頁）

（15）李成茂は『朝鮮初期両班研究』の中で、朝鮮初期には良人の科挙応試は法制的に保障されていたものの現実的な困難のため及第者はごく少数に過ぎなかったとしている。彼は、当時における良人の科挙応試を一般化する崔永浩の論文に反論して、科挙に受かった非両班出身者として論文中に挙げられている十二人のうち潘碩枰を含む三人の奴と良人階級一人のほかは貧しい両班である可能性が高く、むしろそうした実例は例外的であったと主張している。（前掲書、六三頁）一方、李泰鎮は、朝鮮初期に見られる一般平民が科挙に合格する事例は、「高麗末の獲得的身分（achieved status）段階の新進士大夫勢力が、新しい王朝になって帰属的身分（ascribed status）に移転する過程でまだ制度的に固まっていない状態から生じた局部的現象にすぎない」と見ている。（『朝鮮王朝社会と儒教』法政大学出版局、二〇〇〇、一八八頁／『韓国史研究入門』知識産業社、一九八一、二六五—二六六頁）

(16) 崔鳴吉（一五八六～一六四七）。宣祖・仁祖時代の文臣。号・遅川。本貫全州。李恒福・申欽らの門人。西人として仁祖反正に加担し一等功臣として完城君になる。兵曹判書・吏曹判書を歴任し、丙子胡乱では降和書を草案。後に領議政になった。

(17) 金春沢（一六七〇～一七一七）。粛宗時代の文臣。号・北軒。本貫光山。己巳換局など政争に巻き込まれて何度も流配されたが、愛国の衷情から直言をいとわなかったという。詩才と書で大家と称せられて吏曹判書を追贈された。なお、洪命憙は朝鮮日報掲載の時に勘違いで「英祖」としたのを、四日後の一月二十六日付同コラム最終回「老人」の末尾の正誤表で「粛宗」に訂正している。

(18) 朝鮮時代に文武官の人事行政を担当した吏曹と兵曹の正五品官である正郎と正六品官である佐郎職の通称。品階は高くないが人事権をもつ重要ポストであり、重罪でなければ弾劾をうけないという特異な官職であった。

(19) 洪大容（一七三一～八三）英・正祖時代の実学者。号・湛軒。本貫南陽。一七六五年叔父の北京行きに同行して見聞を広め、帰国後は科挙に失敗して蔭補で繕工監監役となり後に栄州郡守になった。地球の自転説をとなえ、科挙によらぬ人材登用、身分にかかわらぬ児童教育など革新的な思想を主張した。

(20) 洪命憙の他に孫晋泰、文一平、権相老が執筆している。

(21) 李集（一三一四～八七）高麗忠穆王時代の学者。遁村雑詠（一名『遁村遺稿』）がある。

(22) 李佑成と李泰鎮も同じ文献を例として取り上げている。（李佑成『韓国の歴史像』「七、李朝士大夫の基本性格」、平凡社、一九八七、一五六頁／李泰鎮『朝鮮王朝社会と儒教』「第九章、朝鮮時代の両班」、法政大学出版局、一八〇頁）

(23) 一九三六年二月二十六日『朝鮮日報』。洪命憙は正誤表にこの他にも「両班」という言葉の見える古文献の記述をあげているが、そのうち『高麗史』の「辛禑藉諸道両班百姓為兵　無事則力農　有事則徴発」は、李成茂が「両班」が支配身分階級を意味して使われている例としてあげているものである。（李成茂『朝鮮初期両班研究』一潮閣、一九八〇、一四頁）

(24) 『林巨正』には巨正と朴ユボギが両班に変装して府使や郡守から接待を受ける挿話が出てくる（『林巨正8』、一六八—一九八頁）作者自身はこのようなことは現実的でないと知りながらも、明宗実録にある記述をいかすためにあえて創作したことが、両班に必須とされるこれらの特殊な素養から明らかになる。白丁出身の巨正が両班に化けて本当の両班と会話することなど不可能なことを、作者は熟知していたにも拘らず、小説の面白さのために創作したのである。

（25）『資料』一八五頁

（26）『三千里』創刊号、一九二六年六月。『資料』三四頁。最初の○○には「闘争」次の○○には「叛旗」のような文字があったと推測される。蔡進弘「『林巨正』の創作意図」、『洪命憙』、새미、一九九六、三九頁

（27）白鉄『朝鮮新文学思潮史現代篇』白揚堂、一九四九、三三〇頁

（28）1、罪なき命を奪わない。2、女色のために剣を抜かない。3、悪人の財物を奪って善人に与える他は財物のために剣を抜かない。4、理由なき憎しみとつまらぬ客気で剣を使わない。（『林巨正3』一九六頁）

（29）たとえば一九八八年に四季節社の主催で行われた『林巨正』連載六〇周年記念座談会「韓国近代文学における『林巨正』の位置」に出席した廉武雄・林栄澤・潘星完・崔元植の全員が巨正のパーソナリティに前後の不連続性があることを認めている。

（30）『林巨正3』三〇六―三〇七頁

（31）「『林巨正傳』―義兄弟篇連載に先立って」、『朝鮮日報』、一九三二、十一・三〇／『資料』、三七頁

（32）「『林巨正傳』を書きながら」、『三千里』、一九三三年九月号／『資料』、三九頁

Ⅲ 金東仁

第一章　『狂画師』再読
——あらたな解釈の可能性およびイメージの源泉について——

一　はじめに

一九三五年に発表された「狂画師」は金東仁《キムドンイン》の代表作の一つとされ、これまで多くの研究がなされてきた。本章の目的は、この作品に対するあらたな解釈の可能性を探ろうというものである。白鉄《ペクチョル》以来、金東仁文学には耽美主義・芸術至上主義という形容が与えられる一方で(1)、それを否定する論調もまた存在してきた(2)。しかし本章で問題にしたいのは、金東仁の文学的傾向ではなく、作品をどう読むかという解釈についてである。たとえば、「狂画師」が耽美主義作品であることを認める認めないにかかわらず、母親への思慕が作品の重要なモチーフであるという解釈では、ほとんどの研究論文が一致している(3)。しかしながら「狂画師」における母親像はあまりにもステレオタイプ化されており、筆者はむしろ、作者が意図的に用いているという印象をうけた。そこで本章では、主人公にとっては、母親への憧憬や思慕よりも、自分を受け入れてくれる女性に対する渇望の方が切実であり、それはまた芸術家としての自分を受け入れようとしない世間への金東仁の執着ともかかわっているという解釈を試みる。

このように、本章ではできるだけ解釈の幅をひろげる可能性を模索するが、それはテキストを恣意的に読み解こうということではない。分析にあたって本章では、以下の二つの点に留意する。第一に、金東仁が創作論で主張した方法が実際の創作過程でどう用いられているかを考慮すること、第二に、影響が指摘されている外国小説と関連がありそうな部分を具体的に抽出しながら解釈を試みることである。(4)

ここでの作業手順は以下の通りである。最初にまず、「狂画師」を執筆した当時の金東仁がいかなる生活状況におかれていたかを見ておく。つぎに、「狂画師」の叙述様式である額縁小説と金東仁の創作論との関連を考察しながら、金東仁の方法論を概観する。その後に、詳しいテキスト分析を行って、新たな解釈の可能性を提示することにしたい。

二　「狂画師」執筆前後の金東仁

「狂画師」は一九三五年十二月、金東仁が主幹する月刊誌『野談』の創刊号に発表された。当時、ほかの野談雑誌の依頼を受けて作品を書いていた金東仁は、この種の雑誌の収支が合うことを知って、みずから雑誌経営に乗り出したのである。

小説家金東仁がなぜ雑誌経営に乗り出したのか、その経緯を簡単に説明しておく。若いときに父親から莫大な遺産をうけついだ彼は、一九二〇年代後半に放蕩でそれを失い、手を出した淹漑事業にも失敗して破産し、妻に逃げられるという目にあった。一時は絶望に陥ったものの、彼は結局職業作家として生活していくことを決意し、再婚して、住まいも出版社のあるソウルに移す。一九三二年のことである。生活のために新聞連載小説や野談を書くようになった彼は、尹白南《ユンペンナム》が一九三四年の秋に創刊した『月刊野談』の依頼を受けてこの雑誌のために書くようになり、ついには自分で野談専門雑誌を出すことを決意した。その理由は次のように回想されている。

文筆生活が至難なこの地で、それまで文筆のみで生活してきて、つくづくうんざりしていた。（中略）原稿の注文がなくて、肝を冷やしたこともあった。物価高のソウルでそれも新生活を一から始めたのであるから、生活はおそろしく大変だった。

白南の『月刊野談』の経営状態を見ると収支はまあまあのようだった。『月刊野談』はほとんど私の文章で成り立っている。それなら私の文章で私が雑誌を出せば、毎回原稿料を受け取るのに汲々としなくても、生活を営むことができるはずだ。(5)

一九三五年の『月刊野談』の目次を見ると、金東仁は毎月一、二編しか書いていないから、「ほとんど私の文章で成り立っている」というのは誇張である(6)。金東仁は創刊資金を準備し、雑誌名を『野談』と決めて、一九三五年十二月号から刊行した。『月刊野談』とまぎらわしい名前である。彼自身の回想によれば、この数ヶ月前に尹白南は満州に行ってしまい、『月刊野談』は出版社が続刊している状態だったという(7)。しかし『月刊野談』の十一月号には尹白南の名前で、金東仁が自分の名前を勝手に使っているという抗議声明が出されている。おそらく何らかのトラブルがあったのではないかと推測される(8)。『野談』創刊号のトップに掲載された尹白南作「申聞鼓」は尹の名前を借用して金東仁が書いたもののようだ(9)。創刊号にはこのほかに田栄《ナヨニョン》沢《テク》、方仁根《パンイングン》、李光洙《イグァンス》の名がならんでいる。李光洙の作品「千里外の恋人」は、一九二三年に東亜日報に掲載された「嘉実」のタイトルを変えたもので、末尾に（原稿の督促が急なため、旧稿をもってとりあえずの責任を果たす）(10)と付記されている。なんとしても自分の雑誌の創刊号に有名作家の名前をそろえたい友人の頼みを断りきれない李光洙の困惑が伝わってくるようだ。

ところで、先の引用文にあるように、金東仁が雑誌経営をはじめた目的は経済的基盤を得ることであったが、その背後には、生活を安定させることで余裕をもって創作に取り組みたいという思いがあったと推測される。

このころ発表した短編小説「小説急造[11]」の中で、彼は生活のために小説を急造する自分の姿を戯画的に描きだしながら、〈自分の小説〉という言葉をくり返しているからだ。

ある家庭雑誌に短編を書くことを約束した主人公Kは、締切日になっても書けないまま、新聞社からうけとった原稿料を徹夜麻雀ですってしまい、新婚の妻への申しわけなさに苦しみながら一日中街をさまよう。夜になって帰宅し、妻に詫びをいれて床についたKは、翌朝九時に起床すると九時半には新聞連載小説一回分を書き終え、三十分休憩したあと筆をとって、十二時までに短編を一つ一気呵成に書き上げる。それは小説家Kが小説を急造するにいたる経過を描いたものだった。苦肉の策としてこの小説ができるまでのいきさつを小説化したのである。

自分を卑下しているかのような戯画的タッチで書かれた作品だが、そこには、どんなにあわただしい仕事ぶりであろうと筆一本で生活をしていける才能に対する自負心が感じられる。ジャーナリズムが未発達であった当時の朝鮮において、文筆活動のみで一家を支えていくのは至難の業であった[12]。新聞社や雑誌社からの仕事を大量に引き受ける金東仁に対して、仕事を独占しているという非難が若手作家から起こったほどだという[13]。

この「小説急造」の中で、金東仁は書いている。

「新聞には新聞小説」

「雑誌には自分の小説」

これがKのモットーだった。毎月の定期収入のために新聞に小説を載せる。だがそれは自分の小説ではなかった。新聞の注文通りに書きとる一つの記事に過ぎなかった。新聞の経済記者が俸給のために書く経済記事と同じく、彼は自分を新聞の小説記者だと自任していた。俸給のために書く文であり自分の小説で

はないと公言して、問題を起こしたことさえあった。（傍線引用者[11]）

「筆を執りさえすれば人の目を適当にごまかしてのけるくらいのものは楽々急造できる[15]」と自負している主人公Kが小説を書けずに苦しむ理由は、掲載先が家庭雑誌とはいえ雑誌だからである。この姿勢はそのまま当時の金東仁の姿勢とみなしてよいだろう。注目されるのは、この時期の金東仁が生活のために小説を書く一方で、〈自分の小説〉を書こうという芸術的意欲を持っていたことである。のちに金東仁は、新聞連載小説を書くようになったいきさつを語りながら、自分を、毛の純白を惜しむあまり逆に体の一部にでも汚点がついたときには自虐的に全身を汚すという白貂にたとえた[16]。しかし、実際には新聞連載小説を書くようになったあとも、〈自分の小説〉を書こうという意欲を持ちつづけていたのである。

一九三三年に雑誌に発表された小説はこの「小説急造」一編しかない。翌三四年も短編創作はあまりないが[17]、「小説学徒の書斎から――小説に関する管見二三」と「近代小説の勝利――小説に関する概念を語る」の二つの評論を発表したほか、代表的な作家論『春園研究』の連載もはじめている。こうした盛んな評論活動は、彼が〈自分の小説〉を模索していたことを推測させる。

「狂画師」は、雑誌経営に乗り出した金東仁が、創刊号のために書いた作品であった。彼の念頭にはその前年に書いた創作論があったであろうし、久しぶりに〈自分の小説〉を書くにあたって本格的な芸術作品執筆への意欲に燃えたであろうことは、十分に推測される。食後の散歩にふらりと仁王山に登って作ったという形をとっている短編だが、じつは金東仁はこの作品にかなりの創意と工夫をそそぎ込んだと想像されるのである。

だが結果として、金東仁が自分の雑誌に書くことができた〈自分の小説〉は、「狂画師」一編だけであった。雑誌経営は失敗し、一年半後に彼は健康までそこねて雑誌を人手に渡すことになる。他人に原稿料を払うよりは自分で書こうとしたのだろう。金東仁は多い月は二十編近くの野談を量産した。一年半の間に彼が野談以外に書いたのは、新聞連載小説と随筆だけである。経営の失敗がもたらしたものは、金銭と健康の喪失にとどまらなかった。経営を成り立たせるために行なった著しい乱筆は、彼の創作力減退と意欲低下を招いたかに見える。そして小説家としての彼の凋落と歩調を合わせるように、社会状況もきびしくなっていく。彼が『野談』から手を引いた一九三七年には同友会事件がおき、日中戦争が勃発して時代は急速に暗くなっていくのである。

三　叙述様式

「狂画師」は、作家である〈余〉が作中でひとつの物語を創作するという設定になっている。小説の中に入れ子式に小説が入る、いわゆる額縁小説（frame story）である。(18) 初期の短篇「ペタラギ」(19)（一九二一）をはじめとして「K博士の研究」(20)（一九二九）「狂炎ソナタ」(21)（一九三〇）など、この様式を金東仁は好んで用いた。金東仁がこの形式を用いたことには日本文学からの影響を指摘する研究があり、筆者もそれに異論はない。(22) しかし金東仁がこの形式を日本文学を通じて知ったとしても、あえて取り入れたことにはそれなりの理由があるのではないだろうか。

一九一九年の処女作「弱き者の悲しみ」(23)に先だって「小説に関する朝鮮人の思想を」(24)を発表して以来、金東仁は小説創作と並行して「自己の創造した世界」(25)（一九二〇）、「小説作法」(26)（一九二五）、「小説学徒の書斎から」(27)「近代小説の勝利」(28)（ともに一九三四）、「創作手帖」(29)（一九四一）など、創作に関する文章を多く書いてきた。それらの創作論と照らし合わせて考えてみると、金東仁が額縁形式を好んだいくつかの理由が推測される。以下ではこれらの創作論で主張された〈人形操縦論〉〈雰囲気〉〈単純化〉〈一元描写A形式〉を手がかりにして、彼が額縁形式を好んだ理由を検討しつつ、金東仁の方法論を概観したい。

(1) 人形操縦論

「自己の創造した世界」の中で金東仁は、「芸術家とは一個の世界——あるいは人生といってもいいが——を創造し、縦横無尽に自分の手のひらの上で動かすだけの能力がある人物[30]」だと定義した。これがいわゆる〈人形操縦論〉である。現実世界においても他人に対して傲慢な姿勢を貫いた金東仁にとって、創作とは「自己の支配する自己の世界[31]」の創造であり、その世界で作中人物は作者の意図通りに動かねばならない存在であった。

だが実際には、金東仁自身が「小説作法」の中で書いているように、作中人物も性格をもった有機体である以上、作者の意図と違って行動することは避けがたいことである。もし作家が作中人物を無理に意のままに動かせば、そこには「矛盾と自家撞着[32]」の危険が生ずることになろう。額縁小説はこの危険を回避するのに適した様式である。すなわち、はめ込まれたストーリーの主人公と読者の間に介在する話者は、いわば作者の影武者として作中に登場しながら主人公の行動を規制し、矛盾のように見える場所には説明を加え、破綻を見せずに登場人物を作者の思うように動かすことができるからだ。

その例として「狂炎ソナタ」があげられる。「狂炎ソナタ」では、冒頭でまず顔を出した作者の「それでは私の話をはじめよう[33]」という言葉で物語がはじまる。そのあと音楽批評家Kが登場して社会教化者に天才音楽家白性洙《ペクソンス》について語り、後半では白性洙が告白書簡の一人称で登場する。「狂炎ソナタ」は、まるでいくつもの額縁をもった絵画のように複雑な様相を呈しており、その中で主人公は露骨に作者によって動かされていく。母親の教育によって眠らされていた狂暴な魂を復讐のための放火という「機会」によってよみがえらせた白性洙は名曲「狂炎ソナタ」を生み出し、芸術的な感興をうるためについには屍姦や殺人まで犯して次々と名曲を作っていく。父親の同窓生で今は白性洙の後ろ盾であるKは、深夜の教会で初めて彼を見たときから放火犯であることを疑うべきなのに、彼を引き取って、芸術的インスピレーションを得られるようわざわざ陰惨な部屋をあたえ、近所で火事が起きるとすぐ彼に見せようとするなど、まるで煽るような行動をとり、犯罪が明らかになったときには嘆願運動を行なう。白性洙が放火までして名曲を作ろうとしたのは、芸術的欲求からというよりも、Kの恩義に報いるためであった。結局のところ、白性洙はKによって動かされているると言ってよい。そして白を動かすKの背後にもう一人の操縦者＝作家がいることは冒頭で明らかにされている。幾重もの枠に閉じこめられた白性洙は、宿命というよりはむしろ作者によって無理やりに犯罪や芸術行為へと引きずられていくように見える。

作家による介入が露骨なこの作品は成功作とは言えないが、ともかくも作品としての破綻から免れているのはこの叙述様式に負うところが大きい。このように、額縁小説は金東仁が創作の初期から主張していた〈人形操縦論〉を作品内で実現するのに適した様式であったということができる。

「狂炎ソナタ」の冒頭にちらりと顔をみせた作者は、「狂画師」では最初から最後まで舞台から下りずに、みずから話者の役割を果たすことになる。ここでの話者〈余〉は、もはや見聞きした話を伝える存在ではない。〈余〉は作家であり、読者は彼が一編の小説を創作していく過程の試行錯誤から主人公の死に哀悼の意を表すところまで立ち会うことになる。「狂画師」こそ、「自己の創造した世界」において作家が作中人物を手のひらで動かす〈人形操縦論〉をそのまま実践した作品といえるだろう。

（2）雰囲気

一九二五年に発表された「小説作法」は四つの章で構成されており、〈雰囲気〉はその第三章で扱われている[34]。この章で金東仁はスティーヴンソンの創作論を引用して「一分の反駁の余地もない[35]」と全面的に支持しているが、それによれば小説には事件（プロット）・人物（性格）・雰囲気（背景）の三つの要素があり、小説創作の方法はこれらの要素を組合せた次の三通りしかない。

①まずプロットを作ってそこに人物を配置する。

②ある性格の人物を作ってから、そんな性格の人間なら起こしそうな事件を起こす。

③ある雰囲気を用意しておき、その雰囲気に合った局面や事件をつくり出す[36]。

このうち第三の方法における〈雰囲気〉は、額縁形式と結びつけて考えることができる。額縁小説では、内部ストーリーがはじまる前に、話者によって「ある雰囲気」が準備されるからだ。絵画において額縁がその色や大きさにより絵本体に微妙な影響を与えるように、話者はその気分や人生観によって、はめ込まれたストーリーに干渉する。たとえば「ペタラギ」は、東京留学から戻って故郷で久しぶりの春を迎えた〈私〉が大同江の岸辺で舟歌を歌う船乗りから聞き出した身の上話であるが、妻と弟の姦通への疑いから起こった忌わしい事件は、話者の若くみずみずしい感性と、〈私〉と〈彼〉の前を流れる大同江の早春の美しい風景によって陰惨さをぬぐいとられ、逆にロマンティックな悲劇としての色あいをたたえることになった。また「K博士の研究」においては、糞から餅を作るという研究の荒唐無稽さが助手Cの突き放したように醒めた語り口によって真実味と滑稽味を増しており、「狂炎ソナタ」では、話者の芸術至上的人生観が内部のストーリーを大きく規定している。このように額縁小説においては、はめ込まれたストーリーが話者の準備する雰囲気の影響下におかれるのである。

「小説作法」の同じ章において金東仁は小説の三要素についてそれぞれ詳しく説明し、その中でプロットに不可欠なものとして〈単純化〉をあげている。

（3）単純化

複雑な世界から、統一され、つながりのある事件を取り出して、小説化すること、これが単純化である。[37]この世界にとりとめなく生起するさまざまな事件をそのまま描いても小説にはならない。その中から材料になりそうな一片の事件を取り出して、読者に統一した印象を与える小説を創り出すこと、それが〈単純化〉である。「小説作法」でプロットにのみ必要だとされていた〈単純化〉は、後の「創作手帖」（一九四一）になると、性格描写にも不可欠であるとされることになる。

筆者は以前の論文で、この〈単純化〉理論について、金東仁が自伝的小説『女人』その他で自分の師に擬した画家藤島武二の絵画創作論から取り入れたものだと主張した。[38]しかしその後、金東仁が「小説作法」を書くにあたって参考にしたと思われるチャールズ・ホーンの『小説の技巧』の中に、スティーヴンソンの〈単純化〉に関する記述があることがわかった。[39]それによれば、小説内から話の主眼と関係ない要素はすべて取りのぞき、小説をして人生の一側面あるいは一点に〈単純化〉させよというのがスティーヴンソンの主張である。自分の敬愛する画家と作家が同じ言葉を使って同じような主張をしている事実に、金東仁は注目したことであろう。すでに指摘されているように、白樺派が全盛であった大正時代の日本で文学に目覚めた金東仁は、絵画と小説を同じ芸術という視点で見る傾向があった[40]。創作方法にも共通点があると考えていたようである。目前にひろがる複雑な世界を「もつれた糸をほぐすように画家の力で単純化することが画面構成の第一義」であるとした藤島の〈単純化（サンプリシテ[41]）〉という言葉は、金東仁の内部でスティーヴンソンの〈単純化（シンプリフィケーション）〉と結びついたのだと考えられる。

ところで額縁小説とはまさにその名称が示すように、話者という外枠によって世界の一部分を切り取る様式である。そして話者は取り出した世界の統一を保証する。その意味で額縁小説は、絵画と小説の創作に共通点を見出していた金東仁の単純化理論に適した様式ということができる。小説と絵画とをひとしなみに芸術と見なす芸術観が、金東仁を自然にこの様式に導いたのではないかと思う。

（4）一元描写A形式

「小説作法」の第四章で述べられている〈一元描写A形式[42]〉とは、作中主要人物の目に映ったこと、心に浮かんだこと以外はどんなに重要なことがらであれ作者には書く権利がないという描写法である[43]。金東仁は、この方法は簡潔明瞭さの点で「多元描写」よりも優れているが、視点が一つであるため、ストーリーを複雑に進展させていく際に無理が生じることがあると述べている。この欠点は主人公の他に話者の視点が加わる額縁形式によってある程度おぎなうことができる。すなわち〈一元描写A形式〉の長所を生かしながら展開を複雑化できるメリットを額縁形式は持っているのである[44]。

以上、金東仁の方法論を、「狂画師」の叙述様式である額縁形式と彼の創作論とのかかわりを通して概観した。それでは次に、これまでの考察をふまえてテキストの分析に入ることにする。

四 テキスト分析

(1) 構 成

「狂画師」は、×記号で区切られた二十四の節で成り立っている。[45]〈余〉が主語になっているいわゆる額縁の部分は、この作品の初めと終わり、および中間の三ヶ所で、内容と構成は以下の通りである。便宜上、節に番号をふって( )内に示す。

- 仁王山の散策中、余は泉の光に想を得て美しい物語を作ろうとする(一~五節)
- 流行歌で創作を中断された余は泉まで下りてみる(十八~二十節)
- 物語を作りおえた余が、主人公の死に哀悼の意を表する(二十四節)

はめ込まれたストーリーは途中〈余の介入〉によって中断されているので、図で表わすと次のようになる。

①　余の散策
②　ストーリー前半
③　余の介入
④　ストーリー後半
⑤　余の哀悼

さらにストーリー前半は、主人公である率居《ソルゴ》が少女と出会う以前と以後とに分けることができる。

a　夏の日なかに王室の桑園にひそんでいる率居の経歴が語られる（六～一四節）
b　ある秋の日、率居は盲目の少女に出会い、家に連れ帰る（一五～一七節）

ストーリー後半はまた、時間的推移によって次のように三分される。

c　美女像をほぼ完成した率居は、その夜少女と結ばれる（二一節）
d　翌朝、少女の変身に逆上して殺してしまう（二二節）
e　狂った率居が数年後に凍死する（二三節）

これを図で表わすと次のようになる。

①	余の散策	a　出会い以前
②	ストーリー前半	b　出会い
③	余の介入	c　少女と結ばれる
④	ストーリー後半	d　殺人
⑤	余の哀悼	e　凍死

（2）分　析

それでは金東仁が「小説作法」において「一分の反駁の余地もない」と全面的に支持したスティーヴンソンの三つの小説創作法のうち、「狂画師」はどれに該当するだろうか。先述したように、額縁小説では話者が〈雰囲気〉を準備することになるので、散策中の余が泉水の光に誘われて作る〈美しい物語〉という雰囲気がまず設定されている点では第三の方法であるが、はめ込まれたストーリーを見ると、最初に主人公の経歴や性格が作られてからそのあと事件が起きているという点では、第二の方法である。つまり全体的には第三の方法、部分的に第二の方法によっていることになる。以下ではこのスティーヴンソンの方法を念頭におきながら、先の図にそってテキストを分析していくことにする。[46]

① 余の散策

ここは、これからはじまる物語の額縁であり、物語を導入しつつその雰囲気を用意する部分である。
食後の散歩に仁王山に登った余は、高みから李朝の国都であった市街を見下ろし過去へと思いをはせる。背後にあった洞穴が彼の空想を李朝時代の暗い陰謀へと引き込もうとするが、そのとき泉水の輝きが目に入り、余はそれをもとに〈美しい物語〉をつくり出していく。

洞穴を見つけた余が不快な空想に引きずり込まれそうになる前後、煙草が切れていることを二度にわたって強調しているのは、清らかな泉水の光を目にする前の緊張感を高めて効果的である。また市街の騒乱と深山の静けさが対比され、不快な空想が泉の光に救われるように〈美しい物語〉へと転じる展開も、余が人間世界のわずらわしさから逃れるために美しいものに救いを求めていることを感じさせ、読者に〈美しい物語〉への期待を抱かせる。

この時期の金東仁はソウルの西にある仁王山のふもとの杏村洞に住んでいた。杏村洞人というペンネームも用いているので、少し事情に通じた読者なら、食後の散歩に仁王山に登って市街を見下ろしている〈余〉をすぐに作家金東仁と重ね合わせたことだろう。「仁王山」「無鶴峙《チェ》」「清雲洞」など作中に出てくる地名はいずれも読者の耳になじんだものであり、身近な空間を舞台にして時間だけを過去へさかのぼらせるという外枠作りは、この点で成功している。

余の目の前にひろがる仁王山の風景は、そのまま時間を越えてこれから始まる物語の背景として機能することになる。「余が今腰を下ろしている場所は、開闢以来はたして何人の人間が足を踏み入れたことか。この岩ができてから、もしかしたら余がはじめて踏んだのではあるまいか」[47]（二節）など、山中の自然が今も昔と変わっていないことを強調しているのは、その意図によるものであろう。自然描写が長々と行なわれるのは、それが現在を過去へ、現実を虚構へと結びつける重要な役割をおびているからだ。しかし「ペタラギ」の額縁部分の自然描写が先述したような効果をあげているのと比べると、「狂画師」におけるそれは躍動感を欠いている。松と苔の緑色、蘭草の黄色、岩の鉄色、眼下にみえる古都の灰黒色の屋根などの落ち着いた色彩で山水画風の雰囲気を出そうとしているが成功しているとは言いがたいし、「幽邃」という語が四回にわたってくり返されている点などはむしろ形式的な印象をあたえる。たとえば、「風があり、洞穴があり、山の草花があり、渓谷があり、泉水があり、絶壁があり、乱松があり――いうなれば、深山が持つべきすべての幽邃味をそなえている[48]」（一節）などという硬直した表現からは、風の音も草花の香りもしてこない。「狂画師」における描写は、額縁と主ストーリーをつなぐ背景としては力強さを欠いていると思われる。

陰謀殺戮の不快な空想に身を引き込まれそうになっていた余は、泉水の清らかな光に救われ、足下の岩をステッキで軽く叩きながら「もう少し美しい他の物語[49]」をつくり出そうとする。喧噪の京城市街からそれほど離れていないにもかかわらず太古の静けさを漂わせた仁王山中に見える泉の光、それを入り口にして余は読者を物語の世界へと導いていく。これからはじまる物語の〈雰囲気〉は、ここで用意されたのである。

②　ストーリー前半

さきに見たように、はめ込まれたストーリーは〈余の介入〉をはさんで前半と後半とに分かれている。余は前半で登場人物をつくり、後半で事件をひきおこす。このうち前半は、また、率居と少女との出会い以前と出会いとの二つの部分に分けられる。ここでは出会い以前についてをａで、出会いについてをｂで、それぞれ考察する。

ａ　出会い以前

「一人の画工がいる[50]」と余は物語を開始する。名前は「つけるのが面倒くさいから[51]」新羅の画聖からとって率居《ソルゴ》と命名し、時代は眼下に広がる市街が国都として栄えていた世宗のころとする。（六節）いかにも投げやりに見えるこの命名は、しかし計算づくのものであろう。新羅時代の有名な画工の名を使うことによって世宗代という時代設定が曖昧化され[52]、鳥が飛んで来てはぶつかったという皇龍寺の老松を描いた天才画師のイメージが、そのまま主人公に付与される効果を生んでいるからだ[53]。

　景福宮の北門である神武門の外に、王妃が手ずから織る絹のための桑園がある。もちろん一般人には禁断であるこの桑園に、中老の男率居が身をひそめている。日が暮れると「今日は無駄足だった[54]」とつぶやいて帰宅する彼の顔は恐ろしく醜い。（七節）この顔のために二度も新婚早々妻に逃げられた率居は、女嫌いが高じて人間嫌いとなり、もう三十年も白岳山中にこもっている。（八節）画道四十年の率居は二十年ほど前から在来の技法にあきたらなくなっていた。白髪老翁、牛と牧童などのきまりきった題材とは違った何かを描きたいという「異端[55]」の欲求にとらわれたのだ。それが顔に動きのある人間であると気づいた彼は、十年前から在来の手法をおしげなく捨てて〈人間の表情[56]〉を描くようになった。だが世間と離れて生きてきた率居には、行商人などのつまらない表情しか思い浮かばない。（九節）「色合いの違った表情[57]」を求める率居の脳裏にうっすらと浮かんだのは、やさしく自分を見つめる〈母の表情[58]〉だった。醜い自分を排斥する世間を恨みながらも、率居が世間を恋う思いは強かった。この葛藤が彼をして〈美女像〉を描かせることになる。（十節）やがて率居が求めるものは単に美しい表情をもつ美女像から、自分の〈妻としての美女像[59]〉に変わる。（十一節）しかし美女の顔がどんなものかわからない彼は街をさまよい歩いてモデルを探し、もしや上流階級には美女がいるのではないかと、ついに王室の桑園に忍び込んだのだ。（十三節）だが一ヶ月通っても理想の表情をもつ美女は見あたらず、率居は桑園に通うのをやめる。（十四節）

　以上から、率居が〈妻としての美女像〉を描く願望をいだくに至った道すじを整理してみよう。

①伝統的画題への不満から〈人間の表情〉を描きたいという欲求を抱くに至る。

②〈人間の表情〉が〈母の表情〉へと収斂する。
③〈美女像〉を描こうと決心する。
④目標が〈妻としての美女像〉に変わる。

②から④への移行に飛躍がある。なぜ率居の描きたいものは〈母の表情〉から〈美女像〉にかわり、ついには〈妻としての美女像〉になったのだろうか。

生きた人間の表情を描きたいという欲求にとらわれた率居は、周囲にある「商人の悪辣な顔[60]」や「樵たちの面白みのない顔[61]」では満足できず、「色合いの違った表情」を探しつづけた。率居のこのような欲求は、はたして伝統絵画に対する真の異端だったのだろうか。近代絵画が示すように、人間の個性を表わす肖像画のモデルはふつう性・年齢、階層を問わない。たとえば金東仁が自分の師に擬した洋画家藤島武二は、ある雑誌の談話記事の中で、近代肖像画では個性が尊重されるので「皺くちゃの爺婆でも、場合によっては〈ベルテート〉〈美顔〉と言い得る[62]」と語っている。率居の求める〈人間の表情〉がやがて〈母の表情〉に収斂されていったことから分かるように、実は率居の欲求は芸術的というよりもっと人間的な欲求、すなわち孤独から逃れたい心情から発していたと解される。幼いころ死んでしまった母親の幻影が、孤独を癒やすイメージとして彼の脳裏にひらめくようになる。それは「憧憬と慈しみ」のこもった〈母の表情〉である。それならば、そのイメージを具象化する画像はなぜ母性愛の象徴ともいえる聖母像や慈母観音にならず、〈美女像〉へと向かったのか。その経過は次のように述べられている。

> 大きな目にたたえられた涙。それでいて憧憬と慈しみで輝いていた目。口元に浮かんでいた微笑み。稲妻のように心眼にあらわれては消えるこの幻影を画工は描いてみたかった。
>
> 世間を避け世間から隠れ棲んでいるために次第にゆがんでいく画工の奇怪な心には、世間を恋う情熱が

　それだけに大きかった。そしてそれが大きいだけに、心の中につねに鬱憤と不満がみちていた。

　いまも世間では若い盛りの男女が抱きあって幸せを楽しんでいることを思っては陰鬱な顔で画筆をふるう画工。

　こうして日ごとに奇怪になっていくこの画工は一つの美女像を描こうと努めた。（十節　傍線引用者[63]）

〈母の表情〉が〈美女像〉へと変じる過程に介在しているもの、それは「世間を恋う情熱」である。率居が単に〈母の表情〉にこだわり続けるなら、彼の目標は聖母像になったことだろう。だが女嫌いが高じて人間嫌いになり、世間を棄てた率居の心の中には、実はその世間から受け入れられたい、自分も人並みの幸せを得たいという思いが充満している。聖母像では解決できないほど、率居の欲求は現世的で切実なものなのだ。〈描きたい〉という欲求は、実は〈出会いたい〉欲求だったと見なすことができる。「物心ついて以来自分を見る顔からはおしなべて驚愕と恐怖しか発見できなかったこの画工」[64]が出会いたい人間とは、一義的には「憧憬と慈しみ」のまなざしでやさしく自分を見つめてくれる母であるが、彼女が存在せず、そして母性愛の象徴たる聖母像では彼の「世間を恋う情熱」が満たされないとなると、それは母のようなまなざしで自分を見つめて孤独をいやしてくれる存在、つまり自分を受け入れてくれる女性ということになろう。それならば、〈美女像〉が〈妻としての美女像〉に変わっていくことに何の不思議もない。


　最初はたんに美しい表情をもった美女を描こうと思った。

（略）いつの間にか美女像に対する観念が変わっていった。

　自分の妻としての美女像を描きたくなった。

　世間のやつらは自分に妻をよこさない。

見れば一匹の昆虫、一羽の鳥とてそれぞれ自分の相手を見つけては喜び楽しんでいるというのに、万物の霊長たる人間が相手なしに五十年を送ったことに対して憤懣がわいた。
世間のやつらは自分に相手をよこさず、世間の女どもで自分のところに来ようとするものはなく、独り身で一生を送り、いつ死んだとも知られることなくこの山あいで死んでしまうことを思うと、情けないよりむしろ、こんなに薄情な世間が憎かった。
世間のよこさない妻を自分は自分の筆で作りだして、世間をあざわらってやろう。（十一節[65]）

率居の心の底には独り身で死んでいくことへの無念さと、自分を受入れてくれる女性を求める心が渦巻いている。こうして人恋しさと母への思慕は〈美女像〉を経由して〈妻としての美女像〉を描く執念へと変容したのである。

しかし美女の顔がどんなものかわからない彼は、美女を求めて街を彷徨することになる。率居にとって「絶世の美女」に必要とされるのは容貌だけではない。〈美しい表情〉である。では〈美しい表情〉とはどんなものか、その定義は実に曖昧でとらえどころがない。巷で見ることができる下層の女は「表情が汚くて卑劣[66]」だから失格だし、宮女のような深窓の女性は高雅であっても目に「慈しみと憧憬」と「あふれ落ちる愛」がないから「ただの美女[67]」にすぎないとされる。〈美しい表情〉についてはこのあと詳しく検討するが、これまでの分析によって、以下のことは言えるだろう。すなわち、〈妻としての美女像〉を描きたいという率居の執念の根底には、孤独を癒やしてくれる人間との出会いを求める心、とりわけ自分を受け入れてくれる女性への渇望がある。それゆえ率居にとっての〈美しい表情〉とは、少なくとも彼の醜さに「驚愕と恐怖」＝拒絶を示す女性の顔には浮かばぬであろうということである。

王室の桑園の場面から始まった率居の身の上話は、場面が桑園に戻ってきたところで一段落し、一ヶ月後に率居がそこへ通うことを断念したところで終わる。そして率居は少女と出会うことになる。

ｂ　出会い

桑園に通った夏が終わった秋のある日、率居は〈美しい表情〉をもつ盲目の少女と出会って彼女を家に連れ帰る。ここでは、この出会いの場面を二つの項目に分けて分析したい。まずｂ―1で、率居が少女の顔に見いだした〈美しい表情〉の正体について、金東仁が中学時代に愛読したイギリス小説『エイルキン物語』との関連を視野に入れて考察する。次にｂ―2で、率居の性格を彼が少女と出会ったさいにとる行動を通して分析する。

ｂ―1　〈美しい表情〉

晩飯の米を洗うために小川に行った率居は、黄昏の光の中で水をのぞきこんでいる少女を発見し、その顔に〈美しい表情〉を認める。

画工の顔には血がのぼった。
世にも稀な美女だった。歳のころは十七、八。その顔だちが美しいというより、顔全体にあらわれた表情が驚くほど美しかった。（十五節　傍線引用者）(68)

ああ。画工はついに発見した。これまで十年間を巷の路上で、あるいは井戸端で、そして王室の桑園で発見しようと苦労してついに達せられなかった驚くほど美しい表情を、画工は思いがけなくもここで発見したのだ。（十六節　同上）(69)

率居が見いだした「驚くほど美しい表情」とは、せせらぎに耳をすまして自分には拒まれた視覚の世界の美しさを空想する少女の表情であった。だが率居は、少女の表情をなぜ美しいと感じたのだろう。せせらぎをのぞき込んでいる少女の目には、率居があれほど探し求めた「慈しみと憧憬」や「あふれ落ちる愛」があるとは書かれていない。あるいは少女の顔は、届かぬ世界への憧れや愛おしみであふれていたのかもしれないが、この時点ではまだ少女が盲目であることを知らない率居は、その顔に自分を拒絶する「驚愕と恐怖」の表情が浮かばないであろうことも知らない。それなのに彼女を見た率居がその場ですぐ「ついに発見した」と叫んだのはなぜだったのか。

その理由は、この物語の出発点がまさにこの水辺のシーンであったことに求められる。仁王山を散策中に不快な空想にひきこまれそうになった余が泉の光に救われてこの〈美しい物語〉を作り始めたとき、余＝作者の脳裏にはすでに「松の枝の間からもれさす夕日を受け、ぼんやりと腰をおろして流れる水を見下ろしている」[70]少女のイメージがあったのだと考えられる。そもそも「人家からひどく離れたこの地。人の住むところからひどく高いこの地。道もないこの地——これまで三十年間、ときおり樵や牧童の訪れはあったものの、ほかの人間が来たことなどないこの地」[71]に、目の不自由な少女がひとりで来られるはずがない。そんな場所に衣服の乱れもなく端然とすわっている美しい少女は、天女かニンフのように現実離れしている。そして、幻想画を思わせるこのロマンティックな光景こそが、物語の出発点になっていると思われるのだ。〈美しい表情〉とは、泉の光が喚起したイメージの中で少女が浮かべている表情である。この命題が先にあって、それをみたすために盲目という属性が少女に付与されたのであろう。自分を受け入れてくれる女性を求める率居にとって〈美しい表情〉は、彼の醜さに拒絶反応を示す女性の顔には絶対に浮かびえぬものだからだ。〈美しい表情〉の定義が曖昧でとらえどころがなかったのは、このような構成上の理由に起因している。率居が十年間〈美しい表情〉を求めて歩きまわったのは、いうなれば、今日ここで彼女に出会うために踏まなくてはならなかった手続きだったのである。

ところで、少女はなぜ「美しい少女」ではなく「美しい表情をもった少女」でなくてはならなかったのか。そもそも率居にとって、なぜ「絶世の美女」には〈美しい表情〉が必要とされたのか。

「表情」という言葉に金東仁は特殊な意味をもたせていた。たとえば自伝的小説『女人』第三回（一九三〇）の登場人物万造寺あき子は、洋画家Fに向かって「私の顔に表情というものがなくなっても私は美人のままでしょうか」[72]と質問している。Fとは先にあげた藤島武二のことで、金東仁は藤島らしさを強調するために藤島の使った「表情」という用語をわざわざ用いたのだと推測される。あき子のこの言葉には「表情」と容貌は別のものであり、美には容貌よりも「表情」の方が重要だという考え方が表れている[73]。そもそも金東仁が「表情」という語に興味をもつようになったきっかけは、彼が中学時代に耽読し、のちに抄訳までしたヲッツ・ダントンの長編小説『エイルヰン物語』[74]であったと思われる。玄昌厦は『エイルヰン物語』が「狂画師」に与えた影響を指摘し、理想的な表情のモデルを求めてヒロインを見いだす画家ウィルダースピンの例をあげている[75]。だが『エイルヰン物語』には、「表情」がその所有者の精神状態によって消えてしまうというエピソードが入っていることも指摘しておきたい。呪いをうけて気が狂ったヒロインは、もう一人の画家ダーシィ（訳者の序によればモデルはロゼッティだという）の助力で正気を取り戻すが、同時にヒロインの仙女のような無垢な表情は失われてしまい、ダーシィは彼女をモデルとした絵の創作をあきらめざるをえなくなる[76]。モデルの意識のあり方によって「表情」が変化し、それが絵画創作の失敗につながるというモチーフは「狂画師」で踏襲されている。

金東仁が意識したかどうかは別として、この物語の出発点である水辺のイメージ自体が『エイルヰン物語』に発したものであったと筆者は考えている。訳者の戸川秋骨によってラファエル前派の絵画を小説化したと評された『エイルヰン物語』では、主人公が、海辺の崖の上で頭上に浮かぶ金色の雲を見あげながら夢中で歌を歌っている少女を見いだすのが出会いの場面である。[77]「狂画師」では舞台が仁王山、時代が世宗代とされているので読者は登場人物が朝鮮服を着ていると勝手に想像するけれども、じっさいには小説全編を通して衣装の描写はいっさい行なわれていない。[78]名前だけが朝鮮風になっている『エイルキン物語』の抄訳『流浪人の歌』や『狂炎ソナタ』に比べれば西洋風の度合いは低いけれども、「狂画師」における水辺の出会いのシーンには『エイルキン物語』と同じくラファエル前派の幻想画の趣がある。

自伝的小説『女人』で中学時代の淡い初恋の思い出を書いた時期、金東仁はむかし耽読した『エイルキン物語』の世界を懐かしむがごとく「水晶の鳩」「少女の歌」「虹」など、きわめてセンチメンタルな作品をいくつか著した。[79]美しい虹をとらえようと家を出て旅をつづけた「虹」の主人公の少年は、最後にとうとう虹をさがすことをあきらめてしまうが、それと同時に彼の髪は白髪と化し、顔には皺がよる。この少年の姿は、中年期に入ったことを自覚した金東仁自身の姿だったのだろう。[80]「すべてを美の下に置こうとした」[81]疾風怒濤の青春期をおえて、金東仁は生活の再建を志して再婚し、生活のために小説を書くようになっていた。その彼がもう一度創作意欲を奮い起こして書いた「狂画師」において、美が虹のようにはかなく消える〈美しい表情〉という形で現われたことに、金東仁の美意識と人生観の変化が見られるように思う。[82]

b―2　性格

これまで述べられてきた率居の経歴から、我々は、山にこもって画筆をふるう率居の心の底に、自分を受け入れてくれる女性に対する渇望があることを分析した。だが率居はいったいどんな性格の持ち主なのだろうか。それに関する具体的な記述は見あたらない。我われ読者が率居という人間の性格を知ることになるのは、出会いの場面で率居が少女に対してとる態度によってである。作者はここで率居に一定の性格を付与し、それが後半のストーリー展開を方向付けることになるのである。それがどのようなものであったかを、率居の行動を通して考察したい。

晩飯の米を洗いに小川に行った率居は、ほとりに腰を下ろしている少女を見いだし、その顔にこれまで探しつづけてきた〈美しい表情〉を認めた。だがこのとき率居は、これまで述べられてきた彼の経歴とはつじつまの合わない不自然な行動をとる。まず率居は、少女の目が不自由であるという事実にすぐには気づかず、そのうえ気づいても大きな反応を示さない。

画工は歩みを速めた。自分の顔がどれほど醜いか、この少女が自分を見たらどれほど驚くか、この点を完全に忘れて少女の方に行った。

少女は画工の足音ではっと顔をあげた。画工の方をみつめた。果てしなく遠いところを見つめているようなその奇妙な目を上げて…（十六節）(83)

一時的には自分の醜さを忘れて少女に近づいたにしても、少女の顔に「驚愕と恐怖」が表われないことで、率居はただちに彼女が盲目であることに気づくはずである。ところが率居は何も気づかず少女と言葉を交わし（その間自分の容貌のことは忘れたままである）、しばらくしてから目の動きの異常に気づいて「おぬし、目が見えておるのか」と叫ぶ。それに対して少女は「盲目でございます(84)」と自己卑下するように涙ぐんで答えるのである。これまで女性と関係を持つことへの障壁となっていた自分の醜さが、この少女に対しては障壁にならないという事実に対して、率居は感動するのが当然であろう。それなのに彼は何の感慨もいだかず、逆に少女の顔から〈美しい表情〉が消えてしまったという理由で、たちまち彼女に対する好奇心を失ってしまう。十年ものあいだ探し求めていた表情をつい先ほど浮かべていた少女に執着するどころか、率居は、関わり合いになるのは面倒とばかりに「暗くなるまえに家に帰りなさい(85)」と的外れなことを言って、少女を冷

淡に放り出そうとするのである。これはあまりに不自然な態度である。(86)

「狂画師」発表と同年の一九三五年、金東仁は評論『春園研究』の中で、『無情』の主人公の性格が不統一であることを烈しく批判している。(87)その彼が自分の作品において登場人物の性格統一にこだわらなかったはずはない。スティーヴンソンの小説創作方法を支持した金東仁は、小説内における作中人物の言動はすべて事件の進展のために機能していなくてはならないというスティーヴンソンの言葉から大きな示唆を受けたはずである。のちに彼は、現実の人間がもっている複雑な性格の中から、物語の主眼にそった明瞭な性格を作中人物に持たせることが性格の〈単純化〉だと述べている。(88)金東仁のこうした創作論を考慮すると、率居の一見不自然な行動は、じつは作者が彼にわざと取らせているものだと考えられる。

では率居の一連の矛盾した行動は、彼のどのような性格を表わしているのか。筆者は以下のように解釈する。率居は少女の目が不自由なことを見てとると、自らの弱点である顔の醜さは隠したまま、少女の弱点（盲目）を強調することによって少女に対して優位に立った。そして、少女に対する自分の執着心を知られることで心理的に彼女の下に立つことを恐れて、わざわざ関心がないような冷淡な態度を取ったと考えられる。山奥に迷い込んだか弱い少女がようやく出会った人間に見放されたらどんなに心細いことか。こうして率居は少女に対する全面的な優位を確保し、その上で彼女を手に入れる方向にむかって行動する。すなわち巧みな話術で彼女の顔に〈美しい表情〉を浮かばせることに成功し、ついに彼女を自分の家に連れ帰るのである。こうした一連の行動を通して現れた率居の性格は、自己本位で傲慢、率直さを欠いて狡猾でさえあると言えよう。

それにしても作者はなぜ、率居に〈美しい物語〉にふさわしい幸せな結末を予想させるような性格ではなく、このようにエゴイスティックな性格を与えたのであろう。考えられる理由の一つは、「狂画師」の前年に発表された評論「近代小説の勝利」にある次のような一節である。

性格の方面を代表するリアリズムの骨子と、事件の方面を代表するロマンティシズムの加味がよく調和してはじめて近代人の好みにあった近代小説が大成することになった[89]。

筋立てはロマンティックでも登場人物の性格の方はあくまでリアルにと、金東仁は考えていたのだろう。だがリアルであることとエゴイスティックだということは別である。そこでもう一つの理由が、先にあげた『春園研究』の中の次のような一節から推測されることになる。

ここで我々が非常に興味を感じる点は、他でもない、ふらふらとして定見を欠いたこの主人公イ・ヒョンシクを、我々はすぐさまこの小説の作者である李春園と見なすことができる点だ[90]。

同様に、我々も自己本位で傲慢な「狂画師」の主人公を、この小説の作者金東仁と見なすことができるように思う。率居の姿は、他人に対して傲慢な姿勢を貫いた作者の金東仁を彷彿とさせるからだ。おそらく金東仁は率居に自身の姿を投影しているのだ。天才と自負しているにもかかわらず世間から受け入れられず、世間を恋う情熱を世間を見返そうとする歪んだ情熱へと変えていく中老の醜い主人公は、心情的に作者自身の姿であったと思われる。金東仁は芸術家を特権階級とみなし、世間が相応の対応をしてくれないことに常に不満を抱いていた。生活のために筆を執りながらも自分にはもっとよい作品が書けるはずだという傲慢さを失わなかった。にもかかわらずますます生活に追われていく自分白身の姿は、天才的な腕を持ちながらも容貌の醜さのために世間から排斥され、女に逃げられ、誰にも知られず山の中で死んでいこうとしている画工と重なり合ったのではなかろうか[91]。率居の性格形成に関しては、作者の思い入れが少なからず影響しているように思われるのである。

ここまで見てきたところを整理すると以下のようになる。

まず少女との出会い以前の率居の経歴から明らかになったことは、醜さのために山にこもりながらも世間への情熱を捨てきれない率居は、他人との出会いを求め、自分を受け入れてくれる女性を求めている孤独な人間であるということだった。次に少女との出会いの際に率居が取った一連の行動から明らかになったことは、彼が率直さを欠いて自己本位かつ傲慢な性格の持ち主であるということだ。

出会いを望む心と率直さを欠いた性格、この組み合わせが後半のストーリー展開を規定することになる。目の不自由な少女は率居が待ち望んでいた女性になる可能性を持っている。少女を自分の家につれ帰った率居が潜在的に望んでいたのは、彼女を伴侶にすることであったと思われる。しかし傲慢で自己本位な率居の性格は、読者に平穏な結末を予想することをためらわせる。用意された〈美しい物語〉という雰囲気と人物に設定された性格が齟齬しているという不安を感じさせるのである。作者もそれに気づいたのだろう。ここで〈余〉を介入させることになる。

③　余の介入

通りすがりの人々が歌う流行歌によって現実に引き戻されたために、余の想念はとぎれて後が続かなくなった。「雑人」を呪いながら余は三通りの結末を考えてみる。

一つ目は、連れ帰った少女に竜宮の話を聞かせてやりながらその表情を描き写して宿願達成するという終わり方だが、余は「こんなつまらん結末がどこにある」(92)と一蹴する。二つ目は、少女は家ではあの表情を浮かべてくれず作品は未完成になるという結末で、これも「やはり気にいらない」(93)。三つ目が一番詳しく述べられているのは、これが最初に設定された雰囲気にふさわしい結末だからであろう。

画工は少女を連れ帰った。帰ってから見れば見るほど彼女を欲しくなり、絵はそっちのけで少女を妻にしてしまった。目の不自由な少女はこの醜い画工に対してまったく不満をいだかず一生を楽しく送った。絵によって妻を得ようとしていた画工は、絶世の美女を妻として得たのであった。(94)

一つ目の結末とあわせ、絵を完成させた上で少女を妻にするという可能性も率居にはあったはずだ。だが余はこうした幸せで平凡な結末に飽きたらぬごとく、「やはり不満だ(95)」と片づけてしまい、イメージの源であった泉まで危険な崖を下りていく。たどり着いてみると、遠くから見たときには紺碧の深みを持つように思われた泉は、「二本の指をひろげた深さにもみたぬ浅」さで「岩の上を力なくちょろちょろと流れている(96)」小さな流れでしかなかった。余が「流れるさまも美しければ、水音も美しく、その味も美しい泉水(97)」を思い描きながら作っていた〈美しい物語〉の源は、ここにいたって貧弱な湧き水にすぎないという事実が暴露されたのである。

余はこの事実を淡々と述べるだけで、失望したとは書いていない。しかし泉の正体がみすぼらしい湧き水にすぎないことを明らかにすることにより、作者は最初に設定した雰囲気の修正を行なったと見なすことができる。遠くから見た泉の光に喚起されて始まった〈美しい物語〉が、その雰囲気のままでは終結しないであろうという予感をあたえる不吉な修正である。

④ストーリー後半（c・d・e）

『エイルキン物語』のほかに「狂画師」に影響をあたえたことが指摘されているのは、オスカー・ワイルドの『ドリアン・グレイの肖像』である。[98]『エイルヰン物語』のダーシィは、理性をとりもどして無垢な表情を失ったヒロインをモデルにして違うテーマの絵を完成させているから、少女の変身が悲劇を引き起こすという「狂画師」のモチーフは、『エイルヰン物語』ではなく『ドリアン・グレイの肖像』と共通する。天才的な演技力を持っていた女優シビルは、ドリアンとのキスによって真の恋に目覚めたために、舞台上のいつわりの恋を演ずることができなくなってしまう。芸術至上主義者ドリアンは、自分を愛したせいで才能を失った少女に向かって「君は僕の愛を殺してしまった[99]」と罵倒し、彼女を自殺させる。

「狂画師」と『ドリアン・グレイの肖像』にはいくつかの共通点が見いだされる。ヒロインたちが相手を惹きつけている自分の美点（女優としての才能・美しい表情）に気づいておらず[100]、相手を愛したせいでその美点を失なって殺されること（ドリアンは自分がシビルの喉を切ったも同様だと述懐している）、ドリアンと率居は、相手のもつ芸術的な美点に魅了されるが、自分のせいでそれが消滅すると今度は芸術を理由とする冷酷な憤怒によって相手を死に至らしめることなどである。金東仁は『ドリアン・グレイの肖像』の芸術至上主義的な殺人というプロットに惹かれて、少女の変身モチーフを自分の作品に取り入れたのではないかと考えられる。以下ではこのことを視野に入れて、ストーリー後半を分析することにしたい。

少女を家に連れかえった率居は、竜宮の「如意珠」さえあれば少女の目が見えるようになり、「光り輝く日月、虹という七色玲瓏とした奇妙なもの、美しい泡、幽邃たる谷、あらゆるものが見えるだろう[101]」という言葉によって少女の顔におどろくほど〈美しい表情〉を浮かべさせ、それを写しとる。日が暮れたとき、絵は両目を残すのみになっていた。その夜、率居は少女と結ばれる。（二十一節）翌朝少女の目は率居を恋い慕う「女人の目」「愛欲の目」と変じていた。絵を完成することができない怒りのあまり、率居はあやまって少女を殺してしまう。以下は、少女の顔から〈美しい表情〉がなくなったことに率居が気づく場面である。

だが画工の審美眼に映ったその目は、昨日の目ではなかった。たしかに比類なく美しい日ではあった。しかしこの目は男の愛を求める「女人の目」だった。（中略）しかし盲目の娘の目にあらわれたもの、それは美しいことは美しいが、愛欲の表情にすぎなかった。そんな目を描こうとして十年間苦心したのではなかった。（二十二節）[102]

少女の体がくずおれたはずみに飛んだ墨が瞳となって、絵は完成する。しかしそれは少女の怨みの目だった。（二十三節）率居は狂人となって都をさまようようになり、数年後に吹雪の中で凍え死ぬ。（二十二節）

このストーリー展開には、これまで述べられてきた率居の画工としての力量に関する矛盾がある。美女を求めて街を彷徨していたとき、率居は「道で瞬間的にでも気に入る美女を見ることができたならば、頭でそれをはっきりキャッチし、その記憶で画像を描く[103]」ことのできる力量の持ち主であった。王室の桑園では宮女の顔をはるか遠くから見るだけで描こうとした率居である。それなのに少女の顔を間近から長時間観察した彼がついに絵を完成できなかったのはおかしい。率居はその原因を翌朝の少女の変身に帰しているが、彼の力量をもってすれば、変身前の少女の姿は「キャッチ」されていなくてはならないはずだ。

もう一つ、率居が求めていたものが何であったかという点に関しても混乱が見られる。彼の〈美女像〉への執念は、自分を受け入れてくれる女性への渇望が変形したものであったと先に分析した。それならば、たとえ絵が完成しなくても、率居は少女を妻にすることで孤独を癒し満足してもよかったはずである。ところがこの可能性は途中介入した余の「やはり不満だ」という一言で封じ込められ、率居は芸術至上主義的な憤怒にかられて少女を死に至らしめることになった。率居にとっては〈美女像〉の方が〈出会い〉よりも大切だったことになる。「狂画師」が芸術至上主義の作品とされる所以である。しかしこの展開は、先に行なった分析の結果と矛盾している。この矛盾をどう理解したらよいのだろうか。

『ドリアン・グレイの肖像』から想をえた、芸術至上主義的な憤怒による殺人というプロットが作者の念頭にあったことを考慮すれば、これらの矛盾は解決されるだろう。まず率居の力量に関しては、少女が変身したために絵が完成できなくなるというストーリー展開の必要上、作者が自分の設定した率居の能力をあえて無視してしまったと見なすことができる。もう一つの矛盾については、これまでの率居の行動を振り返りながら殺人にいたる彼の心理を分析してみると、以下のような解釈が可能である。この殺人はじつは率居の自己本位な性格が引き起こした事件であって、芸術至上主義はその口実に使われているにすぎないという解釈である。

昨日の夕暮れに少女と出会ったとき、率居は醜さという自分の弱みを隠し、盲目という相手の弱みを強調することで優位性を確保した。そのあと少女を家につれ帰った率居は、〈美しい表情〉を浮かばせるために如意珠の作り話しをし、数日以内に目が見えるようにしてやると、その場かぎりの嘘をついている。暗闇の中で少女が率居のキスに応じたあとも、率居は年齢や風采のことで嘘をつき続けた。率居には少女に対する誠実さがまったく見られない。あれほど〈出会い〉を求めていた率居であるが、彼には人間同士の〈出会い〉にもっとも大切な真実と率直さが欠如しているのだ。翌朝「すでに他人でな」くなった二人はともに朝食をとり、率居は画筆をとった。絵が完成すれば二人は夫婦となって暮らすことになるだろう。少女の心ははじめての男性である率居によって占められ、如意珠をえて早く彼の顔を見たい一心である。実現不可能な嘘を信じこんでいる少女を前にして、自己本位な率居はおそらく猛烈ないらだちに襲われたと想像される。

黄昏の光の中で〈美しい表情〉であったものが朝の光の中で愛欲の目に変じたのは、見る側の心のなせるわざであり、昨日あれほど長時間〈美しい表情〉を目にしていながら率居が絵を完成しえないのは、少女の変身ではなく率居の変心のせいだと解釈できる。絵が完成すれば率居は少女に真実を告げ、あらたな人間関係をつくって生きていかなくてはならない。そうした煩雑さを前にしていらだつ傲慢な率居の目に、すでに純潔を喪失した少女は昨晩のような魅力を持っていなかったのだろう。少女に対する突然の暴力は、率居の自己本位ないらだちの爆発であったように見える。そして彼のこの暴力に対して、作者は芸術至上主義による憤怒という大義名分を接ぎ木してやったのである。

ストーリー後半に見いだされた矛盾は、以上のような解釈を行なうことで解決される。創作活動の早い時期にスティーヴンソンの方法論に学んだ金東仁は、この「狂画師」も、ある性格の人物を作ってからそんな人物なら引き起こしそうな事件を起こすという第二の方法に従って創作したのだと考えられる。この解釈によれば率居の性格はたしかに統一を保っているし、事件は率居のこの性格がもたらした悲劇と見ることができる。そして金東仁は、この悲劇をほとんど破綻を見せずに芸術至上主義に結びつけるだけの力量をもった作家であった。

ところで、シビルの自殺を知って一時的に激しい後悔の念にとらわれたドリアンは、すぐに自分の運命を受け入れて微笑んでいる。率居がもし真の芸術至上主義者であったなら、彼も少女の死体を冷酷に見下ろしたことだろう。だが率居は偶然によってできた怨みの目を見て狂ってしまった。少女の瞳に浮かんだ怨みは、激情にかられて最後の伴侶を殺してしまったことに気づいた率居の、気も狂わんばかりの後悔の投影物であったと解釈したい。ある評論家はドリアンの最終的な破滅はワイルドが結局は生真面目なモラリストであったことを示していると評している(104)。わなわなと震えて気が狂う率居の姿は、「狂炎ソナタ」では芸術のためなら殺人も容認するような偽悪的な書き方をしていた金東仁が、意外に生真面目なモラリストであったことを示しているように思われる。

⑤ 余の哀悼

老いた画工よ。君の孤独な一生を余は悼む。(105)

余は、芸術のために殺人を犯し狂死した率居に哀悼の意を表わして、夕陽の仁王山を去って行く。罪もなく殺された少女に対する同情の言葉はない。このような余の態度は、白性洙の犯罪を芸術のためなら許されるとした「狂炎ソナタ」の話者Kと同質であって、この作品が芸術至上主義に分類される理由になっている。しかし、これまで行なってきた分析と解釈によれば、「狂画師」は決して芸術至上主義的作品とはいえない。率居は作者によって付与された性格に従って行動したにすぎないからだ。あえて言うならば、この作品は芸術至上主義的なポーズをとった作品ということになろう。

五　おわりに

金東仁が創作方法論にこだわったのは、文学とは創造するものだという彼の文学観と関わっている。創り出すには方法が必要だからだ。だが、皮肉なことにその方法論はむしろ創作力が枯渇したときに金東仁の役に立ったように見える。「狂画師」を書いたころの金東仁は初期に比して明らかに創作力が低下しており、それを補うために他作品から取り入れたイメージやモチーフ、そしてこれまで構築した方法論が総動員されているという印象を受ける。

本章を書く過程で気づいたのは、金東仁が日本語で書かれた文芸理論書をかなり参考にしていることである。金東仁は自分なりの創作論を構築するために、多くの書籍を読んだのであろう。本章執筆にあたって筆者は、金東仁が読んだと推測される木村毅の『小説研究十六講』とチャールズ・ホーン著尾崎忠男訳『小説の技巧』を参考にしたが、これらは彼の方法論に対する理解を深めてくれ、作品解釈の上で非常に役立った。「狂画師」と同じ時期に書かれた『春園研究』の李光洙批判においても、これらの「参考書」が根拠にされているのではないかと推測するのだが、それは今後の課題としておきたい。

本章執筆にあたっては、小説は主に朝鮮日報社『金東仁全集』（一九八八）と弘字出版社『東仁全集』（一九六四）、評論は金治弘編著『金東仁評論全集』三英社（一九八四）を使用した。ただし『狂画師』は全集の他に『野談』創刊号コピーと白民文化社『金東仁小説集 狂畫師』（一九四七）コピーを使った。なお「狂画師」は拙訳『金東仁作品集』（平凡社二〇一一）に収めてある。

（1）　白鉄は、金東仁の創作は特定の主義によっておらず時に応じて傾向と手法を変えているが、全作品を通して見れば芸術至上派に属する作家であり、英国の唯美派作家ワイルドのことを連想させると書いている。だが直接『狂画師』の名は出していない。（白鉄・李秉岐『国文学全史』新丘文化社　檀紀四二九三　二八二―二八五頁）

（2）　玄昌厦は金東仁が耽美主義作家を自認することによって芸術家を自負したことは疑えないが、彼の作品自体はその主張と遊離していたと見ている。（『耽美主義作家としての金東仁―特にワイルドおよび谷崎潤一郎との関連において―』大理大学学報第四四輯一九六四）また金春美は、『狂画師』には社会から疎外された芸術家の狂死は描かれていても芸術創作のための狂気は描かれていないとして「東仁は厳密な意味では耽美主義作家ではない」（原文朝鮮語。拙訳。以下、本文と註の日本語引用文は筆者の訳による）と断定している。（高大民族文化研究所出版部一九八五『金東仁研究』V.「狂画師」「刺青」의比較　二二三頁、二四七頁）両者はともに谷崎潤一郎との比較研究を通じてこのような結論にいたっている。

（3）　上記二論文もその点は同じである。また李文九は率居の母と少女の美の共通点を「伝統的哀傷美」としている。（『金東仁小説의 美意識研究』景仁文化社一九九五　九四頁）こうした視点を極端にまで押し進めたのは李景姫であろう。李景姫は『〈狂画師〉의心理的研究』で緻密な深層心理分析をおこない、主人公の殺人は、彼が母親にいだいていた近親相姦的愛情を裏切ってしまった罪悪意識の補償行為であったという結論を引き出している。（金烈圭・申東旭編輯『金東仁研究』새문社

一九八九）金東仁の母親が『狂画師』発表の前年に死去していることも、こうした見方を助長する一因になっているようだ。

（4）玄昌厦は註2論文で『エイルキン物語』と『ドリアン・グレイの肖像』の二つのイギリス小説が『狂画師』に与えた影響を指摘し、「しかし、金東仁がその芸術意識においてもっとも近いのは、何といっても谷崎潤一郎である」と書いている。

（5）文筆生活이 至難한 이 땅에 있어서, 그새 문필만으로 살아오자니 과연 진저리가 났다.（中略）글 주문이나 없고 한 때에는 등이 달았다. 物價 비싼 서울 살림에서, 더우기 새살림을 차려 놓고 건설하는 판이니, 그 살림이란 여간 초조하고 등다는 것이 아니었다. ／白南의「月刊野談」경영 상태를 보니 수지는 제법 맞는 모양이었다.「月刊野談」은 거진 내 글로 꾸며진다. 그럴진대 그 내 글로써 내가 잡지를 간행하면 매번 구구하게 원고료를 받지 않고도 내 살림은 영위가 될 것이다.（金治弘『金東仁評論全集』四九七、八頁）

（6）金根洙『韓国雑誌外観貢號別目次集』韓国学資料叢書第1輯　参照

（7）金治弘前掲書四九七頁

（8）熊木勉氏の調査によると、昭和一〇年一月発行『月刊野談』第一三号に、つぎのような文面の社告が掲載されている。「金東仁氏主幹で創刊しようとしている某雑誌について、本人が関係しているように各新聞または巷に伝わっておりますが、これはまったく無根の説であることを本紙上で釈明いたしますので、読者諸位が了解して下さるよう願います。尹白南白」。なお註6資料によれば、一九三四年一〇月に尹白南が創刊した『月刊野談』は一九三九年一〇月まで、一九三五年一二月に金東仁が創刊した『野談』は一九四五年三月まで続いている。

（9）『中聞鼓』は弘字出版社、三中堂、朝鮮日報社のすべての金東仁全集に収録されており、金治弘前掲書の作品年譜にも入っている。

（10）『野談』創刊号一一二頁

（11）『小説急造』は一九三三年『第一線』に発表された。タイトルが『小説急告』と誤植されていたため、三中堂や朝鮮日報社版全集でもこのタイトルを踏襲している。だが本文の中では「急造」となっているし、朝鮮日報社版全集の編者が註を付けているように「急造」であることは間違いないので、本稿では「急造」にした。

（12）「文壇30年의 자최」（一九四八）で金東仁は「筆一本のみで（ほかの職業をもたずに）生活をした人間は私ひとりしかいない」と書いている。（金治弘　前掲書四八九頁）

（13）非難したとされているのは安懐南である。（同上）

(14) '신문에는 신문소설,' '잡지에는 자기의 소설,' 이것이 K의 모토이었다. 매달의 정기 수입을 위하여 신문에 소설을 싣는다. 그러나 그것은 자기의 소설이 아니었다. 신문이 주문하는 대로 베끼어 나아가는 한 기사에 지나지 못하였다. 신문의 경제 기자가 봉급을 위하여 쓰는 경제 기사와 마찬가지로 그는 신문에 있어서는 소설 기자로 자임하였다. 봉급을 위하여 쓰는 글이지 자기의 소설이 아니라 공언하여 문제를 일으킨 일까지 있었다.（朝鮮日報社版全集3 一六一頁）

(15) 붓을 잡기만 하면 그래도 어름어름 남의 눈을 넉넉히 속이어 넘길만한 것을 급조（急造）할 자신은 있었으나…（同上 一六一頁）

(16) 「『젊은 그들』의 回顧」一九三九・一二『朝光』（金治弘 前掲書四二〇頁）

(17) 「寫眞과 便紙」「어떤날 밤」「崔先生」の三編。随筆はいくつかあり、その中に母を亡くした経緯を書いた随筆「蒙喪録」もある。

(18) 李在先は韓国における近代的短編小説の嚆矢を「ペタラギ」とみなし、それが額字小説（額縁小説）であることに注目している。（『韓国短篇小説研究』一潮社、一九七七、一二五―一二六頁）

(19) 「배따라기」一九二一・五『創造』第九号

(20) 「K博士의 研究」一九二九・一二『新小説』第一号

(21) 「狂炎소나타」一九三〇・一『中外新聞』

(22) 丁貴連『国木田独歩と若き韓国近代文学者の群像』（筑波大学文芸言語研究科博士論文一九九六）第三章「額縁形式小説の場合」参照

(23) 「弱한 者의 슬픔」一九一九二『創造』創刊号

(24) 「小説에 對한 朝鮮사람의 思想을」一九一九・一『学之光』第一八号（金治弘 前掲書三〇―三三頁）

(25) 「자기의 創造한 世界」一九二〇・七『創造』第七号（前掲書二〇―二三頁）

(26) 「小説作法」一九二五・四―七『朝鮮文壇』第七―一〇号（前掲書 三三―四七頁）

(27) 「小説學徒의 書齋에서」一九三四・三『毎日申報』（前掲書五三―六一頁）

(28) 「近代小説의 勝利」一九三四・七『朝鮮中央日報』（前掲書四七―五三頁）

(29) 「創作手帖」一九四一・五『毎日新報』（前掲書二六〇―二六七頁）

(30)　藝術家란 〝한 個의 世上 ― 或은 人生이라 하여도 됴타 ― 을 創造하여 가지고 縱겠自由로 自己 손바닥 우에서 놀릴 만한 能力이 잇는 人物〟（前掲書二二頁）

(31)　'自己가 支配할 自己의 世界'（前掲書二〇頁）

(32)　「作品の中で活躍する人物たちも、ある性格と人格をもった有機体であり、たとえ作者だからといって意のままに彼らを処分することはできない。作品中途で作者が、その作内で活躍する人物の意志に反して自分勝手に筆をふるえば、そこにはいいいい、矛盾と自家撞着しか残るものはない」（前掲書四二頁）この「小説作法」には「ある作品」（「弱き者の悲しみ」だと思われる）と「心浅き者よ」での経験が例にあげられている。「朝鮮近代小説考」（一九二九）では、「弱き者の悲しみ」と「心浅き者よ」の創作過程で作中人物が彼の意図したとおりに動いてくれないことから自己の一元性に疑問をいだき、それが放蕩をはじめる契機となったと書いている。

(33)　자 그러면 내 이야기를 시작하자（朝鮮日報社全集2二三三頁）

(34)　「小説作法」は（1）序文（2）小説の起源と歴史（3）構想（4）文体の四つの章で構成されており、一九二五年四月から七月にかけて一章ずつ『朝鮮文壇』に掲載された。（2）の末尾で金東仁はこの小説史には参考書があることを「自白」しているが書籍の名前は明らかにしていない。一方「近代小説の勝利」にはチャールズ・ホーンの『小説の技巧』（註39参照）を参考にしたと明記してあり、かつ内容の一部分が「小説作法」と酷似している。そこで「小説作法」と『小説の技巧』を対比したところ、「小説作法」（2）がホーンの著作を参考にしたことは間違いないと思われた。なお「近代小説の勝利」に見られる平民の小説という発想は木村毅の「小説研究十六講」（新潮社一九二五年一月）から取られた可能性が高い。ホーンは小説の要素を六つにしているが、こちらは「小説作法」と同じく三つであり、時期的に見て「小説作法」はこちらも参考にしているのではないかと推測される。群しくは次章を参考のこと。

(35)　일분의 반박할 여지가 업는 올흔 말이다．（金治弘　前掲書三七頁）

(36)　この方法はスティーヴンソンがヴァイリマで伝記記者グレアム・バルファーに説いたものだという。（『研究者英米文學評傳叢書復刻版63スティーヴンソン』昭和五五年一七三頁）金東仁がどんな書物を参考にしてスティーヴンソンの方法論を研究したのかは不明である。

(37)　複雜한 世相에서 統一된 聯絡 잇는 엇던 事件을 집어내여，小說化하는 것，이것이 單純化이겟다．（前掲書四二頁）

(38)　『金東仁の文学に見る日本との関連様相 ――「女人」について――』Ⅲ．金東仁と藤島武二　一九九五～七年度科学研究費補助金基盤研究B（1）07301056研究成果報告書『近代朝鮮文学における日本との関連様相』／『韓国近代作家たちの日本留学』白帝社、二〇一三、所収

(39) チャールズ・ホーン著　尾崎忠男訳『小説の技巧』内外書房大正十三年七月十日発行。発売所星文館・内外書房発行として大正一四年三月一〇日に刊行されたものが昭和まで版を重ねている。『小説作法』は大正一四年に発表されているので、時期的にみて金東仁は大正十三年刊行版を読んだ可能性が高い。それではスティーヴンソンの次の言葉が二度にわたって繰り返されている。「性格（character）にせよ、感情（passion）にせよその動機を選べ。各事件が動機の例證であり、用ゐられたる各道具が動機に對して一致乃至は對照の密接なる關係をたもつやうに注意して構想を作れ。（中略）自分の小説は人生の寫本でなく又嚴密に人生を判斷したものでなくして、只人生の一側面乃至一點を単純化（Simplification）したものであって、この意味深長な単純化と云ふ事の如何によって作物が成功もし又失敗もするのものなる事を念頭に置け」（二七頁および一六六頁）

(40) 金允植『金東仁研究』3―6「教養과 耽美」／金春美『金東仁研究』Ⅳ．1・2・3 白樺派文學　参照

(41) 絵画芸術では単純化（サンプリシテ）ということは最も大事なことと信ずる。複雑なものを簡約する。如何なる複雑性をも、もつれた糸をほぐすように画家の力で単純化するということが画面構成の第一義としなければならない。（藤島武二『芸術のエスプリ』中央公論美術出版一九八二、二二〇頁）

(42) 正確にいえば「小説作法」の中で金東仁は〈一元描写A形式〉という語は使っていない。「小説作法」（4）文体において〈一元描写体〉〈多元描写体〉〈純客観描写体〉の三種類をあげた金東仁は、〈一元描写〉の項目で〈一元描写〉と〈一元描写B形式〉の図を提示したあと、それぞれ実例をあげて〈A形式〉（視点が一つ）と〈B形式〉（視点が複数）の説明を行なっている。だが〈A形式〉の説明部分では〈一元描写〉という語だけが用いられ、〈一元描写A形式〉という語は出てこない。筆者としては、金東仁は〈一元描写〉の変形として〈B形式〉があると認識していたのではないかと推測しているが、本章では視点が複数でなく一つであるという点を重視する意味で〈一元描写A形式〉という語を使うことにした。

(43) 金治弘　前掲書四三頁。なお金東仁の一元描写については、岩野泡鳴の一元描写論との酷似が姜仁淑から指摘されている（『自然主義文学論Ⅰ』고려원一九九一）

(44) ところで〈一元描写A形式〉について、金允植は、この形式はしょせん自我の内面を語る方便に過ぎないのに、内面の重要性に気づかぬまま、語る芸術家の優越性に固執したことが、金東仁の作家としての限界であったと述べている。（金允植『韓

国近代文学史研究』乙酉文化社一九八六 一〇五頁）この見解に従うなら、金東仁にとっての額縁形式は、作者の語りを作者自身と作者の代理である主要人物の二人の視点から読者に押し付ける形でしかなく、ストーリー展開の複雑化を可能にすることはできても、金允植が指摘した限界を乗り越える形式ではなかったと言えるであろう。

(45) 本章での節の切り方は『野談』創刊号によった。全集によって節の切り方はまちまちである。一九四七年に白民文化社から刊行された『金東仁小説集』「狂畫師」には×印がついておらず、節の切れ目がページの切れ目と重なるところが四箇所、切れ目自体をなくしたところが一箇所ある。全集によって節の切り方が違う原因はこのあたりにあるのではないかと思われる。

(46) 木村毅の『小説研究十六講』（註34）に引用されているスティーヴィンソンの次のような言葉は、狂画師』が雰囲気を出発とする第三の方法によって創作されたものであることを傍証しているように思われる。「かうした場所では、その昔、吾等の祖先に何事かが起こった違ひない。私は、丁度子供の時場所に應じて何かよい遊び事を考へ出さうとしたやうに、その場所に似合った物語を考案してゆく。或る場所はっきりと語ってゐる。ある陰気な庭園は殺人事件を聲高に叫び、ある古い家は、幽霊の出現を要求して居り、ある寂しい海岸は難破船のために準備せられてゐる」（前掲書、第九講、背景の進化とその哲学的意義、一二―（A）行為の動機としての背景、二六九頁）「余」が仁王山を散策しながら物語を作り始める『狂画師』の出だしを連想させる。

(47) 여가 지금 앉어있는 자리는 개벽 이래로 과연 몇사람이나 밟어 보았을까。이 바위 생긴 이래로 혹은 여가 맨처음 발대어 본 것이 아닐까。（『野談』創刊号六五頁）

(48) 바람이 있고 암굴이 있고 산초산화가 있고 계곡이 있고 샘물이 있고 절벽이 있고 난송（亂松）이 있고 ― 말하자면 심산이 가저야할 유수미（幽邃味）를 다 구비하였다。（前掲書六五頁）

(49) 암굴을 두고 생겨나려던 음모 살륙의 불쾌한 공상보다 좀더 아름다운 다른 이야기가 꾸미어 지지 않을까。（前掲書六七頁）

(50) 한 畫工이 잇다。（同右）

(51) 지어 내기가 구찮으니（同右）

(52) 「小説作法」で金東仁は、李人稙の「鬼の声」を例にあげて、この小説の背景に悲惨な畜妾制度のあったことを指摘し、社会状況や時代状況が〈背景（雰囲気）〉の重要な要素であることを主張した。だが「狂画師」では、時代背景としての雰囲気の要素はむしろ意識的に排除されている。この姿勢は「狂炎ソナタ」で時代と場所をわざと不特定にしているのと共通している。

(53) 金東仁は、短編「宋 첨지」（一九四六）の書き出しで、小説家は登場人物の名前について独特の「取択癖」を持っているものだが、その例にもれず自分にも一定の「コース」があると述べている。「率居」の場合も熟慮の結果と推測される。なお「率居」の出典は『三国史記』列伝第八。

(54) 「오늘은 헛길。내일이나 다시 볼까」（前掲書六八頁）

(55) 그것은 어떠케 보자면 화도에는 이단적인 생각일 넌지도 모를것이다。（前掲書六九頁）

(56) 좀더 얼굴에 음지김이 있는 사람을 그려보고 싶다。표정이 있는 얼굴을 그려보고 싶다。（同上）

(57) 색채 다른 표정！（前掲書七〇頁）

(58) 이 화공의 어머니의 표정이나。（同上）

(59) 자기의 안해로서의 미녀상을 그려보고 싶어졌다。（同上）

(60) 상인（商人）들의 간특한 엄굴（同上）

(61) 새꾼들의 싱거운 얼굴（同上）

(62) 日本では余り気付かぬが、画家が「ベルテート」（直訳すれば美顔）というときに、普通の人はあれが美人かといって、どこが佳いのか、ちょっと合点がいかぬことがある。外国人は何か特色のある美人を好む、ただ目鼻立ちが揃っているだけの、ボンヤリしたのではいかぬ、この意義で、皺くちゃの爺婆でも、場合によっては「ベルテート」と言い得る。昔のギリシャ系統のいわゆる優美とか端麗とかの型を愛する画家は、表情のある顔を野鄙だと言って卑しむ。近来人物の表情ということに重きを置く芸術家はキャラクテールの表れた生気のある顔を好む…（藤島武二『モデルと美人の表情』「美術新報」明治四三年八月号）

(63) 커다란 눈에 그득이 담긴 눈물。그러면서도 동경과 애무로서 빛나던 눈。입가에 떠오르던 미소。／번개와 같이 순간적으로 심안（心眼）에 나타 났다가 사라지는 이 환영을 화공은 그려보고 싶었다。／세상을 피하고 세상에서 숨어 살기때문에 차차 비투러진 이 화공의 괴벽한 마음에는 세상을 그리는 정열이 그만치 컸다。그러고 그것이 크면 크나만치 마음 속에는 늘 울분과 분만이 차 있었다。／지금도 세상에서는 한창 게집 사내들이 서로 부등켜 안고 좋다고 야단할 것을 생각하고는 음울한 얼굴로 화필을 뿌리는 화공。／이러한 가운데서 나날이 괴벽하여 가는 이 화공은 한개 미녀상

을 그려 보고저 노심하였다。(前掲書七〇―七一頁)

(64) 철이 들은 이래로 자기를 보는 얼굴에서는 모도 경악(警愕)과 공포 밖에는 발견하지 못한 이 화공에게는 四十여 년 전의 어머니의 사랑의 아름다운 얼굴이 때때로 몸서리 치도록 그리웠다。(前掲書七〇頁)

(65) 처음에는 단지 아름다운 표정을 가진 미녀를 그려보고저 하였다。/(略)어느덧 미녀상에 대한 관념이 달라 갔다。/자기의 안해로서의 미녀상을 그려보고 싶어 졌다。/세상놈들은 자기에게 안해를 주지 않는다。/보면 한머리의 곤충 하머리의 날짐승도 각기 짝을 찾아 즐기고 짝을 찾아 좋아하거늘 만물의 영장인 사람이 짝없이 五十년을 보냈다 하는데 대한 분만이 일어났다。/세상놈들은 자기에게 한 짝을 주지 않고 세상 계집들은 자기에게 오려는 자가 없이 홀몸으로 一생을 보내다가 언제 죽는지도 모르게 이 산꼴에서 죽어 버릴 생각을 하면 한심하기 보다 도로혀 이러틋 박정한 사람의 세상이 미웠다。/세상이 주지 않는 안해를 자기는 자기의 붓끝으로 만들어서 세상을 비웃어 주리라。(前掲書七一頁)

(66) 하인배 하류배에도 때때로 미녀라 일컬을 자가 있기는 있었다。그러나 아모리 산뜻한 미를 갖기는 했다 하나 얼굴에 흐르는 표정이 더럽고 비렬하여 캐취할만한 자가 없었다。(前掲書七三頁)

(67) 그 눈에 나타난 애무와 동경이었다。철철 넘어 흐르는 사랑이었다。그것이 궁녀에게는 없었다。/말하자면 세상 보통의 미녀었다。(前掲書七四頁)

(68) 화공의 얼굴에는 피가 떠 올랐다。/세상에 드믄 미녀었다。나히는 열이여듧。그 얼굴생김이 아름답다기 보다 얼굴 전면에 나타난 표정이 놀랄만치 아름다웠다。(前掲書七五頁)

(69) 아아。/화공은 드디어 발견하였다。그새 十년간을 여항의 길거리에서 혹은 우물까에서 내지는 친잠 상원에서 발견하여 보려고 애쓰다가 종내 달하지 못한 놀랄만한 아름다운 표정을 화공은 뜻안한 여기서 발견하였다。(同右)

(70) 솔가지 틈으로 나려 비최이는 얼럭지는 석양을 받고 망연히 앉어서 흐르는 시냇물을 나려다 보고 있다。(前掲書七四頁)

(71) 인가에서 꽤떨어진 이곳。사람의 동리보다 꽤 높은 이곳。길도 없는 이곳 ―아직껏 三十년간을 때때로 초부나 목동의 방문은 받어 본일이 있지만 다른 사람의 자최를 받 어보지 못한 이곳에 웬 처녀일까?(同右)

(72) 제얼굴에서「表情」이라는것이 업서저도 저는 그냥 미인이겟습니까(『別乾坤(文芸面)』国学資料院影印本 一九九三 第四 巻五四頁)

(73) 藤島武二は、西洋の画界で「表情」という語が特殊な使い方をされていることを語っている（註62参照）

(74) ヲッツ・ダントン著戸川秋骨訳『エイルヰン物語』國民文庫刊行會大正一四年七月改版発行。序の日付は大正四年五月になっており、三枝壽勝「金東仁における近代文学―イロニーの挫折―」註（7）によれば同月に初版が出ているとのことである。（『朝鮮学報』第一四〇輯）

(75) 玄昌厦「耽美主義作家としての金東仁―特にワイルドおよび谷崎潤一郎との関連において―」天理大学学報第四四輯一九六四 八五頁

(76) 大正一四年『エイルヰン物語』七一一―七一三頁

(77) 「狂画師」と『エイルヰン物語』の出会いの場面ではともに「龍宮」という言葉が出てくる。『エイルヰン物語』では、はじめて少女を見た主人公が彼女を「龍宮の美人」よりも美しいと考えている。（金東仁抄訳の「流浪人の歌」ではこのように訳されているが、戸川秋骨訳では「海底の美人」になっている。）『狂画師』の小川の水をのぞき込んでいる少女を描写しながら、「余」＝作者は「藍碧の水には龍宮が見えるのだろうか」と書いている。率居はこのあと「龍宮」の話を少女にしてやり、その顔に〈美しい表情〉を浮かばせることに成功する。

(78) 率居や少女の服装に関する描写はまったく見いだせない。顔のないまま完成を待つ「美女像」がどんな衣装をまとっているのかさえ、読者は想像するしかないのである。

(79) 『女人』は一九二九年一二月から『別乾坤』に連載され、一九三一年三月『彗星』創刊と共にそちらに移って同年一一月まで計一四回にわたって連載された。第三回の「万造寺あき子」まで東京が舞台になっている。第一回「メリー」は一九二九年十二月、第二回「中島芳江」は一九三〇年一月の発表だが、同じ一月には『純情――夫婦愛篇、戀愛篇、友愛篇』『구두』などセンチメンタルな作品が続けざまに発表されている。「水晶비둘기」と「少女의 노래」は同年四月、「무지개」は九月（朝鮮日報社全集作品目録による。金治弘前掲書作品年表によれば六月。筆者は資料が手許になく確認できないが、作品年譜に関しては朝鮮日報社全集の方が正確である）に『毎日申報』に発表された。これらの一連の作品群は同じ心理状態から発しているのではないかと推測される。（註38波田野論文七五頁参照）「무지개」は「大同江」とあわせて「大同江은 속삭인다」というタイトルで「狂画師」発表の三ヶ月前『三千里』に掲載された。なお『野談』創刊号を見ると「狂画師」のタイトルの上に「二二年前の作者」という説明つきで金東仁の中学時代の写真が載っているのも、この小説が中学時代の精神的な世界とつながりのあることを推測させる。

(80) 鄭漢淑も金東仁論において「무지개」の重要性を指摘し、少年の姿は絶望と虚脱におちいる作者自身の心情だと解している。ただし氏はこの作品の初出を一九三九年の『金東仁短篇選』と受け取ったため、金東仁がこのような心情をいだいた時期をそのころだとしている。（「少年과 무지개—金東仁論—」2.傲慢과 挫折『現代作家論』高麗大學校出版部　一九九四）

(81)「朝鮮近代小説考」（金治弘　前掲書八〇頁）

(82) 金東仁は多感な少年期にこの書に接したため、ロマンティックな面が強く印象に残ったのであろう。夏目漱石は明治三二年八月の『ホトトギス』で、「小説「エイルヰン」の批評」と題して『エイルヰン物語』の内容紹介と批評をおこなっている。漱石は、この作品は情に訴えることで筋立ての不条理さを忘れさせる力をもっていると賞賛し、とくに脇役であるジプシーの少女シンファイの精神力の強さを高く評価している。漱石によれば、『エイルヰン物語』は当時英国と米国で珍しいほどの売れ行きを見せたという。漱石の批評が出たのは『エイルヰン物語』が日本語に翻訳される十五年前のことであるから、現在はほとんど忘れさられているこの書が、当時はいかに評判が高くかつ人気も長続きしていたかがわかる。漱石の批評については、玄昌厦論文で言及されていたことから筆者もその存在を知った。（岩波書店『漱石全集第十二巻』昭和四二年）

(83) 화공은 걸음을 빨리하였다。자기의 얼굴이 얼마나 더럽게 생겼는지 이 처녀가 자기를 처다보면 얼마나 놀랄지 이 점을 온전히 잊고 걸음을 빨리하여 처녀의 쪽으로 갔다。／처녀는 화공의 발소리에 머리를 번쩍 들었다。화공을 바라보았다。그 무한히 먼곳을 바라보는 듯한 기묘한 눈을 들어서…（前掲書七五頁）

(84)「너 앞이 보이느냐?」／「소경이올시다」（前掲書七六頁）

(85)「불상도 하지。저녁도 가까와 오는데 어둡기전에 집으로 나려 가거라」（同右）

(86) 金春美は率居のこの態度について、「これは〈率居〉が自分の求める理想美にたいしてどれほど厳格であったかをあらわす事実だ」として、特に不自然さを見いだしていない。（金春美　註2論文　二二一頁）

(87)『春園研究』(4)「無情」과「開拓者」金治弘前掲書。ただし、金東仁の批判があたっているわけではない。筆者は以前の論文において、ヒョンシクの性格が統一されていないように見えるのは、人間の行動パターンが様々な要因や周囲の状況によって変わることを描こうとする李光洙の意図によるものだと主張した。（「ヒョンシクの意識と行動にあらわれた李光洙の人間認識について——『無情』の研究（上）——」『朝鮮学報』第一四八輯　九一頁／『李光洙・『無情』の研究』白帝社　二四六頁）

(88)『創作手帖』(三) 性格의 複雑（金治弘　前掲書二六三頁）

(89) 性格的 방면을 대표하는 리얼리즘의 골자와 事件的 방면을 대표는 로멩티시즘의 가미가 잘 조화되여 여기러 비로소 近代人의 기호에 꼭 맞는 近代小說이 대성을 하게 되었다。（金治弘　前揭書五二頁）

(90) 여기 우리가 매우 興味를 느끼는 點은 다른 것이 아니라, 이 흔들이기 쉽고 주쌔가 업는 主人公 리형식을, 우리는 卽時로 이 小說의 作者인 李春園으로 볼 수가 잇는 점이다。（金治弘　前揭書九五頁）

(91) 金春美は次のように書いている。「東仁が〈率居〉と〈白性洙〉を通して表そうとしたのは、天才芸術家にはすべてが許されねばならないという思想と、彼らを容れない現実社会に対する怒りである。東仁が一生持ちつづけた芸術家的自負心を、彼はここでもう一度表明したのだ」（註2論文　二二九頁）

(92) 이런 싱거운 결말이 어디 있으랴？（前揭書七八頁）

(93) 역시 마음에 들지않는 결말이다。（同右）

(94) 화공은 처녀를 데리고 돌아 왔다。돌아와서 처녀를 보면 볼스록 탐스리워서 그림은 집어던지고 처녀를 안해도 삼아 버렸다。앞을 못보는 처녀는 이 추하게 생긴 화공에게도 아모 불만이 없이 一생을 즐겁게 보냈다。그림으로나 안해를 얻으려던 화공은 절세의 미녀를 안해로 얻게 되었다。（同右）

(95) 역시 불만이다。（同右）

(96) 그 아레의 샘은 남벽（藍碧）으로 알었더니 겨우 한뼘미만의 야튼 물루서 바위우를 기운없이 똘똘 흐르고 있나。（前揭書七九頁）

(97) 흐르는 모양도 아름답거니와 흐르는 소리도 아름답고 그 맛도 아름다운 샘물을 두고 한개 자미있는 이야기가 머리에 생겨나지 않을까。（前揭書六七頁）

(98) 玄昌厦は「狂画師」と『ドリアン・グレイの肖像』に共通する要素として、「情欲が芸術を滅ぼすという観念」と「犯罪者の秘密が絵画の上に顕現されるという構想」をあげている。なお氏は「金東仁は谷崎潤一郎に関しては一言の言及もしていない」と書いているが、金東仁はエッセイ「眼瞳の痛覚」でタイトルこそ出していないものの谷崎の『春琴抄』について言及している。

(99) ワイルド著福田恆存訳『ドリアン・グレイの肖像』新潮文庫　昭和六十二年　四十三版　一三二頁

(100) 率居が少女に対する執着心を気取られないようにしていたことは先述した。ドリアンは、シビルが「自分の才能にぜんぜん気がついていないようなのです」と友人に語っている。（前揭書八三頁）

(101) 「그럼。광명한 일월 무지개라는 섭색이 영롱한 기묘한 것 아름다운 수풀 유수한 골짜기 무엇인들 못보랴」(『野談』創刊号八〇頁)

(102) 그러나 화공의 심미안(審美眼)에 비최인 그 눈은 어제의 눈이 아니었다。/아름답기는 다시없는 아름다운 눈이었다。그러나 그 눈은 사내의 사랑을 구하는「여인의 눈」이었다。(중략) 그러나 소경의 눈에 나타난 것은 아름답기는 아름다우나 그것은 애욕의 표정에 지나지 못하였다。그런 눈을 그리려고 十년을 고심한것이 아니었다。(前掲書八一―八二頁)

(103) 길에서 순간적으로라도 마음에 드는 미녀를 볼수만 있으면 그것을 머리에 똑똑이 캐취하여 그 기억으로서 화상을 그릴까 하는 요행심으로…。(前掲書七二頁)

(104) 佐伯彰一 註99『ドリアン・グレイの肖像』三三二頁解説

(105) 늙은 화공이어。그대의 쓸쓸한 일생을 여는 조상하노라。(前掲書八四頁)

第二章　金東仁の創作論について

一　「小説学徒の書斎から」と「近代小説の勝利」

金東仁が『狂画師』を発表したのは一九三五年末のことである。その前年に彼は「小説学徒の書斎から―小説に関する菅見二三」[1]と「近代小説の勝利―小説に対する概念を語る」[2]の二つの創作論を発表したほか、代表的評論である「春園研究」の連載をはじめており、この時期に金東仁の創作理論構築への意欲が高まっていたことを推測させる。

これらの論説を読んで感じるのは、金東仁が何らかの文献を参考にしているのではないかということである。たとえば、「近代小説の勝利」では、近代において平民階級が「権勢」を握ったために、平民の思想感情を描いた文芸である小説が貴族階級の文芸である詩や劇をおしのけて主流となったと主張しているが、社会思想と世界の文芸に関する専門的で幅広い知識を必要とするこのような主張を、金東仁が独自に考え出したとは考えにくい。なによりも、もしこれが独自の説なら、彼はほかの場所でもそれを書いているはずだが、そのような事実はない。しかし金東仁は、自分が読んで参考にした本の名前をほとんど明らかにしていないために、その影響関係を突きとめるのは難しい。

二　「小説作法」とチャールズ・ホーンの『小説の技巧』

ところが「近代小説の勝利」第二章〈小説の起源〉の中で、金東仁はめずらしく参考書籍の名前を明らかにしている。「そもそも人間が〝嘘〟をつきはじめた時が、すでに原始の形の小説の発生時代だと見ることができる」として、眠っている獅子を偶然見つけて殺した原始人がそれを英雄談にしたてあげるという例をあげて、「チャールズ・ホーンはその名著『小説の技巧』においてこのように断案した」と書いているのである。(3) 注目されるのは、これとまったく同じ原始人の例が、その十年前に書かれた創作論「小説作法」（一九二五）においても使われていることである。「小説作法」の目次を以下にあげる。

「小説作法」(4)

（1）序文らしきもの
（2）小説の起源及びその歴史
（3）構想
（4）文体

（4）〈文体〉にある「一元描写」については、日本の作家岩野泡鳴の「一元描写論」との類似が先行研究によって指摘されているが、(5)（2）〈小説の起源及び歴史〉では金東仁自身が「参考書」の存在を「自白」しているのにもかかわらず、(6)書名が明らかにされていないためにこれまで研究されてこなかった。

このなかで金東仁は、眠った獅子を殺して英雄談に仕立てた原始人の話をあげ、「ここに我々は我が人類文化の誇りである『小説』の起源を瞥見することができる」と書いているが、これと同じ話が「近代小説の勝利」においてチャールズ・ホーンの名前とともにあげられているわけである。金東仁のいうチャールズ・ホーンの名著『小説の技巧』とは、一九二四年七月に内外書房から発行されたチャールズ・ホーン（Charles.F.Horne）著・尾崎忠男訳『小説の技巧―小説の起源と近代小説の発展』ではないかと思われる。そこでこの本と「小説作法」「近代小説の勝利」とを比較検討してみたところ、「近代小説の勝利」ではホーンを参考にしている部分はわずかであるが、「小説作法」（2）の内容は、『小説の技巧』の前編全体および後編の一部をまとめたものだといっても差し支えないほどよく似ており（資料①）、なかにはほぼ引き写しとしか思えない文章もあった。（資料②）金東仁が「自白」した「参考書」は、ホーンの『小説の技巧』とみなしていいだろう。

資料①

●『小説の技巧』目次

前編　第一章　話成立の初　原始人の狩の話
　　　第二章　小説の要素→6つ
　　　第三章　埃及に於ける「話」
　　　第四章　希臘の物語
　　　第五章　中世紀の異種集合体
　　　第六章　近代小説
後編　第一章　話構成の近代研究

←「小説作法」第二章　小説の起源及びその歴史→

第二章　構想
第三章　動機と真実性
第四章　性格
第五章　情緒
第六章　背景
第七章　文体
〈小説の6要素〉
第八章　結論

資料②(7)

●『小説の技巧』

後に至り、作家も批評家も数派に分裂し、手法上種々様々な特別な點を論議し主張し、ブローウバー(Flaubert)(佛、一八二一～一八八〇)の作風を重んじて寫眞主義を唱ふるものや、モーウバサン(Maupassant)(佛、一八五〇～一八九三)流の客観を重んずるものや、ジェイムス(James)風の微細な心理解剖を好むものや、ゾラ(Zola)のように下層社会を描写するものや、トルストイのように主なる事実を主張するものや、スティーヴンソン(Stevenson)の如く奇想的作物を好むもの等がでてきた。(一七七頁)

●「小説作法」

そうなると、だんだん自然と派が分かれ、手法上さまざまな主張がおこり、フローベルの写真主義を取るものと、モーパッサンの客観的を取るものと、ジェームスの精密な心理描写、ゾラの下流社会描写、トルストイの事実主義、スティーヴンソンの怪奇的物語等々、それぞれ論議し主張するようになった。

그러케 되면서 차차 저절로 派가 갈리며 手法上 여러 가지의 主張이 생겨서 플로—벨파 가튼 寫眞主義를 取하는 자와 모—팟산의 客觀을 取하는 자와 제—ㅁ쓰의 세밀한 心理 묘사, 졸라의 下流社會 묘사, 톨스토이의 事貫主義, 스틔븐쓴의 怪奇的 物語 부엇무엇 제각금 論議하고 主張하게 되엿다.（『金東仁　評論全集』三六—三七頁）

三　眠れる獅子の話

ホーンの『小説の技巧』は四四八頁の一巻本であり、金東仁の「小説作法」は『朝鮮文壇』に四回にわたって連載された全部で一三頁の短い論説であるから、比較すれば両者には多くの違いが見られるが、筆者はとくに次の二点の違いに注目した。

一点目は、先にあげた、眠った獅子を殺して英雄談に仕立てる話が『小説の技巧』に見あたらないことである。「近代小説の勝利」で金東仁はこの例をまるでホーンの著作からの引用のように書いているが、『小説の技巧』でそれに該当すると思われる部分をみると、非常に短くかつこれほど具体的ではない。それを金東仁は「小説作法」において具体的な、それも長い例に作り替えているのである。（資料③参照）

資料③

●『小説の技巧』

虚偽が始めて手法、仮作物語の手法となり、其時に急に自覚心を喚起し、人類の虚栄心が生じてきた。『俺は何と云う強い男だろう』と考えた古の野蛮な原始人は、ただちに屹度自分の力を隣人に見せたいと考へたろう。言語が発達して言葉が云へるようになった時、彼は自分の行為を自慢した。これが話の始まりであった。（チャールズ・ホーン著　尾崎忠男訳『小説の技巧―小説の起源と近代小説の発達』一二頁）

●「小説作法」

小説の起源を考えるとき、我々はまず原始時代の人間の単純な性格を考えることができる。その人間が朝、弓と矢をもって山へ狩に行き、突然虎が獅子に出会ったときのことを想像してみよう。猛獣は腹いっぱい喰ったあと欝蒼たる山林の中でぐっすりと寝入りこんでいる。それを見た原始人は弓を射て一発でその猛獣を殺した。そしてその動物を自分の村にもって帰った場合、その原始人はどんな態度を取るだろうか。彼がもし平凡な人間であったなら、何の問題もおこらないかもしれない。しかし彼にもし天才的想像力があったならば、猛獣は「口をあけて彼に喰らいつこうと」したことだろう。そして「牙と爪が彼の衣服を引き裂いた」ことだろう。それを彼が「大胆に」弓を射て、その猛獣は「高く跳び上がり」、そのために「山が揺れ動いた」ことだろう。猛獣が昼寝をしていたとか、そんなことは彼はおくびにも出さぬようにするだろう。

ここに我々は、我が人類文化の誇りである「小説」の起源を瞥見することができる。

우리는 小說의 起源을 생각할 새에 먼저 原始時代의 사람의 단순한 살림을 생각할 수가 잇다. 그 사람이 아츰에 활과 살을 들고 뫼에 산양을 갓다가 갑작이 범이나 사자를 맛날 대의 일을 우리는 상々하여 보사・猛獸는 매불니 먹은 뒤에 무성한 삼림 속에서 그 猛獸를 죽엿다・그리하여 그 짐생을 자긔의 마을에 가지고 도라온 경우에 그 原始人은 엇더한 態度를 취할가・그가 만약 平凡한 사람이엇드면 아모 문뎨도 인 니러 낫슬 것이다・그러나 그에게 만냑 天才的 想象力이 잇섯슬 것이면 猛獸는 〝입을 벌리고 그를 무르러〟 하엿슬 것이게다・그러고 〝니ㅅ발과 발톱이 그의 옷을 찌젓슬 것〟 이게다・그것을 그가 〝담대히〟 활로 쏘매 그 猛獸는 〝길々이 올라 ㅅ뒤며〟 그 대문에 〝山野가 진동하엿슬 것〟 이게다・猛獸가 낫잠을 자? 그런 것은 그는 눈치도 안 채이게 하엿슬 것이겟다・
여긔 우리는 우리 人類文化의 자랑인 〝小說〟 의 그 起源을 瞥見할 수가 잇다・（『金東仁評論全集』三五頁）

●「近代小説の勝利」

たとえばここにある人間（原始時代の）が狩に出かけ一頭の眠れる獅子を殺してきたとしよう。もしもこの人間が正直で愚かな人間だったら特に問題はないだろうが、その人間がちょっと利口で気が利き賢い人間だとしたならば、ここで一つの英雄談がはじまるであろう。そんな人間は、眠った獅子を殺して村に帰って自分の友人に話すときには、きっと自分の冒険談を飾り立てるために獅子が自分に襲いかかってきた光景を話すことであろうし、その襲いかかる獅子を自分がいかなる驚くべき勇猛と力をもって殴り殺したかを、思いきり大げさに自慢することだろう。―小説の起源を我々は賢い原始人の嘘におかねばならぬ。チャールズ・ホーンはこのように断案をくだした。

가령 여기 어떤 사람（인시 時代의）이 사냥을 나갔다가 한 마리의 잠든 獅子를 잡아왔다 하자・만약 그 사람으로서 정적하고 어리석은 사람이라면 별문제가 없겠지만 그 사람으로서 좀 약고 꾀가 있고 영리한 사람일 것 같으면 여기는 한 가지의 英雄談이 시작될 것이다・그러한 사람이 잠자는 사자를 잡아가지고 동리로 놀아와서 자기의 친구에게 말하는 때는 반드시 자기의 모험담을 장식하기 위하여 사자가 자기에게 달려들던 광경을 말할 것이며 그 벌펄 달

려드는 사자를 자기가 어떻게 놀라운 요맹과 힘으로 때려 죽였는지를 기껏 과장할 것이다― 小說의 起原을 우리는 이 영리한 원시인의 거짓말에 두지 않을 수가 없다・차알스호 온은 이렇게 단안을 내렸다・（『金東仁評論全集』五〇頁）

「小説作法」（2）のほとんどが『小説の技巧』のまとめや抜粋であるのに対して、この部分が金東仁の創作による詳しい例になっているのは、金東仁がこの部分、すなわち虚栄心から生じた嘘が小説の起源であるという説に共感して想像力を刺激されたためだと推測される。では、なぜ彼はこの説に共感したのだろうか。筆者は次のように考える。金東仁は、一九二〇年の創作論「自己の創造した世界」の中で、贋物であれ本物であれ「自己の創造した世界」を作るのが真の芸術家であると書いている。小説の起源が人間の想像力による創造行為からはじまったというホーンの主張は、金東仁のこの文学観と合致する。人間の想像力が作り出した「嘘」が小説の起源であるというホーンの説に共感したゆえに、金東仁は「小説作法」でホーンの解釈による小説の歴史を紹介し、とくに共感した部分には自分の想像力で具体的な例を作り出して付け加えたのであろう。そして九年後の「近代小説の勝利」にいたって、その例は金東仁の記憶の中でホーンの「断案」となってしまったと思われるのである。

「小説作法」と『小説の技巧』の違いで注目される二点目は、『小説の技巧』では小説の要素が六つになっているのに対して、金東仁は「小説作法」で三つとしていることである。『小説の技巧』でホーンは古代エジプトから現代までの具体的な作品の内容を紹介しながら、それらの作品を六つの要素にわけて分析し、後半では各要素ごとに一章をあてて、さらに詳しい説明を行なっている。（資料①参照）それに対して「小説作法」（3）〈構想〉で金東仁は、小説の作り方には三通りしかない（①プロットを作ってから人物を配置する、②人物を作ってからその性格にあわせて事件を引き起こす、③ある雰囲気を準備してそれにあった局面や人物をつくり出す）というスティーヴンソンの言葉を引用しながら、小説の要素を〈プロット〉〈性格〉〈雰囲気〉

の三つにしている。

このことからわかるのは、金東仁は「小説作法」を書くにあたっては『小説の技巧』を参考にしながらも、ホーンの小説観に全面的に依拠しているわけではないということだ。おそらく金東仁は、ホーンや岩野泡鳴などの様々な文芸理論書に目を通し、取捨選択を行ないながら、自分なりの創作論を作り上げていったのであろう。

四　木村毅の『小説研究十六講』

しかしながら、さきに述べたように、金東仁は参考にした文献名を明らかにしないのが普通なので、彼がどんな書物を参考にしたか知ることは難しい。そこで筆者はできるだけ内容が類似した文芸理論書を探してみたところ、それらしい本にぶつかった。先に、近代における「平民階級」の勝利が文芸において「小説の勝利」をもたらしたという主張は、金東仁の独自の考えとは思われないと述べたが、木村毅《き》（一八九四～一九七九）が『小説研究十六講』の中でこれと酷似した主張をおこなっている。「平民階級」の文芸である小説が、近代、平民の勃興とともに文芸の中心をしめるようになったという考え方や、十八世紀のイギリス小説「パミラ」が平民階級の小説の嚆矢とされている点など、きわめて共通する部分が多い。この本は一九二五年一月に発行されて、この年だけでも十三版を重ね、その後も毎年再版された戦前文芸理論書のロングセラーである[8]。一九三三年には内容を十二講にまとめた『小説研究十二講』が発行され、こちらも版を重ねた。中国語にも訳され、郁達夫の「小説論」はこの本を主たる対象としているとのことである[9]。木村自身の言によれば、彼の説はヨーロッパの文学研究者の理論からヒントをえた独創的見解で、プロレタリア文学評論家である平林初之輔から賛辞をうけたという[10]。

「小説学徒の書斎から」にも、この木村の著書から取られたと思われる箇所が見られる[11]。金東仁は一九三四年の二つの論説を書くにあたり、『小説研究十六講』あるいは『小説研究十二講』を参考にしたと考えられる。

五　「狂画師」と『小説研究十六講』

金東仁が一九三四年の時点でこの書を読んでいたという事実は、「狂画師」の解釈にも示唆を与えてくれる。筆者は前章において、この作品が、「小説作法」（３）〈構想〉に引用されているスティーヴンソンの小説創作法中、第三番目の「雰囲気に合わせて局面と人物を作り出す方式」に依っていると分析した。その後『近代小説研究十六講』を読んで、第九講〈背景の意義〉に引用されたスティーヴンソンのつぎのような言葉に接したとき、金東仁が「狂画師」を書き出したときの気分が伝わってくるように感じた。

「かうした場所では、その昔、吾等の祖先に何事かが起こったに違ひない。私は、丁度子供の時場所に應じて何かよい遊び事を考へ出さうとしたやうに、その場所に似合った物語を考案してゆく。或る場所ははっきりと語ってゐる。ある陰気な庭園は殺人事件を聲高に叫び、ある古い家は、幽霊の出現を要求して居り、ある寂しい海岸は難波船のために準備せられてゐる」[12]

スティーヴンソンのこの言葉は、作家である「余」が仁王山を散歩しながら、洞穴から李朝時代の陰謀を連想したり、目を射た泉の光に誘われて美しい物語を作りはじめる『狂画師』の出だしの部分を思いおこさせる。ある作品を分析するさいに、作者がそのころ読んだ書物に目を通しておくことがいかに重要であるかを、筆者は身にしみて感じた。

六 「単純化」

最後に、金東仁の創作論においてきわめて重要性をもつと思われる「単純化」について言及しておく。

「複雑な世界から、統一され、脈絡のある、ある事件を取り出して小説化すること、これが単純化だ」(13)

「小説作法」(3)にあるこの「単純化」という言葉に注目して、筆者は以前、金東仁は「単純化」という考え方を、藤島武二が絵画創作の第一義とした「単純化（サンプリシテ）」から取り入れたのではないかと推論した(14)。そのとき筆者は、藤島武二と金東仁の接点をさがしており、それで藤島の「単純化」に注目したのである。だが、いま考えると藤島の絵画論からの影響という側面を強調しすぎたのではないかと思う。今回、大正時代の文芸理論書を調べたところ、スティーヴンソンの「単純化」については多くの本で言及されていることを知り、このように考えるに至った。

ホーンも木村もそれぞれの著書において、「単純化」に関するスティーヴンソンの言葉を何度も引用してその重要性を説いている。とりわけ木村はスティーヴンソンへの傾倒がはげしく、「小説作法」(3)冒頭にもあるスティーヴンソンの言葉のほか、随所で引用を行なっている。金東仁はホーンと木村の著書以外からもスティーヴンソンの「単純化」について学んだことと思われるが、この二冊からだけでも「単純化」に関する知識は十分得られたはずである。

白樺派が全盛の大正時代の日本で文学に目覚めた金東仁は、絵画と小説をともに芸術という視点で見る作家であった。彼が「単純化」という言葉に接したのが、絵画か文学のどちらが先であったかはわからないが、芸術の両分野に共通する「単純化」理論は、それだけにいっそう金東仁の心をとらえたのではないだろうか。

七　おわりに

金東仁は小説の創作方法をつねに意識した作家である。彼がこれほど熱心に小説創作に関する理論を研究して自分なりの創作論を構築しようと努めたのは、彼の作家としての気質と文学観にかかわる問題であろう。たとえば李光洙のような作家が、水があふれて流れ出すように作品を書いていったのに対して、金東仁は何をどのように書くかを考案して意識的に作品を作り出すタイプの作家であり、そうしなければ書けないタイプの作家であったように思う。「小説作法」と「朝鮮近代小説考」で彼は、小説を書いているときに登場人物が作家の意図に反して勝手に動いたエピソードを語っている。小説とは「創り出すもの」だという地点から出発した金東仁にとって、それは、自分が創造主であるはずの「自己の創造した世界」が否定された衝撃的な事件であったのだろう。そうした事態を引き起こさないためにも、金東仁は小説創作の理論構築に努めたのではないかと思われる。

本章では、金東仁が創作論構築に参考としたと思われる日本語書籍を紹介した。これらの書籍を念頭に置くことは、金東仁の作品を分析する上でも、また彼の書いた創作論をより深く研究する上でも有効であろうと考える。

本章は一九九九年十月に天理大学で行なわれた第五〇回朝鮮学会での発表原稿と資料をまとめたものである。

---

(1)『毎日申報』一九三四年三月／『金東仁評論全集』三英社一九八四　五三―六一頁

(2)『朝鮮中央日報』一九三四年七月／『金東仁評論全集』四七―五三頁

(3)『金東仁評論全集』五〇頁

(4)『朝鮮文壇』一九二五年四～七月号／『金東仁評論全集』三三―四七頁

(5) 강인숙『자연주의 문학론Ⅰ』고려원一九九一　三一四―三二〇頁

(6) 自白하자면 筆者도 參考書가 업스면 모를 일이지만『金東仁評論全集』三七頁

(7) ほとんど引き写しに等しい部分はこの他にもある（三七―一七三頁）

(8) 松本清張「葉脈研究の人―木村毅と私」『小説研究十六講』恒文社一九八〇　二頁

(9)『日本近代文学大事典』講談社　一九八四

(10) 一九五〇年、『小説研究十二講』の新装改訂版の序で、木村毅は、「この書にもし新着眼があったとすれば、小説というものは平民階級が作り出した全く新しい文芸様式として論証し、その観点に立って解説と批評をすすめ、作法を講じたことで、その点では世界で初めての試みだった」（『小説研究十二講』乾元社　一九五〇）と自負している。実際この観点は木村独自のものらしく、筆者が目にしたかぎりでは他の文芸書には見あたらない。なお「近代小説の勝利」は一九三四年に発表されているから、一九二五年発行の『小説研究十六講』ではなく一九三三年発行の『小説研究十二講』が参考とされた可能性もある。実際、「十二講」では「平民階級」に関する部分が「十六講」よりも強調されている。

(11) たとえば「小説学徒の書斎から」（7）にある「英国小説家スティーヴンソンは他人の小説を読んで不自然なところがあると〝ふん、この小説はモデルのある小説だな〟と言ったという」というエピソードは『小説研究十六講』第四講〈小説と新聞記事〉（一一八頁）にある。また第十一講ではモーパッサンの「首飾り」に対する漱石の道徳性批判につづいて「The gift of the magi」の「落ち」についての言及があるが、これも「小説学徒の書斎から」（2）〈小説の道徳性〉にある。

(12)『小説研究十六講』（内外書房）二六九頁

（13）『金東仁評論全集』四二頁
（14）波田野節子「金東仁の文学に見る日本との関連様相」『科研成果報告論文集』一九九八　六七―一一一頁
『韓国作家たちの日本留学』白帝社　二〇一三所収

Ⅳ　その他

第一章　文学テキストで学ぶ歴史と文化　―兪鎭午の「滄浪亭の記」を読む―

一　文化と小説

私たちは文化のなかで生きている。文化は私たちを空気のように取り巻いているので、ふつう私たちはその存在に気がつかない。そして、外国に行ったときや外国からの客に接したときの違和感によって、ようやくその存在に気づくことになる。もしタイムスリップというものが本当にあるなら、私たちは過去や未来で、同じ経験をすることになるだろう。

小説を書くとき、小説家はこのさまざまなきまりごとを読者とのあいだの了解事項にしてしまう。たとえば韓国の現代作家なら、現代の韓国人に常識となっていることには、いちいち説明はつけない。外国の読者とか一〇〇年後の読者がその小説を読む場合のことなど、考えないのがふつうである。ところが外国あるいは一〇〇年後の読者がその小説を読んだときには、そうした部分がわからずに違和感をもつことが起きる。違和感が大きすぎるとなかなか感動できないが、さほどでなければ普遍的な部分から感動を受けるだろう。場合によっては、自分の文化にあてはめて適当に解釈し、誤解したまま感動することもある。

小説を研究したり翻訳したりするときには、作者と読者との間にあるこの了解事項をふまえておかねばならない。つまり小説の背景となっている文化を知ることが基礎作業となるのである。今回試みるのは、この基礎作業の部分を文化教育に活用することである。

小説の内部には、歴史や社会制度から日常の衣食住にいたるまで、文化が大量につまっている。なによりも小説には人の心が描かれているので、異なった文化のなかで生きる人びとが、何を信じ、何を悲しみ、何を喜んで日々を生きているのかを、内面から知ることができる。文化が違っても人の心は変わらないという共感は、外国語と異文化を学ぶための大きなモチベーションとなりうるだろう。

ここで試みるのは、語学教育の補助的な役割をはたす文化教育ではなく、文化を教えることを第一目標とする文化教育である。たとえば、原文で小説を読むことはできないが韓国の文化を深く知りたい、というような人を想定している。それで、教材には日本語に翻訳されたテキストを使用する。

教材は長編だと読むのに時間がかかりすぎ、抜粋を使った場合には作品を読了したという達成感が得られないので、短編が適当である。ここでは一九三八年に新聞『東亜日報』[1]に連載された兪鎮午《ユジノ》（一九〇六〜一九八七）の短編「滄浪亭の記」を選んだ。この作品は大村益夫によって日本語に翻訳され、岩波文庫の大村益夫・長璋吉・三枝壽勝 編訳（一九八四）『朝鮮短篇小説選（下）』に収められている。韓国の近代短編小説の代表作の一つとして有名な作品だが、七〇年前の小説でもあり、文化ギャップや歴史的な内容のためにむずかしく感じられる箇所もいくつかある。この短編小説を読みながら、朝鮮王朝末期から近代にわたる歴史と文化の一端を学ぶ試みを行なってみたい。

現代韓国の日常生活文化を学ぶことはもちろん重要だが、それと同じくらい重要なのは、現代の韓国人の意識の奥にある過去の文化である。現在を生きる私たちの意識の奥には常に過去があり、この部分を抜かした文化理解は底が浅いものとならざるをえない。「滄浪亭の記」に描かれた過去の韓国の姿は、現代を生きる韓国人たちが抱いている共同の郷愁の対象であり、やはり文化なのである。

二　「滄浪亭の記」の構成

（1）場所と時間

「滄浪亭の記」の舞台はソウルである。主人公である「私」（年齢などから、作者の兪鎮午自身と見なされる）は、ソウルに生まれてあちこちに引っ越したために故郷といえる場所をもたない。そんな「私」が郷愁の対象とする滄浪亭は、西江《ソガン》の唐人里付近の川岸に立っていた屋敷である。小説の最後は、現在の「私」がその屋敷跡で、対岸の汝矣島《ヨイド》から飛びたつ飛行機の轟音《ごうおん》に驚く場面で終わっている。

次に、「滄浪亭の記」の小説内の時間は一九一二年から一九三八年現在までである。しかしながら、あとで詳しく見るように、「私」による登場人物の紹介や父の回想談などによって、それより以前に滄浪亭のまわりを流れた長い時間を読者に想起させるしくみになっている。なお、二十一世紀を生きている私たちがこの短編を読む際には、当然のことながら当時の「現在」である一九三八年を意識することが必要になってくる。

（2）構成

この小説は七つの節で構成されている。第一節はプロローグで、第二、三節では屋敷のなかでも外界とつながった空間である「舎廊《サラン》」、第四節では外界と切りはなされた空間である奥《アン》が舞台になっている。第五節では裏山で幼い「私」が少女との間で持った秘密が描かれ、つづく第六節で「私」と少女が太刀《たち》を掘りだす話、そして最後の第七節で滄浪亭の過去と現在が語られる。

全体の流れを表にし、「歴史」と「文化」の項目を立てて、各節に含まれている該当事項を抜き出すと、【表】のようになる。

【表】兪鎭午（一九〇六～一九八七）：「滄浪亭の記」の作品内時間と場所、および歴史・文化項目

節	進行	時間と場所	歴史	文化
1	プロローグ	現在		かぞえ歳
2	［1日目］ 父と滄浪亭を訪れて西江大臣と会う	27、8年前 「私」は7歳 西江唐人里 大舎廊	大院君、鎖国の夢、宣伝官、吏書判書	七十間、行廊、行閣、舎廊、板の間、調度品三従曽祖父、チョル イチョウの老神木
3	［1日目］ 従兄金鍾根の勉学方針が決まる	大舎廊	学校、新式、新学問、文明開化、度支部、大韓帝国、官費留学生、合邦	十二親等の兄 マゲ ヌマル、二重戸、前庭 チマとチョゴリ
4	［1日目］ 貞敬夫人と従兄弟の妻に会う ［2日目］ 乙順を見る		奥	舎廊と奥、空咳（ノック代わり）、内外 誕生宴の準備と料理 大庁、内房、向かいの間、板の間、控えの間、裏部屋
5	乙順と遊ぶ	裏山		奥の庭、裏山、驕前婢
6	［数日後］ 裏山で乙順と太刀を掘りだす 貞敬夫人没 西江大臣没 その嫁没	裏山 その年 5、6年後 その翌年	鄭将軍	ヒルガオ掘り 日本の菓子とあめ玉
7	西江大臣三回忌に滄浪亭へ行く ［その約20年後］ 現在の西江を訪れる	「私」は16歳 ［現在］ 西江駅 汝矣島飛行場	壬辰の乱、大院君の宣教師虐殺、フランス海軍ローズ提督、洋夷排斥 “国境を越えて、一気に大陸の空を突き刺さん”	喪服と屈巾 カメラ、唐人里行き気動車、西江駅、大きな工場、黒煙、プロペラの轟音、全金属製最新式旅客機

1938年4月19日～5月4日『東亜日報』連載

三　「滄浪亭の記」を読む

それでは、「歴史」と「文化」の事項に注目しながら、小説を読んでみよう。

（1）キーワード「郷愁」（一節）

郷愁とは人間に普遍的な感情である。なぜなら、人間とはつねに何かを恋い慕うことで生の意味を感じるようにできているからである。たとえ実際に生まれた場所でなくとも、それが生に疲れた心を癒《いや》してくれるものなら、夢に見た場所であろうと、夢に見たことさえない空想の少女であろうと、やはり郷愁の対象である。こう述べてから、「私」は自分にとってそのような存在である滄浪亭の思い出を語りはじめる。

この小説は、壮年に達している「私」が幼年時代に訪ねた滄浪亭にまつわる思い出を回想し、最後にまた現在に引き戻されるという構造になっている。第一節は、二節以降で語られる回想へと読者を誘いこむ導入部であり、そこでくりかえされる「郷愁」という単語は、この小説全体を統括するキーワードである。「郷愁」について述べる「私」の感傷的で哀切な口調は、回想の最後に「私」が目撃する変貌した現在と強烈なコントラストをなしており、滄浪亭がいまや心のなかにしか存在しない、まさに「郷愁」の対象であることを読者に痛切に感じさせることになる。

ところで、「私」はソウルに生まれて、三歳まで嘉会洞《カフェドン》、六歳から十四歳まで桂洞《ケードン》に住んでいたと語っている。小説内部の時間を把握するためには、年齢と年数が非常に大切なポイントになるので、当時の韓国の年齢と年数の計算方法をここで確認しておく。日本でも以前は使っていた「かぞえ年」は、生まれたときを一歳として、正月のたびに一歳ずつ年をとるという計算方法である。たとえば十二月三十一日生まれならば、翌日の元旦で二歳になる。年数をかぞえるときも、最初の年を一年として計算する。韓国では一九一〇年から一九四五年の植民地時代を三十五年ではなく「日帝三十六年」というが、それはこのかぞえ方による。

（2）外界とつながる「舎廊《サラン》」（二・三節）

ある年の早春、七歳の「私」は父に連れられて滄浪亭を訪れる。父がステッキをあげて指す滄浪亭は、川辺の切り立った崖のうえで夕陽をあびて輝いていた。左右に長い行廊《ヘンナン》（大門の脇についた長屋のような建物）をしたがえ、そそり立つ大門をもった、七十間をこす広大な屋敷は、近づいてみると何百年もたった古ぼけた建物で、柱は傾き、壁は崩れ落ちて穴があいていた。大門をくぐると、庭には「神が宿っている」（귀신이 접했다）といって恐れられている、うっそうとしたイチョウの老木がある。

戸をしめきって真っ暗な大舎廊《クンサラン》には、「私」の三従曽祖父で、すでに八十歳を越えた白髪の西江大臣が病に臥せっていた。部屋に置かれた屏風、卓子、文匣、硯箱、漢籍、筆立て、虎の彫られた印鑑、壁の名筆、白馬の尾の叩《はたき》きなど、豪華で神秘的な部屋の調度品を、幼い「私」は限りない好奇心をもって見わたす。父と大臣がむずかしそうな話をしているので息苦しくなった「私」は、そっと楼中《ヌマル》（二階のように高くなっている板の間）に出る。戸を押してみると思いがけず開き、雄大な眺望が目に飛び込んでくる。万華鏡のように変化する夕焼けの美しい光景に恍惚としていた「私」がふと下の庭に目をやると、そこには十二、三歳の少女がいて私を手招きしていた。

この二つの節では、「舎廊《サラン》」、すなわち屋敷のなかでも外の世界とつながっている部分が舞台になっている。外からやってきた父と「私」は、屋敷の主人の書斎でもあり客を迎え入れる客間でもある「舎廊」に通される。

そこは「表《おもて》」であり、公的な空間である。「私」はそこで、西江大臣とその曽孫で「私」にとって十二親等の兄にあたる金鍾根《キムチョングン》にお辞儀《チョル》をする。
　それでは、滄浪亭とはどんな屋敷で、西江大臣とはいかなる人物なのか。作者は第二節冒頭の長い一文でそれを説明している。

　滄浪亭とは、大院君の執政時代に、宣伝官から吏曹判書までつとめた、わたしの三従曽祖父である「西江大臣」金宗鎬《キムジョンホ》が、自分の志が容れられずに鎖国の夢が破れ、大院君も政治の実権を失うと、みずからも官を辞して、西江——いまの唐人町附近の川のほとりにあった、かつてのさる大官の別荘を買いとって、それにみずから滄浪亭と名づけて、鬱々とした晩年をおくった屋敷の名である。(2)

　この説明には朝鮮の歴史に関するたくさんの情報が含まれている。まず大院君（一八二〇〜一八九八）は、朝鮮王朝最後から二番目の王で大韓帝国最初の皇帝となった高宗の父親として名高い人物である。一八六三年に幼い息子を即位させて政権を掌握した大院君は、洋夷排斥を唱えて鎖国政策をとった。「西江大臣」こと金宗鎬は、このころ朝廷の高官職である宣伝官や吏曹判書《りそうはんじょ》を歴任したわけである。大院君は十年間の執政ののち、高宗の妻、閔妃との権力闘争に敗れて政権の座を去り、その二年後の一八七六年に閔氏政権は日本の強制の前に国を開く。大院君の鎖国政策を支持していた金宗鎬は、このとき開国に反対したのであろう。その後大院君は二度にわたって政権を奪い返したが、日清戦争後、閔妃が日本人に殺害されたあと政治の舞台を完全に離れた。金宗鎬が滄浪亭にひきこもったのはそのころだと思われる。
　「滄浪亭の記」の連載は大院君が没してから四十年たっているが、開化期の有名な人物でもあり、またこの一九三〇年代には歴史小説が流行して、大院君を主人公とする歴史小説の連載が人気を博しているので、(3)これくらいの歴史事項は読者に了解されていたと思われる。

それでは、七歳の「私」が滄浪亭を訪れたのはいつのことだろうか。小説には「かれこれ二七、八年も昔」(4)とある。新聞掲載の年である一九三八年から旧計算法で数えると一九一一年か一二年であるが、「私」とみなされる作者兪鎭午が七歳になるのが一九一二年なので、滄浪亭訪問は一九一二年の春と考えてよいだろう。西江大臣が滄浪亭にひきこもったのち、朝鮮王朝は大韓帝国に代わり（一八九七年）、日露戦争が起こり（一九〇四年）、保護条約が結ばれ（一九〇五年）、ついに韓国は日本に併合された（一九一〇年）。この間、息子にも孫にも先立たれた西江大臣は、一人残された曽孫の金鍾根を滄浪亭のなかで大事に育てていたのだった。

父と大臣が大舎廊で話しこんでいたのは、金鍾根の教育問題についてである。「私」の父親は、官費留学生として日本に留学したあと、大韓帝国政府で度支部（財務部）と内閣制度局に勤め、合邦後も官吏として留まった人物であった。かつては激烈な攘夷論者であった西江大臣も、時代の流れを感じたのだろう。たった一人の曽孫に新式の学問をさせるべきかどうかを迷い、一門のなかでもっとも文明開化にくわしい「私」の父親を相談相手として呼んだのである。しかしながら、その後「私」の父がおりにふれて残念がったように、結局その日、西江大臣は鍾根を学校にあげる決心に踏み切れなかった。彼は自分のそれまでの信念に従ったのである。

小説を最後まで読むと、「私」が滄浪亭を訪れたこの日は、じつは滄浪亭の運命にとって非常に重要な日であったことがわかる。西江大臣はこの日、ただ一人の跡取りが時代の流れから取り残される道を選んだのである。このあとの鍾根は、これまでと同じく家に閉じこもって漢籍ばかり読む生活をつづけることになる。そして西江大臣をはじめ自分を抑えつけていた人びとが亡くなると、とつぜんマゲを切り落として洋服を着、妓生《キーセン》遊びの放蕩をして滄浪亭を没落させてしまうのである。新しい時代に適応できなかった彼の人生は、この日決定されたともいえるだろう。

この第二節と三節には、「私」が滄浪亭に入りながら目撃するさまざまなものが描写されている。両班《ヤンバン》の屋敷の建築構造や調度品、挨拶のチョルの仕方などは、図解や写真や映像などで視覚的に学ばないとむずかしい。「三従曽祖父」や「十二親等の兄」など日本でなじみのない親戚関係は、本にある表を見てもなかなか理解できないが、小説の中の人間関係にあてはめて図を描いてみるとわかりやすくなる。

ところで、金鍾根がマゲを結《ゆ》っているのは彼が既婚であることを意味する。男女ともに結婚して初めてマゲを結うのは日本でも古来あった習慣である。朝鮮では当時は早婚の風習があり、良家の男の子なら十歳を越えれば親は結婚相手を探すのが一般的だった。鍾根は二十歳くらいとあるから、結婚していて当然である。彼はマゲを結ってカッ（冠）をかぶり、両班の代表的な衣服である道袍《トポ》を着ていたと想像される。

それでは、父と「私」はどんな格好をしていたのか。この小説では若い女性のほかには服装への言及がない。言及がないということは、わざわざ述べる必要がない了解事項だったということだろう。父は元留学生で総督府の官吏であるから当然断髪している。ふだんは制服を着用している彼も、休日のこの日はパジとチョゴリを着て外出用トゥルマギをはおり、帽子にステッキといういでたちではなかったかと思われる。もちろん、洋服を着ている可能性も排除できない。一方「私」は、このあと知り合った少女乙順《ウルスン》が服装や髪形のことでとくに何も言ってないところを見ると、きっと当時の一般的な格好、すなわち髪は結って垂らし、子供用のトゥルマギを着ていたのだろう。病床の西江大臣は、白いパジとチョゴリの姿であったと思われる。

（3）女たちの世界「奥《アン》」（四節）

庭で自分を手招きしている少女のところに行こうとした「私」は父親にとめられ、「おばあさん」つまり西江大臣の妻に挨拶するために奥《アン》に行くことになる。四節で描かれるのは、女たちの世界「奥《アン》」である。

奥《アンチェ》の棟は、脇の縁先まで入れれば八間、すなわち一五メートルほどにもなる大きな板の間、大庁《テーチョン》を中心に、西に内房《アンバン》（主婦のいる部屋）と板の間《マル》（마루）、東には向かいの間《コンノンバン》、控えの間、その裏部屋、さらにその先の庭に部屋が二つという豪壮な造りだった。だが建物はすっかり古ぼけていて、屋根の上ではペンペン草が枯れている。西江大臣の妻である貞敬夫人（正一品と従一品の文武官の夫人に与えられる官爵）の誕生日が明日ということで、大庁《テーチョン》と台所は料理をする女たちでごった返していた。餅《トック》の蒸器を運ぶ人、チジミを鉄板で焼いている人、牛の肋骨を鉈《なた》で切りおろしている人、料理の材料にするキキョウ《トラジ》の根を裂いている人、もやしの根を取っている人、肉の味つけをしている人、すべて女である。

内房《アンバン》に入るまえに、父は当時の習慣に従い、これから入りますよという前ぶれのための空咳をした。すると大庁にいた女のなかで若い何人かは「内外《ネーウェ》」（男女が顔を合わせるのを避ける習慣）にしたがって身を隠すが、子供のときから父を知っている一族の年配の女たちにはそんなものは関係がなく、父を子ども扱いにして話しかけてくる。そこにあらわれたお月様のように美しい若奥様は、鍾根の妻だった。「私」は、さっき見た少女はこの人の妹か姪に違いないと想像する。

翌日は誕生日の当日で、大庁には朝から若い夫人たちがひしめきあっていた。みな金鍾根の若奥様と同じように黄色のチョゴリに藍色のチマを引きずり、行儀も忘れたように甲高い声をあげておはしゃぎである。

> 彼女たちは、ふだんはカゴに閉じこめられていて、やっと解き放されたスズメの群のように、何かひそひそささやくかと思えば、クックッと笑ったり、たがいに脇腹をつつきあってふざけたり、なかには料理している食物をつまんで口にほおばる者もいたりした。[5]

どの家にも外の世界と切り離された「奥《アン》」があり、女たちはいつもそのなかに閉じこもっている。だからこそ、一族の長老の夫人の誕生日という機会に滄浪亭の「奥」に集まった若い女たちは、ふだんの鬱屈をはらすがごとく、いっそうはしゃぎまわるのである。

都会育ちで小さな家しか知らなかった七歳の「私」を驚かせたこの華々しい喧騒は、滄浪亭の最後の光芒であった。この年のうちに貞敬夫人は亡くなり、この日が彼女の最後の誕生日となるのである。

この節に出てくる食べ物は、韓国で現在も食するものばかりである。衣服に関しては、金鍾根の妻をはじめとして、若い夫人たちはみな黄色いチョゴリに藍色のチマという、華やかながらも落ち着いた色あいの韓服で身をつつんでいる。現在、結婚式などでは既婚女性は空色のチョゴリに藍色のチマを着るようだが、黄色のチョゴリに藍色のチマという組み合わせはそれよりも若々しく、いかにも新妻、若奥様らしい装いである。ところで、第三節の終わりに現れて「私」を手招きした少女は赤いチマに黄色いチョゴリを着用していた。この組み合わせは女児や若い未婚女性が好んで着るものである。

（4）裏山の秘密（五節）

あまりの喧しさに居たたまれなくなった「私」は、棟の裏にある庭へと出ていく。第五節では「私」が裏山で経験したできごとと幼い心のときめきが語られる。

奥の裏手の庭は、さまざまな花や果樹が植えられた裏山につづいている。外の世界から切り離された女たちのために、両班の屋敷には広い庭と、このような裏山があった。両班の娘たちはここで成長してやがて嫁いで出ていき、今度は嫁ぎ先の屋敷にある裏山で散策をしたり子供を遊ばせたりするのである。

裏山を登っていた「私」は昨日見た少女に呼び止められ、いっしょに草むらに腰を下ろす。少女の名前は乙《ウル》順《スン》といった。私の予想とは違って乙順は鍾根の妻の妹ではなく、彼女がこの家に嫁に来たときに実家から連れてきた「轎前婢《きょうぜんひ》」だった。轎前婢とは、両班の娘が輿入れするときに実家がつけてやる婢のことである。両班の屋敷で娘の遊び友だちや小間使いとなるよう育てられた婢は、ちょっと見れば両班の娘と変わらないので、「私」が間違えたのも無理はない。奴婢制度は一八九四年の甲午改革によって廃止されているが、それは法令上のことであり、現実には以前と変わっていなかったことがわかる。

「私」たちが座った裏山のてっぺんからは広大な屋敷の建物が見おろされ、その向こうには川が流れて白い砂原が広がっていた。そこでおしゃべりをしているうちに、突然少女が両手で「私」の頬をぎゅっとはさんだ。そして離してくれない。「私」はなぜかしびれるようなうれしさを感じたが、やがて怖くなって泣き出す。乙順は手を離すと「あんたがかわいいから」と説明し、このことを誰にも言わないよう約束をさせた。こうして、「私」に初めて秘密ができたのだ。

（5）太刀を掘りだす話（六節）

裏山で太刀を掘り出す話は、滄浪亭の思い出のクライマックスである。

あれから何日か滄浪亭に滞在した「私」はすっかり乙順と仲良くなり、毎日裏山に登ってはナズナやヒルガオの根を採って遊んだ。「一銭出すと二つくる日本の菓子とかあめ玉の比ではな」いヒルガオの根っこの甘さに、「私」は夢中になる。この回想からは、一九一〇年代はじめの朝鮮の子供の世界に入り込んでいた日本のお菓子文化をうかがうことができる。ソウルに住む七歳の朝鮮少年は、親から一銭をもらっては日本の菓子やあめ玉を買って食べていたのだろう。

ある日、夕陽の下でヒルガオを掘っていた「私」の棒切れが、何かにカチンと当たった。乙順が草取り鎌を取りに走り、二人が苦労して掘りだしたのは、「私」の背丈よりも長い太刀だった。鞘は腐って落ちてしまったが刀身は真新しいままで、柄《え》とつばには奇妙な彫刻がほどこされていて、純金の装飾が目もくらむばかりである。

「乙順……」

わたしは感激して叫びながら、渾身の力をこめて刀を持ちあげ、暮れかかる空に一振りしてみた。夕陽に映えて、きっさきがきらきらと光った。

「やめて、やめなさいよ」

止める乙順をふりきって、わたしはもう一度持ちあげて振ってみた。昔話に出てくる長剣を腰にさげた大将軍になったような、そのときの壮快な気分を、いまだに忘れることができない(6)。

年上の少女の制止をふりきって自分の背丈よりも長い太刀をもちあげた瞬間。それは少年の日の輝かしい思い出の一ページである。

その晩、西江大臣はこの太刀を前にして感無量のおももちで、「そう言えば、この屋敷は昔、鄭《チョン》将軍のものじゃったからのう――」とつぶやいた。その姿はいまも「私」の目に鮮やかだが、鄭将軍がいかなる人物であり、なぜこの刀を土中に埋めたのかは、今となっては知る由もない。すべては西江大臣とともに歴史の波の間に沈んでしまったのである。

こうして「私」の幼い日の回想は終了し、六節の末尾には、滄浪亭が亡びる経過が簡単に記されている。私が滄浪亭に行ったその年に貞敬夫人、その五、六年後に西江大臣、その翌年に大臣の嫁、つまり鍾根の祖母が亡くなり、人とともに屋敷も滅びていった。その様子は次のように描かれる。

いわば数百年もの間、風雨に打たれてきた巨木が、厳しい冬を過ごし、あくる年の春になっても、声もたてず、新芽も出すことのないように、数十年の栄華を誇った西江大臣の家も、日に日に移りゆく世の風波に押し流されて、わずか数年の間に、あますところなく亡び去ったのである。(7)

滄浪亭の滅亡を「巨木」の枯死に比したこのイメージは、「私」がはじめて滄浪亭を訪ねた日に大門の中で見た、神が宿るといって人びとに恐れられていたあのイチョウの老木を喚起させる。あの日、遠くから見たときは夕陽に輝いて壮大であった屋敷は、近づいてみると荒れ果てており、大門の中には不吉なことがあれば人びとがまずお供えをして祈るという老木があり、戸を閉めきって真っ暗な大舎廊には八十歳を越えた西江大臣が病気で臥せっていたのだった。そして今、まるで老木が枯れるようにして、西江大臣も滄浪亭も滅びたのである。

人間とは目の前にあるものよりも、なくなってしまったものにあやしいまでの愛着を持つものであり、だからこそ滄浪亭は自分の心のなかにいっそうの「郷愁」を醸《かも》し出すのだと、「私」は「郷愁」という言葉を、ここでもう一度くりかえしている。「なくなってしまったもの」という言葉を当時の時代状況に重ねあわせてみるとき、「私」をあやしいまでの郷愁にかりたてる滄浪亭の背後にあったものの正体が感知されるだろう。それは、「私」がものごころついたころには、滄浪亭という屋敷や西江大臣という人物として実在していたが、いまや次々に消えていきつつあるもの、すなわち朝鮮の歴史を体現するものたちのことである。滄浪亭の思い出を通して、「私」は消えようとしている祖国の面影への郷愁を語っているのだ。

（6）西江大臣の三回忌と現在（七節）

西江大臣の三回忌に「私」は父といっしょに滄浪亭を訪れる。そのとき「私」は十六歳になっていた。七歳の「私」が滄浪亭を訪れたのが一九一二年だという先の推定にもとづくと、十六歳の「私」が西江大臣の三回忌で滄浪亭を訪れたのは一九二一年、そこから逆算すると西江大臣の死亡の年は一九一九年になる。民族独立の叫び声が朝鮮中にあふれた年に、朝鮮王朝の残照が消えるように西江大臣は死んでいったのである。三回忌のとき、すでに滄浪亭の土地は人手に渡って建物だけが残っている有様だった。若奥様たちで華やいでいた建物はお化け屋敷のように荒れはて、お月様のように美しかった鍾根の妻が黒ネズミみたいにやつれてお供え物を整えていた。

その晩、西江大臣の居間だったあの大舎廊で、「私」の父を中心にして七、八人が懐旧談をする。十六歳の「私」にはその内容がおおかた理解できた。壬辰の乱のときにこの滄浪亭の付近が戦場になったこと、大院君のころ宣教師を殺害したために、フランス海軍ローズ提督がプリモケ以下三隻の軍艦をひきいて江華島から漢江をのぼってきて、停泊した場所が滄浪亭のこの舎廊の庭の前であったこと、そのとき朝廷でもっとも強硬に洋夷を主張したのが、ほかならぬ当時宣伝官であった西江大臣であったことなど、父の話は夜がふけるまでつきなかった。その傍らには屈巾《クルゴン》（喪主が頭巾の上にかぶる布）をかぶって喪服《サンボク》を着た鍾根（彼はこのあと都落ちをしてしまう）がばかみたいに頭を深くたれて座り、祭壇ではろうそくの炎がゆらゆらと揺れていた。

「私」の父の話は、西江大臣が住む以前に滄浪亭のまわりを流れた長い時間を感じさせる。十六世紀末には豊臣秀吉が送った日本軍との戦闘の場になり、丙寅の洋擾（一八六六年）の際にはフランス極東艦隊の停泊地となったという滄浪亭、丙寅のころの所有者が「鄭将軍」という人物だったのであろう。こうした歴史的な事件の舞台であった滄浪亭が、西江大臣を最後の主人として、いまや消えていこうとしているのであった。

ここで時代が突然、現在に移る。父はすでに亡く、滄浪亭は影も形もなくなっている。最近「私」は、たてつづけに三度も滄浪亭の夢を見た。夢のなかで「私」はいつも七歳の少年であり、父がステッキをあげて指している滄浪亭の前の空はきまって夕焼けが鮮やかで、裏庭では「私」と乙順が夕陽を受けて遊んでいるのだった。

三度目の夢を見た日がちょうど日曜日だったので、なつかしさに耐えかねた「私」はカメラをぶらさげて家を出る。はじめて乗った唐人里行き気動車（ディーゼル車）を西江駅でおり、記憶をたどって滄浪亭があったとおぼしき場所をさがしあてると、そこには大きな工場が煙突から黒煙をあげていた。夢のような滄浪亭の思い出にひたっていた「私」は、しだいに「強力な現実」の前で醒《さ》めてくる。小説の最後は次のように結ばれている。

> 突然、川向こうの砂原から、プロペラの轟音が聞こえてきた。ふりむくと、はるかかなたで、単葉双発動機、最新式の旅客機が、いまや飛び立とうとして、汝矣島飛行場を滑走中であった。みるみる機は地を離れ、五〇メートル、百メートル、二百メートル、五百メートル、千メートル、壮絶な爆音とともに飛び立って行った。河を越え、山を越え、国境を越えて、一気に大陸の空を突き刺さんとする、全金属製の最新式旅客機である。[8]

郷愁にひたっている「私」を現実に引きもどしたのは、汝矣島から飛びたつ「全金属製」の「最新式旅客機」の轟音であった。汝矣島にはこのころ飛行場があって、日本や中国や満州に向けて毎日飛行機が飛びたっていた。[9] それにしても、汝矣島飛行場からは当然のことながら日本に向かう飛行機もあるのに、なぜ「私」は、自分を現実に引きもどした飛行機が「大陸の空を突き刺さん」としていると感じたのだろうか。ここには「私」

の目を覚まさせた「強力な現実」が係わっている。

「私」の現在は一九三八年だが、その前年には盧溝橋事件を契機に日本が大陸への侵略を開始した日中全面戦争が始まっている。「私」が向きあわざるをえなかった「強力な現実」とは、まさに日本が「一気に大陸の空を突き刺さん」としている現実のことだったのである。

ところで、「私」が滄浪亭に行くために乗った「唐人里行き」は、その十年ほど前に開通して京城―龍山―唐人里を三角に結んでいた龍山線である。当時の時刻表を見ると、京城駅で乗車すると新村駅をへて西江駅までわずか二十分ほどで到着する。(10) これほど近くにあった心のふるさとに、「私」はこれまで一度も訪ねていなかったのである。テキストによれば、「私」はその間「私なりの道をあゆんでいた」という。それでは、西江大臣の三回忌からのち、「私」はどのような道をあゆんでいたのか。また、滄浪亭がすでになくなったことを確認して現在と向きあった「私」は、その後、どのような人生をあゆむことになったのか。最後に、テキストにはないそれらを、「私」と同一人物とみなされる作家兪鎭午の生涯をたどることで、見ておくことにする。

四　「私」と兪鎭午

一九〇六年にソウルで生まれ、おそらくは七歳のころ「私」と同じような体験をしたと想像される兪鎭午は、三・一運動のおきた一九一九年四月に京城第一高等普通学校に入学した。この年に彼は十四歳で結婚しているが、先に述べたように、早婚の風習があった当時としては特に早いわけではない。西江大臣の三回忌に行ったときの「私」は、学生ですでに妻帯者だったわけである。その日の彼はきっと学生服姿だったことだろう。なお、このときの妻は彼が大学に入った年に病死し、大学生のときに彼は再婚している。

三・一運動後、朝鮮人が、教育振興運動の一環として展開した民立大学設立運動にたいして、総督府はみずから帝国大学を創設することで運動の沈静化をはかり、一九二四年に予科を開設して、二年後の一九二六年には法文学部と医学部、一九四一年には理学部を開いた。兪鎮午は、京城第一高普を卒業した年に開設された予科に入学し、二年後には法文学部法学科の一回生になるというエリートコースをあゆむ。

予科に在籍しているころから兪鎮午は文学に興味をもち、大学在学中には貧民階級を主題にした小説を書いて、プロレタリア文学陣営[11]の「同伴作家[12]」と目された。一九二九年、卒業と同時に母校の助手となり、一九三二年に普成《ポソン》専門学校の講師となった彼は、法学を講じながら創作活動を継続する。だが、一九三〇年代に入るとプロレタリア運動への弾圧が激しくなり、一九三五年には朝鮮プロレタリア芸術同盟（通称、カップ[13]）が解散した。この年に発表された彼の代表作『金講師とT教授[14]』には、就職難のなかで職を確保するために学生時代にいだいていた信念を隠さねばならない教師の苦しみや、植民地の学校における朝鮮人教師の微妙な立場が描かれており、社会に出た植民地のエリート知識人兪鎮午が経験したであろう試練の厳しさを推測させる。『滄浪亭の記』が発表されたのはその三年後である。この作品では、『金講師とT教授』に顕著だった、何かに追いつめられていくような鋭い心理描写は姿を消し、諦念ともいえる落ち着きと失われたものへの憧憬が漂っている。おそらく試練をある程度くぐりぬけた彼は、自分なりの処世術によってこれからの人生を生きぬく覚悟をさだめたのだろう。このとき兪鎮午は三十二歳だった。

西江大臣の三回忌に行ってから「私」があゆんだ「私なりの道」とは、京城帝大で学び、政治に目覚め、文学活動をし、同伴作家として脚光を浴び、就職し、理想と現実の葛藤に苦しむという、激動の道であった。理想に燃えていた時期、あるいは現実と葛藤していた時期には、京城駅からたった二十分の西江駅の近くに滄浪亭があると知っていても、訪ねていくだけの精神的余裕はなかったのだろう。滄浪亭の夢をつづけて三度も見て、郷愁にたえかねてその跡を探しに出かける「私」の姿には、作者のこの時期における心境が投影されていると見られる。おそらく、兪鎮午の内部では、「強力な現実」を生きぬくためなら過去をも否定しようという決意が生まれており、それだけにいっそう消えていくものに対する思いが切実だったのではないだろうか。一九三八年の『滄浪亭の記』以後も彼は小説を書きつづけ、評論を発表し、植民地末期には日本語の文章も書く。

だが、彼は解放後にはまったく違った姿を見せることになる。一九四八年に大韓民国憲法起草委員会のメンバーとして憲法起草にかかわり、一九五一年に普成専門学校の後身高麗大学の総長に就任して三期十五年間をつとめる一方、一九六〇年には日韓会談で韓国側の首席代表として日本との国交樹立交渉にあたり、総長辞任後は野党新民党の総裁になるなど、法律・教育・政治の世界でめざましい活躍をするのである。しかし彼は、解放後は一編の小説も書かなかった。

一九八七年に筆者は新聞で兪鎮午の訃報に接したが、印象的だったのは、死亡記事の経歴に「作家」という文字がないことであった。

『滄浪亭の記』は近代小説の代表的短編として、現在でも多くの韓国人に愛されており、大村益夫のすばらしい日本語訳によって私たちも簡単に接することができる。ここでは、この小説をテキストとして韓国の歴史と文化を学ぶことを試みた。文学テキストが文化教育の教材として効果があると示すことができたならば、幸いである。（二〇〇五年）

（1）　三・一運動後の一九二〇年に創刊された民族新聞。民衆の啓蒙活動に力を注ぎ、一九四〇年に強制廃刊されたが、解放後に復刊されて現在に至っている。

（2）　大村益夫・長璋吉・三枝壽勝 編訳『朝鮮短篇小説選（下）』、岩波書店、一九八四、一七二頁

（3）金東仁は一九三〇年代前半に大院君を脇役や主役にした歴史小説『若い彼ら』（젊은 그들）や『雲峴宮の春』（雲峴宮의 봄）を新聞連載して人気を博した。
（4）『朝鮮短篇小説選（下）』、一七三頁
（5）同上、一八四頁
（6）同上、一九三頁
（7）同上、一九五頁
（8）同上、一九九頁
（9）汝矣島には一九一六年に軍事飛行場ができ、一九二四年に正式の飛行場となって民間機の運行が始まった。一九三三年の李光洙の小説『有情』では、登場人物がこの汝矣島飛行場から東京や大連へと飛びたっている。空港の機能が金浦に移転するのは一九五八年のことである。
（10）『時刻表復刻版〈戦前・戦中編〉』昭和九年十二月号、一九七八、二〇一頁。龍山線は一九二九年に開通した。
（11）資本主義体制において自己の労働力を売って生きる無産階級（プロレタリア）の生活に根ざした階級的な自覚に基いて創作活動を行なおうとする文学運動の陣営。
（12）労働者を搾取する有産階級を倒す社会主義革命をめざすという思想は共有しながらも、実際の政治的活動は行わずに、文学作品によって運動を側面から援助する作家。
（13）Korea Artista proleta Federatio。プロレタリア芸術を主張する芸術家の団体。一九二五年に結成され、三〇年代に入って左傾化を強めて内部抗争が激しくなり、一九三一年と一九三四年に大弾圧を受けて、一九三五年に解散した。
（14）一九三五年一月に『新東亜』誌に発表された。『朝鮮短篇小説選（上）』に大村益夫の訳で収められている。

註以外の参考文献

阿部征一郎「外国語教育と文学教育」、『アルテスレベラレス』、岩手大学人文社会科学部、一九八四
池田庸子「外国語教育における文学教材の役割」、『茨城大学留学センター紀要』No.2、茨城大学留学センター、二〇〇四
大里泰弘「文学作品を用いた語学教育」、『長崎ウエスレヤン大学紀要』No.20、長崎ウエスレヤン大学、一九九七
大嶋眞紀「小説教材による異文化理解へのアプローチ」、『鹿児島大学史学科報告』No.38、鹿児島大学、一九九一

久保田佳克「教室で読む英詩―文学教材を語学の授業に利用するための予備研究―」、『山形女子短期大学紀要』、山形女子短期大学、二〇〇〇
竹田晃「文学作品と言語教育―魯迅『故郷』をモデルケースとして―」、『応用言語学研究』No.7、明海大学大学院、二〇〇五
田所信成「E.Caldwell の〝A Very Late Spring〟について――語学教材と文学教材――」、『福岡大学人文論叢』1（3）、福岡大学、一九七〇
寺沢行忠「言語教育と文学―日本文学の立場から―」（第七回応用言語学セミナーシンポジウム）、『応用言語学研究』No.7、明海大学大学院、明海大学大学院、二〇〇五
東郷秀光「言語教育と文学」、同上
渡邊晴夫「中国語教育と文学」、同上
성기철「韓国語教育과 文学教育」、『韓国語教育』一二―一、国際韓国語教育学会、二〇〇一
신주철「외국어문으로서의 한국 소설 교육」、『한국어문학연구』二〇、한국어문학연구회、二〇〇三
이선이「文学을 活用한 韓国文化教育方法」、『韓国語教育』一四―一、国際韓国語教育学会、二〇〇三
송종택 편『나도향・유진오 단편선』、소담출판사、二〇〇二
張良守『韓國의 同伴者小說』、문학수첩、一九九三

第二章　実践的翻訳論　―文学テキストをどう訳すか―

一　はじめに

本章では、韓国語の文学テキストを翻訳する際に筆者が出会ったいくつかの問題について考えてみたい。筆者は韓国の近代文学の研究者である。その筆者がなぜ翻訳をおこなうのかというと、研究対象である作品をすばらしいと感じ、これは日本でも紹介されるべきだと思ったときに、自分で訳すしかないからである。読む人も興味を持つ人も少ないマイナーな分野では、そうするしかない。だが、そのほかに、翻訳という作業のもつ魅力が理由になっていることも事実である。

翻訳をするときには、まず韓国語の意味を考え、次にそれにふさわしい日本語を探し求め、また韓国語にもどって文脈を確認し、行きつ戻りつしながらテキストと徹底的に向き合う。すると、それまで見過ごしていた文脈に気づいたり、単語の意味がもつ思いがけない深さに驚いたりなど、さまざまな経験をすることになる。こんなふうにことばと深く付き合えること、そしてそのことばを通して作家を深く理解できること、これが翻訳の醍醐味《だいごみ》である。とはいえ、そこでは楽しいことばかりではなく、頭を悩ませるような問題にも遭遇する。

ここでは、筆者の頭を悩ませているいくつかの問題について考えてみたい。李光洙《イグァンス》の『無情』の翻訳を終えたばかりなので、その経験を中心に述べようと思う。

二　日本語と韓国語

日本語を母語とする者が韓国語テキストを翻訳するときに必要とされるものは、まず、テキストの意味を理解するための韓国語能力である。第二に、意味にふさわしい日本語の文章を作るための日本語能力、第三に、言葉をとりまいている文化に関する知識が必要である。このなかでどれが一番重要かと問われれば、筆者は二番目の日本語能力ではないかと思う。

日本語の語彙の豊富さや表現能力が重要なのは当然だが、ここで筆者が日本語能力として強調したいのは、日本語が不自然になることに対して敏感に反応する能力である。

日本語と韓国語には、語順が似ていて語彙も共通する漢字語が多いという「特殊な相似性」がある。言語学的に日韓両言語が同系かはどうか証明されていないが、現実によく似ていることは確かである。後述するが、この相似性には歴史的な理由による要因もある。ところで、この韓国語の語順と漢字語をそのまま使って訳すと、意味は通じるのに、どことなくぎこちなくて不自然な日本語になってしまう。いわば「ずれ」のようなものが生じるのである。

韓国語を訳していると、ともすればこの「ずれ」に引きこまれるような感覚におちいることがある。髪の毛一本一本にまつわりついてなかなか身を引き離せないこの感覚を、筆者はひそかに「鳥モチ感覚」と命名した。文学作品の場合は、そこに「原文に忠実」という意識が働いたりするので、ますます抜け出せなくなる。この「鳥モチ感覚」に負けずに、しつこく「ずれ」の居心地の悪さに抵抗する感覚が、韓国語の文学テキストを翻訳する場合にはとりわけ重要ではないかと思うのである。

翻訳者のなかには、日本語を豊かにしていくために、この「ずれ」をむしろ積極的にとりいれるべきだという考え方をする人もいる。たしかに、現在われわれが接している文章は、明治以来、数多くの作家たちの努力によって変遷《へんせん》をくり返しながら成り立ったものであり、そこには翻訳が大きな役割をはたしてきた。(1)これからも日本語は変わっていくし、そこにはたす翻訳の役割は大きいことだろう。だから、「ずれ」を日本語にとりこんでいくことは否定しない。問題は程度である。「ずれ」がほとんど生理的に耳に触るようになる境界線がある。異質で新しいものを取り入れる積極性と現在のことばを守ろうとする保守性の境目と思われるラインを意識するバランス感覚が必要であり、それが、筆者の言っている日本語能力なのである。

この境界線の位置を決めるのは翻訳者だけではない。翻訳されたテキストを読むことになる「読者」たちでもある。それゆえ、翻訳者はつねに「読者」を自分の内部にもっていることが必要となってくる。

三　「読者」という視点

作家の文体と人生観とのかかわりを研究する者として、筆者は当初、この「特殊な相似性」にさからってまで、作家の手による原テキストに手をつけることには抵抗があった。だが、幸いなことに、「これでは日本語とはいえません」ときびしく言ってくれる編集者がいて、おかげで翻訳という作業を違った目で見るようになった。原作者だけでなく「読者」を意識するようになったのである。

原作を大切にしすぎることは、逆に言えば原作に甘えることであり、原文がこうだからと主張して韓国語の構造から離れないのは、乳離れができないようなものではないかと、最近では考えている。翻訳の力学は、原作者と翻訳者の二者ではなく、読者も入れた三者のあいだで働く三角関係のようなものだ。読者は翻訳者に対して原作者と同じくらいの権利を有しているのである。三島由紀夫は、翻訳者に対する読者の権利を次のように強い調子で主張している。

> 語學ができないからと言って飜譯文にケチがつけられないなどといふ馬鹿なことはありません。飜譯文はかりにも日本語であり、日本の文章なのであります。語學とは關係なくわれわれは、自分の判斷でよい飜譯文と悪い飜譯文を區別することができるのであります(2)。

彼はまた、読者が原作者に対して表すべき礼儀は、翻訳者によって提供された下手な文章を拒否することだとも言っている。

> 一般讀者が飜譯文の文章を讀む態度としては、わかりにくかったり、文章が下手であったりしたら、すぐ放り出してしまふことが原作者への禮儀だらうと思はれます。日本語として通じない文章を、ただ原文に忠實だという評判だけでがまんしいしい讀むというようなおとなしい奴隷的態度は捨てなければなりません(3)。

これまで韓国文学が商業ベースに乗ったことがないせいもあって、文学翻訳における読者の存在は少々ないがしろにされてきた感がある。最近は、「韓流」のおかげで韓国のドラマ小説が書店に大量に並ぶようになった。それらの翻訳は概して読者に対して非常に親切である。大量の翻訳のおかげで翻訳技術は格段の進歩をとげつつある。また、多くの韓国ドラマに字幕がつくようになって、字幕のレベル向上も目ざましい。ドラマを見ていると、時どき、はっとするほど見事な字幕にお目にかかることがある。これからの文学翻訳は、そうした分野の技術にも目を配っていく必要があるだろう。

四　翻訳者は裏切り者

「原作者」と「翻訳者」と「読者」の関係は三角関係だと述べたが、翻訳者の立場を比喩したイタリアのことわざ“Traduttore, traditore”（翻訳者は裏切り者）は、当然のことながら日本語と韓国語のあいだでも有効である。韓国語と日本語のあいだに言語と文化の違いがある以上、翻訳する者は、日本の読者に理解させるために、原文の何かを切り捨て、原文に何かを付け加えなくてはならないからである。もちろん翻訳者はそうした部分を小さくするために、翻訳技術を高めたり、対象地域の文化を読者に紹介して文化ギャップの外堀《そとぼり》を埋めることにつとめたりといった努力をする。そうやってできるだけの努力をしたすえに、「裏切り」を意識しつつ、「裏切り」に責任をとる覚悟で翻訳するのが、翻訳者の良心である。

翻訳者たちは、自分たちのおかれた立場を、楽譜を見て演奏する音楽家とか、シナリオを読んで演ずる役者など、さまざまな比喩を使って表わしている。次の道化の比喩などは、翻訳者のはしくれとして身につまされる。

　原典という王様におもねってその一挙一動を模倣すれば「読者」という観客からそっぽをむかれ、観客にへつらって破目をはずすと王の勘気をこうむる。あちらを立てればこちらが立たず、といって都合よく逃げ込める楽屋裏もない。いつも衆目にさらされていて、たえず何者かでいなければならない存在――これが道化としての翻訳者なのだ。(4)

ロシア語通訳の米原万里氏は原発言（原文）と訳との関係を、原発言を忠実に伝えているかどうかの座標軸で貞淑度をはかり、訳文がどれほど整って響きがよいかの程度を女性の美醜にたとえて、四通りのパターンに分けている。理想はもちろん「貞淑な美女」で最悪は「不実な醜女」だが、圧倒的多数の通訳者は時と場合によって「不実な美女」と「貞淑な醜女」を使い分けているという。たとえばムードが大切なパーティでは「不実な美女」、何億の損得がかかった重要な商談では「貞淑な醜女」という具合である。(5)

文学テキストの場合にはＴＰＯはないので、原テキストを尊重して「貞淑な醜女」をえらぶか、読者の耳に心地よい「不実な美女」をえらぶかは、ひとえに翻訳者の信念にかかっている。筆者としては、「貞淑な美女」を目指しつつも、それがだめなら「不実な美女」の方向に傾くように心がけている。

五　日韓対照言語学

日韓言語の「特殊な相似性」がひきおこす日本語の「ずれ」から自由になるためには、「読者」という視点をもつことが重要だと述べたが、このほかにも役立つものがいくつかある。

まず、日本語と韓国語の構造的な違いを明らかにしてくれる日韓対照言語学の視点である。金恩愛《キムウネ》氏の論文「日本語の名詞志向構造と韓国語の動詞志向構造」は、日本語は名詞を志向する構造をもつのに対して、韓国語は動詞を志向する構造をもつと分析して、日本語と韓国語の「言語らしさ」の違いを明らかにしている。

たとえば、

雨の日に会っためがねの子、覚えてる？　비 오던 날 만났던 안경 낀 애 기어나？(6)

日本語では「雨の日」という名詞二つの表現が、韓国語では「비 오던 날（雨が降っていた日）」のように「오

다」（降る）という動詞が入り、同じように「めがねの子」は「안경 낀 애」（眼鏡をかけた子）のように「끼다」（かける）という動詞が入っている。名詞を中心にして成り立つことが日本語の「日本語らしさ」であり、動詞に支えられているところが韓国語の「韓国語らしさ」であるという主張を緻密で膨大な資料によって主張しているこの論文を読んで、腑に落ちるところが大きかった。

翻訳をしていると、経験と勘に頼りながら先へ先へと進んでいくのが精一杯で、なかなか規則性というところまで頭がまわらない。仕事をしているうちに、こんな時はこんなふうに訳せばよいという経験則は集積されるが、そんな箇所に遭遇したときにほぼ無意識にそれを使うだけで、あとは忘れてしまう。金恩愛氏の論文がありがたかったのは、第一に、つねひごろ漠然と感じていたことを論文の形で明示していただいたこと、もう一つは、日本語と韓国語が違っている部分をはっきりと指摘されることで、原文から身を引き離しやすくなったことだ。いわば、言語学の立場からのお墨付きをいただいたような思いがしたのである。

この論文に出会ったときは、ちょうど『無情』を訳していたので、テキストにある動詞の表現を、名詞を使った日本語に訳すことに対して自信を与えられた。たとえば（カッコ内は逐語訳）、

의복 머리를 선형과 꼭 같이 하혔으니(7)（衣服と髪を善馨《ソニョン》とまったく同じくしているので）→ 衣装と髪型を善馨とおそろいにしていることからも、(8)

너 어디 있는 아해냐?（おめえ、どこにいるガキだ?）(9) → おめえ、どこのガキだ。(10)

돈 한푼도 없이(11)!（一文の金もなしに!）→ 一文無しでねえ。(12)

だが、いま読み返してみると、もっと積極的に名詞表現を取り入れてもよかったと思われる部分がかなり

目につく。

「잠간 울다가 얼른 눈물을 그치」지는 못한다[13]。

「ちょっと泣いてすぐに泣きやむ」ことはできない[14]。

これなどは、こう訳してもよかったと思う。

「ひと泣きしておしまいにする」ことはできない。

自分が以前に訳したものを読むと、まだまだ原文にとらわれていたことを感じる。自信をもって原文から離れ、よい日本語の文章をめざすことを勧めてくれるような日韓対照研究の論文が、これからどんどんと出ることを期待している。

ところで、日本語小説の韓国語翻訳を主たる資料としている金愛恩氏の論文を読んで気づいたのだが、韓国語に翻訳された日本の小説を読んだり、自分でも韓国語にしてみることは、日本語の訳語の幅を広げるのにとても役に立つ。たとえば沖谷幸利氏が作成している日韓対訳資料や[15]、同氏の学習書『韓国語実力養成講座②間違いやすい韓国語表現100』などである。この学習書にある練習問題の別刷り解答集を持ちあるいて時どき楽しんでいるが、練習していると「멋진 생활양식」（素敵な生活様式）や「세련된 생활양식」（洗練された生活様式）という韓国語から「おしゃれな生き方[16]」という日本語を思い浮かべたり、「타고난 일벌레」（生まれつきの仕事虫）、「일에 미친 사람」（仕事狂）、「일밖에 모르는 사람」（仕事しか知らない人）などの韓国語を見たときに「根っからの仕事人間[17]」という日本語が連想されるようになり、文脈によって使えるような

柔軟性がやしなわれる。日韓対照言語学の発展状況は、翻訳の技術とおおいに関わっているのである。

六　他の言語への翻訳本

韓国語から日本語以外の外国語に訳された小説を読むことも、発想の間口を広げるために有益である。日韓に閉じこもらず他言語訳を見ることで、違った視点をもつことができるからである。英語やフランス語に訳されたものを見ると、日本語のように単語の一つ一つや細かいところにこだわらないおおらかさがある。ただし、これには言語構造の違いもさることながら文化的な差異が大きいことも要因となっており、他の言語への翻訳にさいしては、日本語の場合とはまた違った種類の苦労があることを知らされる。

筆者が訳した李光洙の『無情』には英訳が出ているので、一部を取り出して比べてみよう。二〇〇五年に米国で出版された『李光洙と韓国近代文学・無情』は、李光洙の孫娘であるアン・スンヒ・リー氏（Ann Sung-hi Lee）が訳したもので、たくさんの註がつけられ、氏の研究論文も収められた研究翻訳書である。氏の英訳の底本は一九一七年の『毎日申報』連載本、筆者の日訳の底本は一九二五年の『無情』第六版であるが、ここではすべての版を網羅している金哲《キムチョル》氏の校註本を参考にして現代語表記する（カッコ内は逐語訳）。

〔原文〕우선이가 창으로 엿보다가 고양이 모양으로 가만가만히 나오면서 형식의 어깨에 손을 짚고 가늘게 일본말로, 〃모오 다메다。〃 한다[18]。（友善が窓からのぞきこんでから猫のようにそっと出てきて、亨植の肩に手をつき、小声で日本語で「モウダメダ」と言う）

［日訳］窓からのぞきこんでいた友善《ウソン》が猫のように忍び足で出てきて、亨植《ヒョンシク》の肩に手をかけ、日本語で、「モウダメダ」と小声で言う(19)。

［英訳］U-sŏn peered in through the windows, then sneaked out the front door surreptitiously like a cat. He put a hand on Hyŏng-sik's shoulder and said in Japanease, "We can be of no use now."(20)（友善が窓からのぞきこみ、それから猫のようにこっそりと忍び足で戸口へ出てきた。彼は亨植の方に手をおいて日本語で言った。「もう、われわれは役に立たん」）

日訳は構文を少し変え、「～で」の近い繰り返しを避けるために「小声で」を後ろにまわしている。英訳では一文を二つに分けているものの、むしろ日訳より原文に近い訳し方をしている。全体に、この英訳本は原文に忠実に翻訳されているという印象をうける。

友善の日本語のせりふ「モウダメダ」は、日訳では日本語であることを強調するために片仮名《かたかな》表記にして傍点をふった。英語では"We can be of no use now."と訳して、原文は韓国語表記の日本語であるという註をつけている。

英采《ヨンチェ》の純潔にかかわるこの友善の言葉の解釈について、このあと亨植はくよくよと思い悩む。

［原文］그러고 우선이가 모오 다메다 하던 것을 생각하였다。 영채는 과연 김현수에게 몸을 더럽힘이 되었는가 하고 생각하였다。 우선이가 창으로 엿보고 모오 다메다 하던 것이 무슨 뜻인가 하였다(21)。（そして友善が「モウダメダ」と言ったことを考えた。英采は果たして金賢洙に身を汚されるところとなったのかと考えた。友善が窓からのぞきこんで「モウダメダ」と言ったのは、どういう意味かと考えた）

［日訳］そして友善が「モウダメダ」と言ったことを考えた。英采は果たして金賢洙《キムヒョンス》に汚されたのだろうか。友善が窓からのぞきこんで「モウダメダ」と言ったのはどういう意味なのだろう。[22]

［英訳］He remembered how U-sŏn had said, "It is no use. We are too late." Had her body indeed been soiled by Kim Hyŏn-su? What had U-sŏn meant when he looked through the window and said, "It is no use. We are too late."[23]?）（彼は友善がどんなふうに「無駄だ。遅すぎる」と言ったかを思い出した。彼女の身体は果たして金賢洙に汚されたのだろうか。友善が窓からのぞきこんで「無駄だ。遅すぎる」と言ったとき、彼は何を言わんとしていたのだろう）

日訳でも英訳でも「と考えた」の繰り返し部分は省略してある。注目されるのは、原文に忠実な英訳者が「モウダメダ」の訳を "We can be of no use now." から "It is no use. We are too late." に替えていることである。純潔を奪われることのインパクトを強めようとしたのではないかと思われるが、それにしても、これほど重要なキーワードを変えてしまっていることには驚いた。英訳では、翻訳者の権限が日訳の場合よりも大きいと聞いていたが本当のようである。

文化事項である家屋構造に関する部分を比べると英訳のもつ困難が見えてくる。友善の「モウダメダ」という言葉を聞いた亨植は次のように行動する。

［原文］형식은 그만 눈에 불이 번득하면서 '흑' 하고 툇마루에 뛰어 오르며 구두 신은 발로 영창을 들입다 찼다。[24]（亨植はたちまち目に火が燃えあがり、「えいっ」と툇마루に跳びあがって、靴を履いた足で영창をめちゃくちゃに蹴りつけた—下線は引用者）

［日訳］逆上した亭植は、「えい！」と叫んで縁側に跳びあがると、靴を履いたまま障子窓を滅茶苦茶に蹴りつけた。[25]（下線は引用者）

［英訳］Hyŏng-sik's eyes flashed with rage, and he jumped up onto the veranda of the house and kicked at the door panel.[26]（亭植の目は怒りで燃えあがり、彼は家の veranda の上に跳びあがって door panel を蹴りつけた—下線は引用者）

お気づきになったと思うが、筆者の日訳には誤訳とまでは言えないが、ちょっとしたミスがある。「발로」を「채로」と見誤って「靴を履いた足で」と訳すべきところを「靴を履いたまま」と訳してしまったのだ。だが、この点については次節でふれることにして、先に進む。

「형식은 그만 눈에 불이 번뜻하면서」の訳は英訳の方が原文に近い。ところが建物の部分の名称となると、家屋の構造や建築材料が韓国と似ている日本とちがって、西洋には適切な語彙がないために苦労することになる。

툇마루（テンマル）は、形は日本の縁側とよく似ているが、縁側とちがって外部と遮断する戸がついてなくて、つねに露出されている。露出の点では濡れ縁と同じだが、大きさや機能の点から見るとやはり縁側に近い。なによりも、靴を脱いで上がる場所なので、亭植が土足で上がることで喚起される非常時のイメージは、読者に的確に伝わってくる。つぎに、영창（ヨンチャン・映窓）は部屋の壁にある明かり取り用の二枚の引き戸で、日本の障子戸とよく似ている。亭植のように文弱な男性でも靴を履いた足で蹴りつければ毀れそうな華奢なイメージがあり、実際、このときも蹴られてすぐに部屋の内側に落ちている。

英訳の場合は、西洋では室内でも veranda でも靴を脱ぐ習慣がないことから、veranda に土足で跳びあがるという行為が読者にあたえる衝撃度は、縁側よりも小さいと想像される。また蹴りつけられるdoor panel（ドア板）[27]はいかにも頑丈そうで、木と紙が材料の華奢な戸を靴で蹴ることの荒々しさが伝わってこないうらみがある。

文化の違いから来るこうした問題は、地理的に遠くて文化が異なっている地域の言語への翻訳にはつきものである。これとは逆に、ヨーロッパの国同士なら翻訳するとき問題にならない石造りの建物の細部描写が、日本語に訳すときには難しいことを想像すればわかる。こんなときには、靴を履いたままで家に入ることの非日常性と、窓の材料と強度に関する情報をつけたすことで、衝撃度を伝えるという方法もある。

さいわい日本は韓国と文化が似ているおかげで、こうした努力は必要がない。だが、似ているといっても、툇마루は縁側ではないし영창は障子戸でないということは、つねに留意しておかなければならないだろう。似て非であることの「特殊な相似」は言葉だけでなく、文化の領域にもあるのである。

日韓文化の相似には、地理的に近く、ともに中国文化の影響を受けていたことから来るもののほかに、近代における日本の韓国支配という歴史的な要因によるものがある。韓国の近代小説には、大正・昭和期に日本にあった文物がたくさん出てくる。『無情』に出てくる汽車の時刻は日本の当時の鉄道時刻表である程度調べられるし、亨植が歩く場所も総督府作成の地図でたどることができ、登場人物が吸っている煙草の銘柄まで特定できる。[28]薄給の英語教師である亨植が吸うのは中級煙草の「朝日」（原文「조일」[29]）、夜汽車で眠る少年労働者のポケットからのぞくのは安煙草の「菊水」（原文「국수표권연갑（菊水票巻煙匣）」[30]）、そして妓生《キーセン》である英采が持つのは（吸っている場面はない）高級洋モク「パイレート」[31]で、この煙草の絵柄は剣を抜いた海賊だったことから「칼표（剣票）」と呼ばれていた[32]。

こんなことまで調べられるのは、日本には韓国を支配した当時の記録が残っているからである。したがって、日本において植民地時代の韓国文学を日本語に翻訳するさいには、こうした文化事項を可能なかぎり調査することが基本作業といえよう。

ちなみに、英訳本では煙草の銘柄までは調査できなかったらしく、「킬표권연」を「“K’al” brand cigarette」[33]、「菊水」を「Kuksu」、「朝日」は「Choil」として脚註に「Asahi」の発音をつけている。[34] それにしても驚いたのは、そのあとの「Hyŏng-sik lit the cigarette and drew a deep breathful.（亨植はタバコに火をつけて深々と吸い込んだ）」につけられた脚註であった。「127.Cigarette smoking can cause cancer（喫煙は癌の原因になります[35]）」。合衆国は嫌煙の国と聞いているが、やはり文化の差は大きいと実感させられた。

七　文体の時代差

植民地時代の話が出たので、この時代の文体について言及しておきたい。

一般に韓国の近代文学は一九四五年までと区分される。当時の文体は、六十年以上たった現代の文体とはずいぶん違っており、一九一〇年代のテクストとなると、かなり読みにくい。ところが、この時期の文学者たちの多くが日本に留学し、日本語を通して文学に接したという事情のために、彼らの文体が日本の明治・大正期の文章に似ているという現象が見られる。もちろん個人差はあるけれども、現代小説よりもむしろ日本語にするのがやさしいと感じることすらある。

小説を書くときにはまず日本語で考えてからそれを翻訳したと公言している金東仁《キムドンイン》の文章などは明らかにそうだし、日本語の文章の達人でもあった李光洙の場合も、『無情』には明治の文体を彷彿させる箇所が散見される。『無情』を翻訳していたとき、ある箇所の訳に困り、もしやと思って直訳にしてみたら、まるで漱石《そうせき》の小説に出てきそうなものになってしまった。李光洙は『無情』執筆のころには漱石の作品を愛読していたと回想しているので、これも当然かもしれない。

しかし、それではこの訳をそのまま使えるかというと、そういうわけにはいかない。漱石の文体で訳し通す自信が筆者にないことはさておき、作者の頭のなかにそういう日本語の文章があったとしても、それを活かすとかえって現代の読者には読みづらいものになってしまう。岩波の漱石全集には註がついているほどであるから、わざわざ古い文体で訳す必要はないと考えて、『無情』はできるだけ癖のないニュートラルな調子の現代語で訳すように心がけた。

『無情』は、当時の人々に向かって文明の必要性を訴えるために書かれた啓蒙小説である。作者は、難しいことばや古めかしいことばによる難解な文章ではなく、できるだけわかりやすい文章で読者の心に入り込もうとしたはずだ。ただ、当時は近代的な文章語が成立していなかったので、表現と言いまわしを工夫せざるをえなかった。そして、それが現代にいたって解読が難しい古典的な作品となっているのである。この作品が当時「新小説」と銘打って連載され、人気を獲得したところをみれば、当時の読者はこの小説をとくに難解だとは感じなかったものと思われる。当時の作者の意図、および読者との関係を考えると、平易な文章で訳すことが適当であろうと筆者は判断したのである。

八　誤訳について

最後に、翻訳において最大の問題である誤訳について触れる。

いいわけのようだが、翻訳者も人間である以上、誤訳は避けられないと思っている。だから、むしろ「誤訳はするもの」という前提に立ったうえで、どうやったら少なくできるかを考えたほうが建設的である。

　誤訳の怖いところは、自分の誤訳には気がつかないのに、他人の誤訳は目に入ってしまうことだ。他人の翻訳を読んでいると、これは誤訳だなと気づくことがある。もちろん自分も必ずやっていると思うので、あげつらう気は起きないが、そんなときには他山の石にするために、なぜ間違えたのかを調べるようにしている。

　原文を読まないのに誤訳に気づくのは、その部分が文脈上おかしな記述になっているからである。読書をしながら、読者は無意識のうちに文脈を作りあげていく。事件の時間的な推移、登場人物たちの人間関係、人物がとる行動と彼らの性格、その情報から導き出される小説内に書かれていないことがら、それらすべてに読者自身の常識をおりまぜて文脈を作り上げていくのが読書という行為である。文脈の整合性は小説のリアリティ（本当らしさ）にかかわってくる。もし、文脈に矛盾があれば、読者は居心地悪く感じ、小説はリアリティを失う。極端な例をあげると、同じ場面のはずなのに主人公の服装がとつぜん変わっていたら、あきらかにおかしい。そんなときに誤訳を疑うのである。逆にいえば、誤訳を避けるためには文脈をつねに意識することが必要である。

　ところが困ったことに、一度訳してしまうと、思い込みが災いして自分では気がつかなくなってしまうことが多い。やはり、他人に読んでもらうのが最大の防止策であろう。編集者がついているはずの翻訳に誤訳を見つけたとき、筆者は、誤訳の責任の半分は編集者にあると考えることにしている。

　実は『無情』の英訳本で非常に残念に感じられたのは、冒頭の文に誤訳と思われる部分があることだった。訳者には申し訳ないが、文脈を意識することで避けられた例としてあげさせていただく。

English instructor Yi Hyŏng-sik finished teaching his <u>two o'clock</u> fourth-year English class at the Kyŏngsŏng School, and set out for the home of Elder Kim in the Andong District of Seoul. He was sweating in the June Sunshine as he walked. The Elder had hired him as a private tutor to teach

English for an hour every day to his daughter Sŏn-hyŏng, who would be going to study in the United States the following year. They would begin their lessons that day at three o'clock.(36)（英語教師李亨植は京城学校で四年生の二時の英語クラスを終えて、ソウルの安洞にある金長老の家に向かう。六月の陽ざしのなかで彼は歩きながら汗をかいている。長老は彼を、毎日一時間、来年アメリカに留学する予定の娘善馨に英語を教えるための家庭教師として雇ったのだ。彼らはその日三時に授業を始めることになっていた。傍線は引用者）

京城学校では一コマ何分授業であったかは不明だが、二時開始の授業を終えたあと、汗を流しながら歩いていって三時に金長老の家で家庭教師をはじめるというのはどう考えても無理なスケジュールである。亨植の下宿は現在のタプコル公園の北側の校洞というところにあり、学校の場所は不明だが、そこからさほど遠くなさそうだ。学校を出て、現在の仁寺洞キルか三一路のあたりを通り、安国洞ロータリーの近くで申友善に出会っておしゃべりし、彼と別れてから安洞の長老の家に三時前（初回なので挨拶がある）に到着するには、やはり二時ごろには授業を終えていなくてはならない。原文は「경성학교 영어교사 이형식은 오후 두시 사년급 영어 시간을 마치고」（京城学校の英語教師李亨植は午後二時、四年生の英語の時間を終えて）(37)となっており、「오후 두시」に「에」がついていないために起こった間違いだと思われる。これは、文脈を考えればつじつまがあわないことから、ふせぎえた誤訳ではないかと思う。三時という時間がストーリー展開上重要な意味を持つだけに、この誤訳がとくに惜しまれるのである。(38)

ところで、先に、「구두를 신은 발로（靴を履いた足で）」を「신은 채로（履いたまま）」と読み違えていた筆者自身のミスを指摘した。引用したおかげで偶然見つけたが、じつは、この種のミスは一度やってしまうと後で見つけるのは非常にむずかしい。障子窓はどちらにしろ「靴を履いた足」で蹴られることになるので、

文脈のアンテナにひっかかってこないからだ。こうしたミスを避けるには、やはり、ことばの一つ一つに気を配りながら注意深く訳すしかない。

動作を描写した箇所の誤訳を避けるためには、その動作を実地にしてみるのが一番よいと、柳瀬尚紀は書いている。ツルゲーネフの「あいびき」の一部の日本語訳が「足を揺《うご》かし」、「片足をぶらぶらさせ」、「足をふり」と訳者によって違っていることに疑問をいだいた氏は、実地にその動作をやってみた結果、納得できる足の動き方に到達することができたという。[39] 筆者も『無情』の翻訳中に動作の部分を訳すときは、なるべく自分で体を動かすように心がけた。こうすることで、文脈上の不自然さも避けられるように思う。

最後に、誤訳とされかねないことを承知のうえで、文化の差異を埋めるためにあえて意訳した例を一つあげる。李孝石《イヒョソク》の「都市と幽霊」という短編を訳したとき、次のような文があった。

곁에는 보나 안보나 파랗게 질린 김서방이 신장대 모양으로 벌벌 떨고 있었다[40]。（見るまでもなく、かたわらでは真っ青になった金書房が、신장대のごとく震えていた）

主人公が金書房といっしょにソウルの街外れにある東廟《トンミョ》（東大門の外にある関羽を祀った東関王廟）で野宿をし、幽霊らしきものを見て逃げ出した直後の描写である。신장대とは「神将―대」、すなわちムーダンが鬼神の将帥を呼びだす祈りをあげるさいに手にもつ木の枝（棒の場合もある）のことで、金書房は、その枝の葉のようにぶるぶると震えているのだ。だが、緊迫した場面でこんなに詳しい註をつけていては読者の興《きょう》をそいでしまう。読者にとって必要な情報は、それが神を呼びだすときシャーマンが手にもって震わす木の枝であるから、考えたすえに「榊《さかき》」を使うことにした。「榊」は「境木」とも書き、もともとは神の領域と人の領域との境に生えるとされる神樹である。日本神話では天岩戸《あまのいわと》の前でアメノウズメが手にして踊ったとも

され[41]、シャーマンともかかわりが深い。だが、たんに「榊」としては家の神棚にある玉串を連想されてしまう。それでムーダンが祈るときに手にもつという説明を地文に挿入し、ムーダンに簡単な註をつけた。

見るまでもなく、かたわらでは真っ青になった金書房が、ムーダン〔巫女、女性のシャーマン〕が祈るときに手にもつ榊のごとく震えていた。[42]

原作者と読者の双方を裏切っているように感じたが、読者のなかには朝鮮の民俗学には関心のない方も多いだろうと思い、このように訳した次第である。

九　おわりに

以上、韓国語の文学テキストを翻訳するさいに遭遇したいくつかの問題について、常々考えていたことを述べてみた。日本語と韓国語のあいだにある特殊な相似性がひきおこす困難を解決するには、「読者」と「日韓対照言語学」および「日本語以外の言語への翻訳」に注目することが助けになるのではないかと提案し、つぎに「誤訳」について、いくつかの実例をあげて述べた。とりとめのないことばかり書きつらねたようで恐縮だが、韓国文学の翻訳の発展に拙文が多少なりとも役に立てばと願っている。（二〇〇五年）

（1）翻訳が明治において近代的文体の創出に果たした役割に関しては野間秀樹「ことばを学ぶことの根拠はどこにあるのか四、近代以来の〈外国語〉学習＝〈書かれた言葉〉をめぐって」野間秀樹編著『韓国語教育論講座』第一巻、くろしお出版、

二〇〇七　を参照のこと。

(2) 三島由紀夫『文章讀本』、中央公論社、一九五九　一一二頁

(3) 三島由紀夫『文章讀本』一一一頁

(4) 鷲見洋一『翻訳仏文法―上』、日本翻訳家養成センター、一九八五、三六五頁

(5) 米原万里『不実な美女か貞淑な醜女か』、徳間書店、一九九四、一三八―一三九頁

(6) 金恩愛「日本語の名詞志向構造と韓国語の動詞志向構造」、『朝鮮学報』第一八八輯、二〇〇三、二頁

(7) 김철校註『바로 잡은〈무정〉』、문학동네、二〇〇三、四九頁。ただし現代表記にしてある。

(8) 波田野節子訳『無情』、平凡社、二〇〇五　一三頁

(9) 『바로 잡은〈무정〉』、八一頁

(10) 『無情』、三六頁

(11) 『바로 잡은〈무정〉』、八三頁

(12) 『無情』、三七頁

(13) 『바로 잡은〈무정〉』、三七三頁

(14) 『無情』、二一三頁

(15) 油谷幸利『だから、あなたも生き抜いて・日韓対訳資料』／『白河夜船・日韓対訳資料』、『二〇〇四年度同志社大学学術奨励研究費成果報告書Ⅱ』、二〇〇四

(16) 油谷幸利『韓国語実力養成講座②間違いやすい韓国語表現100』、白帝社、二〇〇六、九八頁

(17) 同上

(18) 『바로 잡은〈무정〉』、二七八―二七九頁

(19) 『無情』、一三九頁

(20) Ann Sung-hi Lee「Yi Kwang-su and Modern Korean Literature: Mu,ŏng」, Number 127 in the Cornell East Asia Series、Cornell University、二〇〇五、一六三頁

(21) 『바로 잡은〈무정〉』、二七八―二七九頁

(22) 『無情』、一五五頁

(23) Ann Sung-hi Lee、一七三頁
(24)『바로 잡은 〈무정〉』、二五一頁
(25)『無情』、一三九頁
(26) Ann Sung-hi Lee、一六三頁
(27) 同上。脚註に「Yŏngch'ang: door panels that slide open sideways, installed between a room and the veranda of a traditional house」とある。
(28)『朝鮮専売史』第二巻、朝鮮総督府専売局、一九三六、一四二九—一四三二頁
(29)『無情』、二三三頁／『바로 잡은 〈무정〉』、四〇三頁
(30) 同上
(31)『無情』、一七五頁／『바로 잡은 〈무정〉』、三一一頁
(32) 趙豊衍著・尹大辰訳『韓国の風俗—いまは昔』、南雲堂、一九九五、五四頁。この本では「ペイアーリット」になっているが、拙訳では一九二九年に『朝鮮思想通信』という日本語新聞に連載された翻訳を参考にして「パイレート」とした。
(33) Ann Sung-hi Lee、一八五頁
(34) Ann Sung-hi Lee、二二二頁
(35) 同上
(36) Ann Sung-hi Lee、七七頁
(37)『바로 잡은 〈무정〉』、三五頁
(38) 李亨植が善馨に初めて会った午後三時、英采は彼の下宿を訪ねて引き返しており、このすれ違いは後に大きな意味を持つことになる。
(39) 柳瀬尚紀『翻訳はいかにすべきか』、岩波書店、二〇〇〇、四六—四八頁
(40) 이효석『李孝石全集二』、장미사、二〇〇三、五二頁
(41) 網野善彦他『いまは昔　むかしは今』第四巻、福音書館、一九九五、九一頁
(42) 大村益夫・布袋敏博編『朝鮮近代文学選集三　短編小説集　小説家仇甫氏の一日』、平凡社、二〇〇六、一一一頁

著者略歴

波田野　節子（はたの せつこ）1950年生。新潟市出身。青山学院大学文学部日本文学科卒業。現在、新潟県立大学国際地域学部教授。東京外国語大学／東京大学非常勤講師。著書：『李光洙・『無情』の研究』（白帝社）、『일본유학작가연구（日本留学作家研究）』（소명出版　ソウル）、『韓国語教育論講座』第2巻／第4巻（共著　くろしお出版）など。翻訳：『無情』／『金東仁作品集』（平凡社）、『金色の鯉の夢―オ・ジョンヒ小説集』／『夜のゲーム』（段々社）、『楽器たちの図書館』（共訳　クオン）など。

韓国近代文学研究

―李光洙・洪命憙・金東仁―

2013年3月30日　初版発行

著　者　波田野　節子
発行者　佐藤　康夫

発行所　白　帝　社
〒171-0014　東京都豊島区池袋2-65-1
http://www.hakuteisha.co.jp
TEL：03-3986-3271
FAX：03-3986-3272

組版・柳葉コーポレーション　印刷・倉敷印刷
製本・若林製本

ISBN978-86398-126-3
＊定価はカバーに表示されています。